Theodor Herzl

Altneuland

Wenn Ihr wollt,
Ist es kein Märchen

Dem Andenken
meines Vaters Jakob Herzl,
geb. 17. April 1836, gest. 9. Juni 1902, und
meiner Schwester Pauline Herzl,
geb. 10. März 1859, gest. 7. Februar 1878
gewidmet.

Bearbeitet und herausgegeben
von Andrea Livnat

2. verbesserte Auflage: Februar 2023

ISBN: 978-3-756-81538-8

© für diese Ausgabe: Andrea Livnat, Hagalil.com

Satz, Umschlaggestaltung: Nadine Englhart mit der Hilfe von LaTeX, KomaScript, Gimp, IrfanView und Notepad++, verwendete Schriftarten: ETbb (Text), Bahnschrift (Umschlag)

Herstellung und Verlag: BoD – Books on Demand, Norderstedt

Bibliographische Information der dnb: Die Deutsche Nationalbibliothek verzeichnet diese Publikation in der Deutschen Nationalbibliographie; detaillierte bibliographische Daten sind auf http://www.dnb.de/ abrufbar.

Inhaltsverzeichnis

Vorwort

Als haGalil 1995 seine Arbeit aufnahm, wurde relativ bald deutlich, dass das Internet das effektivste Werkzeug zur Artikulation und Verbreitung von Antisemitismus ist. Heute sind Hetze und antisemitische Hassrede im Internet alltäglich geworden. Der Kampf um die Wahrheit umso schwieriger.

Es war stets unsere Überzeugung, dass es für die Auseinandersetzung mit Antisemitismus wichtig ist, das Judentum in seiner ganzen Vielfalt zu zeigen. Das gilt auch für Israel und seine Gesellschaft, in deren pluralistischer Realität es vielfältigste Meinungen und Positionen gibt.

Heute stellen Diffamierungen des Zionismus und des Staates Israel, der sogenannte israelbezogene Antisemitismus, einen erheblichen Teil der antisemitischen Propaganda, auch im Internet.

Differenziertere Positionen können auch durch die Kenntnis von Quellentexten entstehen. Theodor Herzls *Altneuland* gehört zu den Grundlagentexten, um den Zionismus in seiner historischen Entwicklung zu verstehen. Schon Herzl habe die arabische Bevölkerung aus Palästina vertreiben wollen, ist beispielsweise ein oft wiederholtes antizionistisches Mantra. Die Lektüre von *Altneuland* beweist das Gegenteil.

Zum 120. Jahrestag seines Erscheinens möchten wir daher die Quelle in einer überarbeiteten Neuausgabe wieder sprechen lassen. *Altneuland* bleibt Inspiration für die Vision eines friedlichen und toleranten Miteinanders. Wenn wir es nur wollen.

Eva Ehrlich, München, Oktober 2022

»Wenn Ihr wollt, ist es kein Märchen...«
Zur Einführung

»Gleich allen anderen Völkern, ist es das natürliche Recht des jüdischen Volkes, seine Geschichte unter eigener Hoheit selbst zu bestimmen. Demzufolge haben wir, die Mitglieder des Nationalrates, als Vertreter der jüdischen Bevölkerung und der zionistischen Organisation, heute, am letzten Tage des britischen Mandats über Palästina, uns hier eingefunden und verkünden hiermit kraft unseres natürlichen und historischen Rechtes und aufgrund des Beschlusses der Vollversammlung der Vereinten Nationen die Errichtung eines jüdischen Staates im Lande Israel – des Staates Israel.«[1]

Mit diesen denkwürdigen Worten proklamierte David Ben Gurion am Nachmittag des 14. Mai 1948 den Staat Israel. Die Unabhängigkeitserklärung fasst in wenigen Sätzen die Geschichte des jüdischen Volkes zusammen, vom Exil in der Diaspora und der nie gewichenen Hoffnung auf Rückkehr in die Heimat, über die Anfänge der Besiedelung in den vorangegangenen Jahrzehnten, die zionistische Bewegung und die Balfour-Erklärung von 1917 bis hin zur Schoah. Nur ein Name wird ausdrücklich genannt: Theodor Herzl, »der Prophet des Staates«, auf dessen Ruf hin der erste Zionistenkongress zusammentrat. Nach den erfolgreichen und erschöpfenden Tagen des Kongresses notierte Herzl Ende August 1897 in sein Tagebuch:

»Fasse ich den Baseler Kongreß in ein Wort zusammen – das ich mich hüten werde, öffentlich auszusprechen – so ist es dieses: in Basel habe ich den Judenstaat gegründet. Wenn ich das heute laut sagte, würde mir ein universales Gelächter antworten. Vielleicht in fünf Jahren, jedenfalls in fünfzig wird es jeder einsehen.«[2]

Tatsächlich vergingen nur wenig mehr als 50 Jahre bis David Ben Gurion den Staat Israel proklamierte, jenen Staat, den Herzl in seiner programmatischen Schrift *Der Judenstaat* als »Lösung der Judenfrage« dargestellt hatte. Und jenen Staat, den Herzl in seinem utopischen Roman *Altneuland* bis ins kleinste Detail erträumt hatte.

---

[1] Die Unabhängigkeitserklärung des Staates Israel, https://bit.ly/3VtUUgw
[2] Tagebucheintrag vom 30. August 1897, in: Theodor Herzl, *Gesammelte zionistische Werke.* Berlin 1934, Band III, S. 23.

Als Herzl 1904 starb, war die Verwirklichung seiner Vision noch in weiter Ferne. Geht man heute durch die Straßen Tel Avivs, jener Stadt, die nach der hebräischen Übersetzung von *Altneuland* benannt ist, und sieht die Mischung aus westlichem und orientalischem Lebensstil, scheint es unwirklich, dass ausgerechnet ein Wiener Journalist den Anstoß für die entscheidende Veränderung der jüdischen Nationalbewegung gab, der den Zionismus auf eine politische Ebene bringen konnte. Und doch waren es Herzls Vision, sein politisches Geschick und sein Charisma, die die zionistische Bewegung als politische Kraft etablierten.

Theodor Herzl wurde 1860 in Budapest in eine akkulturierte Familie, die eine weltbürgerliche deutsche Kultur pflegte, geboren. Nach der jüdischen Volksschule besuchte Theodor die städtische Oberrealschule und schließlich das evangelische Gymnasium. Nach dem Tod der Schwester zog die Familie 1878 nach Wien. Obwohl zu einer Schriftstellerlaufbahn entschlossen, schrieb sich Theodor für ein Jurastudium an der Universität Wien ein, während dem er erste Begegnungen mit dem Antisemitismus machte.

1884 graduierte Herzl und trat wenig später die praktische Ausbildung im Staatsdienst in Wien und Salzburg an. Gleichzeitig begann er vermehrt zu schreiben und entschied sich schließlich, trotz zunächst bescheidenem Erfolg, die Schriftstellerei ganz zum Beruf zu machen. Der Entschluss folgte nicht zuletzt daraus, da ihm als Jude eine Karriere im österreichischen Beamtenwesen versagt blieb, als freier Rechtsanwalt wollte Herzl jedoch nicht tätig werden.

Ab 1885 erschienen seine Feuilletons und Erzählungen in verschiedenen Zeitungen, zugleich setzte er seine Arbeit an Theaterstücken fort, die zunehmend Anerkennung fanden und schließlich an österreichischen und deutschen Bühnen gezeigt wurden. Die Feuilletons eines Italienaufenthaltes öffneten ihm endgültig die Tore zur journalistischen Welt. Im Juli 1889 heiratete er Julia Naschauer und wurde im Laufe der folgenden Jahre Vater von drei Kindern, Pauline, Hans und Trude.

Die entscheidende Wende in Herzls Leben trat ein, als ihm der Posten des Korrespondenten in Paris für die *Neue Freie Presse* angeboten wurde. Herzl sagte sofort zu und nahm Ende Oktober 1891 seine Arbeit auf. Er berichtete nun regelmäßig über das parlamentarische Leben, über die sozialen Probleme des Landes und zunehmend auch über den Antisemitismus. Überlegungen zur »Lösung der Judenfrage« brachten Herzl zunächst auf die Idee einer Massenkonversion:

»Am helllichten Tage, an Sonntagen um zwölf Uhr, sollte in feierlichen Aufzügen unter Glockengeläute der Übertritt stattfinden in der Stefanskirche. Nicht verschämt, wie es einzelne bisher getan, sondern mit stolzen Gebärden.«[3]

Im November 1894 schrieb Herzl sein Stück *Das Ghetto*, später umbenannt in *Das neue Ghetto*, das einen Wendepunkt in seinem Verständnis des Antisemitismus ausdrückt. Es zeigt deutlich den Bruch mit der Überzeugung, Juden könnten durch Assimilation als gleichberechtigt in die Gesellschaft integriert werden. Für den Protagonisten, er stirbt im Duell, kann es kein gutes Ende geben, dies sollte Herzl erst später entwerfen. Im Dezember berichtete Herzl für die *Neue Freie Presse* über den Dreyfus-Prozess in Paris,[4] im Januar 1895 über die öffentliche Degradierung des Offiziers. Er sah Dreyfus seine Unschuld beteuern und hörte die »Tod dem Juden«-Rufe in den Straßen. In ihm reifte ein Gedanke, eine Idee, ein Plan zur »Lösung der Judenfrage«.

Herzl schrieb an Baron Maurice de Hirsch, einer der größten Philanthropen der jüdischen Welt, und konnte ihn im Juni treffen. Von Herzls Idee hielt Hirsch jedoch nichts. Herzl ließ sich nicht beirren und arbeitete weiter an seiner Skizze, die schließlich am 14. Februar 1896 unter dem Titel *Der Judenstaat – Versuch einer modernen Lösung der Judenfrage* erscheinen sollte.

Damit war der Start für einen neun Jahre währenden Kampf Herzls für die zionistische Sache gegeben. Herzl hatte viele Widerstände zu überwinden, nicht nur von außen, auch aus den »eigenen« Reihen. Vielen sprach seine Idee, die zwar keine neue war, aber erstmals von einem westeuropäischen assimilierten Juden formuliert und mit einem klar strukturierten Programm unterlegt wurde, aus dem Herzen, doch zunächst schlug ihm erbitterte Ablehnung entgegen. Seine Gegner waren assimilierte Juden,

---

[3] Tagebucheintrag, Pfingsten 1895, in: Herzl, *Gesammelte zionistische Werke*, Band II, S. 8.

[4] Alfred Dreyfus, der seinerzeit der einzige Jude im französischen Generalstab war, wurde im Oktober 1894 der Spionage für Deutschland verdächtigt. In einem geheimen Militärgerichtsverfahren wurde er für schuldig befunden und zu lebenslanger Haft verurteilt. Im Januar 1895 wurde Dreyfus in einer öffentlichen Zeremonie degradiert. Die Pariser Öffentlichkeit begleitete die Zeremonie mit antisemitischen Ausbrüchen gegen Dreyfus und die Juden, »Tod dem Juden«-Rufe hallten durch die Stadt. Dreyfus beteuerte fortwährend seine Unschuld, wurde jedoch verbannt. Drei Jahre später, weitere Ermittlungen waren in der Zwischenzeit getätigt und wieder eingestellt worden, erreichte die Affäre einen neuen Höhepunkt, als der Schriftsteller Emile Zola seinen berühmten offenen Brief »J'accuse« veröffentlichte. Im Sommer 1898 wurde der Fall schließlich neu aufgerollt und das Urteil annulliert. In einem zweiten Prozess wurde Dreyfus erneut schuldig gesprochen, zu zehn Jahren Haft verurteilt, wovon er fünf bereits hinter sich hatte und schließlich begnadigt wurde. 1906 wurde er schließlich rehabilitiert und später befördert. Die Affäre zog eine der tiefsten innenpolitischen Krisen des Landes nach sich.

Anhänger anderer zionistischer Strömungen und Juden aus den religiösen Reihen. In Wien war es zunächst die Jugend- und Studentenbewegung, die Herzl begeistern konnte. Kadimah, Ivria, Unitas und andere Vereine unterstützten ihn und gaben ihm ein Forum für Vorträge und Reden. In Osteuropa konnte seine Idee eines »Judenstaates« sehr viel schneller Anhänger gewinnen und die Massen in einem Ausmaß mobilisieren, das Herzl selbst überraschte. Am 10. März 1896 berichtete er in seinem Tagebuch von einem begeisterten Brief aus Sofia. Der dortige Großrabbiner halte ihn für den Messias. Im Juni hielt Herzls Zug dann auf der Durchreise in Sofia an. Eine »ergreifende Szene« erwartete ihn, wie er nachträglich festhielt. Vor dem Gleis hatte sich eine Menschenmenge angesammelt, eine deutsche und eine französische Ansprache wurden verlesen, Blumen überreicht.

»In diesen und den folgenden Ansprachen wurde ich als Führer, als das Herz Israels usw., in überschwänglichen Worten gefeiert.«[5]

Herzl befand sich nun ununterbrochen auf Reisen, um weitere Unterstützung zu gewinnen und Zugang zu den Herrschern Europas zu finden. Unterdessen schlug er den Wiener Zionisten, die sich mittlerweile zu einem Aktionskomitee zusammengeschlossen hatten, vor, einen allgemeinen Zionistenkongress einzuberufen. Nachdem die Herausgeber der *Neuen Freien Presse* nicht bereit waren, Berichte über die zionistischen Aktivitäten in ihrem Blatt zu veröffentlichen, entschloss sich Herzl, eine eigene Zeitung zu gründen. *Die Welt* erschien erstmals am 4. Juni 1897, »ein Judenblatt«, das »dem jüdischen Volke eine Wehr und Waffe sein«[6] soll, wie es im Programm hieß. Herzl setzte sich schließlich gegen alle Widerstände und Bedenken durch und konnte im August 1897 den ersten Zionistenkongress in Basel einberufen.[7]

Die Idee eines Kongresses war »wie der Morgenstern, der einem wundervollen Frühlingsmorgen den ewigen Maienglanz verleiht«, schrieb Ben Ami, der russische Schriftsteller Mordechai Rabinowicz, in seinen Erinnerungen, »wohl dem, der diesen Frühling mit erlebt hat.«[8]

---

[5] Tagebucheintrag vom 17. Juni 1896, in: Herzl, *Gesammelte zionistische Werke*, Band II, S. 421 f.

[6] *Die Welt*, I. Jahrgang, Nr. 1, 4. Juni 1897, S. 1.

[7] Herzl wollte den Kongress eigentlich in München abhalten, scheiterte jedoch am Widerstand der dortigen jüdischen Gemeinde, siehe: Michael Brenner, *Warum München nicht zur Hauptstadt des Zionismus wurde – Jüdische Religion in der ersten zionistischen Generation*, in: Michael Brenner/Yfaat Weiss (Hg.), *Zionistische Utopie - israelische Realität. Religion und Nation in Israel*, München 1999.

[8] Ben Ami: *Erinnerungen an Theodor Herzl*, in: *Zionistisches Zentralorgan Die Welt. Herzlnummer*, Bd. 18, Heft 27, 1914, S. 687.

Joseph Klausner verglich die Stimmung des Ersten Kongresses mit der Begeisterung, die während der Offenbarung am Sinai herrschte.[9] Ben Ami, der am Abend zuvor mit Herzl zusammengekommen war und nun über dessen Veränderung erstaunt war, zog ebenfalls historische Vergleiche:

»Vor uns erscheint eine wunderbar erhabene königliche Figur, mit hoheitsvollen, tiefen Augen, die eine stille Trauer verraten. Es ist nicht mehr der elegante Dr. Herzl aus Wien, es ist ein aus dem Grabe erstandener königlicher Nachkomme Davids, der vor uns erscheint, in der Größe und Schönheit, mit der Phantasie und Legende ihn umwoben haben.«[10]

Der Kongress verabschiedete das »Basler Programm«, das »für das jüdische Volk die Schaffung einer öffentlich-rechtlich gesicherten Heimstätte in Palästina« anstrebte und legte das Fundament für die Zionistische Organisation, deren oberstes Organ der Kongress selbst war. In den folgenden Jahren bemühte sich Herzl unermüdlich, die Sache weiter voranzutreiben. Er traf mehrmals mit dem Großherzog Friedrich von Baden zusammen, erhielt eine Audienz bei Kaiser Wilhelm II. in Konstantinopel, reiste nach Palästina und traf dort den deutschen Kaiser erneut, sprach mit dem türkischen Sultan, dem Papst und dem italienischen König. Er nutzte jede Minute seiner Zeit, reiste fast ununterbrochen, verließ schließlich die Zeitung und das »geregelte« Leben und opferte auch sein Privatvermögen für die zionistische Sache.

Im Frühjahr 1903 erhielt Herzl schließlich von britischer Seite das Angebot, eine autonome jüdische Ansiedlung in Uganda zu errichten, ein Vorschlag, den Herzl zunächst abgelehnt hatte. Nachdem das Kishinev-Pogrom die Notlage der Juden in Osteuropa erneut dramatisch verdeutlicht hatte, sah sich Herzl in der Pflicht, die Verhandlungen mit der englischen Regierung erneut aufzunehmen. Mit der Genehmigung der Zionistischen Exekutive präsentierte er den »Uganda-Vorschlag« im August 1903 auf dem sechsten Zionistenkongress. Auch wenn Herzl betonte, dass das ultimative Ziel des Zionismus, eine Heimstätte in Palästina zu errichten, dadurch nicht berührt sei, verursachte der Uganda-Vorschlag vehemente Opposition und sorgte für Aufruhr auf dem Kongress, vor allem unter den russischen Delegierten, die darin einen Verrat an Eretz Israel sahen. Erst im April 1904 konnte Herzl die Auseinandersetzungen um den Uganda-Plan beenden und die Einheit der zionistischen Bewegung wieder herstellen.

---

[9] Jacob Allerhand, *Messianische Elemente im Denken und Wirken Theodor Herzls*, in: Norbert Leser (Hrsg.), *Theodor Herzl und das Wien des Fin de siècle*, S. 71.
[10] Ben Ami: *Erinnerungen an Theodor Herzl*, in: *Zionistisches Zentralorgan Die Welt. Herzlnummer*, Bd. 18, Heft 27, 1914, S. 692.

Herzls Gesundheitszustand hatte sich im Frühjahr 1904 dramatisch verschlechtert. Sein Herzleiden war mittlerweile so weit fortgeschritten, dass er sich nicht mehr erholen konnte. Nach seiner Rückkehr nach Wien, fuhr er Anfang Juni mit einer Lungenentzündung in den Kurort Edlach, wo er schließlich am 3. Juli 1904 verstarb. Herzls Tod bedeutete für Viele mehr als nur Abschied von einem politischen Führer.

»Mit dem Tode Herzls haben wir den einzigen konkreten Juden verloren; das lebende Symbol unserer ehemaligen bodenfesten Vergangenheit, unserer schwankenden, weit abliegenden Zukunft. Wir haben ein herrliches lebendiges Symbol begraben müssen.«[11]

Isidor Eliaschoff fasste in Worte, was viele empfanden: Herzl war im Laufe der neun Jahre seiner Aktivität für die zionistische Sache zu einer Legende geworden, zum Symbol der jüdischen Erneuerung und der nationalen Unabhängigkeit.

Herzls *Judenstaat* ist eine programmatische Schrift, die die praktischen Schritte zur »Lösung der Judenfrage« aufzeigt. »Ich erfinde nichts, das wolle man sich vor allem und auf jedem Punkte meiner Ausführungen deutlich vor Augen halten«, betonte Herzl in der Vorrede, »ich erfinde weder die geschichtlich gewordene Zustände der Juden noch die Mittel zur Abhilfe.«[12] Es schien Herzl angebracht, sich deutlich gegen die »Behandlung als Utopie« abzugrenzen. Es wäre zwar keine Schande »eine menschenfreundliche Utopie geschrieben zu haben«, die Lage der Juden in verschiedenen Ländern sei jedoch arg genug, »um einleitende Tändeleien überflüssig zu machen«. »Um den Entwurf vor dem Verdacht der Utopie zu schützen«, wollte Herzl »auch sparsam sein mit malerischen Details der Schilderung«. Die »menschenfreundliche Utopie« sollte er noch vorlegen.

Seit 1898 schrieb Herzl an einem Roman, der schließlich 1902 unter dem Titel *Altneuland* veröffentlicht wurde und der die unterschiedlichen Aspekte von Herzls Persönlichkeit vereint, sein schriftstellerisches Talent, seine juristische Expertise, seine Technikbegeisterung und sein Interesse an den brennenden sozialen Fragen seiner Zeit. *Altneuland* wurde innerhalb der zionistischen Bewegung zunächst eher kritisch gesehen.[13] Aber Herzl hielt unbeirrt an seinem Glauben über den Nutzen des Romans für die Bewegung fest und veranlasste, dass möglichst bald Übersetzungen erstellt

---

[11] Isidor Eliaschoff, *So sehe ich ihn...*, in: *Ost und West (Illustrierte Monatsschrift für Modernes Judentum) Herzl-Nummer*. August–September 1904, S. 552.

[12] Theodor Herzl, *Der Judenstaat*, http://www.zionismus.info/judenstaat/01.htm

[13] Siehe Julius H. Schoeps: *Theodor Herzl 1860–1904. Wenn Ihr wollt, Ist es kein Märchen. Eine Text-Bild-Monographie*. Wien 1995, S. 157.

wurden, etwa ins Englische, Jiddische und vor allem Hebräische, deren Titel zum Namensgeber für die erste jüdische Stadt, Tel Aviv, wurde.[14] Bis heute ist das Motto von *Altneuland*, »Wenn ihr wollt ist es kein Märchen«, ein gängiges Schlagwort in Israels kollektivem Gedächtnis.[15]

Heute, 120 Jahre nach seinem Erscheinen, ist es ein erstaunliches Erlebnis, *Altneuland* zu lesen. Dies ist nicht der Ort, einen Vergleich zwischen Herzls Utopie und der Realität Israels anzustellen. Tatsache ist, dass Herzl bereits viele Probleme, mit denen sich der Staat Israel heute konfrontiert sieht, thematisierte. Politischer Extremismus, religiöser Fundamentalismus, vor allem aber Toleranz und Gleichberechtigung sind zentrale Fragen, die in Herzls „neuen Gesellschaft« verhandelt werden. Diese gleichberechtigte Gesellschaft seines utopischen Altneulands ist letztlich Herzls Antwort auf den Antisemitismus.

Herzl lässt sich jedoch nicht in die eine oder andere Schublade stecken. Versuche, ihn heute als Proto-Postzionisten[16] anzuführen, sind genauso fehl am Platz, wie ihn als Verteidiger der angeblich wahren zionistischen Werte darzustellen, wie es von Seiten der Rechten geschieht[17]. Seine Vision kann jedoch weiterhin Inspiration sein, auch heute noch, denn Diskussionen um die Zukunft des Zionismus werden weiterhin geführt werden müssen.

Herzl kann nur im Kontext seiner Zeit verstanden werden; vor ihrem Hintergrund entwickelte er eine Vision, die weit über den Zeitgeist hinaus, die jüdische Gemeinschaft bis heute bewegt. In diesem Sinne kann man sich nur der Empfehlung des *Jüdischen Volksblattes* von 1902 in einer Rezension von *Altneuland* anschließen:

»Herzl schreibt schön, schreibt hinreißend schön. Will man ihn verstehen, soll man ihn lesen; die aufgewendete Zeit wird keiner bereuen.«[18]

Andrea Livnat
Tel Aviv, Oktober 2022

---

[14]Der Übersetzer Nahum Sokolow wählte als Titel den poetischen, aus der Bibel, Ezekiel 3:15, entnommenen Begriff »Tel Aviv« (Hebr. für Frühlingshügel) anstatt einer wortgetreuen Übersetzung. Siehe: Michael Brenner, *Geschichte des Zionismus*. München 2002, S. 22.

[15]Andrea Livnat, *Der Prophet des Staates. Theodor Herzl im kollektiven Gedächtnis des Staates Israel*. Frankfurt a.M. 2011, S. 286f.

[16]Z.B. bei Tom Segev, *Elvis in Jerusalem. Die moderne israelische Gesellschaft*, Berlin 2003.

[17]Z.B. bei Yoram Hazony, *The Jewish State. The Struggle for Israels Soul*, New York 2000.

[18]*Jüdisches Volksblatt*, Beilage zu Nr. 46, 5.12.1902.

Erstes Buch: Ein gebildeter und verzweifelter junger Mann

Erstes Kapitel

Dr. Friedrich Löwenberg saß in tiefer Melancholie an dem runden Marmortische seines Kaffeehauses. Es war eines der alten gemütlichen Wiener Cafés auf dem Alsergrunde. Er kam seit Jahren dahin, schon als Student. Mit der Regelmäßigkeit eines Bureaukraten pflegte er um die fünfte Nachmittagsstunde einzutreten. Der blasse, kranke Kellner begrüßte ihn ergebenst. Löwenberg machte eine höfliche Verbeugung vor der ebenfalls blassen Kassiererin, mit der er nie sprach. Dann setzte er sich an den runden Lesetisch, trank seinen Kaffee, las alle Zeitungen durch, die ihm der Kellner beflissen brachte. Und wenn er mit den Tages- und Wochenzeitungen, Witzblättern und Fachjournalen fertig war, was nie weniger als anderthalb Stunden in Anspruch nahm, kamen die Gespräche mit Freunden oder die einsamen Träume.

Das heißt: ehemals waren es Plaudereien gewesen, jetzt waren es nur noch Träumereien, denn die zwei guten Gesellen, die jahrelang mit ihm diese eigentümlich leeren und charmanten Abendstunden im Café Birkenreis verbracht hatten, sie waren beide in den letzten Monaten verstorben. Beide waren älter gewesen als er, und es war wie der eine, Heinrich, in seinem Abschiedsbrief an Löwenberg schrieb, bevor er sich eine Revolverkugel in die Schläfe schoß: »es war sozusagen chronologisch begreiflich, daß sie früher verzweifeln als er«. Der andere, Oswald, war nach Brasilien gezogen, um für eine Ansiedlung jüdischer Proletarier tätig zu sein, und dort war er unlängst dem gelben Fieber erlegen.

So kam es, daß Friedrich Löwenberg seit einigen Monaten einsam an dem alten Tische saß und, wenn er sich durch den Zeitungshaufen durchgeschlagen hatte, vor sich hinträumte, ohne eine Ansprache zu suchen. Er war zu müde, neue Bekanntschaften zu schließen, als wäre er nicht dreiundzwanzig Jahre alt, sondern ein Greis gewesen, der schon zu oft hatte von lieben Leuten Abschied nehmen müssen. Da saß er und starrte in den leichten Dunst hinein, der die ferneren Winkel des Saales verschleierte.

Um den Billardtisch standen mit langen Stöcken und kühnen Stoßgeberden einige junge Leute. Die waren nicht unvergnügt, obwohl sie sich in ähnlicher Lage befanden, wie er: es waren angehende Ärzte, neugebackene Doktoren der Rechte, absolvierte Techniker. Die höheren Studien hatten sie vollendet, und zu tun gab es nichts. Die meisten waren Juden und pflegten zu klagen, wenn sie nicht gerade Billard oder Karten spielten, wie schwer es »in dieser Zeit« sei, das Fortkommen zu finden. Einstweilen vertrieben sie sich diese Zeit mit endlosen Spielpartien. Löwenberg bedauerte und beneidete zugleich diese Gedankenlosen. Sie waren eigentlich nur bessere Proletarier, Opfer einer Anschauungsweise, die vor zwanzig oder dreißig Jahren in den mittleren Schichten der Judenschaft geherrscht hatte. Die Söhne sollten etwas anderes werden, als die Väter gewesen. Los vom Handel, von den Geschäften. Da hatte ein Massenauszug des Nachwuchses nach den »gebildeten« Berufen stattgefunden.

Das Ende war ein jammervoller Überfluss an studierten Leuten, die keine Beschäftigung fanden, zu bescheidener Lebensführung nicht mehr taugten, in Ämtern nicht unterschlüpfen konnten, wie ihre christlichen Kollegen, und sozusagen auf dem Markte lagen. Dabei hatten sie Standespflichten, ein kümmerlich hochmütiges Standesbewusstsein und recht mittellose Titel. Die einiges Vermögen besaßen, konnten es langsam aufzehren, oder sie lebten aus der väterlichen Tasche weiter.

Andere lauerten auf die »gute Partie«, mit der hübschen Aussicht, Eheknecht im Solde eines Schwiegervaters zu werden. Die dritten unternahmen eine rücksichtslose und nicht immer reinliche Konkurrenz in Berufen, welche eine vornehmere Lebenshaltung erforderten. So daß man das wunderliche und traurige Schauspiel hatte, sie, die nicht einfache Kaufleute sein wollten, als »Akademiker« Geschäfte machen zu sehen: Geschäfte mit geheimen Krankheiten oder unerlaubten Prozessen. Manche wurden aus Not Journalisten und handelten mit öffentlicher Meinung. Noch andere tummelten sich in Volksversammlungen herum, hausierten mit wertlosen Schlagworten, um bekannt zu werden und parteiliche Beziehungen zu ergattern, die später Nutzen bringen mochten.

Keinen dieser Wege wollte Löwenberg gehen.

»Du taugst nicht fürs Leben«, hatte der arme Oswald ihm vor der Abreise nach Brasilien in grimmiger Laune gesagt, »denn du ekelst dich vor zu vielen Dingen. Man muss was hinunterschlucken können, zum Beispiel Ungeziefer, Unrat. Davon wird man dick und kräftig, und man bringt es zu etwas. Aber du, du bist nichts als ein feiner Esel. Geh' in ein Kloster, Ophelia!... Daß du ein anständiger Mensch bist, wird dir niemand glauben, weil du ein Jud' bist... also was? Du wirst mit den paar Groschen Erbteil früher als mit deiner Rechtspraxis fertig werden. Dann wirst du doch etwas anfangen müssen, wovor du dich ekelst — oder dich aufhängen. Ich bitte dich, kauf dir einen Strick, solange du noch einen Gulden hast. Auf mich kannst du nicht rechnen. Erstens werde ich nicht hier sein, zweitens bin ich dein Freund.« Oswald hatte ihn bereden wollen, mit nach Brasilien zu gehen. Friedrich Löwenberg aber konnte sich dazu nicht entschließen.

Den heimlichsten Grund seiner Weigerung nannte er freilich dem Freunde nicht, der damals hinauszog, um auf fremder Erde früh den Tod zu finden. Es war ein blonder, schwärmerischer Grund, ein äußerst süßes Geschöpf. Nicht einmal den beiden vertrauten Freunden wagte er von Ernestinen zu sprechen. Er fürchtete die Scherze über sein zartestes Gefühl. Und nun waren die beiden Guten nicht mehr da. Er konnte sie nicht mehr, auch wenn er wollte, um ihren Rat und ihre Teilnahme bitten. Denn es war eine schwere, schwere Sache. Er wollte sich vorstellen, was wohl die beiden dazu gesagt hätten, wenn sie nicht von ihm gegangen wären, sondern noch dasäßen auf ihren alten Plätzen an dem runden Lesetische. Er schloss die Augen ein wenig und träumte das Gespräch.

»Meine Freunde, ich bin verliebt — nein, ich liebe...«

»Armer Kerl!« würde Heinrich sagen.

Oswald aber: »Eine solche Dummheit sieht dir ganz ähnlich, lieber Friedrich.«

»Es ist mehr als eine Dummheit, meine lieben Freunde, es ist schon ausgewachsener Wahnsinn. Denn Herr Löffler, ihr Vater, wird mich wahrscheinlich auslachen, wenn ich ihn um die Hand Ernestinens bitte. Ich bin nichts als ein Advokaturskandidat mit vierzig Gulden Monatsgehalt. Ich habe nichts, gar nichts mehr. Die letzten Monate waren mein Ruin. Die wenigen hundert Gulden, die noch von meinem Erbe übrig waren, sind aufgezehrt. Ich weiß ja, daß es ein Unsinn war, mich so von allem zu entblößen. Aber ich wollte in ihrer Nähe sein, ihre Anmut sehen, ihre holde Stimme hören. Da musste ich im Sommer den Kurort besuchen, wo sie war, und nun Theater, Konzerte. Ich mußte mich auch gut kleiden, um in ihre Gesellschaften zu kommen. Und jetzt habe ich nichts mehr und liebe sie noch immer so, nein, mehr als je.«

»Und was willst du tun?« würde Heinrich fragen.

»Ich will ihr sagen, daß ich sie liebe, und will sie bitten, ein paar Jahre auf mich zu warten, bis ich mir eine Existenz geschaffen habe.«

Da hörte er im Traume Oswalds höhnisches Lachen: »Jawohl, lass warten! So unvernünftig ist Ernestine Löffler nicht, daß sie auf einen Hungerleider warten wird, bis sie verblüht ist. Hahaha!«

Aber das Lachen erscholl wirklich neben Friedrich Löwenberg, und er öffnete bestürzt die Augen, Herr Schiffmann, ein junger Bankbeamter, den Friedrich im Löfflerschen Hause kennengelernt hatte, stand vor ihm und lachte herzlich: »Scheinen gestern spät ins Bett gegangen zu sein, Herr Doktor, daß Sie jetzt schon schläfrig sind.«

»Ich habe nicht geschlafen«, sagte Friedrich verlegen.

»Na, heute wird es auch lange dauern. Sie gehen doch zu Löfflers?«

Herr Schiffmann setzte sich ungezwungen an den Lesetisch.

Friedrich konnte den Burschen nicht sonderlich leiden. Dennoch ließ er sich seine Gesellschaft gefallen, weil er mit ihm von Ernestinen reden durfte und öfters durch ihn erfuhr, in welches Theater Ernestine gehen werde. Herr Schiffmann hatte nämlich feine Beziehungen zu Theaterkassierern und verschaffte Sperrsitze selbst zu den unzugänglichsten Vorstellungen.

Friedrich sagte: »Ja, ich bin heute auch zu Löfflers eingeladen.«

Herr Schiffmann hatte eine Zeitung in die Hand genommen und rief aus: »Das ist doch sonderbar!«

»Was denn?«

»Diese Annonce!«

»Ah, Sie lesen auch die Annoncen?« sagte Friedrich, ironisch lächelnd.

»Wie heißt: auch?« erwiderte Schiffmann. »Ich lese hauptsächlich die Annoncen. Die sind das Interessanteste in der Zeitung — vom Börsenbericht abgesehen.«

»So? Ich habe den Börsenbericht noch nie gelesen.«

»Nun ja, Sie! ... Aber ich ich brauche nur einen Blick auf den Kurszettel, so sag' ich Ihnen die ganze europäische Lage. Dann kommen aber gleich die Annoncen. Sie haben keine Ahnung, was da alles drin steht. Das ist, wie wenn ich auf einen Markt geh'. Da gibt es eine Menge Sachen und Menschen zu verkaufen. Das heißt: zu verkaufen ist ja eigentlich alles in der Welt — nur der Preis ist nicht immer zu erschwingen... Wenn ich da hereinschau' in den Inseratenteil, erfahr' ich immer, was es für Gelegenheiten gibt. Alles soll man wissen, nichts soll man brauchen... Aber da seh' ich schon seit ein paar Tagen eine Annonce, die ich nicht versteh'.«

»Ist sie in einer fremden Sprache?«

»Da sehen Sie her, Doktor!« Schiffmann hielt ihm das Blatt hin und deutete auf eine kleine Anzeige, die so lautete:

»Gesucht wird ein gebildeter und verzweifelter junger Mann, der bereit ist, mit seinem Leben ein letztes Experiment zu machen. Anträge unter N. O. Body an die Expedition.«

»Ja, Sie haben recht«, sagte Friedrich, »das ist ein merkwürdiges Inserat. Ein gebildeter und verzweifelter junger Mann! Solche sind vielleicht zu finden. Aber der Nachsatz macht die Sache schwerer. Wie verzweifelt muß einer sein, wenn er mit seinem Leben ein letztes Experiment wagen soll.«

»Er scheint ihn auch nicht gefunden zu haben, der Herr Body. Ich seh' die Annonce immer wieder. Wissen möcht' ich aber doch, wer dieser Body mit dem sonderbaren Geschmack ist.«

»Das ist niemand.«

»Wie heißt niemand?«

»N. O. Body — nobody. Niemand auf Englisch.«

»Ah, so... Ans Englische hab' ich nicht gedacht. Alles soll man wissen, nichts soll man brauchen ... Aber es wird Zeit, wenn wir nicht zu spät zu Löfflers kommen wollen. Grad' heute muß man pünktlich sein.«

»Warum gerade heute?« fragte Löwenberg.

»Bedaure, kann ich nicht sagen. Bei mir ist Diskretion Ehrensache ... Aber Sie können sich auf eine Überraschung gefasst machen ... Kellner, zahlen!«

Eine Überraschung? Friedrich empfand plötzlich eine unbestimmte Angst.

Als er mit Schiffmann das Kaffeehaus verließ, bemerkte er einen Knaben von etwa zehn Jahren außen in der Türnische. Der Junge hatte in seinem dünnen Röckchen die Schultern hoch hinaufgezogen, die Arme verschränkt an den Leib geklemmt, und er stampfte mit den Füßen den leicht herangewehten Schnee dieses geschützten Winkels. Das Hüpfen nahm sich beinahe possierlich aus. Aber Friedrich sah, daß das arme Kind in den zerrissenen Schuhen bitterlich fror. Er griff in die Tasche, suchte beim Scheine der nächsten Laterne drei Kupferkreuzer aus dem Kleingelde hervor und gab sie dem Knaben. Dieser nahm sie, sagte leise mit fröstelnder Stimme »Dank!« und lief schnell davon.

»Was? Sie unterstützen den Straßenbettel?« sagte Schiffmann indigniert.

»Ich glaube nicht, daß dieser Kleine sich zum Vergnügen im Dezemberschnee herumtreibt... Mir scheint auch, es war ein Judenjunge.«

»Dann soll er sich an die Kultusgemeinde wenden oder an die israelitische Allianz und nicht am Abend bei Kaffeehäusern herumstehen!«

»Regen Sie sich nicht auf, Herr Schiffmann, Sie haben ihm doch nichts gegeben.«

»Mein lieber Doktor«, sagte Schiffmann bestimmt, »ich bin Mitglied des Vereines gegen Verarmung und Bettelei. Jahresbeitrag ein Gulden.«

Zweites Kapitel

Die Familie Löffler wohnte im zweiten Stock eines großen Zinshauses in der Gonzagagasse. Im Erdgeschosse befand sich die Tuchniederlage der Firma »Moriz Löffler und Komp.« Als Friedrich und Schiffmann in das Vorzimmer traten, bemerkten sie an der Menge der schon dahängenden Winterröcke und Mäntel, daß die Gesellschaft heute zahlreicher sein mußte als gewöhnlich. »Ein ganzes Kleidergeschäft«, meinte Schiffmann.

Im Salon waren einige Leute, die Friedrich schon kannte. Fremd war ihm aber der kahlköpfige Herr, der neben Ernestinen am Klavier stand und ihr ganz vertraulich zulächelte. Das junge Mädchen streckte dem Ankömmling liebenswürdig die Hand entgegen: »Herr Doktor Löwenberg, lassen Sie sich vorstellen. Das ist Herr Leopold Weinberger.«

»Mitchef der Firma Samuel Weinberger und Söhne in Brünn«, ergänzte Papa Löffler nicht ohne Feierlichkeit und Wohlwollen. Die beiden Herren reichten einander erfreut die Hände, und Friedrich nahm bei dieser Gelegenheit wahr, daß Herr Weinberger, der Mitchef der Brünner Firma, beträchtlich schielte und eine sehr feuchte Handfläche hatte.

Das mißfiel Friedrich nicht, weil es den ersten, blitzartigen Gedanken verscheuchte, von dem er bei seinem Eintritte befallen worden war. Ernestine mit einem solchen Menschen — das war einfach unmöglich. Wie sie jetzt dastand, schlank, anmutig, das holde Haupt lieblich geneigt, entzückte sie seine Augen. Er mußte sich aber ein wenig zurückziehen, denn andere Gäste kamen und wurden begrüßt. Nur Herr Leopold Weinberger aus Brünn behauptete sich einigermaßen zudringlich an Ernestinens Seite. Friedrich erkundigte sich bei Schiffmann. »Dieser Herr Weinberger ist wohl ein alter Bekannter des Hauses?«

»Nein«, sagte Schiffmann, »sie kennen ihn erst seit vierzehn Tagen, aber es ist eine feine Tuchfirma.«

»Was ist fein, Herr Schiffmann, das Tuch oder die Firma?« fragte Friedrich belustigt und getröstet. Denn ein Mensch, den man erst seit vierzehn Tagen kannte, war doch sicherlich kein Bräutigam.

»Beides«, erwiderte Schiffmann. »Samuel Weinberger und Söhne kriegen so viel Geld wie sie wollen — für vier Percent. Hochprima... Überhaupt geht es heute hier nobel zu. Sehen Sie: der Magere dort mit den Glotzaugen, das ist Schlesinger, der Prokurist von Baron Goldstein. Er ist ein zuwiderer Mensch, aber sehr beliebt.«

»Warum?«

»Wie heißt, warum? Weil er der Prokurist von Baron Goldstein ist... Kennen Sie den mit dem grauen Backenbart? Auch nicht? Ja, von wo kommen Sie denn? Das ist der Großspekulant Laschner, einer der bedeutendsten Börsianer. Der spielt Ihnen mit ein paar tausend Effekten wie gar nichts. Jetzt ist er gerade sehr reich. Mir gesagt! Ob er nächstes Jahr noch etwas haben wird, weiß ich nicht. Heute hat seine Gemahlin die größten Brillantenboutons... die anderen sind ihr auch alle darauf neidig.«

Frau Laschner saß in einer Ecke des Salons mit mehreren ebenfalls stark geputzten Damen, und sie sprachen leidenschaftlich von Hüten. Die übrigen Gruppen waren noch in der kühlen Stimmung vor dem Nachtmahl. Auch schienen einige von der bevorstehenden Überraschung unterrichtet zu sein, die Schiffmann im Kaffeehaus angedeutet hatte. Sie machten diskrete Mienen und flüsterten miteinander.

Friedrich fühlte sich unbehaglich, ohne recht zu wissen warum. In dieser Gesellschaft spielte er nächst Schiffmann die unbedeutendste Rolle. Sonst hatte er das nie bemerkt, weil Ernestine mit ihm zu bleiben pflegte, wenn er kam. Aber heute wandte sie keinen Blick und kein Wort an ihn. Herr Weinberger aus Brünn mußte ein sehr anregender Plauderer sein. Noch etwas empfand Friedrich als Demütigung des Schicksals. Er und Schiffmann waren die einzigen, die nicht im Frack oder Smoking erschienen waren, sondern im Salonrock. Dadurch waren sie auch äußerlich als die Parias des Abends gekennzeichnet. Am liebsten wäre er weggegangen, aber dazu fand er nicht den Mut.

Der große Salon war schon überfüllt. Man schien aber noch jemanden zu erwarten. Friedrich wandte sich mit einer Frage an seinen Elendsgenossen. Schiffmann wußte es auch wirklich, denn er hatte soeben eine Bemerkung der Hausfrau erlauscht: »Man wartet nur noch auf Grün und Blau.«

»Wer ist das?« fragte Friedrich.

»Was? Sie kennen Grün und Blau nicht? Die zwei geistreichsten Menschen von Wien? Es gibt doch keine Gesellschaft, keine Hochzeit, keinen Polterabend, oder was immer, ohne Grün und Blau. Manche sagen. Grün ist der Geistreichere; manche sagen, Blau. Grün ist mehr auf Wortspiele eingerichtet, Blau macht sich mehr über die Leute lustig. Blau hat darum auch schon mehr Pätsch' bekommen, aber das geniert ihn nicht. Er hat das richtige Gesicht dafür. Seine Wangen werden nicht rot, wenn man sie ohrfeigt... In den besseren jüdischen Kreisen sind die zwei Herren sehr beliebt. Nur kann einer den anderen nicht ausstehen — natürlich, sie sind ja Konkurrenten.«

Eine kleine Bewegung im Salon. Herr Grün war eingetreten, ein langer hagerer Mensch mit rötlichem Bart und auffallend weit vom Kopf abstehenden Ohren, die Herr Blau die »uneingesäumten Ohren« nannte, weil ihr oberer Rand nicht der Muschel zu gefaltet war, sondern flach auslag.

Ernestinens Mutter ging dem berühmten Witzbold mit einem liebenswürdigen Vorwurf entgegen: »Warum kommen Sie erst jetzt, Herr Grün?«

»Ich hab' nicht später kommen können«, antwortete er humoristisch. Die es hörten, lächelten dankbar. Doch über die Züge des Humoristen flog ein Schatten: Blau war erschienen.

Herr Blau, ein mittelgroßer Mann von etwa dreißig Jahren, hatte ein glattrasiertes Gesicht, und auf der stark gebogenen Nase saß ihm ein Kneifer. »Ich war im Wiedener Theater«, sagte er, »bei der Première. Nach dem ersten Akt bin ich weggegangen.«

Die Mitteilung erregte Interesse. Damen und Herren scharten sich um Blau, der weiter berichtete: »Der erste Akt ist zum allgemeinen Erstaunen nicht durchgefallen.«

Frau Laschner rief ihrem Gatten herrisch zu: »Moriz, ich will morgen dazu gehen.«

Blau fuhr fort: »Die Freunde der Librettisten haben sich ausgezeichnet unterhalten.«

»So gut ist die Operette?« fragte Schlesinger, der Prokurist des Baron Goldstein.

»Nein — so schlecht!« erklärte Blau. »Die Freunde der Verfasser unterhalten sich doch nur, wenn das Stück schlecht ist.«

Man ging zu Tisch. Der große Speisesaal war noch zu klein für die heutige Gesellschaft. Man saß dicht gedrängt, Ernestine neben Herrn Weinberger. Friedrich und Schiffmann hatten am untersten Ende der Tafel Platz nehmen müssen. Anfänglich gab es mehr Tellergeklapper und Klirren von Eßzeug als Gespräche. Herr Blau rief seinem Konkurrenten über den Tisch zu: »Grün — essen Sie nicht so laut! Man hört seinen eigenen Fisch nicht.«

»Sie sollten keinen Fisch essen, sondern Neidhammelkeule.«

Die Anhänger des Herrn Grün lachten über diesen Witz. Die Anhänger des Herrn Blau fanden ihn matt.

Aber die Aufmerksamkeit der Tafelrunde wurde von den beiden Witzbolden abgelenkt, als ein älterer Herr, der neben Frau Löffler saß, mit etwas lauterer Stimme sagte: »Bei uns in Mähren wird die Lage auch schlecht. In den kleineren Landstädten sind die Leute wirklich in Gefahr. Sind die Deutschen schlecht aufgelegt, schlagen sie den Juden die Fenster ein. Sind die Tschechen schief gewickelt, brechen sie bei den Juden ein. Die armen Leute fangen an auszuwandern. Aber sie wissen nicht, wohin sie sollen.«

»Moriz!« schrie in diesem Augenblick Frau Laschner, »ich will übermorgen ins Burgtheater.«

»Gib jetzt Ruh!« antwortete der Börsenmann. »Doktor Weiß erzählt uns, wie es bei ihnen in Mähren aussieht. Auf Ehre nicht schön.«

Samuel Weinberger, der Vater des Herrn Leopold Weinberger, mischte sich ein: »Herr Doktor, Sie als Rabbiner sehen etwas zu schwarz.«

»Weiß sieht immer schwarz!« sagte einer der Spaßmacher, aber der Witz fiel ins Leere.

Samuel Weinberger fuhr fort: »Ich fühl' mich in meiner Fabrik ganz sicher. Wenn man bei mir Spektakel macht, ruf ich die Polizei oder geh' zum Platzkommando. Wenn das Gesindel nur die Bajonette sieht, hat es schon Respekt.«

»Das ist aber doch ein trauriger Zustand«, meinte Rabbiner Weiß mit Sanftmut.

Der Advokat Doktor Walter, der ursprünglich Veiglstock geheißen hatte, bemerkte: »Ich weiß nicht mehr, wer gesagt hat: Mit Bajonetten kann man alles machen; nur sich darauf setzen kann man nicht.«

»Ich seh' schon«, rief Laschner, »wir werden alle wieder den gelben Fleck tragen müssen.«

»Oder auswandern«, sagte der Rabbiner.

»Ich bitte Sie, wohin?« fragte Walter. »Ist es vielleicht anderswo besser? Sogar im freien Frankreich haben die Antisemiten die Oberhand.«

Doktor Weiß aber, der arme Rabbiner einer mährischen Kleinstadt, der entschieden nicht wusste, in welchen Kreis er da geraten war, wagte eine schüchterne Einwendung: »Es gibt seit einigen Jahren eine Bewegung, man nennt sie die zionistische. Die will die Judenfrage durch eine großartige Kolonisation lösen. Es sollen alle, die es nicht mehr aushalten können, in unsere alte Heimat, nach Palästina gehen.«

Er hatte ganz ruhig gesprochen und nicht wahrgenommen, wie die Gesichter um ihn her sich allmählich zum Lächeln verzogen, und er war daher ordentlich verdutzt, als das Gelächter beim Worte *Palästina* plötzlich losbrach. Es war ein Lachen in allen Tonarten. Die Damen kicherten, die Herren brüllten und wieherten. Nur Friedrich Löwenberg fand diesen Heiterkeitsausbruch brutal und ungeziemend gegen den alten Mann.

Blau benützte die erste Pause im allgemeinen Gelächter, um zu erklären: »Wenn es in der neuen Operette einen einzigen solchen Witz gegeben hätte, wär' uns wohl gewesen.«

Grün schrie: »Ich werde Botschafter in Wien.«

Erneutes Gelächter. Einige riefen dazwischen: »Ich auch, ich auch.«

Da sagte Blau ernst: »Meine Herren, alle können es nicht werden. Ich glaube, die österreichische Regierung wird so viele jüdische Botschafter nicht annehmen. Sie müssen sich um andere Posten umsehen.«

Der alte Rabbiner war aber sehr verlegen und sah nicht mehr von seinem Teller auf, indessen die Humoristen Grün und Blau sich mit einer wahren Lust auf den spaßigen Stoff warfen. Sie teilten das neue Reich ein, schilderten die Zustände. Am Schabbes wird die Börse geschlossen sein. Der König wird den Männern, die sich um das Vaterland oder um die Börse herum Verdienste erworben haben, den Davidsorden oder den Orden vom »fleischigen Schwert« verleihen. Wer aber soll König sein?

»Jedenfalls Baron Goldstein«, sagte der Witzbold Blau.

Herr Schlesinger, der Prokurist dieses berühmten Bankiers, bemerkte unwillig: »Ich bitte, die Person des Herrn Baron von Goldstein nicht in die Debatte zu ziehen, wenigstens nicht in meiner Gegenwart.«

Fast alle Anwesenden gaben ihm durch Kopfnicken ihre Zustimmung zu erkennen. Der witzige Herr Blau beging wirklich manchmal Taktlosigkeiten. Die Person des Herrn Baron Goldstein in die Debatte zu ziehen, das ging denn doch ein bisschen zu weit.

Herr Blau aber fuhr fort: »Justizminister wird Herr Doktor Walter. Er bekommt den Adelsstand mit dem Prädikate ›von Veiglstock‹. Walter Edler von Veiglstock.«

Man lachte. Der Advokat errötete über seinen Vatersnamen und rief dem Witzling zu: »Sie haben schon lang keine fremde Hand in Ihrem Gesicht gespürt.«

Grün, der Wortwitzige, aber Vorsichtigere, flüsterte seiner Nachbarin eine Silbenkombination zu, in der das Wort Ohrfeiglstock vorkam.

Frau Laschner erkundigte sich: »Wird es Theater auch geben in Palästina? Sonst geh' ich nicht hin.«

»Gewiß, gnädige Frau«, sagte Grün. »Bei den Festvorstellungen im Hoftheater von Jerusalem wird die ganze Israelite versammelt sein.«

Der Rabbiner Weiß meinte nun schüchtern: »Über wen machen Sie sich lustig, meine Herren? Über sich selbst?«

»Nein, ernst werden wir uns nehmen!« sagte Blau.

»Ich bin stolz, daß ich ein Jud' bin«, erklärte Laschner, »denn wenn ich nicht wär' stolz, wär' ich doch auch ein Jud'. Also bin ich lieber gleich stolz.«

In diesem Augenblick gingen die beiden Stubenmädchen hinaus, eine andere Schüssel zu holen. Die Hausfrau bemerkte: »Wenn die Dienstboten dabei sind, sollte man lieber nicht über jüdische Sachen reden.«

Blau erwiderte sofort: »Entschuldigen, gnädige Frau, ich hab' nicht gewußt, daß Ihre Dienstboten nicht wissen, daß Sie Juden sind.«

Einige lachten.

»Nun ja«, sagte Schlesinger mit Autorität; »aber man muß es doch nicht an die große Glocke hängen.«

Champagner wurde hereingebracht. Schiffmann stieß seinen Nachbar Löwenberg mit dem Ellbogen: »Jetzt wird's losgehen!«

»Was wird losgehen?« fragte Friedrich.

»Haben Sie's denn noch immer nicht heraus?«

Nein, Friedrich hatte es noch immer nicht erraten. Aber im nächsten Augenblick wurde ihm die Gewißheit.

Herr Löffler klopfte mit dem Messer an sein Glas und erhob sich. Stille trat ein. Die Damen lehnten sich zurück. Der Humorist Blau schob noch schnell einen Bissen in den Mund, er kaute, während Papa Löffler sprach: »Meine hochverehrten Freunde! Ich bin in der angenehmen Lage, Ihnen eine freudige Mitteilung zu machen. Meine Tochter Ernestine hat sich mit Herrn Leopold Weinberger aus Brünn, Mitchef der Firma Samuel Weinberger und Söhne, verlobt. Das Brautpaar soll leben. Hoch!«

Hoch! Hoch! Hoch! Alle hatten sich erhoben. Die Gläser klangen. Dann ging man um den Tisch herum, zu den Eltern, zum Brautpaare, Glück wünschend. Auch Friedrich Löwenberg machte diesen Weg mit, obwohl er eine Wolke vor den Augen hatte. Eine Sekunde lang war er vor Ernestine gestanden und hatte mit zitternder Hand sein Glas dem ihrigen genähert. Sie sah flüchtig über ihn hinweg.

Dann war die Stimmung an der Tafel fröhlich geworden. Ein Trinkspruch folgte dem anderen. Schlesinger hielt eine würdevolle Rede. Grün und Blau zeigten sich auf der Höhe ihrer humoristischen Aufgabe, Grün verrenkte in seinem Toast noch mehr Silben als gewöhnlich, und Blau machte allerlei taktlose Anspielungen. Die Gesellschaft geriet in die beste Laune.

Friedrich hörte das alles nur undeutlich, wie aus der Ferne, und es war ihm zumute, als befände er sich in einem dichten Nebel, in dem man nichts sieht und schwer Atem holen kann.

Das Mahl ging zu Ende. Friedrich hatte den einzigen Gedanken, fortzukommen, weit weg von all diesen Leuten. Er kam sich überflüssig vor in diesem Zimmer, in dieser Stadt, in der Welt überhaupt. Aber als er sich in dem kleinen Gedränge nach der Tafel unauffällig hinausdrücken wollte, kam ihm Ernestine in den Weg. Lieblich war ihre Stimme, als sie ihn anhielt: »Sie haben mir noch nichts gesagt, Herr Doktor!«

»Was soll ich Ihnen sagen, Fräulein Ernestine? ... Ich wünsch' Ihnen Glück. Ja, ja — ich wünsche Ihnen viel Glück zu dieser Verlobung.«

Aber da war schon der Bräutigam wieder neben ihr, legte den Arm mit der Sicherheit des Besitzers um ihre Taille und zog sie fort. Sie lächelte.

Drittes Kapitel

Als Friedrich Löwenberg in die Winternachtluft hinaustrat, legte er sich die Frage vor, was das Widerlichere gewesen sei: die Besitzergebärde des Herrn Weinberger aus Brünn, oder das Lächeln des jungen Mädchens, das er bisher so bezaubernd gefunden hatte. Wie? Seit vierzehn Tagen erst kannte der »Mitchef« die Holde, und er durfte seine schwitzende Hand auf ihren Leib legen. Welch ein ekelhafter Handel. Es war der Zusammenbruch einer feinen Illusion. Der Mitchef hatte offenbar Geld, und Friedrich hatte keines. In diesem Kreise, wo man nur für Vergnügen und Vorteil Sinn hatte, war Geld alles. Und doch war er auf diesen Kreis der jüdischen Bourgeoisie angewiesen. Mit diesen Leuten und leider auch von diesen Leuten mußte er leben, denn sie stellten die Klientel einer zukünftigen Advokatenpraxis vor.

Wenn es hoch kam, wurde man Rechtsbeistand eines Mannes wie Laschner — von dem phantastischen Glücksfalle, daß man einen Kunden wie Baron Goldstein bekam, gar nicht zu träumen. Die christliche Gesellschaft und eine christliche Klientel gehörten zum Unzugänglichsten in der Welt. Also was? Entweder sich dem Löfflerschen Kreise einfügen, dessen niederes Lebensideal teilen, die Interessen zweifelhafter Geldmenschen vertreten und zum Lohne für solche brave Aufführung nach so und so viel Jahren auch eine Kanzlei besitzen, mit dem Anspruch auf die Hand und Mitgift eines Mädchens, das nach vierzehntägiger Bekanntschaft den Erstbesten heiratet. Oder, wenn einem das alles zu ekelhaft war, die Einsamkeit und Armut.

Er war in solchen Gedanken wieder vor dem Café Birkenreis angelangt. Was sollte er auch jetzt schon zu Hause in seinem engen, Stübchen anfangen? Es war zehn Uhr. Schlafen gehen? Ja, wenn es kein Erwachen mehr gäbe...

Vor der Tür des Kaffeehauses wäre er beinahe über einen kleinen Körper gestolpert. Auf der Stufe des Einganges hockte ein Knabe, Friedrich erkannte ihn: es war derselbe Junge, den er vor wenigen Stunden beschenkt hatte. Barsch ließ er ihn an: »Was? Du bettelst da schon wieder?«

Der Knabe erwiderte mit fröstelnder Stimme: »Ich wart' auf mein Taten.« Dann stand er auf und hüpfte wieder und schlug die Arme übereinander, um sich zu erwärmen. Friedrich war so unglücklich, dass er für das frierende Kind kein Mitleid empfand.

Er trat in den qualmigen Raum ein und setzte sich auf seinen gewohnten Platz am Lesetisch. Um diese Stunde war das Kaffeehaus schwach besucht. Nur in den Winkeln einige verspätete Spieler, die sich voneinander nicht trennen konnten und immer wieder die letzten Runden ankündigten, an die sich die allerletzten und unwiderruflich letzten sowie die »Schuft mein Name« letzten anschlössen.

Eine Weile saß Friedrich und starrte vor sich hin, dann kam ein schwatzhafter Bekannter an den Tisch heran. Friedrich flüchtete sich hinter eine Zeitung und tat, als ob er lese. Aber wie er in das Blatt hineinsah, fiel sein Blick zufällig wieder auf die Anzeige, von der Schiffmann vor einigen Stunden gesprochen hatte:

»Gesucht wird ein gebildeter und verzweifelter junger Mann, der bereit ist, mit seinem Leben ein letztes Experiment zu machen. Anträge unter N. O. Body an die Expedition.«

Wie sonderbar. Jetzt passte die Anrufung auf ihn. Ein letztes Experiment! Das Leben war ihm ohnehin verleidet. Bevor er es wegwarf wie sein armer Freund Heinrich, konnte er immerhin noch etwas damit unternehmen. Er ließ sich vom Kellner einen Kartenbrief geben und schrieb an N. O. Body diese wenigen Worte:

»Ich bin Ihr Mann. Doktor Friedrich Löwenberg, IX. Hahngasse 67.«

Während er den Brief zuklebte, kam von hinten jemand an ihn heran: »Zahnbürsteln, Hosenträger, Hemdknöpf' gefällig?« Friedrich scheuchte den zudringlichen Hausierer mit einem barschen Wort weg. Der zog sich seufzend zurück, mit einem ängstlichen Blick nach dem Kellner, der ihn vielleicht hinausweisen würde. Da bereute Friedrich, dass er den armen Menschen eingeschüchtert hatte, rief ihn zurück und warf ihm ein Zwanzighellerstück in das Hausiererkistchen.

Der Mann hielt ihm seinen Trödel hin: »Ich bin kein Bettler... Sie müssen etwas kaufen, sonst kann ich das Geld nicht behalten.« Um ihn loszuwerden, nahm Friedrich einen Hemdknopf aus dem Kästchen. Jetzt erst dankte der Mann und ging weg. Friedrich sah ihm gleichgültig nach, wie er zu dem Kellner trat und diesem das eben erhaltene Geldstück gab. Der Kellner holte aus einem Korb altgebackene Brote hervor und lieferte sie dem Hausierer aus, der sie hastig in seine Rocktasche stopfte.

Friedrich erhob sich, um wegzugehen. Als er vor der Tür des Kaffeehauses stand, sah er den frierenden Jungen wieder, diesmal mit dem Hausierer, der ihm die harten Brötchen übergab. Das war also der Vater des Knaben.

»Was macht Ihr da?« fragte Friedrich.

»Ich geb ihm die Kipfeln, gnädiger Herr«, sagte der Hausierer; »daß er sie soll zu Haus tragen zu mein' Weib. Es ist heut' mei' erste Losung.«

»Ist das wahr?« forschte Friedrich.

»So soll es nicht wahr sein, wie es wahr ist«, sagte der Mann stöhnend. »Überall werfen sie mich heraus, wenn ich handeln will. Wenn man ein Jud is, soll man lieber gleich in die Donau gehen.«

Friedrich, der noch kurz vorher mit dem Leben abgeschlossen hatte, sah plötzlich eine Gelegenheit, sich zu betätigen, jemandem nützlich zu sein. Eine Ablenkung seiner Gedanken. Er steckte den Kartenbrief in einen Postkasten. Dann ging er mit den beiden weiter und ließ sich vom Hausierer erzählen: »Wir sind von Galizien hergekommen. In Krakau hab' ich gewohnt in ein' Zimmer mit noch drei Familien. Wir haben gelebt von der Luft. Hab' ich mir gedacht, schlechter kann es nit mehr werden, und bin mit mei' Weib und meine Kinder hergekommen. Hier is es nit schlechter, aber auch nit besser.«

»Wieviel Kinder haben Sie?«

Der Hausierer begann im Gehen zu schluchzen: »Fünfe hab' ich gehabt, drei sind mir gestorben, seit wir hier sind. Jetzt hab' ich nur den da und das kleine Mädel, was noch an der Brust is... David, lauf nit so schnell.«

Der Knabe drehte sich um: »Die Mutter war so hungrig, wie ich ihr die drei Kreuzer von dem Herrn da gebracht hab'.«

»So? Sie waren der gute Herr?« sagte der Hausierer und haschte nach Friedrichs Hand, um sie zu küssen.

Friedrich zog die Hand rasch zurück: »Was fällt Ihnen denn ein?... Sag' mein Junge, was hat deine Mutter mit den paar Kreuzern angefangen?«

»Milch hat sie geholt für Mirjam«, sagte der kleine David.

»Mirjam ist unser anderes Kind«, bemerkte der Hausierer erklärend.

»Und die Mutter hungerte weiter?« fragte Friedrich erschüttert.

»Ja, Herr«, erwiderte David.

Friedrich hatte noch einige Gulden bei sich. Ob er die besaß oder nicht, war ziemlich gleichgültig, da er ohnehin mit dem Leben fertig war. Diesen Leuten konnte er die bitterste Not erleichtern, wenn auch nur für kurze Zeit. »Wo wohnt Ihr?« fragte er den Hausierer.

»Auf der Brigittenauer Lände. Wir hab'n a Kabinett — aber es ist uns schon gekündigt.«

»Gut, ich will mich überzeugen, ob das alles wahr ist. Ich gehe mit Ihnen nach Hause.«

»Bitte!« sagte der Hausierer. »Sie wer'n ka Vergnüg'n hab'n, gnädiger Herr. Wir lieg'n am Stroh... Ich hab noch in andere Kaffeehäuser gehen wollen. Aber wenn Sie wünschen, geh' ich zu Haus.«

Sie gingen über die Augartenbrücke der Brigittenauer Lände zu. David, der jetzt neben seinem Vater einher schlich, fragte mit leiser Stimme: »Tate, darf ich ein Stückl Brot essen?«

»Eß nur«, entgegnete der Alte. »Ich werd' auch ein Stückl essen. Für die Mutter bleibt noch.«

Und nun kauten Vater und Sohn hörbar an dem harten Gebäck, das sie aus ihren Taschen hervorgeholt hatten.

Vor einem hohen, neugebauten Hause an der Lände blieben sie stehen. Das Haus atmete noch den feuchten frischen Baugeruch aus. Der Hausierer zog die Klingel. Alles blieb still. Nach einer Weile zog er wieder den Messingknopf und sagte: »Der Hausmeister weiß schon, wer da is. Da lasst er sich Zeit. Oft steh' ich da a Stund! Er ist ein grober Mensch. Manchesmal trau' ich mich gar nit her, wenn ich ihm keine fünf Kreuzer Sperrgeld geben kann.«

»Was tun Sie dann?« fragte Friedrich.

»Dann geh' ich herum bis in der Früh, bis das Haustor offen is.«

Friedrich ergriff nun selbst den Knopf und riss ein paar Mal heftig die Klingel. Jetzt wurde Geräusch hinter dem Tore vernehmbar. Schlurfende Schritte, Klirren von Schlüsseln, und durch die Ritzen drang ein Lichtschein. Das Tor ging auf. Der Hausmeister hielt ihnen die Laterne entgegen und schrie: »Wer reißt denn so an der Glocke? Was? Die Judenbagasch?«

Der Hausierer entschuldigte sich furchtsam: »Nit ich war es — der Herr da!«

Der Hausmeister schimpfte: »So a Frechheit!«

»Augenblicklich schweigen Sie, Kerl!« herrschte ihn Friedrich an und warf ihm eine Silbermünze vor die Füße.

Als der Hausmeister den Silberklang auf den Fliesen hörte, wurde er kleinlaut und unterwürfig: »Euer Gnaden hab' i net g'meint. Dö Juden da!«

»Schweigen Sie!« wiederholte Friedrich, »und leuchten Sie mir über die Stiege.«

Der Hausmeister hatte sich gebückt und das Geld aufgehoben. Eine ganze Krone. Das mußte ein vornehmer Herr sein.

»Es is im fünften Stock, gnädiger Herr«, sagte der Hausierer. »Vielleicht borgt uns der Herr Hausbesorger e Stückl Kerzen.«

»Dem Littwak burg' i nix«, rief dieser; »aber wenn Euer Gnaden a Kirzen wolln...«

Er nahm auch gleich das Stümpfchen aus der Laterne und gab es Friedrich. Dann verschwand er brummend. Friedrich stieg mit Littwak und David die fünf Treppen hinan.

Es war gut, dass sie die Kerze mithatten, denn es umgab sie tiefe Nacht. Auch in dem einfenstrigen Stübchen Littwaks brannte kein Licht, obwohl die Frau, die auf einer Streu ihr Lager hatte, wach und aufrecht dasaß. Friedrich sah im Halbdunkel des Kerzenstümpfchens, dass der schmale Raum keinerlei Möbel enthielt. Kein Stuhl, kein Tisch, kein Schrank. Auf dem Fensterbrett befanden sich einige Fläschchen und zerbrochene Töpfe. Ein Anblick des tiefsten Elends. Die Frau hatte ein kleines, wimmerndes Kind an der schlaffen Brust. Sie starrte ihnen hohläugig und angstvoll entgegen. »Wer ist das, Chajim?« stöhnte sie erschreckt.

»E guter Herr«, beruhigte sie ihr Mann.

David ging zu ihr hin. »Mutter, da is Brot«, und gab es ihr.

Sie brach es mit Mühe und schob sich langsam einen Bissen in den Mund. Sie war recht schwach und abgemagert, aber das verhärmte Gesicht wies doch noch Spuren einer vergangenen Schönheit auf.

»Da wohnen wir«, sagte Chajim Littwak mit bitterem Lachen. »Aber ich weiß nicht emal, ob wir übermorgen noch das haben werd'n. Sie hab'n uns scho' gekündigt.«

Die Frau seufzte laut auf. David hatte sich neben sie hin auf das Stroh gekauert und schmiegte sich an sie.

»Wieviel brauchen Sie, um hierbleiben zu können?« fragte Friedrich.

»Drei Gulden!« erklärte Littwak. »E Gulden zwanzig auf Zins und das Übrige bin ich der Hausfrau schuldig. Wo soll ich bis übermorgen drei Gulden hernehmen? Dann lieg'n wir mit die Kinder auf die Gass'n.«

»Drei Guld'n!« jammerte die Frau leise und hoffnungslos. Friedrich griff in die Tasche. Er hatte acht Gulden bei sich. Die gab er dem Hausierer.

»Gerechter Gott! Is es möglich?« rief Chajim, und es liefen ihm Tränen über die Wangen. »Acht Gulden! Rebekka! David! Gott hat uns geholfen. Gelobt sei sein Namen!«

Frau Rebekka war auch fassungslos. Sie hatte sich auf die Knie erhoben und schleppte sich zu dem Retter hin. Im rechten Arm hielt sie ihr schlummerndes Wickelkind, mit der Linken haschte sie nach Friedrichs Hand, um sie zu küssen.

Er entzog sich ihrem Danke rasch: »Macht doch keine solchen Geschichten! Für mich sind die paar Gulden gar nichts - ob ich sie habe oder nicht... David kann mir hinunterleuchten.«

Die Frau war auf ihr Lager zurückgesunken und schluchzte bitterlich vor Freude. Chajim Littwak begann ein hebräisches Gebet zu murmeln. Friedrich ging, von David begleitet, hinaus und die Treppe hinunter. Als sie im zweiten Stock waren, hielt David, der die Kerze hoch trug, an, und sagte: »Gott wird aus mir e starken Mann machen. Dann werd' ich Ihnen zahlen.«

Friedrich war von dem Ton und den Worten des Kleinen überrascht. Es war etwas eigentümlich Festes, Reifes in seiner Art. »Wie alt bist du?« fragte er ihn.

»Mir scheint zehn Jahr'«, antwortete David.

»Was willst du werden?«

»Lernen will ich. Viel lernen!«

Friedrich seufzte unwillkürlich: »Und glaubst du, daß das genügt?«

»Ja!« sagte David. »Ich hab' gehört, wenn man gelernt hat, is man stark und frei. Gott wird mir helfen, daß ich lernen kann. Dann werd' ich mit meine Eltern und Mirjam' nach Erez Israel gehn.«

»Nach Palästina?« fragte Friedrich erstaunt. »Was willst du dort?«

»Das is unser Land. Dort können wir glücklich werden!«

Der arme Judenjunge sah gar nicht lächerlich aus, als er sein Zukunftsprogramm energisch in zwei Worten angab. Friedrich mußte an die läppischen Humoristen Grün und Blau denken, die über den Zionismus ihre schalen Witze rissen. David fügte noch hinzu: »Und wenn ich etwas hab', werd' ich Ihnen zahlen.«

»Ich hab ja das Geld nicht dir gegeben, sondern deinem Vater«, meinte Friedrich lächelnd.

»Was man mei' Taten gibt, hat man mir gegeben. Ich werd' es zahlen — Gutes und Schlechtes.« David sagte es energisch und ballte seine kleine Faust gegen die Hausmeisterwohnung, vor der sie jetzt angelangt waren.

Friedrich legte seine Hand auf das Haupt des Jungen: »Möge dir der Gott unserer Väter beistehen!«

Und er wunderte sich selbst über seine Worte, nachdem er sie gesprochen. Seit den Tagen der Kindheit, da er mit seinem Vater zum Tempel gegangen war, hatte Friedrich vom »Gott unserer Väter« nichts mehr gewußt. Diese merkwürdige Begegnung aber weckte das Alte, Vergessene in ihm auf, und sekundenlang überflog ihn ein Heimweh nach dem starken Glauben der Jugendzeit, in der er mit dem Gott der Väter noch in Gebeten verkehrte.

Der Hausmeister schlurrte heran. Friedrich sagte ihm: »Von jetzt ab werden Sie diese armen Leute in Ruhe lassen — sonst haben Sie es mit mir zu tun! Verstanden?«

Da diese Worte von einem neuerlichem Trinkgelde begleitet waren, begnügte sich der Grobe, ein »Küß' d' Hand, Euer Gnaden!« zu murmeln. Friedrich gab dem kleinen David die Hand und trat auf die einsame Lände hinaus.

Viertes Kapitel

In dem Briefe, den Friedrich von dem N. O. Body der Zeitungsannonce erhalten hatte, war ein vornehmes Hotel auf der Ringstraße als Ort der Zusammenkunft angegeben. Um die bezeichnete Stunde fand er sich ein und fragte nach Mister Kingscourt. Man wies ihn nach einem Salon des ersten Stockes. Als er eintrat, kam ihm ein hoher, breitschultriger Mann entgegen: »Sind Sie Doktor Löwenberg?«

»Der bin ich.«

»Nehmen Sie einen Stuhl, Doktor!«

Sie setzten sich. Friedrich betrachtete den Fremden aufmerksam und wartete auf dessen Erklärungen. Mr. Kingscourt war ein Mann in den Fünfzigern, mit ergrauendem Vollbart und dichtem braunen Haupthaar, das von Silberfäden durchzogen war und an den Schläfen schon weiß schimmerte. Er rauchte in langsamen Zügen eine große Zigarre.

»Rauchen Sie, Doktor?«

»Jetzt nicht«, gab Friedrich zur Antwort.

Mr. Kingscourt hauchte mit Sorgfalt einen Rauchring in die Luft, folgte der Auflösung der wolkigen Linien mit Spannung, und erst nachdem sie ganz verschwebt waren, sagte er, ohne seinen Gast anzusehen: »Warum sind Sie lebensüberdrüssig?«

»Darüber gebe ich keine Auskunft«, erwiderte Friedrich ruhig.

Mr. Kingscourt sah ihn jetzt voll an, nickte zustimmend, streifte die Asche seiner Zigarre ab und sprach: »Hol's der Deibel, Sie haben Recht. Das geht mich ja auch nichts an ... Wenn wir handelseins werden, wird schon die Zeit kommen, wo Sie es mir erzählen. Einstweilen will ich Ihnen sagen, wer ich bin. Mein eigentlicher Name ist Königshoff. Ich bin ein deutscher Edelmann. Ich war in meiner Jugend Offizier, aber der Waffenrock wurde mir zu eng. Ich kann's nicht leiden, daß ein fremder Wille über mir ist, und wär's der beste. Das Gehorchen war gut für ein paar Jahre. Aber dann mußt' ich fort. Ich wär' sonst explodiert und hätte Schaden angerichtet... Ich ging nach Amerika, nannte mich Kingscourt, erwarb mir in zwanzig Jahren blutschwitzender Arbeit ein Vermögen — und als ich so weit war, nahm ich ein Weib... Was sagen Sie, Doktor?«

»Nichts, Mr. Kingscourt!«

»Gut. Sie sind unverheiratet?«

»Jawohl, Mr. Kingscourt... aber ich dachte. Sie würden mir sagen, worin das letzte Experiment besteht, das Sie mir vorzuschlagen haben.«

»Ich bin schon dabei, Doktor... Wenn wir beisammen bleiben sollten, werde ich Ihnen ausführlich erzählen, wie ich es anfing, mich hinaufzuarbeiten, bis ich meine Millionen hatte. Denn ich habe Millionen... Was sagen Sie?«

»Nichts, Mr. Kingscourt.«

»Energie ist alles, Doktor! Darauf kommt's an. Was man recht stark will, das erreicht man unbedingt totsicher. Ich sah erst drüben in Amerika ein, was wir Europäer für ein faules, willenloses Gesindel sind. Hol' mich der Deibel!... Kurz, ich hatte Erfolg. Aber als ich soweit war, da begann ich meine Einsamkeit zu fühlen. Der Zufall wollte es, daß ein Königshoff Dummheiten gemacht hatte, der bei der Garde stand, ein Sohn meines Bruders. Ich nahm den Burschen zu mir, gerade um die Zeit, da ich auf Freiersfüßen ging. Ja, ich wollte mir einen Hausstand gründen, einen Herd, eine Frau suchen, die ich mit Juwelen behängen könnte wie jeder andere Parvenu. Ich sehnte mich nach Kindern, damit ich doch wisse, warum ich stets so furchtbar geschuftet hatte. Ich meinte es verdammt schlau anzufangen, indem ich ein armes Mädchen zur Frau nahm. Sie war die Tochter eines meiner Angestellten. Hatte ihr und ihrem Vater viel Gutes erwiesen. Natürlich sagte sie ja. Das hielt ich für Liebe, aber sie war nur dankbar oder vielleicht feige. Sie wagte nicht, mich abzuweisen. So richteten wir ein Haus ein, und mein Neffe wohnte bei uns.

Sie werden sagen, daß es eine Dummheit war — ein alter Mann zwischen zwei jungen Leuten, die sich finden mußten. Ich habe mich auch in der ersten Zeit nach der Entdeckung einen Esel gescholten. Aber wenn nicht er, wäre es ein anderer gewesen. Kurz, die beiden haben mich betrogen — ich glaube, vom ersten Augenblick an. Als ich es herausfand, war mein erster Griff nach dem Revolver. Dann sagte ich mir, daß eigentlich nur ich der Schuldige war. Da ließ ich sie laufen. Gemeinheit ist menschlich, und jede Gelegenheit ist eine Kupplerin. Man muß den Menschen ausweichen, wenn man an ihnen nicht zugrunde gehen will. Sehen Sie, das war mein Zusammenbruch.

Da schlich der Gedanke heran, mit einer Kugel der schäbigen Komödie des Lebens ein Ende zu machen. Aber es fiel mir ein, daß man zum Erschießen ja noch immer Zeit hat. Freilich, das Anhäufen von Geld war jetzt für mich sinnlos geworden. Zum Erwerben hatte ich keine Lust mehr, vom Traum der Familie hatte ich genug. Blieb noch die Einsamkeit als letztes Experiment. Aber eine große, unerhörte Einsamkeit mußte es sein. Nichts mehr wissen von den Menschen, ihren elenden Kämpfen, Unsauberkeiten, Treulosigkeiten. Die wirkliche, echte, tiefe Einsamkeit ohne Wunsch und

Ringen. Die volle wahre Rückkehr zur Natur! Diese Einsamkeit ist das Paradies, das die Menschen durch ihre Schuld verloren haben. Und diese Einsamkeit habe ich gefunden.«

»So? Sie haben sie gefunden?« sagte Friedrich, der noch nicht erriet, wo der Amerikaner hinauswollte.

»Ja, Doktor, ich habe meine Geschäfte aufgelöst und bin meinen Bekannten wieder einmal entronnen. Niemand weiß, wo ich hingekommen bin. Habe mir eine gute Jacht gebaut und bin auf ihr, wie man sagt, verschollen. Viele Monate bin ich auf den Meeren umhergetrieben. Das ist ein herrliches Leben, müssen Sie wissen. Möchten Sie das nicht kennen lernen? — oder kennen Sie es schon?«

»Ich kenne es nicht«, entgegnete Friedrich; »aber ich möchte wohl!«

»Gut, Doktor!... Das Leben auf der Jacht ist schon die Freiheit, aber noch nicht die Einsamkeit. Man muß doch Schiffsleute um sich haben, man muß ab und zu in einen Hafen, um Kohlen einzunehmen. Man kommt wieder mit Menschen in Berührung, und das ist schmutzig. Aber ich kenne eine Insel in der Südsee, wo man ganz allein ist. Da will ich leben. Es ist ein kleines Felsennestchen im Cooks-Archipel. Die habe ich mir gekauft und mir dort von Leuten aus Rarotonga ein komfortables Haus erbauen lassen. Das Gebäude liegt so versteckt hinter den Felsen, daß man es von keiner Seite bemerkt, wenn man auf dem Meere vorbeifährt. Es sind übrigens auch die Schiffe dort selten. Meine Insel sieht nach wie vor unbewohnt aus... Ich lebe dort mit zwei Dienern, einem stummen Neger, den ich schon in Amerika hatte, und einem Tahitier, den ich im Hafen von Avarua aus dem Wasser zog, als er sich aus Liebesgram ersäufen wollte. Jetzt bin ich auf meiner letzten Reise in Europa, um mir noch einzukaufen, was ich für mein ferneres Leben dort brauche. Namentlich Bücher, physikalische Instrumente und Waffen. Die Lebensmittel versorgt mein Tahitier von der nächsten bewohnten Insel. Er fährt jeden Morgen mit einem Neger im elektrischen Boot hinüber. Braucht man sonst noch etwas, auf Rarotonga ist für Geld alles zu haben, so wie in der übrigen Welt ... Verstehen Sie?«

»Ja, Mr. Kingscourt. Nur weiß ich nicht, warum Sie es mir erzählen.«

»Warum, Doktor? Weil ich mir einen Gesellschafter mitnehmen will, um das Sprechen nicht zu verlernen, und um jemand zu haben, der mir die Augen zudrückt, wenn ich sterbe. Wollen Sie der sein?«

Friedrich schwieg und überlegte eine halbe Minute lang.

Dann sagte er in festem Tone: »Ja!«

Kingscourt nickte zufrieden und fügte hinzu: »Ich muß Sie aber aufmerksam machen, daß Sie eine lebenslängliche Verpflichtung eingehen. Wenigstens so lange ich lebe, muß es gelten. Wenn Sie mit mir gehen, dürfen Sie nicht mehr zurück. Sie müssen alle Fäden abschneiden.«

Friedrich entgegnete: »Mich bindet nichts. Ich stehe ganz allein in der Welt und habe das Leben vollkommen satt.«

»Einen solchen Mann brauche ich, Doktor. Tatsächlich verlassen Sie das Leben, wenn Sie mit mir gehen. Sie werden nichts mehr vom Guten und Bösen dieser Welt erfahren. Sie sind tot für die Welt und die Welt ist untergegangen für Sie. Paßt Ihnen das?«

»Es paßt mir.«

»Dann werden wir gut zusammenleben. Ihre Art gefällt mir.«

»Eines muß ich Ihnen noch sagen, Mr. Kingscourt: ich bin Jude. Stört Sie das nicht?«

Kingscourt lachte: »Hören Sie? Die Frage ist komisch. Ein Mensch sind Sie, das sehe ich. Ein gebildeter Mann scheinen Sie auch zu sein. Des Lebens sind Sie überdrüssig, das spricht für Ihren guten Geschmack. Alles übrige ist dort, wohin wir gehen, furchtbar gleichgültig ... Also schlagen Sie ein!«

Friedrich nahm die dargebotene Hand und schüttelte sie kräftig. »Wann sind Sie reisefertig, Doktor?«

»Jede Stunde.«

»Gut. Sagen wir morgen. Wir fahren nach Triest. Dort ankert meine Jacht ... Sie werden sich hier vielleicht noch einiges besorgen wollen?«

»Ich wüßte nicht, was«, sagte Friedrich. »Das ist ja keine Lustreise, sondern ein Abschied vom Leben.«

»Immerhin, Doktor, Sie brauchen vielleicht Geld für Anschaffungen. Verfügen Sie über mich.«

»Danke, ich brauche nichts, Mr. Kingscourt.«

»Haben Sie keine Schulden, Doktor?«

»Ich besitze nichts und schulde nichts. Meine Rechnung ist glatt.«

»Haben Sie keine Verwandten oder Freunde, denen Sie etwas hinterlassen wollen?«

»Niemand!«

»Um so besser! Wir reisen also morgen, ... aber wir könnten schon heute miteinander speisen.«

Kingscourt klingelte. Die Kellner deckten auf seinen kurzem Befehl den Tisch im Salon und brachten ein reichliches Mahl. Die beiden Männer näherten sich einander sehr rasch in ihren Gesprächen.

Friedrich fühlte nach all dem Vertrauen, das ihm Kingscourt so schnell geschenkt hatte, das Bedürfnis, auch seine eigene Geschichte zu erzählen. Er tat es in kurzer und deutlicher Weise.

Als er damit zu Ende war, sagte der Amerikaner: »Ich glaube jetzt, daß Sie mir nicht durchgehen werden, wenn ich Sie auf meiner Insel habe. Liebeskummer, Weltschmerz und Judengram — das ist zusammen genug, um auch einen jungen Mann für immer Abschied nehmen zu lassen vom

Leben. Nämlich vom Leben mit den Menschen. Selbst wenn man ihnen Gutes tut, wird man von ihnen betrogen und gequält. Die größten Narren sind die Wohltäter. Glauben Sie nicht?«

»Ich glaube, Mr. Kingscourt, daß man beim Wohltun ein angenehmes Gefühl hat... Und da fällt mir etwas ein. Sie haben mir Geld angeboten, falls ich vor meinem Abschied vom Leben etwas hinterlassen wollte. Ich weiß eine Familie in tiefster Not. Der möchte ich helfen, wenn Sie es mir erlauben.«

»Es ist ein Unsinn, Doktor. Aber ich kann es Ihnen nicht verweigern. Ohnehin, es war überhaupt meine Absicht, Ihnen einen Betrag zur Ordnung Ihrer Angelegenheiten zu geben. Machen Sie damit, was Sie wollen. Sind fünftausend Gulden genug?«

»Oh, reichlich!« sagte Friedrich. »Und es ist doch auch für mich ein schöner Gedanke, daß mein Abschied vom Leben nicht ganz ohne Zweck ist.«

Fünftes Kapitel

Die Stube der Familie Littwak sah bei Tage noch elender aus als bei Nacht. Und doch fand Friedrich Löwenberg diese armen Leute in beinahe rosiger Stimmung, als er bei ihnen eintrat. David Littwak stand vor dem Fensterbrett, auf dem ein aufgeschlagenes Buch lag, und er las darin, während er an seinem mächtigen Butterbrot kaute. Der Vater und die Mutter saßen auf der Streu. Die kleine Mirjam spielte mit Halmen.

Chajim Littwak erhob sich rasch, um den Wohltäter zu begrüßen. Auch die Frau wollte aufstehen, aber Friedrich ließ es nicht zu. Er kniete schnell neben ihr nieder und streichelte das Brustkind, das ihn aus den armseligen Fetzen heraus mit lieblichen Augen anlachte.

»Nun, wie geht es heute, Frau Littwak?« fragte Friedrich.

Die Arme haschte vergeblich nach seiner Hand, um sie zu küssen: »Besser, gnädiger Herr!« sagte sie. »Wir haben Milch für Mirjam und Brot für uns.«

»Zins hab' ich auch schon gezahlt!« ergänzte Chajim stolz.

David hatte sein Butterbrot hingelegt, stand mit verschränkten Armen da und betrachtete Friedrich festen Auges.

»Warum siehst du mich so durchbohrend an, kleiner David?«

»Damit ich Sie nie vergess', Herr. Ich hab' einmal gelesen eine Geschichte von einem Manne, der einem kranken Löwen geholfen hat.«

»Androklus!« lächelte Friedrich.

»Er hat schon viel gelesen, mein David«, sagte die Mutter mit schwacher und zärtlicher Stimme.

Friedrich stand auf, legte die Hand auf den runden Kopf des Knaben und scherzte: »Bist du am Ende der Löwe? Juda hatte einst einen Löwen...«

David entgegnete beinahe trotzig: »Was Juda gehabt hat, kann es wieder haben. Unser alter Gott lebt noch.«

Frau Littwak rief klagend: »Nit amal ein' Sessel können wir Ihnen anbieten, gnädiger Herr!«

»Nicht nötig, liebe Frau. Ich wollte nur nachsehen, wie es Ihnen geht, und — etwas bringen. Sie sollen diesen Brief erst öffnen, nachdem ich fortgegangen bin. Er enthält eine gute Empfehlung, die euch im Leben nützen wird. Sie müssen sich gut nähren, Frau Littwak, damit Sie dieses schöne, kleine Mädel zu einer braven Frau erziehen, wie Sie selbst sind.«

»Mehr Glück soll sie haben!« seufzte die Frau.

»Und diesen guten Jungen lassen Sie etwas Tüchtiges lernen. Gib mir deine Hand, Bürschchen! Versprich mir, daß du ein ordentlicher Mensch wirst.«

»Ja, das verspreche ich Ihnen.«

Was der Bub für merkwürdige Augen hat, dachte sich Friedrich, als er die kleine Hand schüttelte. Dann legte er den umfangreichen Brief auf das Fensterbrett und wollte gehen.

»Entschuldigen Sie, gnädiger Herr«, sprach ihn Chajim Littwak bei der Tür an, »is in den Brief vielleicht eine Empfehlung an der Kultusgemeinde?«

»Ganz richtig«, entgegnete Friedrich. »Das wird Sie auch der Kultusgemeinde empfehlen.«

Und rasch ging er hinaus, die Treppen lief er hinunter, als fühlte er sich verfolgt. Vor dem Tore hielt sein Fiaker, eilig stieg er ein und rief dem Kutscher zu: »Schnell fahren!«

Die Pferde zogen an. Es war die höchste Zeit. Eine Minute später keuchte David atemlos aus dem Tore hervor, spähte nach allen Richtungen, und als er keine Spur mehr von dem Helfer entdecken konnte, fing er bitterlich zu weinen an. Friedrich sah es durch das Guckloch in der Rückwand seines Wagens, und er freute sich, daß es ihm gelungen war, den Dankesergüssen zu entgehen. Mit den fünftausend Gulden war diese Familie hoffentlich gerettet. Im Hotel erwartete ihn Kingscourt mit breitem Lachen: »Haben Sie also Ihr gutes Werk getan, Doktor?«

»Sie könnten mit mehr Recht sagen, daß es das Ihrige sei. Es war Ihr Geld, Mr. Kingscourt!«

»Oho! Dagegen verwahre ich mich aber schon ganz entschieden. Ich hätte nicht einen Heller hergegeben, um Menschen Gutes zu erweisen. Ich habe nichts dagegen, daß Sie ein Narr der Nächstenliebe sind — ich bin keiner mehr. Das war Ihr Handgeld, damit konnten Sie machen, was Sie wollten.«

»Auch recht, Mr. Kingscourt.«

»Ja, wenn Sie mir gesagt hätten, daß Sie für Hunde oder Pferde oder sonst ein anständiges Vieh was Mildes vorkehren möchten, da hätten Sie mich dazu haben können. Aber Menschen? Nee, kommen Sie mir mit der Sorte nicht. Die ist oberfaul. Die ganze Vernunft besteht darin, daß sie niederträchtig sind ...

Da war neulich in den Blättern zu lesen, daß eine alte Dame ihr Vermögen ihren Katzen hinterlassen hat. Sie befahl in ihrem letzten Willen, daß Ihr Haus in so und so viele feine Appartements für das Katzenvolk eingeteilt werde, mit Pflegepersonal und so weiter. So'n Kerl von Zeitungsschreiber hat dazu die blödsinnige Bemerkung gemacht, die Alte sei wahrscheinlich verrückt gewesen. Solch ein Hornochse! Nicht verrückt war sie, sondern riesig gescheit. Eine Demonstration gegen das menschliche Geschlecht, und insbesondere gegen ihre lumpige, erbgierige Verwandtschaft wollte sie machen. Den Tieren, ja — den Menschen, nein! Sehen Sie, das kann ich der alten Dame innigst nachfühlen, Gott habe sie selig!«

Das war Kingscourts Lieblingsthema, und darin entwickelte er eine unerschöpfliche Verve.

Friedrich Löwenberg ordnete seine geringen Angelegenheiten. Er war damit am anderen Tage fertig. Seiner Quartierfrau sagte er, daß er einen Ausflug auf den Großglockner unternehme. Sie entsetzte sich darüber: Mitten im Winter! Man höre so viel von Bergunfällen.

»Schön«, meinte Friedrich mit melancholischem Lächeln, »wenn ich in acht Tagen nicht wiederkomme, so können Sie mich als vermisst bei der Polizei melden. Dann bin ich wohl in einer Felsenspalte besorgt und aufgehoben. Meine Habseligkeiten, die da sind, vermache ich Ihnen.«

»Reden Sie nicht so sündhaft, Herr Doktor!«

»Ich mache ja Spaß!« rief er.

Mit dem Abendzuge verließ er in Kingscourts Gesellschaft Wien. Er war nicht wieder in das Café Birkenreis gegangen und wußte nicht, daß der kleine David Littwak Nacht für Nacht vor der Tür stundenlang auf ihn wartete.

Im Hafen von Triest schaukelte sich die schmucke Jacht Mr. Kingscourts auf den Wassern. Die beiden machten noch ihre letzten Einkäufe für die lange Reise, und eines hellen Dezembertages lichteten sie die Anker und steuerten südwärts, ostwärts. Friedrich wäre wohl unter anderen Umstanden von der Meeresfreiheit tief beglückt gewesen; so aber verdankte er der sonnigen Fahrt nur eine geringe Erleichterung seines Grames.

Kingscourt war freilich ein prächtiger Mensch, gutmütig bei aller seiner Prahlerei mit Menschenhaß, und liebenswürdig und zartfühlend. Wenn er Friedrich in trüben Stimmungen sah, bemühte er sich mit allen möglichen Scherzen, ihn aufzumuntern. Er ging mit ihm um, wie mit einem kranken Kinde. Da pflegte Friedrich wohl zu sagen: »Wenn unsere Schiffsleute uns beobachten, müssen sie eigentlich eine ganz falsche Vorstellung bekommen. Sie werden mich für den Herrn, und Sie für den Gast halten, den ich mir eingeladen habe, um mir die Zeit zu vertreiben. Ach, Mr. Kingscourt, Sie hätten sich auch einen lustigeren Gesellen aussuchen können als mich!«

»Mein Lieber, ich hatte keine Wahl!« antwortete Mr. Kingscourt mit grimmigem Ernst. »Einen Lebensüberdrüssigen mußte ich haben, und die sind in der Regel keine guten Gesellschafter. Aber Sie werd' ich schon noch heilen. Sie werden mir doch noch ganz anders dreinschauen, bis wir erst das Menschengesindel ganz hinter uns haben. Da werden Sie auch noch so ein vergnügter Kerl werden, wie ich. Bis wir auf unserer seligen Insel sind, hol' mich der Deibel, wenn's nicht wahr ist!«

Die Jacht war sehr behaglich mit allem amerikanischen Komfort eingerichtet. Friedrich hatte einen ebenso schönen Schlafsalon, wie Kingscourt selbst. Der gemeinschaftliche Speiseraum war mit einer wahren Pracht ausgestaltet, und wenn sie abends nach dem Essen unter dem freundlich stetigen Lichte der elektrischen Deckenlampe beisammen saßen, verflogen die Stunden unter den besten Gesprächen. Es war auch eine gewählte kleine Bibliothek an Bord, aber zum Lesen kam man gar nicht, so abwechslungsreich vergingen die Meerestage. Kingscourt war immer beflissen, seinen Gefährten zu zerstreuen. Man hatte bei lebhafterem Wogengange die Insel Kreta passiert, da rückte er plötzlich mit einem Vorschlag heraus: »Sagen Sie 'mal, Doktor, hätten Sie denn keine Lust, noch Ihr Vaterland zu sehen, bevor wir von der Welt Abschied nehmen?«

»Mein Vaterland?« staunte Friedrich. »Sie wollten noch einmal nach Triest zurückkehren?«

»I bewahre!« schrie Kingscourt. »Ihr Vaterland liegt ja vor uns, Palästina!«

»Ach, so ist das gemeint? Sie irren sich. Zu Palästina habe ich keinerlei Beziehung. Ich war nie dort. Es interessiert mich nicht. Meine Vorväter sind seit achtzehnhundert Jahren weg. Was habe ich da zu suchen? Ich glaube, nur die Antisemiten können behaupten, daß Palästina unser Vaterland sei...«

Aber während er dies sagte, fiel ihm David Littwak ein. Da fügte er hinzu: »Außer von Antisemiten habe ich es nur noch von einem kleinen Judenjungen sagen hören, daß Palästina unser Land wäre. Wollten Sie mich damit necken, Mr. Kingscourt?«

»Da soll doch gleich ein Donnerwetter reinschlagen, wenn ich Sie geuzt habe. Das hab' ich ganz ernst gemeint. Wahrhaftig, ich verstehe euch Juden nicht. Ich wär' auf so etwas furchtbar stolz, wenn ich ein Jude wäre. Und ihr schämt euch wohl gar dessen. Da könnt ihr euch nicht wundern, wenn man euch verachtet — die Anwesenden natürlich ausgeschlossen.«

»Herr von Königshoff, sind Sie vielleicht ein Antisemit?« sagte Friedrich empört. Zum erstenmal redete er ihn mit seinem deutschen Namen an, er wußte selbst nicht warum.

Kingscourt lächelte: »Nu regen Sie sich auf, mein Sohn! Daß ich 'n allgemeiner Menschenfeind bin, das war Ihnen sozusagen schnuppe. Daß ich aber unter andern auch die Jüdischen nicht mag, das nehmen Sie mir geschwind übel. Trösten Sie sich. Doktorchen, ich hasse die Juden nicht mehr und nicht weniger als die Christen, Mohammedaner und Feueranbeter. Alle zusammen keinen Schuß Pulver wert. Ich verstehe den guten ollen Nero: ein einziger Hals, und dann mitten durch mit einem Hieb.

Oder nein: noch schöner ist es, daß die Lumpenbande leben bleibt, und daß sie sich langsam gegenseitig zu Tode ärgern.«

Friedrich war schon versöhnt: »Ich war dumm. Daß Sie mich mitnahmen, war doch der beste Beweis.«

Kingscourt sagte: »Da fällt mir 'ne Sache ein, die ich einmal mit einem Ihrer Landsleute oder Glaubensbrüder oder — hol' mich der Deibel — kurz mit einem Juden hatte. Es war im Re'ment. Wir hatten da so 'nen Freiwilligen — Cohn hieß die Kreete, ein jemein... Entschuldigen Sie! Dieser Cohn war 'n ganz verflucht krummbeiniges Subjekt — wie für die Kavallerie geschaffen. Es war einmal in der Reitstunde. Ich ließ die Schweinehunde Barriere springen. Das heißt, ich wollte; sie wollten nicht oder konnten nicht. War auch 'n bißchen hoch. Na, ich habe sie traktiert, wie's sich für solche gottverlassene Schweinebande geziemt. Damals konnte ich noch fluchen, hol' mich der Deibel! Seitdem hab' ich's verlernt... Ich gab ihnen zu verstehen, so durch die Kavall'rieblume, daß ich sie für das zitterlichste Lumpenpack hielte. Und den Cohn holte ich mir besonders. ›Sie sind wohl ein besserer Wechselreiter?‹ höhnte ich ihn. Da schoß dem Juden das Blut ins Gesicht, und er ritt an. Stürzte aber und brach sich den Arm. Das hat mich dann eine Weile gewurmt. Wozu hat so 'n Aas auch Ehrgefühl?«

»Sie meinen, ein Jude sollte kein Ehrgefühl haben?«

»Nee, so was! Sie verdrehen mir ja das Wort im Mutterleibe ... Übrigens, wenn die Juden Ehrgefühl haben, warum lassen sie sich alle die Bübereien gefallen?«

»Was sollten die Juden tun, Mr. Kingscourt?«

»Was? Ja, das weiß ich nicht. Irgendwas, wie mein Cohn in der Reitschule, ich habe doch mehr Respekt vor ihm bekommen.«

»Weil er sich den Arm gebrochen hat?«

»Nein, weil er mir seinen Willen gezeigt hat... Ich, wenn ich an eurer Stelle wäre, ich würde irgendwas Mutiges, Großes unternehmen, daß auch die Feinde vor Staunen die Mäuler aufreißen müßten. Vorurteile, mein Lieber, wird's immer geben. Das Menschenpack nährt sich von Vorurteilen, von der Wiege bis zum Grabe. Also, da man die Vorurteile nicht abschaffen kann, muß man sie für sich erobern... Je mehr ich darüber nachdenke: es müßte ganz interessant sein, heutzutage ein Jude zu sein. Gerade weil man alle Welt gegen sich hat.«

»Ach, Sie wissen nicht, wie das schmeckt.«

»Nicht süß, das kann ich mir schon denken... Na, und wie ist's mit dem ollen Palästina? Wollen wir uns das noch begucken, bevor wir aus der Menschheit verschwinden?«

»Mir ist alles recht, Mr. Kingscourt.«

Und so bekam die Jacht den Kurs nach Jaffa.

Sechstes Kapitel

Sie verbrachten einige Tage im alten Lande der Juden. Von Jaffa hatten sie einen unangenehmen Eindruck. Die Lage am blauen Meere wohl herrlich, aber alles zum Erbarmen vernachlässigt. Die Landung in dem elenden Hafen mühselig. Die Gäßchen von den übelsten Gerüchen erfüllt, unsauber, verwahrlost, überall buntes orientalisches Elend. Arme Türken, schmutzige Araber, scheue Juden lungerten herum, alles träg, bettelhaft und hoffnungslos. Ein sonderbarer Moderduft, wie von Gräbern, beengte einem das Atmen.

Kingscourt und Friedrich beeilten sich auch fortzukommen. Sie fuhren auf der schlechten Eisenbahn nach Jerusalem. Auch auf diesem Wege Bilder tiefster Verkommenheit. Das flache Land fast nur Sand und Sumpf. Die mageren Äcker wie verbrannt. Schwärzliche Dörfer von Arabern. Die Bewohner hatten ein räuberhaftes Aussehen. Die Kinder spielten nackt im Straßenstaube. Und in der Ferne des Horizonts sah man die entwaldeten Berge von Judäa. Der Zug fuhr dann durch öde Felsentäler. Die Abhänge verkarstet, wenig Spuren einer einstigen oder gegenwärtigen Kultur.

»Wenn das unser Land ist«, sagte Friedrich melancholisch, »so ist es ebenso heruntergekommen wie unser Volk.«

»Ja, es ist einfach scheußlich, geradezu polizeiwidrig«, erklärte Kingscourt. »Und doch ließe sich da viel machen. Aufforsten müßte man. So eine halbe Million junger Riesentannen, die schießen hoch wie Spargel. Das Land braucht nur Wasser und Schatten, dann hätte es noch eine Zukunft, wer weiß wie groß!«

»Wer soll da Wasser und Schatten herbringen?«

»Die Juden, Kreuzschockschwerenot!«

Es war Nacht, als sie in Jerusalem ankamen, eine wundersame Mondnacht.

»Donnerwetter, ist das schön!« schrie Kingscourt. Der Wagen, in dem sie vom Bahnhof nach dem Hotel fuhren, mußte auf seinen Befehl halten. Er herrschte den Lohndiener an: »Sie können auf dem Bock bleiben und dem Kamel von einem Kutscher sagen, daß er langsam hinter uns nachfahren soll. Wir gehen ein Stück zu Fuß, Doktor, wollen Sie? ... Wie heißt diese Gegend?«

Der Lohndiener antwortete demütig: »Das Tal von Josaphat, gnädiger Herr.«

»Hol« mich der Deibel, das gibt es also wirklich? Das Tal von Josaphat! Ich glaubte, das sei nur so 'ne Sache in der Bibel. Hier ist nu unser Herr und Heiland herumgegangen. Was sagen Sie dazu, Doktor? ... Ach so! Na ja, aber Ihnen muß das doch auch etwas sagen? Diese alten Mauern, dieses Tal...«

»Jerusalem!« sagte Friedrich mit leise bebender Stimme halb vor sich hin. Er wußte sich gar nicht zu erklären, warum ihn der Anblick dieser unbekannten Stadtumrisse derart ergriff. Erinnerungen vielleicht an Worte der frühen Kindheit? Gebetstellen, die des Vaters Stimme gemurmelt hatte? Die abendliche Weihe des verschollenen Pessachfestes zog ihm durch die Seele. Einer der wenigen hebräischen Sätze, die er noch wußte, klang in ihm auf: *Leschonoh haboh Beruscholajim.* — Übers Jahr in Jerusalem! ... Und er sah sich plötzlich als kleinen Knaben an der Seite seines Vaters zum Tempel gehen. Ach, der Glaube war tot, die Jugend war tot, der Vater war tot — und vor ihm ragten die Mauern von Jerusalem in märchenhaftem Mondesglanz. Heiß strömte es ihm in die Augen. Es überwältigte ihn. Er blieb stehen, und die Tränen flössen ihm langsam über die Wangen.

Kingscourt erstickte mehrere Deibel in seiner Kehle, winkte dem nachfahrenden Kutscher gewaltig zu, stillzuhalten, und er selbst trat lautlos einen Schritt hinter Friedrich zurück, um dessen wehmütige Andacht nicht zu stören. Mit einem Seufzer erwachte Friedrich aus der Bezauberung. »Verzeihen Sie, Mr. Kingscourt«, sagte er ein wenig beschämt. »Ich habe Sie da warten lassen. Es war — es ist mir jetzt so eigen zumute. Ich weiß gar nicht, was das ist.«

Kingscourt aber schob seinen Arm unter den des jungen Mannes und sagte mit ungewöhnlich weicher Stimme: »Sie, Friedrich Löwenberg, ich habe Sie gern!« Und so ging in großer Mondnacht ein Christ mit einem Juden Arm in Arm der alten heiligen Stadt Jerusalem zu...

Weniger entzückend war der Anblick Jerusalems bei Tage. Geschrei, Gestank, ein Geflirr unreiner Farben, ein Durcheinander zerlumpter Menschen in den engen dumpfen Gassen, Bettler, Kranke, hungernde Kinder, kreischende Weiber, heulende Händler. Tiefer konnte das einst so königliche Jerusalem nicht sinken. Kingscourt und Friedrich besichtigten die berühmten Plätze, Bauten und Ruinen. Sie kamen auch in das traurige Gäßchen der Klagemauer. Der widerliche Anblick der geschäftsmäßig betenden Bettler belästigte sie.

»Sie sehen, Mr. Kingscourt«, sagte Friedrich, »wir haben uns wirklich zu Tode gestorben. Vom jüdischen Reiche ist nichts mehr übrig als ein Stückchen Tempelmauer, und ich kann in meinem Gemüte bohren so viel ich will, mit diesen kleinen verkommenen Industriellen der Nationaltrauer habe ich nichts gemein.«

Er hatte das laut gesagt, ohne zu bemerken, daß ihn auch andere hören konnten. Außer den Bettelbetern und Fremdenführern befand sich in dem Augenblicke noch ein dritter Herr in europäischer Kleidung vor der Klagemauer. Dieser sagte in fremdartig betontem, aber gebildetem Deutsch: »Mein Herr, nach Ihren Worten scheinen Sie ein Jude oder doch jüdischer Abstammung zu sein.«

»Ja«, antwortete Friedrich ein wenig verwundert.

»Dann gestatten Sie mir vielleicht«, fuhr der Fremde fort, »daß ich Ihren Irrtum berichtige. Von der jüdischen Nation ist mehr übrig geblieben als die alten Quadern dieses Mauerstückes und als die armen Schlucker hier, die freilich kein schönes Handwerk betreiben. Sie dürfen die jüdische Nation in heutiger Zeit weder nach ihren Bettlern noch nach ihren Reichen beurteilen.«

»Ich bin kein Reicher«, meinte Friedrich.

»Ich sehe, was Sie sind: ein Fremder Ihrem Volke. Wenn Sie einmal zu uns nach Rußland kämen, würden Sie erkennen, daß es noch eine jüdische Nation gibt. Wir haben noch eine lebende Überlieferung, eine Liebe zur Vergangenheit und einen Glauben an die Zukunft. Bei uns sind die Besten und Gebildetsten dem Judentume als einer Nation treu geblieben. Wir wollen zu keiner anderen gehören. Wir sind, was unsere Väter waren.«

»Das ist recht«, rief Kingscourt.

Friedrich zuckte leicht die Achseln, sprach aber noch einige höfliche Worte mit dem Unbekannten, dann gingen sie.

Als sie am anderen Ende der Gasse waren und um die Ecke bogen, blickten sie zurück. Der russische Jude stand noch dort. Er war in ein stummes Gebet vor der Klagemauer versunken. Abends, in dem englischen Hotel, in dem sie wohnten, sahen sie ihn wieder. Er saß bei Tische neben einer jungen Dame, offenbar seiner Tochter. Nach dem Essen traf man sich in der großen Halle. Das Gespräch von Vormittag wurde zwanglos wieder aufgenommen. Der Russe nannte seinen Namen: Dr. Eichenstamm.

»Ich bin meines Zeichens Augenarzt. Meine Tochter auch«.

»Wie? Das Fräulein ist 'n Doktor?« fragte Kingscourt.

»Ja, sie hat bei mir und nachher in Paris studiert. Sie ist jetzt meine Assistentin. Ein ganz gelehrtes Haus, meine Sascha!«

Das Fräulein Doktor errötete bei dem Lobe. »Aber Papa!« sagte sie abwehrend.

Dr. Eichenstamm fuhr sich mit der Linken über den langen grauen Kinnbart: »Was wahr ist, kann man sagen. Wir sind auch nicht nur zum Vergnügen hier, meine Herren. Wir beschäftigen uns mit den Augenkrankheiten. Leider gibt es deren genug. Der Schmutz und die Verwahrlosung rächen sich. Alles liegt im argen. Und wie schön könnte es sein. Das Land ist ja ein goldenes Land.«

»Dieses Land?« sagte Friedrich ungläubig. »Die Geschichte von Milch und Honig ist doch nicht mehr wahr!«

»Sie ist immer wahr!« schrie Eichenstamm begeistert. »Nur die Menschen müssen da sein, dann ist alles da.«

»Nee! Von Menschen ist gar nichts zu erwarten«, erklärte Kingscourt mit Entschiedenheit.

Doktorin Sascha wandte sich an ihren Vater. »Du solltest den Herren raten, die Kolonien zu besichtigen.«

»Was für Kolonien?« erkundigte sich Friedrich.

»Unsere jüdischen Ansiedlungen«, antwortete der alte Herr. »Auch davon wissen Sie nichts, Herr Doktor? Es ist doch eine der merkwürdigsten Tatsachen im modernen Leben der Juden. In verschiedenen Städten Europas und Amerikas haben sich Gesellschaften gebildet, die so genannten Liebhaber von Zion, mit dem Zweck, hier in unserem alten Lande die Juden zu Ackerbauern zu machen. Es gibt schon eine Anzahl solcher jüdischer Dörfer. Auch einige reiche Wohltäter haben der Sache Geld zugewendet. Unser alter Boden trägt wieder Früchte. Besuchen Sie diese Niederlassungen, bevor Sie Palästina verlassen.«

Kingscourt brummte: »Können wir ja machen, wenn Sie Lust haben, Löwenberg.«

Friedrich bejahte schnell.

Am andern Tag unternahmen sie in Gesellschaft Eichenstamms und Saschas einen Ausflug nach dem Ölberge. Vor der Höhe kamen sie an dem eleganten Hause einer englischen Dame vorbei.

»Sie sehen«, sagte der Russe, »daß man auf der alten Erde auch neue Paläste errichten kann. Das ist ein vornehmer Gedanke, hier zu wohnen. Wäre auch mein Traum.«

»Oder wenigstens eine Augenklinik«, meinte Doktor Sascha mit feinem Lächeln.

Vom Ölberge aus bewunderten sie die hügelreiche Stadt, die steinernen Wellen der Berge im weiten Umkreise bis an das Tote Meer.

Friedrich wurde nachdenklich. »Schön muß Jerusalem einst gewesen sein! Vielleicht haben unsere Väter diese Stadt darum nicht vergessen können. Vielleicht wollten sie darum immer zurückkehren?«

Eichenstamm schwärmte: »Mich erinnert es an Rom. Auf Hügeln könnte man abermals eine Weltstadt erbauen, etwas Herrliches. Denken Sie sich den Blick, den man dann von hier aus hätte. Prächtiger als vom Gianiculo! Ach, wenn meine alten Augen das noch sehen könnten! ...«

»Das werden wir nicht erleben«, sagte Sascha traurig.

Kingscourt wunderte sich im stillen über diese Phantastereien. Als er wieder mit Friedrich allein war, sprach er: »Das ist ein merkwürdiges Paar, der Doktorsvater mit der Doktorstochter. So praktisch und dabei so närrisch. Ich habe mir die Juden auch anders vorgestellt.«

Am folgenden Morgen nahmen sie Abschied von den beiden und fuhren richtig, deren Rat befolgend, nach den Kolonien. Sie sahen die Ortschaften Rischon-le-Zion, Rechoboth und andere, die als Oasen in der verdorrten Umgebung lagen. Viele fleißige Hände hatten sich da regen müssen, bis die Scholle wieder zum Leben erwacht war. Sie sahen wohlbebaute Felder, eine stattliche Weinkultur und üppige Orangengärten.

»Das ist alles in den letzten zehn bis fünfzehn Jahren entstanden«, erklärte ihnen der Vorsteher der Judenkolonie Rechoboth, an den sie von Eichenstamm empfohlen worden war.

»Nach den Verfolgungen in Russland zu Anfang der achtziger Jahre hat diese Bewegung begonnen. Es gibt aber noch verdienstlichere Kolonien als unsere. Zum Beispiel die von Katrah. Die ist von studierten Leuten angelegt worden. Sie haben die Bücher verlassen und sind auf den Acker hinausgezogen. Solche Bauern gibt es wohl nirgends auf der Welt. Gelehrte Männer, die auf dem Felde arbeiten.«

»Das ist 'ne starke Nummer!« rief Kingscourt. Aber noch größer wurde sein Erstaunen, als der Vorsteher die jungen Burschen von Rechoboth zu Pferde steigen ließ. Eine Art arabischer Fantasia wurde vor den Gästen aufgeführt. Die Burschen stürmten weit weg ins Feld hinaus, warfen die Rosse herum, kehrten jauchzend zurück, warfen im vollsten Lauf ihre Mützen oder ihre Gewehre in die Luft, fingen sie wieder auf. Schließlich ritten sie in einer Reihe und sangen ein hebräisches Lied.

Kingscourt war hingerissen. »Da soll doch ein mehrfach gesalzenes Donnerwetter dreinschlagen. Die Kerls reiten ja wie der Deibel! Mit so 'was hätte mein Ur-Ur auch die Attacke bei Roßbach — —«.

Aber Friedrich hatte wenig Interesse für die Betätigungen einer gesunden Lebenslust, und er war froh, als sie die Ansiedelungen verließen, um nach Jaffa zurückzukehren.

Die Jacht war zur Abfahrt bereit. Sie schieden in den letzten Dezembertagen vom besonnten Strande Palästinas und steuerten nach Port Said. In diesem Hafen blieben sie zwei Tage, dann ging es durch den Suezkanal weiter. Am Abend des 31. Dezember 1902 kamen sie ins Rote Meer. Friedrich hatte wieder eine Zeit völliger Niedergeschlagenheit. In dieser Stimmung war ihm alles gleichgültig. Nach Sonnenuntergang rief ihn Kingscourt aufs Verdeck: »Heute, Doktor, wollen wir uns was besonders antun! Da, sehen Sie unsere Tischkarte. Habe auch eine genügende Anzahl Silberhälse in Eis kühlen lassen.«

»Was ist denn heute für ein besonderer Tag, Mr. Kingscourt?«

»Das wissen Sie nicht, Mensch? Der letzte Tag des Jahres. Das ist kein banales Datum — wenn Daten überhaupt einen Sinn haben.«

»Für uns ist das ohne jede Bedeutung«, sagte Friedrich müde. »Für uns beginnt nun die Zeitlosigkeit, ist es nicht wahr?«

»Jawohl, jawohl. Aber es ist doch 'n verdammt kurioser Tag. Um Mitternacht wollen wir die Zeit ins Meer senken, in euer Rotes Meer, und wenn das blödsinnige Zeitalter um ist, in dem wir zu leben verurteilt waren, da wollen wir an etwas Großes denken!... 'nen gediegenen Punsch lasse ich uns auch brauen. Das ist verhältnismäßig noch das Reellste in der allgemeinen Niedertracht des Daseins.«

Und so taten sie. Der Schiffskoch hatte sein Bestes geleistet. Auch die Weine waren vorzüglich. Kingscourt, ein gewaltiger Zecher vor dem Herrn, trank dreimal so viel wie Friedrich, und blieb dabei ziemlich klar und frisch, indessen sein junger Gefährte einen Nebel in sich aufsteigen fühlte und nur noch wie im Traum diese Worte vernahm, als es zwölf Uhr schlug.

»Mitternacht!« rief Kingscourt mit dröhnender Stimme. »Verrecke, Zeit! Ich leerte mein Glas auf deinen Tod. Was warst du? Schande, Blut, Gemeinheit und Fortschritt. Stoßen Sie an, Mensch, Mann, isolierter Zeitgenosse!«

»Ich kann nicht mehr«, lallte Friedrich.

»Kleines Geschlecht!... Hier sollten Sie sich doch auf die Fußspitzen stellen. Klassische Gegend! Hier hat euer oller Moses eines seiner größten Kunststücke gemacht ... Sie gingen trockenen Fußes hindurch, offenbar gerade Ebbe gewesen. Und das Vieh von einem Pharao hinterdrein mitten rin in die Flut. Keine Zauberei! Aber gerade das Natürliche daran imponiert mir! Die einfachsten Mittel! Aber sehen muß man sie, und gebrauchen können. Denken Sie mal, was war das für 'ne arme Zeit, und was hat euer oller Moses vollbracht. Wenn der heute wiederkäme und sähe die Wunder alle — die Eisenbahnen, die Telegraphen, die Telephone, die Maschinen, die Jacht mit der Schraube, mit dem elektrischen Scheinwerfer. Er würde nichts davon verstehen. Man müßte ihm vielleicht drei Tage lang immerzu erklären. Aber nach drei Tagen hätte er alles raus. Und wissen Sie, was er dann täte? Lachen würde er, furchtbar, grimmig lachen! Weil die Menschen mit all dem fabelhaften Fortschritt nichts anzufangen wissen. Im einzelnen Schicksal kommt man zur Überzeugung, daß die Menschen schlecht sind. Aber beim Gesamtüberblick entdeckt man, daß sie nur dumm sind. Namenlos dumm, dumm, dumm! Nie war die Welt so reich, und nie hat es so viel Arme gegeben wie jetzt. Leute verhungern, während ungebrauchtes Korn verschimmelt. Mir kann's recht sein. Je mehr zu Grunde gehen, am so weniger Undankbare, Lügner und Treulose gibt es in der Welt.«

Friedrich sprach mit schwerer Zunge: »Glauben Sie nicht, Mr. Kingscourt, dass die Menschen viel besser wären, wenn es ihnen besser ginge?«

»Nee, wenn ich das glaubte, würde ich nicht nach meiner einsamen Insel ziehen, sondern mitten unter die Menschen. Ich würde ihnen sagen, wie sie's anfangen müssten, um besser dran zu sein. Nicht tausend, nicht hundert, nicht fünfzig Jahre brauchte man zu warten. Heute! Mit den Ideen, Kenntnissen, Mitteln, die heute am 31. Dezember 1902 im Besitze der Menschheit sind, könnte sie sich helfen. Man braucht keinen Stein der Weisen, kein lenkbares Luftschiff. Alles Nötige ist schon vorhanden, um eine bessere Welt zu machen. Und wissen Sie, Mann, wer den Weg zeigen könnte? Ihr! Ihr Juden! Gerade weil's euch schlecht geht. Ihr habt nichts zu verlieren. Ihr könntet das Versuchsland für die Menschheit machen — dort drüben, wo wir waren, auf dem alten Boden ein neues Land schaffen. Altneuland!«

Das hörte Friedrich Löwenberg nur noch im Traum.

Er war eingeschlafen.

Und träumend fuhr er durch das rote Meer der Zukunft entgegen.

Zweites Buch: Haifa 1923

Erstes Kapitel

Die Jacht Kingscourts fuhr wieder durch das rote Meer, aber in umgekehrter Richtung. Kingscourts Bart und Haare waren schneeweiß geworden. Auch Friedrich konnte, vor dem Spiegel seiner Kajüte stehend, an seinen Schläfen die ersten Silberfäden entdecken. Der Alte rief ihn aufs Verdeck: »Holla, Fritz! Kommen Sie 'n bißchen rauf!«

»Was wollen Sie, Kingscourt?« sagte er, indem er hinaustrat.

»Hol mich der Deibel, wenn ich das verstehe. Seit wir da im Roten Meere fahren, hab' ich noch sehr wenige Personendampfer gesehen. Frachtschiffe, ja, viele. Erinnern Sie sich denn nicht, wie das vor zwanzig Jahren war, anno neunzehnhundertundzwei? Da war doch Verkehr hier. Ostindienfahrer, Chinaschiffe! Die lumpigen Dampfer, die wir jetzt treffen, gehen nur nach den afrikanischen Häfen und Madagaskar. Ich habe mich bei dem Vieh von einem Lotsen nach jedem passierenden Schiffe erkundigt. Es gibt keine Ostindier, Japaner und Chinesen mehr in diesen Gewässern; wie gesagt, nur Frachten. Am Ende hat England seit wir weg waren, seinen indischen Besitz verloren? Kreuzmillionenschockschwerenot — an wen?«

»Fragen Sie doch den Lotsen, wenn es Sie interessiert!«

»Nischt wird jefragt! Das heb' ich mir alles auf, bis wir in Europa sind. Ich bin nicht neugierig — sind Sie's vielleicht, Fritzken?«

»Nein, Kingscourt. Mir ist alles gleichgültig. In den zwanzig Jahren hat' ich jedes Interesse an den Vorgängen außerhalb unserer lieben Insel verloren. Mir lebt kein Freund mehr, kein Blutsverwandter. Wonach sollte ich mich erkundigen?«

Kingscourt hatte sich es auf einem ruhebettartigen Lehnstuhl bequem gemacht und schmauchte eine große Havanna: »Na, übel ist Ihnen unsere Insel nicht bekommen, Fritz! Wenn ich denke, was Sie für'n grüner Judenjunge mit eingesunkenem Brustkasten waren, als ich Sie mitnahm. Heute sind Sie 'n Baum von einem Menschen. Mir scheint, Sie könnten jetzt den Weibern gefährlich werden.«

»Sie sind komplett verrückt, Kingscourt!« lachte Friedrich. »Zu Ihrer Ehre will ich annehmen, daß Sie mich nicht nach Europa schleifen, um mich zu verheiraten.«

Kingscourt wälzte sich vor Lachen: »So'n Rabenvieh! Verheiraten! Für'n solchen Hornochsen halten Sie mich doch nicht? Was fing' ich dann mit Ihnen an?«

»Na, vielleicht ist es eine feine Art, mich loszuwerden. Sie haben meine Gesellschaft wohl satt gekriegt?«

»Nu fischt das Rabenvieh noch nach Komplimenten!« schrie der Alte, dessen Gemütlichkeit sich gern in Schimpfworten austobte. »Sie wissen doch sehr gut, Fritzchen, daß ich ohne Sie nicht mehr leben könnte. Die ganze Reise hab' ich doch nur Ihretwegen unternommen. Damit Sie dann wieder ein paar Jahre mit mir Geduld haben.«

»Hören Sie, Kingscourt, Sie wissen, ich kann nicht grob sein — wenigstens nicht so grob, wie Sie. Aber das ist, gelinde gesagt, eine...«

»Eselei?«

»Etwas dergleichen!... Wann habe ich eine Ungeduld gezeigt? Ich war glücklich auf unserer Insel, vollkommen glücklich. Diese zwanzig Jahre sind mir vergangen, wie ein Traum. War es gestern, daß Sie hier Ihre Abschiedsrede an die Zeit hielten? Ich wäre auch nie mehr weg von unserer seligen Insel, ich nicht! Und nun wollen Sie mir weismachen, daß Sie meinetwegen nach Europa fahren. Schämen Sie sich, alter Mann, daß Sie solche faule Ausreden gebrauchen. Sie sind neugierig, wie's drüben aussieht. Sie wollen hin — nicht ich! Der beste Beweis, daß ich mir nichts mehr aus der bewohnten Welt mache, ist der, daß ich alle die Jahre hindurch keine Zeitung in die Hand genommen habe.«

»Kunststück, wir hatten keine auf unserer Insel. Das war meine oberste Gesundheitsmaßregel: keine Zeitung!«

»So? Vor einigen Jahren kam eine Sendung von Rarotonga. Da waren alle Gegenstände der Kiste in englische und französische Tagesblätter eingewickelt. Einen Augenblick war ich in Versuchung, sie zu lesen. Wenn sie auch Monate oder Jahre alt waren, für mich enthielten sie jedenfalls neues. Wir schrieben damals 1917, und ich hatte seit fünfzehn Jahren nichts mehr von der Welt gehört. Aber ich raffte die Blätter alle zusammen und verbrannte sie ungelesen. Und jetzt sagen Sie noch, daß ich mich zurücksehne.«

Der Alte schmunzelte behaglich: »Na, wenn Sie mir auf meine Lügen kommen, dann will ich's gestehen. Ja, ich möchte wissen, was aus der niederträchtigen Welt geworden ist. Ob die Menschen noch immer so schlecht und dumm sind wie dazumal.«

»Mein guter Kingscourt, ich wette, wir werden froh sein, wenn wir nach unserer stillen Insel zurückkehren können.«

»Bei der Wette finden Sie keine Konterpartie. Ich wette dasselbe.«

Die Jacht durchlief die Wasserstraße von Suez. In Port Said stiegen sie wieder ans Land. Im Hafen war ein lebhafter Güterverkehr, aber zwischen den verfallenden Bazaren der Stadt war der bunte, vielsprachige Spaziergang nicht mehr zu gehen, der einst die Originalität des Ortes war. Hier kreuzten sich ehemals die Wege der Menschen, die vom Westen nach dem

Osten und von Osten nach Westen zogen. Man war hier ehemals den elegantesten Globetrottern begegnet, und jetzt lungerten vor den schmutzigen Kaffeehäusern außer den Eingeborenen nur einige halb betrunkene Matrosen.

Kingscourt und Friedrich waren in einen Laden eingetreten, um Zigarren zu kaufen. Sie verlangten bessere Sorten. Da sagte der griechische Händler klagend: »Führen wir nicht. Kommen ja keine Käufer mehr. Kommt niemand mehr, der feine Zigarren will. Nur Matrosen um Kautabak, schlechte Zigaretten.«

»Wie ist das möglich?« fragte Kingscourt. »Wo sind denn die Reisenden, die nach Indien, Australien, China gehen?«

»Oh, die sind schon lange fort. Die fahren jetzt auf dem anderen Weg.«

»Auf einem anderen Weg?« rief Friedrich. »Was gibt es denn für einen anderen? Doch nicht um das Kap der guten Hoffnung?«

Der Händler sagte ärgerlich: »Der Herr will über mich lachen. Das weiß doch jedes Kind, daß man nach Asien nicht mehr durch den Suezkanal fährt.«

Die Rückkehrenden sahen einander betroffen an. Dann brummte Kingscourt: »Natürlich weiß das jedes Kind. Sie werden uns doch nicht für so unwissend halten, daß wir nichts von dem verdammten neuen Kanal gehört haben.«

Da schlug der Grieche wütend auf den Ladentisch: »Machen Sie, daß Sie hinauskommen! Zuerst foppen Sie mich mit teuren Zigarren, dann machen Sie solche dummen Witze. Hinaus!«

Kingscourt wollte über den Tisch langen und dem Griechen eins über den Schädel geben, aber Friedrich zog den alten Hitzkopf fort: »Es scheint, in unserer Abwesenheit ist etwas Großes vorangegangen, was wir nicht wissen, Kingscourt.«

»Hol' mich der Deibel, das glaub' ich auch. Das müssen wir also zuerst rauskriegen.«

Im Hafen erfuhren sie es vom Kapitän eines deutschen Kauffahrers. Der Verkehr zwischen Europa und Asien hatte einen neuen Weg genommen: über Palästina.

»Da, gibt es denn dort Häfen, Eisenbahnen?« fragte Friedrich.

Der Kapitän lachte herzlich: »Ob es in Palästina Häfen und Bahnen gibt? Herr, von wo kommen Sie denn? Haben Sie denn nie eine Zeitung oder einen Fahrplan gesehen?«

»Nie, will ich nicht sagen. Aber einige Jahre ist es doch schon her ... Palästina kennen wir übrigens als ein wüstes Land.«

»Ein wüstes Land! ... Gut, wenn Sie das ein wüstes Land nennen wollen, ich bin es zufrieden. Nur sind Sie dann sehr verwöhnt.«

»Hören Sie, Kapitän«, rief Kingscourt, »wir wollen Ihnen reinen Wein einschenken. Wir sind ein paar verdammt unwissende Bengels. Wir haben uns zwanzig Jahre um nichts als um unser Vergnügen gekümmert. Also was ist das mit dem ollen Palästina?«

»Wenn ich Ihnen das erzählen wollte, brauchte ich mehr Zeit als Sie, um von hier hinzufahren. Kommt es Ihnen auf ein paar Tage nicht an, so machen Sie doch den kleinen Umweg. Sie finden übrigens in Haifa und Jaffa die schnellsten Schiffe nach allen europäischen und amerikanischen Häfen, falls Sie Ihre Jacht verlassen wollen.«

»Nee, unsere Jacht verlassen wir nicht. Aber den Umweg können wir ja machen, Fritze? Was meinen Sie? Woll'n wir nochmals das Land Ihrer Vorfahren besichtigen?«

»Mich zieht es dahin ebensowenig, wie nach Europa. Ganz egal!«

Und sie steuerten nach Haifa.

Es war eines Frühlingsmorgens, nach einer der in diesen Meeren so weichen Nächte, als die Küste Palästinas in Sicht kam. Die beiden standen auf der Kommandobrücke und lugten seit zehn Minuten unverwandt durch ihre Ferngläser nach derselben Himmelsgegend aus.

»Man möchte schwören, daß dort die Bucht von Akko ist«, sagte Friedrich.

»Man könnte auch das Gegenteil schwören«, meinte Kingscourt. »Ich habe noch das Bild dieser Bucht in der Erinnerung. Vor zwanzig Jahren war sie leer und öde. Aber da rechts, das ist doch der Karmel, und da drüben links ist Akko.«

»Wie verändert!« rief Friedrich. »Da ist ein Wunder geschehen.«

Sie kamen naher. Nun konnten Sie schon durch ihre guten Gläser die Einzelheiten etwas besser sehen. Auf der Rheede zwischen Akko und dem Fuße des Karmel ankerten riesige Schiffe, wie man deren schon am Ende des neunzehnten Jahrhunderts zu bauen pflegte. Hinter dieser Flotte sah man die anmutige Linie der Bucht. An der Nordspitze Akko in alter orientalischer Bauschönheit, graue Festungsmauern, dicke Kuppeln und schlanke Minarets, die sich vom Morgenhimmel reizend abhoben. An diesen Umrissen war nicht viel anders geworden.

Aber südwärts unterhalb der ruhmreich schwergeprüften Stadt, am Bogen des Uferbandes, war eine Pracht entstanden. Tausende weißer Villen tauchten, leuchteten aus dem Grün üppiger Gärten heraus. Von Akko bis an den Karmel schien da ein großer Garten angelegt zu sein, und der Berg selbst war auch gekrönt mit schimmernden Bauten. Da sie vom Süden kamen, verdeckte ihnen der Bergvorsprung zuerst den Anblick des Hafens und der Stadt Haifa.

Nun aber lag auch diese vor ihnen, und da waren die Deibel Kingscourts überhaupt nicht mehr zu zählen. Eine herrliche Stadt war an das tiefblaue Meer gelagert. Großartige Steindämme ruhten im Wasser und ließen den weiten Hafen dem Blicke der Fremden sogleich als das erscheinen, was er wirklich war: der bequemste und sicherste Hafen des Mittelländischen Meeres. Schiffe aller Größen, aller Arten, aller Nationen hielten sich in dieser Geborgenheit auf.

Kingscourt und Friedrich waren wie betäubt. Auf ihrer zwanzig Jahre alten Seekarte fand sich nichts von dieser Hafenstadt, und nun war sie wie hergezaubert. Die Welt war also während ihrer Abwesenheit nicht stillgestanden.

Die Jacht ging vor Anker. Dann fuhren sie im Landungsboote durch das verblüffende Gewühl der Schiffe hindurch nach dem Kai. Sie tauschten in kurzen abgerissenen Sätzen ihre Eindrücke aus.

An den steinernen Stufen des Uferdammes legte ihr Boot an. Sie stiegen aus. Einige Schritte von ihnen entfernt wollte eben ein Herr die Stufen hinab gehen, zu der elektrischen Barke, die offenbar seiner harrte. Als dieser die beiden erblickte, blieb er betroffen stehen. Er starrte Friedrich mit weit aufgerissenen Augen an.

Der Alte bemerkte es und brummte: »Was hat denn der Kerl? Sollte er noch nie zwei zivilisierte Menschen gesehen haben?«

Friedrich lächelte: »Das ist nicht anzunehmen. Die Leute da auf dem Kai schauen zivilisierter aus als wir. Es könnte eher sein, daß wir ihm veraltet vorkommen. Sehen Sie doch da hinauf! Dieses weltstädtische Treiben auf der Straße. Die vielen gut gekleideten Menschen. Ich glaube, unsere Anzüge sind ein bißchen aus der Mode.«

Sie hatten dem Bootsmanne aufgetragen, sie an derselben Stelle zu erwarten und schritten über andere Steintreppen der erhöhten Straße zu, von deren Treiben sie am Wasserrande schon etwas gesehen hatten. Um den Unbekannten, der sie so auffallend anstarrte, kümmerten sie sich nicht weiter. Doch er folgte ihnen. Er bemühte sich, die Sprache zu erlauschen, in der sie redeten. Jetzt war er dicht hinter ihnen, jetzt streifte er vorbei und blieb mit einem Ruck vor ihnen stehen.

»Herr!« brauste Kingscourt auf, »was wollen Sie eigentlich von uns?«

Der Fremde gab ihm keine Antwort, sondern wandte sich an Friedrich, mit einer männlich warmen, aber vor Erregung zitternden Stimme: »Sind Sie der Doktor Friedrich Löwenberg?«

Aufs tiefste überrascht, an so fremdem Ort plötzlich seinen Namen zu hören, entgegnete dieser: »So heiße ich.«

Da riß ihn der Unbekannte stürmisch an seine Brust und küßte ihn auf beide Wangen.

Dann ließ er ihn los und wischte sich die Tränen aus den Augen. Es war ein junger, kräftiger, hochgewachsener Mann von dreißig Jahren mit sonnengebräuntem Gesicht, das ein kurzer, schwarzer Bart umrahmte.

»Und wer sind Sie?« fragte Friedrich, nachdem er sich von der stürmischen Begrüßung erholt hatte.

»Ich! Sie werden sich wohl meiner nicht mehr erinnern. Ich heiße David Littwak.«

»Der kleine Junge vom Café Birkenreis?«

»Ja, Herr Doktor! ... Derselbe, den Sie vom Hungertode gerettet haben, samt seinen Eltern und seiner Schwester.«

»Ach, sprechen wir nicht davon!« wehrte Friedrich ab.

»Im Gegenteil! Wir werden noch viel davon sprechen. Was ich bin und habe, verdanke ich Ihnen. Zunächst sind Sie mein Gast — und wenn dieser Herr Ihr Freund ist, so ist auch er bei mir zu Hause.«

»Das ist mein bester, einziger Freund in der Welt, Mr. Kingscourt.«

Zweites Kapitel

Noch ehe sie recht wußten, wie ihnen geschah, hatten Friedrich und Kingscourt sich von David Littwak die Dammtreppe hinaufführen lassen. Erst als sie oben auf dem Straßenniveau angelangt waren, begann ihnen der volle Eindruck dieser wundervollen Stadt und ihres Verkehres aufzugehen.

Vor ihnen weitete sich ein großer Platz, den die hochgeschwungenen Arkaden stattlicher Gebäude umgaben. In der Mitte war ein mit Gittern eingehegter Palmengarten. Palmen, hier ein gewöhnlicher Baum, standen auch überall rechts und links an den Rändern aller Straßen, die auf den Platz mündeten. Man sah gleich, daß diese Palmen doppelten Dienst hatten. Bei Tage spendeten sie Schatten, und nachts Licht, denn die elektrischen Straßenlampen hingen an ihnen wie große gläserne Früchte.

Das war die erste Einzelheit, auf die Kingscourt ergötzt hinwies. Dann erkundigte er sich nach dem Charakter der Paläste, welche den großen Platz umgaben. David Littwak antwortete, es seien die Bureauhäuser verschiedener europäischer Seehandelsgesellschaften und Kolonialbanken. Der Platz führte darum den Namen Völkerplatz. Das war er in der Tat, nicht nur wegen der Gebäude, sondern auch wegen der Menschen, die ihn belebten.

Die Ankömmlinge staunten und starrten in das Gewühl. Es fand hier offenbar ein Verkehr aller Völker statt, denn man sah die buntesten Trachten des Morgenlandes zwischen den Gewändern des Okzidents. Chinesen, Perser, Araber wandelten durch die geschäftige Menge. Vorherrschend war freilich die Kleidung des Abendlandes, wie diese Stadt ja überhaupt einen durchaus europäischen Eindruck machte. Man hätte glauben können, daß man sich in einem großen Hafen Italiens befinde. Die Bläue des Himmels und des Meeres und das Leuchten der Farben gemahnten an die glückliche Riviera.

Nur waren die Gebäude viel moderner und reinlicher, und der Straßenverkehr enthielt bei aller Lebhaftigkeit weniger Lärm. Das kam von der gemessen ernsten Art der vielen Orientalen, aber auch daher, daß keine Zugtiere in diesen Straßen waren. Man hörte weder den Hufschlag von Pferden, noch auch Peitschenknallen oder Rädergerassel. Die Fahrdämme waren so glatt wie die Fußsteige, und die Automobile hasteten auf ihren Gummirädern ziemlich geräuschlos vorüber, nur mit einigem Getute der warnenden Signalhörner.

Ein Rollen über ihren Köpfen machte die Fremden aufschauen.

»Alle Deibel, was ist das?« schrie Kingscourt, indem er nach einem über den Palmenwipfeln vorbeisausenden großen Eisenwagen wies, aus dessen Fenstern Fahrgäste herunterblickten. Der Wagen halte die Räder nicht unten, sondern oben, über dem Dach. Er hing und schwebte an einem mächtigen, eisernen Brückengeleise.

David Littwak erklärte: »Das ist die elektrische Schwebebahn. Die müssen Sie doch auch in Europa gesehen haben.«

»Wir waren zwanzig Jahre nicht in Europa.«

»Die Schwebebahn ist ja nichts Neues. Sie war schon in den neunziger Jahren des vorigen Jahrhunderts zwischen Barmen und Elberfeld im Betriebe. Wir haben sie in unseren Städten gleich von vornherein eingerichtet, weil der Massenverkehr so leichter und gefahrloser bewältigt werden kann. Der Bau war auch billiger als der von Straßen- oder Hochbahnen.«

»Erlauben Sie, erlauben Sie!« rief Kingscourt. »Sie sprechen von Städten! Es gibt demnach in Palästina noch mehr solcher Städte?«

»Das wissen Sie nicht, meine Herren?«

»Nein«, sagte Friedrich; »wir wissen weder das noch etwas anderes. Wir wissen gar nichts. Wir waren zwanzig Jahre tot.«

»Für tot hielt ich Sie freilich, lieber Herr Doktor!« sprach David Littwak, indem er Friedrichs Hand nahm und noch einmal drückte.

»Haben Sie sich denn nach mir erkundigt? Ja, woher wissen Sie überhaupt meinen Namen? Ich glaube doch, ihn damals nicht genannt zu haben.«

»Als Sie sich unserem Danke entzogen, waren wir ganz trostlos. Ich dachte mir, Sie seien vielleicht ein Stammgast des Café Birkenreis. Dort habe ich viele Nächte vor der Tür auf Sie gewartet. Mein Vater auch.«

»Lebt Ihr Vater noch?«

»Ja, Gott sei Dank, und meine Mutter auch, und Mirjam, die Sie als Wickelkind sahen ... Ich kam endlich auf den Einfall, Sie dem Kellner des Kaffeehauses zu beschreiben. Er erkannte Sie nach meiner Schilderung sofort und nannte mir Ihren Namen. Aber wie groß war mein Schmerz, als der Mann hinzufügte, Sie seien bei einer Bergbesteigung verunglückt, und die Blätter hätten Ihren Tod gemeldet ... Ich kann Ihnen sagen, Herr Doktor, wir haben um Sie viel geweint. Wir haben auch immer pünktlich die Jahrzeit für Sie angezündet an dem Tage, den ich aus den Zeitungen herausgefunden hatte.«

»Jahrzeit? Was ist das?« fragte Kingscourt.

Friedrich gab Auskunft: »Ein Brauch der Juden. Am Sterbetage des Hingeschiedenen zünden seine Angehörigen zum Gedächtnis ein Licht an.«

»Oh, ich habe Ihnen viel, viel zu erzählen, lieber Herr Doktor!« sagte David Littwak. »Aber hier werden wir nicht stehen bleiben. Vor allem bringe ich Sie in mein Haus, das Sie von jetzt ab als Ihr eigenes betrachten werden... Kommen Sie, meine Herren!«

»Und unser Boot, unsere Jacht?«

David Littwak wandte sich zu einem livrierten Diener, der ihm in kurzer Entfernung nachgefolgt war, und gab leise einige Befehle, worauf der Diener verschwand. Jetzt sprach David zu seinen Gästen: »Alles ist besorgt. Das Boot wird nach der Jacht zurückkehren, und in Friedrichsheim wird man Ihre Aufträge abholen.«

»Wo?«

»In Friedrichsheim. So heißt mein Haus. Sie ahnen schon, wem zu Ehren? Gehen wir, meine Herren! Das heißt, wir werden fahren.« Er hatte bei aller Liebenswürdigkeit etwas Bestimmtes in seinem Ton.

Kingscourt murmelte aber nicht unzufrieden: »Fritze, der übernimmt das Kommando! Wollen mal sehen!«

David Littwak hatte ein Automobil herangewinkt. Er bat die Herren einzusteigen. Doch als er ihnen folgen wollte, wurde er von jemandem angerufen: »Herr Littwak, Herr Littwak.«

Er drehte sich um: »Ah, Sie sind's? Was wünschen Sie?«

»In den Morgenblättern steht, daß Sie heute in Akko eine Versammlung abhalten. Ist es nicht wahr?«

»Ich wollte eben hinüberfahren. Aber ich muß die Versammlung absagen. Ich habe heute Wichtigeres vor. Richtig, ich will noch rasch hinübertelephonieren.«

»Darf ich es vielleicht für Sie tun, Herr Littwak?«

»Ja, wenn Sie so freundlich sein wollen.«

»Wahrscheinlich einen besonderen Besuch erhalten, Herr Littwak?« forschte der Eifrige, indem er mit dem linken Daumen über die Schulter hinweg nach dem Wagen deutete.

David lächelte, antwortete aber nicht und nickte nur mit dem Kopfe. Dann rief er dem hintenauf sitzenden Heizer zu: »Nach Friedrichsheim!«

»Dieses Gesicht kommt mir bekannt vor«, sagte Friedrich, als der Wagen davonrollte. »Ich muß es in einer anderen Form gesehen haben, ohne grauen Backenbart, ohne den Kneifer auf der Nase.«

»Ja, er ist auch aus Wien, er hat mir oft von Ihnen erzählen müssen. Ich wollte ihn nur jetzt nicht herankommen lassen. Heute gehören Sie mir allein... Er war auch ein Gast des Café Birkenreis. Nun raten Sie!«

Eine Erinnerung blitzte auf. »Schiffmann!« sagte Friedrich lachend. »Wie? Der ist auch hier?«

»Der und viele, viele andere Juden aus allen Städten und Ländern.«

Kingscourt, der neugierig nach allen Seiten hinausblickte, warf jetzt die Frage ein: »Wollen Sie vielleicht sagen, daß die Rückkehr der Juden nach Palästina stattgefunden hat?«

»Freilich will ich das sagen.«

»Donner und Gloria!« schrie der Alte. »Sie sind aus Europa ausgetrieben worden?«

David erklärte freundlich lächelnd: »Nun, Sie dürfen sich das nicht so wie im Mittelalter vorstellen. Wenigstens in den Kulturländern hatte es nicht diesen Charakter. Die Operation war zumeist unblutig. Den Juden wurde am Ende des neunzehnten und zu Anfang dieses Jahrhunderts das Verbleiben an ihren Wohnorten unleidlich gemacht.«

»Aha! Rausgeekelt?«

»Die Verfolgungen waren sozialer und ökonomischer Art. Boykott im Geschäftsleben, Aushungerung der Arbeiter, Ächtung in den freien Berufen, von den feineren, moralischen Leiden gar nicht zu sprechen, die ein höher organisierter Jude um die Jahrhundertwende zu erdulden hatte. Die Judenfeindschaft war mit den neuesten, wie mit den ältesten Mitteln tätig. Das Blutmärchen wurde aufgefrischt, aber gleichzeitig hieß es auch, daß die Juden die Presse — wie einst im Mittelalter den Brunnen — vergifteten. Die Juden wurden von den Arbeitern gehaßt, als Lohnverderber, wenn sie ihre Genossen waren; als Ausbeuter, wenn sie die Unternehmer waren. Sie wurden gehaßt, ob sie arm oder reich oder mittelständig waren. Man nahm ihnen das Erwerben, aber auch das Geldausgeben übel. Sie sollten weder produzieren noch konsumieren. Von den Staatsämtern wurden sie zurückgestoßen, vor den Gerichten hatten sie das Vorurteil gegen sich, überall im bürgerlichen Leben fanden sie Kränkungen. Unter diesen Umstanden war es klar, daß sie entweder die Todfeinde einer von Ungerechtigkeit strotzenden Gesellschaft werden oder nach einem Zufluchtsort ausblicken mußten. Das letztere ist geschehen, und hier sind wir. Wir haben uns gerettet.«

»Altneuland!« murmelte Friedrich.

»Jawohl, das ist es«, sagte David Littwak ernst und bewegt. »Auf unserem alten teuren Boden haben wir uns eine neue Gesellschaft eingerichtet. Sie werden sie kennenlernen, meine Herren.«

»Der Deibel, das ist furchtbar interessant. Da gibt es riesig viel zu sehen. Ich wollte Sie nicht stören in Ihrer geschätzten Anklageschrift gegen das olle Europa, sonst hätte ich Sie nach einigen Bauten gefragt, an denen wir vorbeigefahren sind.«

»Ich werde Ihnen alles zeigen.«

»Hören Sie 'mal, geschätzter Mann und Jude, ich will Ihnen zuerst ein Geständnis ablegen, sonst bereuen Sie nachher Ihre Aufmerksamkeiten.

Ich bin nämlich kein Jude. He? Nu werden Sie mich wohl 'rausschmeißen oder gelinde rausekeln, was?«

»Aber Kingscourt!« wehrte Friedrich ab.

Ruhig sprach David Littwak: »Daß Sie kein Jude sind, erkannte ich schon an einer Ihrer früheren Fragen. Lassen Sie sich sagen, daß meine Genossen und ich keinen Unterschied zwischen den Menschen machen. Wir fragen nicht, welchen Glaubens und welcher Rasse einer ist. Ein Mensch soll er sein, das genügt uns.«

»Millionen Bomben und Haubitzen! Und alle Bewohner dieser Gegend denken wie Sie?«

»Nein«, bekannte David offen, »das sage ich nicht. Es gibt noch andere Strömungen.«

»Aha! Das dachte ich mir auch gleich, verehrter Menschenfreund!«

»Ich will Sie jetzt nicht mit unseren politischen Kämpfen langweilen. Die sind so wie überall in der Welt. Aber das kann ich Ihnen sagen: die Grundsätze der Menschlichkeit werden bei uns allgemein in Ehren gehalten. Und was die Religionen betrifft. Sie finden bei uns neben unseren Tempeln die Gotteshäuser von Christen, Mohammedanern, Buddhisten und Brahmanen. Die beiden letzteren Glaubensgesellschaften sind allerdings nur in den Seestädten vertreten, zum Beispiel hier in Haifa, in Tyrus, Sidon und in den größeren Orten längs der Bahn, die nach dem Euphrat führt, etwa in Damaskus und Tadmor.«

Friedrich staunte: »Tadmor! Die Stadt Palmyra lebt wieder?«

David nickte bestätigend: »Das große Schauspiel des allgemeinen Gottesfriedens werden Sie aber in Jerusalem genießen.«

»Mein Kopf, mein Kopf!« stöhnte Kingscourt. »Wie soll man denn das alles auf einmal behalten?«

Sie waren an einer Straßenkreuzung angelangt, wo der größere Wagenverkehr eine augenblickliche Stauung verursachte. Das Automobil mußte halten. Da erkannten sie, wie praktisch die Schwebebahn war. Unter den dicken eisernen Doppelgeleisen sausten die großen Kasten hoch in der Straßenmitte dahin, ohne die Fußgänger zu stören oder von ihnen gestört zu werden.

Von diesem Punkte ihres gezwungenen Aufenthaltes blickten sie in mehrere Straßen. Die Mannigfaltigkeit der Baustile erfreuten ihre Augen. Dann ging die Fahrt weiter durch lebhafte Stadtteile. Die Wohnhäuser waren zumeist klein und zierlich, offenbar nur für den Gebrauch der einzelnen Familie berechnet, wie man sie in belgischen Städten sieht. Um so stattlicher ragten die Kaufhäuser und die öffentlichen Gebäude, die als solche leicht erkennbar waren. David Littwak nannte ihnen einige im Vorüberfahren: das Seeamt, das Handelsamt, die Arbeitsvermittlung, die Unterrichtsverwaltung, das Amt für Elektrizität. Ein großer heiterer Palast, dessen Vorderseite eine freskengeschmückte Loggia hatte, fesselte ihre Aufmerksamkeit.

»Das ist das Bauamt«, sagte David. »Hier haust Steineck, unser erster Architekt. Von ihm ist der Stadtplan entworfen worden.«

»Der Mann hat eine große Aufgabe«, sprach Friedrich.

»Groß, jawohl, aber auch freudig. Er durfte aus dem Vollen schaffen, wie übrigens wir alle. Nie in der Geschichte sind Städte so rasch und herrlich erbaut worden, wie bei uns, weil man nie vorher solche technische Mittel zur Verfügung hatte. Die Leistungsfähigkeit der Kulturmenschheit war ja in dieser Beziehung schon am Ende des neunzehnten Jahrhunderts kolossal. Wir brauchten nur die bekannten Dinge zu uns herüber zu verpflanzen. Wie das geschehen ist, werde ich Ihnen später noch erzählen.«

Sie waren jetzt in eine Villengegend der Stadt geraten. Der Fahrweg stieg an. Sie befanden sich auf dem Karmel. Hier standen schmucke Schlößchen inmitten duftender Gärten. An einzelnen Häusern maurischer Bauart bemerkten sie Holzgitter von engem Geflechte vor den Fenstern. David kam der Frage zuvor: »Hier wohnen einige vornehme Mohammedaner. Da sehen Sie gerade meinen Freund Reschid Bey.«

Vor dem schmiedeeisernen Tore eines Gartens, an dem sie vorbeifuhren, stand ein schöner Mann von etwa fünfunddreißig Jahren. Zur dunklen europäischen Kleidung trug er das rote Fez. Er grüßte nach orientalischer Art, indem er mit der Rechten den Luftschnörkel machte, der das Aufheben und Küssen des Staubes bedeutet. David rief ihm einige Worte in türkischer Sprache zu, worauf Reschid mit leicht norddeutscher Betonung zurückgab: »Wünsche eine recht anjenehme Unterhaltung!«

Kingscourt riß die Augen auf: »Was ist denn das für'n Muselmännchen?«

David lachte: »Er hat in Berlin studiert. Sein Vater war einer derjenigen, die den Vorteil der Judeneinwanderung sofort begriffen. Er machte unseren ökonomischen Aufstieg mit und wurde reich. Reschid ist übrigens auch Mitglied unserer neuen Gesellschaft.«

»Der neuen Gesellschaft?« wiederholte Friedrich. »Was ist das für eine?«

Kingscourt setzte hinzu: »Hochgeliebter Mann, uns müssen Sie wie neugeborene Kälber in allem Wissenswertem unterweisen! Wir kennen weder die alte noch die neue Gesellschaft.«

»Doch!« sagte David. »Die alte kennen oder kannten Sie. Unsere neue werde ich Ihnen vorstellen, bis wir mehr Muße haben. Jetzt ist dazu nicht mehr Zeit. Wir sind gleich dort, wo Sie sich fortab zu Hause fühlen sollen.«

Immer freier öffnete sich der Ausblick auf dem geschlängelten Wege. Nun lagen Stadt und Hafen von Haifa, die weite Bucht mit dem Gartenkranze und am anderen Ende Akko mit seinem Berghintergrunde vor den entzückten Augen der Fahrenden. Und nun waren sie ganz oben auf der Nordspitze des Karmel. Rechts und links, nach Norden und Süden dehnte sich das herrliche Gestade von Palästina, und vor ihnen weitete sich blau und goldig die endlose Fläche des Meeres. Weiße Schaumkämme flatterten wie Möwen darüber hin, dem hellbraunen Strande zu. David hatte den Wagen halten lassen, damit sie den einzigen Anblick genössen. Er stieg aus, und die beiden folgten ihm. Er wandte sich zu Friedrich: »Sehen Sie, Herr Doktor, das ist das Land unserer Väter!«

Und Friedrich wußte nicht, warum ihm bei diesen einfachen Worten des jungen Mannes die Augen von Tränen warm wurden. Doch war es eine andere Stimmung, als in jener Nacht von Jerusalem, zwanzig Jahre früher. Damals hatte er den mondbeglänzten Tod vor sich, und jetzt ein sonnenfreudiges Leben. Er blickte David an.

Was war aus dem bettelhaften Judenjungen geworden! Ein frei und ernst schauender, gesunder, gebildeter Mann, der fest in seinen eigenen Schuhen zu stehen schien. Noch hatte David kaum eine Andeutung über seine eigenen Verhältnisse gemacht, aber es mochte ihm nicht schlecht ergehen, da er in dieser eleganten Gegend wohnte, wo es nur Villen und Schlösser gab. Er mußte aber auch ein angesehener Bürger sein, denn sie hatten unterwegs bemerkt, wie viele Leute ihn grüßten. Selbst ältere Personen kamen ihm mit dem Gruße zuvor. Jetzt stand er mit einem Ausdrucke tiefen Glückes in den Mienen auf der Karmelhöhe und sah hin über Land und Meer.

Und jetzt erst glaubte Friedrich in dem freien Manne den merkwürdigen Knaben von der Brigittenauer Lände zu erkennen, der einst gesagt hatte, er wolle zurück nach dem Lande Israels!

Drittes Kapitel

Friedrichsheim war ein helles, hohes Schloss maurischen Stils, umgeben von Gärten. Vor der weißen Freitreppe lag in Stein gehauen ein Löwe. Wieder mußte Friedrich an die Worte des kleinen Hausierersohnes denken, da vom Löwen Judas die Rede gewesen.

»Was Juda gehabt hat, kann es wieder haben. Unser aller Gott lebt ja noch!« hatte der Junge damals gerufen. Der Traum war erfüllt...

Der Pförtner hatte ein Glockenzeichen gegeben, als David Littwak mit seinen Gästen durch das Gittertor kam. Sie wurden an der Freitreppe von zwei Dienern erwartet.

»Ich lasse meine Frau und meine Schwester in den unteren Salon bitten«, sagte David dem einen, der hierauf über die teppichbelegte Treppe der großen Eingangshalle in den ersten Stock hinaufeilte. Der andere Diener öffnete den Herren die Salontür.

Sie traten in einen hochgewölbten Raum, der mit herrlichen Kunstwerken geschmückt war. Die Wände mit rosiger Seide verkleidet, die Möbel von der zarten englischen Bauart, an der Decke ein elektrischer Kronleuchter, schimmernd von Gold und Kristall. Eine Tür und vier Fenster ließen durch hohe Spiegelscheiben das volle Tageslicht hereindringen. Man sah hinaus auf ein weiches Rasenparterre mit Blumenbeeten bis zur marmornen Brüstung, hinter welcher das Meer blaute.

Im Salon standen zu beiden Seiten der Haupttür siebenarmige Leuchter von Manneshöhe aus Silber. An der einen Schmalwand ein großes Gemälde, das einen alten Mann mit einer alten Frau in einfacher dunkler Kleidung darstellte. »Meine Eltern!« bemerkte David, als er Friedrichs Augen darauf gerichtet sah.

»Ich hätte sie gewiß nicht erkannt«, lächelte Friedrich. »Und wer ist das?« Er deutete nach einem Ölbilde, das über dem mächtigen Kamin hing. Es war das Porträt einer schlanken, schwarzlockigen jungen Dame von großer Schönheit.

»Das ist meine Schwester Mirjam. Sie werden sich gleich selbst überzeugen können, ob es ähnlich ist.«

Im nächsten Augenblick traten die Damen ein: Mirjam und eine blühende junge Frau, die Gattin Davids.

»Sarah, Mirjam!« rief der Hausherr mit leicht bebender Stimme. »Wir haben den teuersten, unerwartetsten Besuch erhalten. Dieser Tag hat mir die größte Freude meines Lebens gebracht. Ihr könnt nicht erraten, nicht einmal ahnen, wen wir zu beherbergen das Glück haben. Denjenigen, den wir für tot hielten, der unser Wohltäter, unser Retter war!«

Die Damen blickten verwundert drein.

»Doch nicht — Friedrich Löwenberg?« fragte das junge Mädchen.

»Er selbst, Mirjam! Er selbst! Da steht er.«

Da eilte sie auf den Gast zu, streckte ihm beide Hände entgegen, begrüßte ihn freudestrahlend wie einen alten Freund.

Es war ihm wunderlich und selig zumute, als er von dieser lieblichen Stimme seinen Namen aussprechen hörte. Er kam sich wie verzaubert vor an dem herrlichen Orte, unter den prächtigen Menschen.

»Und das ist Mr. Kingscourt, der Freund des Doktors, also auch unser Freund und werter Gast.« Er berichtete kurz, wie er die Herren im Hafen erblickt und Friedrich sogleich erkannt hatte. Denn er hatte sich als kleiner Knabe die Züge des Nothelfers tief eingeprägt, und Friedrich war eigentlich wenig verändert.

Selbstverständlich dürften die Herren in kein Hotel gehen, sondern müßten hier wohnen. Frau Sarah wollte die Gäste gleich nach ihren Zimmern geleiten lassen. David übernahm dies aber selbst. Er bat die Herren, ihm zu folgen. »Gehen wir hinauf! Ich möchte Ihnen oben auch einen jungen Mann vorstellen, der den hier nicht mehr ungewöhnlichen Namen Friedrich führt.«

So schritten alle fünf die Halltreppe hinauf in den ersten Stock. David führte und blieb vor der letzten Tür des Korridors stehen. »Hier hält sich dieses Individuum auf«, sagte er glücklich lachend und öffnete.

Es war ein weißes Zimmer. In der Mitte thronte auf seinem hohen Kinderstuhl ein pausbackiges Baby. Es hatte sich die Schuhchen von den Füßen gestreift und war eben bemüht, auch die kleinen Strümpfe durch beharrliches Reiben der Zehen an den drallen Wädchen loszuwerden. Vor ihm stand seine ältliche Pflegerin mit einem Teller Milchspeise. Das Kind schlug lustig seinen Löffel auf den Brei, daß es nur so patschte, und schien diese Unterhaltung für wichtiger zu halten als das Essen.

»Dieser Dummkopf ist mein Sohn Friedrich«, rief David, und es klang zum erstenmal etwas wie Stolz aus seinen Worten.

Aber Jung-Friedrich ließ den Löffel fahren. Kingscourts weißer Bart hatte es ihm angetan. Er jauchzte hoch auf und reckte dem Alten beide Ärmchen entgegen. Kingscourt reichte ihm seinen Zeigefinger, und das Bübchen klammerte sich fest an. Die anderen wollten dann hinausgehen, Kingscourt blieb wie angewurzelt stehen.

Friedrich wandte sich in der Tür um: »Kommen Sie denn nicht mit, Kingscourt?«

»Der Kerl läßt mich nicht los!« erwiderte der geschmeichelt. Und er blieb dann auch richtig noch eine ganze Stunde beim kleinen Friedrich. Mit diesem Augenblick begannen die Beziehungen zwischen dem alten Menschenfeinde Kingscourt und dem jüngsten Littwak.

Man konnte nie Genaueres über den Inhalt ihrer Unterredungen erfahren, weil der kleine Fritz noch nicht sprechen konnte, und Kingscourt unter den furchtbarsten Flüchen leugnete, daß er das Kind lieb habe. Indessen wurde später durch Aussagen der Dienstleute festgestellt, daß Kingscourt oft in die Kinderstube geschlichen kam, wenn er wußte, daß kein anderer da war, und daß er sich zu den unvernünftigsten Streichen hergab.

Er ließ das Kind auf seinen Schultern reiten oder legte sich platt auf den Boden, damit das Bürschchen gefahrlos an ihm herumklettern könne. Wenn das Fritzchen aber weinte, führte er, um, es zu trösten, sehr erstaunliche Tänze auf und sang ihm uralte deutsche Lieder vor, wobei er seine rauhe Stimme recht wohlklingend zu machen versuchte.

Am ersten Tage seiner Bekanntschaft mit dem Kleinen fand sich Kingscourt ein wenig verlegen beim Mittagstische ein. Doch gab es so vielerlei zu fragen und zu erzählen, daß seine plötzliche Schwäche für das Bübchen unbemerkt und unerörtert blieb.

Sie saßen in dem holzgetäfelten Speisesaale und hielten eine gute Mahlzeit. Die Weine erregten besonders die Zufriedenheit Kingscourts. Er bekam die Auskunft, daß es durchwegs palästinensische Weine seien, zum Teile sogar Eigenbau Davids. Mit der Weinkultur hatte ja die Kolonisation des Landes schon in den achtziger Jahren des vorigen Jahrhunderts begonnen. Die besten Rebensorten waren gepflanzt worden und gediehen vortrefflich.

Mirjam erhob sich vor Ende des Mahles. Sie mußte fort, zur Schule. Nachdem sie hinausgegangen war, beantwortete David eine Frage Löwenbergs: »Ja. Mirjam ist Lehrerin. Sie unterrichtet im Mädchengymnasium. Ihre Fächer sind Französisch und Englisch.«

Kingscourt brummte: »So? Das arme Mädel muß sich mit Stundengeben schinden?«

Es lag ein geheimer Vorwurf darin, den David lächelnd aufgriff: »Sie tut es nicht um den Lebensunterhalt. So weit bin ich, Gott sei Dank, daß ich meine Schwester nicht darben lasse. Aber sie hat Pflichten und erfüllt sie, weil sie auch Rechte besitzt. In unserer neuen Gesellschaft sind die Frauen gleichberechtigt mit den Männern.«

»Alle Deibel!«

»Daß sie das aktive und passive Wahlrecht haben, ist selbstverständlich. Sie haben treu mit uns gearbeitet am Aufbau unserer Einrichtungen, ihre Begeisterung für unseren Hochgedanken hat den Mut der Männer beflügelt. Es wäre die häßlichste Undankbarkeit gewesen, wenn wir sie an den Gesindetisch unseres Hauses oder in ein verschämtes Serail verwiesen hätten.«

»Sie sagten uns unterwegs«, warf Löwenberg ein, »daß Reschid Bey auch ein Mitglied Ihrer Gesellschaft sei. Ihr Wort vom Serail bringt mich auf eine Frage.«

»Die ich errate, Herr Doktor. Niemand ist gezwungen, unserer neuen Gesellschaft beizutreten. Wer in ihr aufgenommen wird, ist wieder nicht gezwungen, seine Rechte auszuüben. Das steht in seinem Belieben. Kannten Sie im alten Europa nicht auch Männer, die kein Interesse an den Wahlen hatten, nie zur Urne gingen und um keinen Preis eine Wahl angenommen hätten? So ist es mit dem Wählen und Gewähltwerden der Frauen in unserer neuen Gesellschaft. Glauben Sie nur ja nicht, daß die Hausmütterlichkeit bei uns darunter gelitten habe. Meine Frau zum Beispiel geht nie in eine Versammlung.«

Frau Sarah lächelte: »Daran ist aber nur Fritzchen schuld.«

Kingscourt träumte einen Augenblick von der Kinderstube und murmelte wie verloren: »Das begreife ich.«

»Ja«, fuhr David fort, »sie hat unseren Buben gesäugt und bei dieser Gelegenheit ihre unveräußerlichen Rechte ein bißchen vergessen. Früher gehörte sie der radikalen Opposition an. So habe ich sie auch kennengelernt, als Gegnerin. Jetzt macht sie mir nur noch zu Hause Opposition — freilich die allergetreueste, die man sich denken kann.«

Dröhnend lachte Kingscourt: »Das ist 'n verdammt gescheites Mittel, einer Opposition beizukommen. Das vereinfacht die politischen Zustände außerordentlich.«

Und David erklärte weiter: »Ich muß Ihnen aber sagen, meine Herren, daß die Frauen bei uns vernünftig genug sind, sich nicht auf Kosten ihres Privatwohles mit den allgemeinen Angelegenheiten abzugeben. Es ist nicht nur ein weiblicher, es ist ein menschlicher Zug, daß man sich um das Erreichte nicht mehr viel kümmert. Der Zustand, den wir haben, wurde auch schon im vorigen Jahrhundert vorbereitet. Es gab in einzelnen Ländern Vertretungskörper von lokalem oder professionellem Wirkungskreise, in denen die Frauen als Wähler und Gewählte zugelassen wurden. Sie haben sich da als klug und tüchtig bewährt. Sie haben nicht mehr Zeit vertrödelt, kein dümmeres Zeug geschwatzt, als die Männer. Es lag wirklich kein Grund vor, diese günstige Erfahrung unbenutzt zu lassen. Im übrigen ist die Politik bei uns kein Geschäft oder Beruf, weder für Männer noch für Frauen. Diese Seuche haben wir uns fernzuhalten gewußt. Leute, die von ihrer deklamierten Überzeugung zu leben versuchen, statt von ihrer Arbeit, werden rasch erkannt, verachtet und unschädlich gemacht. Die Gerichte haben wiederholt in Ehrenbeleidigungsfällen entschieden, daß ›Berufspolitiker‹ ein Schimpfwort ist. Diese Tatsache sagt Ihnen wohl genug.«

»Wie besetzen Sie aber die öffentlichen Ämter?« fragte Friedrich Löwenberg, »Gebäude, die Sie uns im Vorbeifahren zeigten, lassen doch die Annahme zu, daß es auch bei Ihnen Ämter gibt.«

»Gewiß. Wir haben besoldete und Ehrenämter. Die besoldeten werden aber nur nach der fachlichen Tüchtigkeit der Bewerber vergeben. Die Parteigänger, welcher Art sie auch seien, haben von vornherein das gesunde Vorurteil aller gegen sich. Aktive Beamte dürfen sich überhaupt in keiner Weise an öffentlichen Diskussionen beteiligen. Anders ist es um die Ehrenämter bestellt. Für die Besetzung dieser haben wir einen einfachen Grundsatz. Die sich hervordrängen, schieben wir sachte beiseite. Wir bemühen uns, das echte Verdienst in seinen bescheidensten Schlupfwinkeln aufzustöbern. Darin sehen wir die Bürgschaft, daß unser teures Gemeinwesen nicht Strebern zum Raub werde. So ist der jetzige Präsident unserer Gesellschaft ein greiser, russischer Augenarzt. Der übernahm das Amt höchst ungern, weil er seine Praxis aufgeben mußte.«

»War die so einträglich?« fragte Kingscourt.

»O nein, hauptsächlich eine Armenpraxis. Er hat sie seiner Tochter übergeben. Sie ist auch eine bedeutende Heilkünstlerin. Jetzt ist sie Vorsteherin der großen Augenklinik. Ein braves Frauenzimmer, hat nicht geheiratet und widmet ihr Leben, ihre geschickte Hand den armen Leidenden. Sie ist so recht ein Beispiel, welcher Nutzen die alten Mädchen, die einsamen Frauen in einer vernünftigen Gesellschaft werden können. Ehemals wurden sie verspottet oder als Last empfunden. Bei uns wirken sie sich und anderen zum Heile. Das ganze Departement der öffentlichen Wohltätigkeit ist in den Händen solcher Damen. Auch darin haben wir nichts Neues geschaffen, sondern nur das längst Vorhandene in ein System gebracht, ordentlich zentralisiert. Spitäler, Siechenhäuser, Kindergärten, Ferienkolonien, Volksküchen, kurz, alle milden Einrichtungen, die Sie schon in Europa kannten, sind bei uns zusammengefaßt und werden einheitlich verwaltet. Durch diese Organisation ist es möglich geworden, jedem Hilfsbedürftigen oder Kranken beizustehen. Es werden zwar bei uns an die öffentliche Wohltätigkeit geringere Anforderungen gestellt, als es in den früheren Verhältnissen der Fall war, weil bei uns die Zustände — ich darf es wohl sagen — im allgemeinen gesünder sind. Aber Hilfsbedürftige gibt es auch hier, weil wir ja die Natur der Menschen nicht zu ändern vermochten. Schwäche, Sorglosigkeit, verschuldetes und unverschuldetes Unglück richten auch bei uns manchen zugrunde. Wir helfen den Kranken durch Pflege, den Gesunden durch Arbeit. Das alles haben wir nicht erfunden, sondern nur angewendet und ausgebildet.

Sie kannten sicherlich schon in der alten Zeit die Einrichtungen der Arbeitshilfe und Arbeitsvermittlung. Bei uns hat jeder ein Recht auf Arbeit, und somit auf Brot; dafür aber auch die Pflicht zur Arbeit. Den Bettel dulden wir nicht. Ein Gesunder, welcher Almosen nimmt, wird zu den schwersten Arbeiten gezwungen. Der mittellose Kranke braucht sich nur im Wohltätigkeitsamte zu melden. Keiner wird abgewiesen. Die einzelnen Spitäler sind selbstverständlich mit der Zentrale telephonisch verbunden, und es wird durch rechtzeitige Vorkehrungen dem gelegentlichen Platzmangel vorgebeugt. Wir müßten uns ja schämen, wenn ein Leidender von Spittel zu Spittel wankte, wie es ehemals vorkam. Ist ein Krankenhaus voll, so stehen im Hofe Wagen, um den neuankommenden Patienten in die nächste aufnahmebereite Anstalt zu bringen.«

»Das muß doch ungeheure Kosten verursachen«, sagte Friedrich.

»Nein. Bedenken Sie, daß durch die planvolle Einteilung alles ökonomischer wird. Die alte Gesellschaft war schon an der Jahrhundertwende reich genug, nur litt sie an ihrer namenlosen Verworrenheit. Sie war eine überfüllte Schatzkammer, in der man keinen Suppenlöffel fand, wenn man ihn brauchte. Die Leute waren keineswegs dümmer oder schlechter als wir — oder, wenn Sie wollen, wir sind nicht klüger oder besser, als jene waren. Der Grund des Gelingens unserer sozialen Versuche ist ein anderer. Wir haben unsere Gesellschaft gleichsam ohne erbliche Belastung eingerichtet. Zwar haben auch wir an die Vergangenheit angeknüpft, und wir mußten es — der alte Boden, das alte Volk — nur haben wir die Einrichtungen verjüngt. Die Völker mit ununterbrochener Geschichte mußten Lasten tragen, die ihre Väter auf sich genommen hatten. Wir nicht. Am deutlichsten sehen Sie das am Beispiel irgendeines der Staatshaushalte, die Sie ehemals kannten. Da bildeten die Zinsen und Amortisationen längstvergangener Schulden einen riesigen Rechnungsposten. Es gab nur zweierlei: entweder den schimpflichen Bankrott, oder das seufzende Fortschleppen der schweren alten Lasten. Die neue Gesellschaft war von vornherein in einer günstigeren Lage. Ich werde Ihnen das noch im einzelnen zeigen. Jetzt will ich nur Ihre Frage nach den Kosten der Wohltätigkeitsanstalten beantworten. Obwohl diese Anstalten bei uns für alle Notfälle ausreichen, allen Schwachen und Kranken zweckmäßig helfen, sind sie doch weit billiger. Die Bauten und Einrichtungen wurden und werden, wie es schon früher in jeder zivilisierten Gesellschaft geschah, aus öffentlichen Mitteln bestritten, insoweit die bei uns Juden von jeher üblichen Tempelspenden und letztwilligen Verfügungen nicht ausreichen. Für das pflegende Personal aber haben wir durch ein System von Mitgliedspflichten vorgesorgt. Alle Mitglieder der neuen Gesellschaft, die männlichen wie die weiblichen, müssen zwei Jahre ihres Lebens dem öffentlichen Dienste widmen. In der Regel ist es die

Zeit vom achtzehnten bis zum zwanzigsten Lebensjahre, nach Vollendung der Studien. Dabei will ich schon jetzt bemerken, daß der Unterricht auf allen Stufen, mit Einschluß der Universität, für die Kinder unserer Mitglieder unentgeltlich ist. In der zweijährigen öffentlichen Dienstpflicht haben wir also ein unerschöpfliches Reservoir von Hilfskräften für alle diejenigen Anstalten und Arbeiten, deren allgemeine Nützlichkeit von der Gesellschaft anerkannt ist. Geleitet werden die Anstalten und Arbeiten von besoldeten Beamten.«

»Ich verstehe«, sagte Friedrich. »Ihre Armee besteht aus Berufsoffizieren und Freiwilligen.«

»Ich akzeptiere das Gleichnis«, erwiderte David. »Aber mehr als ein Gleichnis ist es nicht. Ein Kriegsheer gibt es nämlich in der neuen Gesellschaft nicht.«

»Au weh!« spottete Kingscourt.

David lächelte: »Was wollen Sie, Mr. Kingscourt? Nichts ist vollkommen auf Erden, also auch unsere neue Gesellschaft nicht. Wir haben ja keinen Staat, wie die Europäer Ihrer Zeit. Wir sind eine Gesellschaft von bürgerlichen Leuten, die nur durch Arbeit und Bildung ihres Lebens froh werden wollen. Wir begnügen uns damit, unsere Jugend auch körperlich tüchtig zu machen. Wir bilden wie den Geist so den Leib unserer Jugend. Turn- und Schützenvereine genügen uns für diesen Zweck, wie sie in der Schweiz genügten. Auch haben wir Wettspiele nach englischem Muster: Kricket, Fußball, Rudern. Auch diese bewährten Dinge haben wir übernommen, und sie bewähren sich nun bei uns. Einst waren die Judenkinder bleich, schwach und scheu. Sehen Sie sie heute an! Die Erklärung dieser wunderbar scheinenden Verwandlung ist die einfachste von der Welt. Wir haben sie aus dumpfen Kellerlöchern, Elendhütten, Proletarierstuben an das Licht gebracht. Pflanzen gehen ohne Sonne zugrunde, Menschen auch. Pflanzen kann man retten, wenn man sie in den von ihrer eigenen Art geforderten Boden setzt, Menschen auch. So ist es geschehen!«

Friedrich Löwenberg sprach sinnend: »Wenn man Ihnen zuhört — und all das, was Sie uns schon gezeigt haben und noch zu zeigen versprechen, will es ja bestätigen —, so möchte man glauben, daß es eine wirkliche Begebenheit und keine Utopie sei. Und doch fehlt mir etwas. Den Umfang und die Bedeutung Ihrer neuen Gesellschaft beginne ich zu ahnen. Sie werden sie uns gewiß noch näher erklären. Das bringt mich auch gar nicht in Verwirrung. Etwas anderes ist es. Ich gebe ja zu, daß Sie uns lauter Dinge vorführten, die uns nicht befremden dürfen, weil wir sie sämtlich schon in Europa, obwohl nur zerstreut und ohne Harmonie geschaut haben. Aber wenn ich auch sehe, höre, greife — begreifen kann ich nicht, wie das entstehen konnte. Wie soll ich mich nur ausdrücken? Ich verstehe den neuen Zustand, soviel ich bisher von ihm weiß, vollkommen — nur sein Werden verstehe ich nicht. Der Übergang von dem alten Zustande, den ich kannte, in den neuen ist mir unerklärlich. Käme ich heute auf die Welt, so würde ich das alles hinnehmen, wie ich das Gewordene meiner Zeit als vernünftig hinnahm. Gewiß hätte ich auch damals vieles als wunderbar und unwahrscheinlich empfunden, wenn ich es plötzlich mit dem entfremdeten Blick eines zwanzig Jahre Abwesenden erschaut hätte. Wären wir beispielsweise von 1880 bis 1900 weggewesen, so hätten uns im elektrischen Licht, im Telephon, in der Kraftübertragung durch den Draht viel größere Überraschungen erwartet. Sie setzten uns hingegen nichts technisch Neues vor, und ich glaube doch, zu träumen. Der Übergang fehlt mir.«

»Den will ich Ihnen auch zeigen«, sagte David. »Ich werde Ihnen meine eigene Geschichte erzählen, in der Sie selbst eine so große Rolle gespielt haben. Nur nicht hier, nicht jetzt. Sie werden von der Reise müde sein. Ruhen Sie vor allem! Abends wollen wir, wenn Sie Lust haben, in ein Theater gehen, in die Oper oder in das deutsche, englische, französische, italienische, spanische Theater.«

»Schwerenot!« schrie Kingscourt, »das alles gibt es hier? Also wie in Amerika zu meiner Zeit? Da gab es ja auch Schauspieler aus aller Herren Ländern. Aber daß Sie das hier haben...«

»Ist doch gewiß nicht erstaunlich. Von Europa ist es hierher viel näher, als nach Amerika. Auch haben es die Leute, denen vor der Seekrankheit bangt, bequemer, nach Palästina zu kommen. Das im vorigen Jahrhundert begonnene Netz der kleinasiatischen Bahnen ist längst ausgebaut. Man fährt im Eisenbahnwagen nach Damaskus, Jerusalem oder Bagdad. Seit die Eisenbahnbrücke über den Bosporus fertig ist, kann man ja überhaupt ohne den Wagen zu wechseln von Petersburg oder Odessa, von Berlin oder Wien, von Amsterdam, Calais, Paris, Madrid und Lissabon nach Jerusalem fahren. Die großen europäischen Expreßlinien haben sämtlich Anschluß an die Linie nach Jerusalem, so wie die palästinensischen Bahnen wieder Anschluß nach Ägypten und Nordafrika haben. Die nord-südafrikanische Linie, für die sich der deutsche Kaiser schon in den neunziger Jahren interessierte, und die sibirische Bahn nach den Grenzen Chinas ergänzen dieses Eisenbahnnetz der alten Welt. Wir befinden uns an einer vorzüglichen Stelle dieses Netzes.«

»Hol's der Deibel, das ist 'ne dolle Nummer!«

»Sie werden sich doch nicht über Eisenbahnen wundern, die Sie selbst gesehen haben, Mr. Kingscourt? Das ist nichts Übernatürliches. Die russisch-chinesische Bahn war vor zwanzig Jahren schon fertig, die Bagdadbahn im Bau, die Nil-Kap-Bahn geplant. Unerklärlich müßte man es nur finden, wenn Palästina, genau im geographischen Mittelpunkte der Verkehrskreuzung zwischen Europa, Asien und Afrika liegend, noch länger ausgeschaltet geblieben wäre.«

»Nee, lieber Hausherr, darüber wundere ich mich nicht. Sondern — darf ich es sagen? — daß Ihr Juden das gemacht habt. Sie nehmen mir's nicht krumm?«

Friedrich bemerkte: »Offen gesagt, das ist auch mein Erstaunen. Uns Juden hätte ich das nicht zugetraut.«

David sagte gelassen: »Nur wir Juden konnten es. Nur wir allein. Nur wir waren imstande, diese neue Gesellschaft und diesen Verkehrsmittelpunkt zu schaffen. Eins griff ins andere, und es konnte nur durch uns, durch unsere Schicksale hindurchgehen. Unsere moralischen Leiden waren dazu notwendig wie unsere wirtschaftlichen Erfahrungen und unser Kosmopolitismus. Doch genug davon für heute. Ruhen Sie jetzt, unterhalten Sie sich dann. Morgen in Tiberias erzähle ich Ihnen weiter.«

Viertes Kapitel

An eine Fortsetzung der Reise nach Europa war vorläufig nicht zu denken. Friedrich Löwenberg meinte zwar aus Diskretion, er müsse seinem Freunde diesen Vorschlag machen, weil Kingscourt sich wohl kaum für die Schicksale des jüdischen Volkes interessieren mochte.

Aber der Alte erklärte mit Entschiedenheit, daß er dableiben wolle, solange man sie dulde. Das sei doch eine ganz verdammt kuriose Geschichte, die sich da mit den Juden abgespielt habe. Und wenn der Herr Dr. Friedrich Löwenberg für seine eigene Nation keine Teilnahme mehr habe, er, Kingscourt, sei kein solcher Unmensch. Kurz und gut, als der Steuermann von der Jacht heraufkam, wurde ihm bedeutet, daß man in Haifa bleibe. Kleider und Wäsche sollten nach Friedrichsheim geschickt werden, und die Mannschaft könne sich ein paar gute Tage machen.

Die Fremdenzimmer, in denen sie untergebracht waren, grenzten aneinander. Kingscourt stand in Hemdärmeln auf der Schwelle der Verbindungstür und machte heftig gestikulierend seine Randbemerkungen zu allem, was sie bisher gesehen und gehört hatten. Friedrich ruhte in einem Lehnstuhl und blickte träumend zur offenen Terrassentür hinaus aufs Meer. Ein herrlicherer Aufenthaltsort ließ sich nicht denken.

Und was waren das für prächtige Menschen, die sich in diesem hohen und freien Wohlstand so gelassen bewegten. David heiter und energisch, selbstbewußt und doch nicht unbescheiden. Seine Frau neben ihm ein glückliches Bild der jungen und frohen Mütterlichkeit. Und dieses anmutige, edle Mädchen Mirjam, ernsteren Pflichten ergeben, als es vormals der Brauch gewesen in reichen jüdischen Häusern.

Nach langen Jahren zum erstenmal mußte er wieder an Ernestine Löffler denken, die er so töricht geliebt, und die ihm den Abschied vom Leben so leicht gemacht hatte. Ob wohl Mirjam auch fähig wäre, eine solche Ehe einzugehen, wie einst Ernestine? Er wußte selbst nicht, wie er auf diese komische Frage kam. Nein, das war ein anderes Mädchen, und das waren andere Menschen als die im widerwärtigen Löfflerschen Kreise. Wer weiß, ob es damals nicht besser gewesen wäre, männlicher, menschenwürdiger, zu streben und zu kämpfen, statt sich vor dem Leben zu flüchten.

»Kingscourt!« seufzte er aus diesem Gedankenzuge heraus, »ich frage mich, ob unser Schiff keinen falschen Kurs hatte, als wir die selige Insel dort drüben suchten. Womit habe ich nun zwanzig schöne Jahre verbracht? Mit Jagen, Fischen, Essen, Trinken, Schlafen, Schachspielen...«

»Und mit einem alten Esel, was?« brummte Kingscourt verletzt.

»Den alten Esel schieben Sie mir unter«, lachte Friedrich, »ohne Sie könnte und möchte ich ja nicht mehr existieren. Aber es ist doch schade, daß man nicht nützlicher war. Da ist nun die Welt um solch ein Stück weitergekommen, und man hatte kein Teil daran, kein Verdienst.«

»Nee, so was. Nu war der Mensch zwanzig Jahre in meiner Schule und hat noch solche Gedanken. Sagen Sie gleich, daß Sie Mitglied der neuen Gesellschaft sein möchten.«

»Ich sage es nicht, weil ich sie noch nicht genügend kenne. Aber minder abstoßend, als die frühere, kommt sie mir doch vor.«

»Minder abstoßend? Minder abstoßend!« schäumte der Alte. »Bitte, treten Sie nur in die saubere Gesellschaft ein. Ich kann ja allein weiterdampfen und sehen, wie ich mit mir fertig werde.«

»Regen Sie sich nicht auf, Kingscourt! Ich werde nicht länger hierbleiben, als Sie selbst.«

»Das ist ein Wort?«

»Mein Ehrenwort... Und ich werde auch nicht in Davids neue Gesellschaft eintreten. Es wäre denn...«

»Was?«

Friedrich lächelte bei diesem Gedanken: »Es wäre denn — daß Sie auch eintreten.«

So gelacht hatte Kingscourt schon lange nicht. »Fritze, hahaha, was haben Sie doch für pudelnärrische Einfälle. Oh, hoh, hahaha. Sehen Sie mich als Mitglied einer jüdischen Gesellschaft! Mich, Adalbert von Königshoff, einen königlich preußischen Offizier und christlichen germanischen Edelmann. Nee, Fritze, das ist zu jut, zu jut.«

»Der Junker spricht.«

»Da is er nu gleich pikiert. In meinen Augen sind Sie ja 'ne Ausnahme. Einer is Keiner.«

»Und was haben Sie gegen David Littwak einzuwenden?«

»Vorläufig nischt. Scheint 'n ganz strammer Kerl zu sein...«

Ihr Gespräch wurde durch den Hausherrn unterbrochen, der kam, sich nach ihren Wünschen zu erkundigen. Ob sie sich schon für ein Theater oder Konzert entschieden hätten. Er legte ihnen den Vergnügungsanzeiger einer Zeitung vor. Kingscourt deutete auf das Blatt, ohne zu lesen: »Wachsen noch immer so viele Lügen in der Welt?«

»Nur so viele, wie die Leser wollen«, entgegnete David.

»Also enorm viel«, schmunzelte Kingscourt.

»Das ist ganz verschieden. Im allgemeinen sind die genossenschaftlichen Blätter wahrheitsliebend und anständig.«

»Was für Blätter?«

»Die genossenschaftlichen. In unserer mutualistischen Wirtschaftsordnung mußten auch die Tageszeitungen natürlich diesen Charakter annehmen.«

Kingscourt unterbrach ihn: »Halt, halt! Nicht zu schnell! In welcher Wirtschaftsordnung leben Sie?«

»In der mutualistischen. Stellen Sie sich aber darunter keine eisernen Regeln, keine unbeugsamen Grundgesetze, überhaupt nichts Hartes, Steifes, Doktrinäres vor — sondern einen harmlos und natürlich fließenden Gebrauch. Auch das hat schon zu Ihrer Zeit existiert, wie alles andere, was Sie bei uns sehen. Es gab Erwerbs- und Wirtschaftsgenossenschaften aller Art. Alle Arten werden Sie auch bei uns wirksam finden.

Das ganze Verdienst unserer neuen Gesellschaft besteht nur darin, daß sie das Aufkommen und Gedeihen der Genossenschaften durch Kredit und — was wichtiger war — durch die Unterweisung der Massen gefördert hat. In der Wissenschaft des vorigen Jahrhunderts war die Bedeutung der Genossenschaften längst klargestellt worden. Im praktischen Leben rangen sie sich nur schwer und zufällig durch. Die Genossen waren in vielen Fällen zu schwach, um bis an den Erfolg, der kommen mußte, durchzuhalten. Sie hatten auch mit der dumpfen oder offenen Gegnerschaft bedrohter Interessen zu kämpfen. Die Lebensmittelhändler waren selbstverständlich über die Konsumvereine nicht sehr froh. Die Möbelfabrikanten waren von dem Tischlergenossenschaften nicht entzückt.

Alle Trägheit, alle Reibungswiderstände, alle Hemmungen eingealterter Zustände wirkten gegen die Entstehung der Genossenschaften. Und doch ist das die mittlere Form zwischen Individualismus und Kollektivismus. Der einzelne wird nicht der Anregungen und Freuden des Privateigentums beraubt, und dennoch kann er sich im Zusammenstehen mit Genossen der kapitalistischen Übermacht erwehren.

Der Jammer, der Fluch ist von unseren Armen genommen, daß sie am Erzeugnisse weniger verdienen und den Verbrauch teurer bezahlen als die Reichen. Bei uns ist das Brot des Armen ebenso billig wie das des Reichen. Es gibt keinen Lebensmittelwucher. In der alten Gesellschaft wären Hunderttausende von Händlern dabei zugrunde gegangen. Wir ließen die Händler alten Stils gar nicht erst entstehen, sondern richteten von Anfang an die Konsumvereine ein. Da haben Sie wieder den Vorzug unserer Lastenfreiheit. Wir mußten niemanden zugrunde richten, um unseren armen Massen zu helfen.«

»Aber die Zeitung?« fragte Friedrich. »Wir sprachen von Zeitungen. Wie können die genossenschaftlich eingerichtet werden? Gehören sie sämtlichen Redakteuren, oder wie ist das?«

»Sehr einfach. Die genossenschaftliche Zeitung gehört den Abonnenten. Der Abonnementsbetrag ist die Einlage der Mitglieder, die darüber hinaus nicht haften. Je größer der Leserkreis, um so bedeutender sind die Einnahmen aus Inseraten und Ankündigungen verschiedener Art. Dieser Gewinn gebührt eigentlich den Lesern oder wenigstens den Abonnenten, und er wird zum Jahresschluß den Mitgliedern rückvergütet. So daß in besonders günstigen Fällen die Abonnenten schließlich ihre Einlage ganz wiedererhalten. Es ist auch schon vorgekommen, daß sie mehr als die Einlage erhielten.«

»Fabelhaft! Unglaublich fabelhaft«, schrie Kingscourt. »Da kriegt man also eine Prämie für fleißiges Zeitungslesen?«

»Ja, haben Sie denn in Europa und Amerika nie davon gehört, welche Einkünfte die großen Zeitungen hatten? Sie wurden auch immer billiger, obwohl die Ausgaben für Depeschen und Mitarbeiterhonorare sich riesig steigerten. Die größten Blätter wurden unter den Entstehungskosten hingegeben, und dabei wuchs der Gewinn der Unternehmer immer mehr. Darin war also schon das Prinzip der Gewinnvergütung an die Abonnenten enthalten. Dasselbe finden Sie hier bei uns, nur gelangt auch der Löwenanteil des Unternehmers zur Verteilung an die Mitglieder der Zeitungsgenossenschaft. Die Redaktion ist der geschäftsführende Ausschuß, und Sie können versichert sein, daß diese hochstehenden Arbeiter, deren Geist ja das bedruckte Papier erst lesenswert macht, besser daran sind als früher. Sie sind es, die das Geld für die Abonnenten verdienen, und dafür hat auch der gewöhnliche Mann das Einsehen. Es kommt die Dankbarkeit für die guten, schönen und gerechten Aufsätze hinzu, durch die Tag um Tag die allgemeine Bildung gepflegt und erweitert wird. Unsere Zeitungen ergänzen den Volksunterricht unermüdlich, sie belehren, aber sie unterhalten auch; sie dienen den praktischen Bedürfnissen des Verkehrs, des Handels und der Industrie nicht minder eifrig, als der Kunst und Wissenschaft. Und wie anders freudig arbeiten diese Journalisten im Bewußtsein ihrer öffentlichen Wichtigkeit und des zu erwartenden rückhaltlosen Dankes. Um wieviel ernster nehmen sie ihre Aufgabe, für die es nunmehr auch eine Verantwortung gibt.«

»Das klingt verführerisch«, warf da Friedrich ein. »Nur scheint mir, daß solche genossenschaftlichen Zeitungen den Launen der Menge sklavisch unterworfen sein müssen. Die Redaktion, in ihrer ganzen Existenz von den Lesern abhängig, wird augendienern, dem Publikum schmeicheln, den Leidenschaften der Abonnenten zu fröhnen suchen.«

»Wenn dem so wäre«, entgegnete David, »wäre das vielleicht etwas Neues? Hat es nicht auch früher solche Erscheinungen gegeben? Es gab Redakteure, die ängstlich nach den Stimmungen des Publikums aushorchten und auslugten, die das eine verschwiegen und das andere übertrieben, je nachdem sie glaubten, es ihren Lesern recht zu machen. Und dabei waren sie erst noch im Ungewissen, ob sie es auch trafen. Anders jetzt. In den jährlichen Versammlungen wird Rechenschaft gegeben, aber auch vom organisierten Publikum der Zeitung für die Zukunft eine Richtschnur erteilt.«

»Gräßlich!« rief Kingscourt. »Versammlungen von hunderttausend Abonnenten!«

»Wo denken Sie hin? Die Abonnenten wählen hundert oder zweihundert Vertrauensmänner, die das besorgen. Der Vorgang ist einfach. In der Zeitung selbst kandidieren Leute für dieses kurze Amt. Der Abonnementschein hat einen Kupon, der als Wahlzettel dient. Fünfhundert oder tausend übergeben ihre Wahlzettel einem Vertrauensmann für die Generalversammlung. Ein solcher pflegt in der Zeitung selbst zu inserieren: Ich gedenke in der Generalversammlung diesen und diesen Standpunkt einzunehmen. Wer mit mir einverstanden ist, möge mir seinen Zettel einschicken.«

»Schön«, sagte Friedrich, »dem Publikum wird reichlich Rechnung getragen. Aber darin, sehe ich noch keinen Vorteil für das Volk. Die neuen Gedanken und Bewegungen werden selten gleich verstanden. Sie könnten es ebensogut Kindern anheimstellen, ob sie etwas lernen wollen, wie dem Publikum, ob es seine Anschauungen verbessern, erneuern oder vertiefen will. Ihre öffentliche Meinungsgenossenschaft muß notwendig zur Volksverdummung in den extremsten Formen, nämlich zu Reaktion und Revolution führen. Die Leute werden entweder taub gegen den Wert des Neuen oder blind gegen den Wert des Alten sein. Der Nutzen einer geistigen Führung, die nur vom begabten Individuum kommen kann, geht ihnen verloren.«

»Sie haben mich nicht ausreden lassen, Herr Doktor. Ich sagte nicht, daß die genossenschaftliche Zeitung die einzige Form sei. Diese ist nur an Stelle derjenigen Publizitätsunternehmungen getreten, welche durch den Umfang der Anlage, die Kosten der technischen Herstellung und den teuren Nachrichtendienst einen großindustriellen Charakter hatten. Wir haben aber auch Zeitungen, die von einzelnen gemacht und geführt sind. Ich selbst besitze eine solche. Ich brauche sie in dem Kampfe, den ich gegenwärtig in unserer neuen Gesellschaft auszufechten habe. Mein Hauptgegner, der Rabbiner Dr. Geyer, hat auch sein eigenes Blatt. Ich werde meine Zeitung nicht länger herausgeben, als der Streit dauert.«

Geyer wird es wahrscheinlich anders halten, denn er lebt von diesem Hader. Und so gibt es noch vielerlei im Eigentum Einzelner befindliche und als solche kenntliche Zeitungen, die verschiedenen Zwecken dienen. Kommt eine neue Richtung, tritt ein schöpferischer Geist auf, so können sie sich in der öffentlichen Meinung betätigen. Gewiß werden sie auch recht bitter zu kämpfen haben, gleichwie in der vorigen Zeit. Sie werden den Ernst ihrer Überzeugungen, ihren Mut, ihre Ausdauer erhärten müssen, und das ist nicht schlecht. Glauben Sie mir, wir sind durch unseren Mutualismus nicht ärmer geworden an kräftigen Individualitäten, sondern reicher. Der Einzelne wird bei uns weder zwischen den Mühlsteinen des Kapitalismus zermalmt, noch von sozialistischer Gleichmacherei geköpft. Wir kennen und schätzen die Entwicklung des Individuums, so wie wir seine wirtschaftliche Basis, das Privateigentum, respektieren und schützen.«

»Na, Gott sei Dank!« sagte Kingscourt, »ich dachte schön, ihr hättet den Unterschied von Mein und Dein aufgehoben.«

»Dann wäre wohl das alles, was Sie schon gesehen haben und noch sehen werden, nicht entstanden«, erklärte David. »Nein, so verrückt waren wir nicht. Den Ansporn zur Arbeit, Bemühung, Entdeckung und Erfindung haben wir nicht aus der Welt geschafft. Die größere Begabung muß ihre größere Talentrente, die größere Anstrengung ihren größeren Lohn haben. Den Reichtum brauchen wir als Lockung für die Strebsamen und als Nahrung für die seltene Kunst. Ich selbst gehöre zu den besser Bemittelten. Ich bin Schiffsreeder. Meine Unternehmung ist von der Art derjenigen, die nach wie vor nur von Einzelnen oder von Aktiengesellschaften mit Erfolg betrieben werden können. Das ist ja ein Hauptvorzug des Mutualismus, daß er das Fortbestehen und Neubegründen anderer wirtschaftlicher Formen nicht ausschließt.

In meinem Hause werden Sie zum Beispiel eine interessante Mischform finden. Ich bin der Eigentümer der Firma. Meine Arbeiter bilden untereinander eine Genossenschaft, die mir gegenüber immer selbständiger wird, und zwar mit meinem Willen, meiner Unterstützung. In den Anfangen meiner Unternehmung und ihrer Genossenschaft hatten sie nur einen Konsumverein, der sich zur Sparkasse erweiterte. Sie müssen bedenken, daß unsere Arbeiter als Mitglieder der neuen Gesellschaft ohnehin für Unfälle, Krankheit, Alter und Tod versichert sind. Ihre Sparkraft wird somit nicht zersplittert. Ich habe freiwillig ihre Spargenossenschaft durch Zuweisung eines Gewinnanteiles gestärkt. Ich tat es nicht aus Edelmut, sondern aus Egoismus, weil ich mir dadurch außer ihrer Arbeitshingebung auch noch den günstigen Verkauf meines Unternehmens sicherte für den Zeitpunkt, in dem ich mich vom Geschäft zurückziehen werde.

Dann verwandle ich meine Reederei in eine Aktiengesellschaft und habe für diesen Fall der Spargenossenschaft meiner Arbeiter das Vorkaufsrecht auf Grundlage einer mäßigen Verzinsung schon im vorhinein eingeräumt. Darum sind meine Arbeiter auch meine besten Freunde. Es gibt zwischen uns weder Lohnstreitigkeiten noch andere. Es ist, wenn Sie wollen, das patriarchalische Verhältnis, aber in den modernsten Verkehrsformen ausgedrückt. Wenn ein Aufwiegler zu meinen Arbeitern käme, brauchte ich ihn nicht gewaltsam entfernen zu lassen — sie würden ihn einfach hinauslachen. Sie wissen, woran Sie sind, und damit hat aller unklare Sozialismus ein Ende.«

Kingscourt brummte gemütlich: »Sie sind noch ein junger Mensch und halten schon so verdammt weit.«

»Ich habe eben früh angefangen. Wir waren unter den ersten Einwanderern. Persönliches Verdienst war es nicht, oder nur zum geringeren Teile. Der allgemeine Aufschwung hat mich mit hinaufgetragen. Aber das will ich Ihnen erst in Tiberias erzählen.«

»Warum in Tiberias?« fragte Friedrich.

»Sie werden dort den Grund erfahren, da Sie wahrscheinlich keine Ahnung haben, welches Fest wir begehen... Jetzt aber wählen Sie endlich Ihre Abendunterhaltung, meine Herren. Wollen Sie lieber das Programm aus der gesprochenen Zeitung hören?« Er nahm zwei Hörmuscheln von der Wand, an der sie hingen, und reichte sie seinen Gästen.

»Euer Hochwohlgeboren, damit imponieren Sie mir nicht. Den Zauber kenn' ich. Eine solche Telephonzeitung war schon vor fünfundzwanzig Jahren in Budapest im Betrieb.«

»Ich wollte Ihnen durchaus nichts Neues zeigen. Übrigens ist auch diese gesprochene Zeitung eine genossenschaftliche.«

»Die wird aber kein Erträgnis abwerfen, da es keine Inserate gibt.«

»Im Gegenteil. Diese Ankündigungen werden am höchsten bezahlt. Den Inseratenteil der gedruckten Zeitungen muß der Leser nicht anschauen, er kann darüber hinwegblättern. Hingegen ist er gegen die Reklame wehrlos, die aus diesen Muscheln kommt. Horchen Sie, vielleicht wird gerade eine verlesen.«

Sie nahmen die Hörmuschel ans Ohr. Zuerst vernahmen sie die Anzeige eines Dockbrandes in Yokohama, dann den kurzen Bericht über eine Pariser Theaterpremiere, die neuesten Baumwollkurse von Newyork — und jetzt erscholl es deutlich, noch schärfer betont, als das Frühere:

»Bei Samuel Kohn bekommt man die edelsten Edelsteine, sowohl echte wie falsche, zu den garantiert brillantesten Preisen. Bei Sa-mu-el Kohn, Große Galerie 47.«

Sie lachten herzlich.

David sagte noch: »Das wird oft auf eine witzige Weise gemacht, daß der Hörer nicht merkt, es werde auf eine Reklame hinauslaufen. Das Erträgnis dieser Zeitung ist kolossal. Die Abonnenten zahlten ursprünglich einen Schekel monatlich und bekamen mehr zurück. Diese Zeitung hat ja weder Druck-, noch Papier-, noch Zusendungskosten, Aber die Stadt Haifa und die neue Gesellschaft machten sich das Unternehmen tributär. Es steht übrigens auch unter besonderer Aufsicht. In der Zentrale wachen Beamte der neuen Gesellschaft darüber, daß kein Unfug begangen, keine Lügen, Alarmnachrichten oder Unanständigkeiten in den Apparat hineingesprochen werden.«

Friedrich war ein Wort aufgefallen. »Tributär? Wie kann sich die Stadt oder Ihre neue Gesellschaft, deren Verfassung Sie uns noch schuldig sind, ein Privatunternehmen einfach tributär machen, wenn es ergiebig wird?«

»Das ist ein ganz besonderer Fall. Die Telephonzeitung muß ihre Kabel doch irgendwohin legen. Nun haben wir unter unseren Straßen Hohlräume zur Aufnahme aller möglichen schon vorhandenen und noch kommenden Drahtleitungen und Röhren für Gas, Wasser und Kanalisation. Unter dem Fahrdamm läuft dieser Tunnel mit Mündungen an jedem Hause. Jedes Haus hat einen unterirdischen Eingang für solche Röhren und Drähte. Man muß nicht erst das Pflaster aufreißen, wenn man etwas Neues einführen will. Sie können darin meinetwegen auch einen symbolischen Zug unserer Einrichtungen erblicken.

Die großen Städte, die Sie kannten, waren zufällig und planlos entstanden. Leuchtgas, Wasserversorgung, Kanäle, elektrische Leitungen verursachten immer wieder ein Aufreißen der kranken Eingeweide jener Straßen. Dabei wußte man nie genau, in welchem Zustande sich die einzelnen Leitungen befanden, erfuhr es gewöhnlich erst nach einem Schaden, einer Explosion.

Wir aber kannten schon die Bedürfnisse moderner Städte, als wir die unsrigen anlegten und bauten deshalb die Straßen vernünftig mit diesem Hohlraum in der Mitte. Das war ziemlich kostspielig, rentiert sich aber großartig. Wenn Sie das Budget von Haifa mit dem von Paris oder Wien vergleichen, werden Sie sehen, was wir durch die unterirdischen Hohlräume ersparen. Darin liegen unter andern auch die Drähte der Telephonzeitung, und es muß dafür eine mit dem Erträgnis gewachsene Miete gezahlt werden. Das kommt ja wieder nur der Allgemeinheit zustatten.«

Kingscourt bekannte: »Das ist das erste, was mir bei euch imponiert: daß ihr die edelsten Edelsteine des Samuel Kohn zur Straßenpflasterung verwendet. Ihr seid doch ein verflucht pfiffiges Volk! Darauf wäre ich nie gekommen.«

»Ihre Komplimente schmecken bitter, Mr. Kingscourt!« sagte David freundlich. »Aber vielleicht wird sich Ihr Urteil noch ändern, wenn Sie erst einige Zeit bei uns sind.«

»Schön! Mich sehen Sie prinzipiell bereit einzugestehen, daß ich 'n oller Esel bin – aber ich verlange Beweise dafür!... – Und nun führen Sie uns in Deibelsnamen ins Theater.«

»In welches Sie wollen, lieber Littwak«, ergänzte Friedrich.

»Da Sie keine Wahl treffen wollen, meine Herren, so denke ich, wird's am besten sein, wir überlassen die Bestimmung den Damen.«

Damit waren die Gäste einverstanden.

Fünftes Kapitel

Die Damen waren schon in Abendtoilette. Frau Sarah sagte: »Die Herren werden wohl hier im Theater nicht etwas sehen wollen, was sie ebensogut in London, Berlin oder Paris genießen können. Obwohl wir gerade jetzt eine vorzügliche französische und die beste italienische Schauspielergesellschaft in Haifa haben. Ich meine, die jüdischen Schauspiele werden Sie mehr interessieren.«

»Es gibt jüdische Schauspiele?« staunte Friedrich.

Kingscourt scherzte: »Haben Sie denn nicht immer jehört und jelesen, daß das Theater janz und jar verjudet ist?«

Frau Sarah warf einen Blick in die Zeitung: »Man spielt heute im Nationaltheater ein biblisches Drama: *Moses*!«

»Das ist eine sehr erhabene Dichtung«, erklärte David.

»Aber doch zu ernst. In der Oper gibt man *Sabatai Z'wi*. In einigen Volkstheatern werden Possen im Jargon aufgeführt. Die sind lustig, aber nicht sehr geschmackvoll. Ich würde die Oper empfehlen.«

Dafür war auch Mirjam. Es sei das schönste jüdische Tonwerk der letzten Jahre, die doch so reich waren an musikalischen Hervorbringungen. Aber man müsse sich beeilen, weil die Fahrt nach dem Opernhause eine halbe Stunde dauere.

»Werden wir noch Plätze kriegen?« fragte Kingscourt.

David antwortete: »An der Kasse wäre wohl um diese Stunde nichts mehr zu haben, weil die meisten Genossenschafter heute ihr Bezugsrecht ausgeübt haben dürften. Aber ich habe von der Gründung des Hauses her meine Loge.«

»Auch die Oper eine Genossenschaft?« rief Löwenberg.

»Abonnement, Fritze! Sie nennen das hier Genossenschaft. Wird ähnlich sein wie bei der Zeitung.«

»Ganz ähnlich«, lachte David. »Lassen Sie sich nicht verblüffen, Mr. Kingscourt. Es gibt nichts Neues bei uns, es sieht nur so aus.«

Er hatte ein paar weiße Handschuhe hervorgeholt und begann sich sie über die Finger zu ziehen.

Handschuhe! Und gar weiße. Weder Kingscourt noch Friedrich hatten welche. Auf ihrer Insel im stillen Ozean waren sie zwanzig Jahre lang solcher Flausen enthoben gewesen. Aber da man doch nun wieder in die verzweifelte Lage geraten war, mit Damen ins Theater gehen zu müssen, wollte man sich wie ein zivilisierter Mensch benehmen. Kingscourt fragte, ob man auf dem Wege nach der Oper beim Laden eines Handschuhmachers vorbeikäme. Nein. Es gebe überhaupt keine derartigen Läden.

Da wäre der alte Herr beinahe böse geworden: »Uzen Sie mich? Sie haben doch selbst schon die Lederhülsen auf den Daumen. Oder machen Sie sich die selbst? Sie sind wohl auch in der Genossenschaft der Handschuhmacher?«

Es war ein Mißverständnis, das unter allgemeiner Heiterkeit aufgeklärt wurde. Es gab nämlich keine besonderen Geschäfte für Handschuhe, weil man diese wie alle anderen Bekleidungsgegenstände in den großen Kaufhäusern feilhielt.

Vor der Freitreppe von Friedrichsheim standen zwei Motorwagen bereit, als die Gesellschaft aufbrach, um nach dem Opernhause zu fahren. Im ersten nahm Frau Sarah, Mirjam und Friedrich Platz, im zweiten Kingscourt und David. Es war ein Abend des Südens, an die weichen Nächte der Riviera gemahnend. Unter ihnen lag das Lichtmeer von Haifa. Im Hafen und auf der Reede bis nach Akko hin gab es Schwärme von Glühkörperchen im spiegelnden Wasser, das waren die Lampen der vielen Schiffe. Als sie am Hause Reschid Beys vorbeikamen, hörten sie den Gesang einer wundervollen Frauenstimme heraus.

Mirjam sagte: »Die da singt, ist die Gattin Reschid Beys. Sie ist unsere Freundin, ein sehr artiges, gebildetes Geschöpf. Wir kommen oft mit ihr zusammen, aber nur in ihrem Hause. Die mohammedanischen Gebräuche, an denen Reschid festhält, machen es ihr schwer, zu uns zu kommen.«

»Aber Sie dürfen nicht glauben, daß Fatma sich darum nicht wohl fühlte«, fügte Sarah hinzu. »Es ist eine vollkommen glückliche Ehe. Sie haben reizende Kinder. Nur tritt die Frau nicht aus ihrer friedlichen Abgeschlossenheit heraus. Das ist gewiß auch eine Form der Glückseligkeit. Ich begreife sie ganz gut, obwohl ich ein vollberechtigtes Mitglied der neuen Gesellschaft bin. Wenn es der Wunsch meines Mannes wäre, würde ich ohne weiteres das Leben Fatmas führen.«

»Das kann ich bestätigen«, ergänzte Mirjam, indem sie ihre Hand liebkosend auf die Hand der neben ihr sitzenden Schwägerin legte.

Friedrich sprach nachdenklich: »Ich verstehe. Hier in Ihrer neuen Gesellschaft kann jeder nach seiner Fasson leben und selig werden.«

Sarah erwiderte: »So ist es, Herr Doktor! Jeder und jede.«

Nun waren sie wieder in den hellerleuchteten Straßen der Stadt. Vor einem riesigen Gebäude, aus dessen weiten Fensteröffnungen Lichtfluten herausdrangen, hielten die beiden Wagen. Das war doch nicht etwa die Oper? Nein! Ein Warenhaus nach Pariser Art war es.

»Das ist ja der bon marché!« rief Kingscourt.

David lächelte: »Etwas Ähnliches. Wir haben nur solche Kaufhäuser. Es gibt gar keine kleinen Läden.«

»Was? Die habt ihr alle umgebracht? Die armen kleinen Schufte von Händlern habt ihr mausetot gemacht?«

»Nicht doch, Mr. Kingscourt! Wir haben sie nicht zu töten gebraucht, weil wir sie gar nicht entstehen ließen.«

Friedrich, der mit den Damen ein wenig nach den ausliegenden Modeschätzen geblickt hatte, mischte sich nun in das Gespräch: »Wie? Sie haben den Kleinhandel verboten? Ist das Ihre Freiheit?«

»Bei uns ist jeder frei und kann tun und lassen, was er will«, entgegnete David. »Bestraft werden nur dieselben Verbrechen und Vergehen, die man in den Kulturländern Europas zu ahnden pflegte. Verboten ist bei uns nichts, was nicht auch dort verboten war. Und wir halten ja den Kleinhandel nicht für eine Schlechtigkeit, sondern für etwas Unwirtschaftliches. Das war eines der Probleme, die unsere Gesellschaft lösen mußte. Es war höchst wichtig, besonders in den Anfängen, weil ja große Massen unserer Leute vom Kleinhandel herkamen. Mein guter Vater selbst — Sie erinnern sich wohl noch, Herr Doktor — verdiente sich unser bißchen hartes Brot als Hausierer, und das ist die ärmste, unglücklichste Art des Kleinhandels. Er ging mit seinem Kästchen von Schenke zu Schenke.«

»Hören Sie mal, Herr Littwak«, brummte Kingscourt, »Sie scheinen sich dessen nicht zu schämen?«

»Ich? Ich bin weit davon entfernt, mich dessen zu schämen. Für mich hat er sich geplagt und schinden lassen. Da wäre ich doch der letzte Mensch.«

»Lassen Sie sich die Hand drücken! Das gefällt mir.« Und er schüttelte die Rechte des jungen Mannes ganz energisch.

Während sie nach der Abteilung der Handschuhe weitergingen, forschte Friedrich noch: »Wie sind Sie nun der Frage des Kleinhandels beigekommen, wenn nicht durch ein Gesetz oder Verbot?«

»Ganz einfach! Durch das, was Sie hier sehen: durch das große Warenhaus. Diese Riesenbasare und Versandgeschäfte mit Zweigniederlassungen an vielen Orten mußten im Zeitalter der Dampfmaschinen und Eisenbahnen entstehen. Es war keinem Zufall, keinem Genieblitz eines geistreichen Kaufmannes zu verdanken. Es lag eiserne Notwendigkeit in dieser Entwicklung. Die Art der Massenproduktion erzwang sich diese Art des Absatzes. Natürlich gingen dabei die kleinen Geschäftsleute dumpf und fassungslos zugrunde, wie die Fuhrmänner auf der Landstraße, als die Eisenbahn erschien. Nur pflegten die Kutscher ihr Los schneller zu erraten, als die Ladenmenschen mit ihrer kurzsichtigen Pfiffigkeit. — Diese waren übrigens auch viel hilfloser, weil ihr Geschäftchen hauptsächlich aus ihrem Kapitälchen bestand, und das war in der Regel schon verloren, wenn ihnen die erste Ahnung der Gefahr aufstieg. Sie waren an ihrem Ruin unschuldig, die guten Krämerseelen. Sie waren von der neuen Zeit ohne Kriegserklärung überfallen worden. Bei uns aber — das ist einer der Schlüssel unseres Erfolges — kam es gar nicht zur Einrichtung der überlebten Wirtschaftsformen.

Wir fingen gleich mit der Neuzeit an. Niemand war so dumm, sich einen kleinen Laden neben einem großen Kaufhause zu errichten. Niemand ging mehr mit dem Pack auf dem Rücken von Haus zu Haus oder von Ort zu Ort, wenn er wußte, daß ihm die Versandgeschäfte mit Preislisten, Mustersendungen und Zeitungsannoncen längst zuvorgekommen waren. Kleinhandel und Hausierhandel versprachen keinen Gewinn mehr — darum wandten sich unsere Leute diesen Erwerbszweigen gar nicht erst zu, als sie in die neuen Verhältnisse kamen. Im alten Europa, das so vielerlei erworbene Rechte ungleichen Datums zu schützen hatte, war das eine böse Frage. Der untere Teil des kaufmännischen Mittelstandes geriet durch die großen Magazine in Todesgefahr. Sollte man die großen Kaufhäuser von Amts wegen sperren — bei welchem Umfange, begann das Warenhaus ›groß‹ zu sein? Sollte man sie durch Steuern erschöpfen? Davon hatte der Fiskus eine Kleinigkeit und die Händler nicht viel. Aber das Publikum wollte, brauchte diese Häuser, wo man ohne Zeitverlust alle möglichen Gegenstände zu Preisen des Massenumsatzes findet. Der Fabrikant kann den großen Häusern billiger liefern als den kleinen. Kurz: Produktion und Konsumtion forderten das moderne Warenhaus.

Bei uns wurde dadurch niemand ruiniert, weil das Verkehrsleben erst begann. Dagegen war damit für uns ein sozialpolitischer Zweck verknüpft: wir konnten so die Seele und den Leib unserer kleinen Leute von gewissen alten, unwirtschaftlichen und schädlichen Formen des Handels heilen.«

Die Damen gaben leichte Zeichen der Ungeduld, als David so ausführlich erklärte. Man würde zu spät in die Oper kommen. Aber Kingscourt wollte doch noch etwas wissen, während er seine großen, roten Hände der Verkäuferin hinhielt, die sie ihm in die weißen Handschuhe pressen mußte: »Da stimmt mir etwas nicht. Euer Hochwohlgeboren! Heute, seh' ich, habt ihr 'nen großen Verkehr. Aber so war's doch nicht gleich? Man hat doch nicht diese Warenpaläste auf die nackte Erde hingestellt, und dann sind plötzlich die Kunden 'reingeströmt. Das können Sie Ihrem Fritzchen erzählen, nicht so 'nem alten Wüstenpilger wie mir.«

»Nein, Mr. Kingscourt, so war es auch nicht. Die Dinge haben sich natürlich und selbstverständlich entwickelt. Als die Judenwanderung nach Palästina im großen Maßstabe begann, da war von einem Tage auf den anderen ein enormer Warenbedarf eingetreten. Wir produzierten noch gar nichts und brauchten alles. Dieser Zustand war in der ganzen Welt bekannt, weil sich die Juden Wanderung in größter Öffentlichkeit vollzog. Infolgedessen beeilten sich die Inhaber von Warenhäusern, an den wichtigsten Punkten Palästinas Zweigniederlassungen zu errichten. Nicht nur Juden benutzten diese Konjunktur, ihre Ladenhüter loszuwerden. Deutsche, englische, französische, amerikanische Kaufhäuser waren im Handumdrehen aufgebaut. Zuerst waren es nur eiserne Baracken. Als mit dem Strom der Einwanderung die Bedürfnisse sich mehrten und verfeinerten, als es nicht mehr galt, die armen Ankömmlinge der ersten Zeit zu versorgen, weil sie anfingen, seßhaft und bemittelt zu werden — da verwandelten sich die Baracken allmählich in steinerne Kaufhäuser. Die neue Gesellschaft hütete sich davor, sie zu bedrängen oder zu unterdrücken. Im Gegenteil, sie wurden begünstigt, weil sie den doppelten Vorteil boten, die notwendigen Massenartikel rasch und billig ins Land zu schaffen, und unsere kleinen Leute vom unfruchtbaren Handel abzuhalten. Wir wollen kein Volk von Krämern sein.«

»Wirklich?« fragte Friedrich. »Es gibt keine Händler außer den großen Warenhäusern?«

»O doch!« war die Antwort. »Die Menschen sind ja bei uns nicht reglementiert. Es gibt weder eine monarchische noch eine sozialistische Tyrannei. Jeder treibt es, wie er's will. Die kostbarsten und die mindestwertigen Sachen, zum Beispiel Schmucksachen und alter Trödel, werden von Einzelnen gehandelt. Aber das sind durchaus nicht lauter Juden. Griechen, Levantiner, Armenier, Perser stellen zu diesen Beschäftigungen ein ansehnlicheres Kontingent als die Juden, insbesondere als die Juden, die Mitglieder unserer neuen Gesellschaft sind.«

»Wie? Gibt es auch Juden, die nicht zu Ihrer Gesellschaft gehören?«

»Jawohl ... Aber nun wollen wir gehen.« David wandte sich zur Verkäuferin: »Was kosten die Handschuhe der beiden Herren?«

»Sechs Schekel.«

Kingscourt blickte verwundert: »Alle Deibel! Was ist das?«

David lächelte: »Unsere Währung. Wir haben unsere althebräische Münze neu gewertet. Ein Schekel ist so viel wie ein französischer Franc. Da Sie nicht vorgesehen sind, erlauben Sie wohl, daß ich für Sie bezahle.«

Er warf ein Goldstück auf den Kassentisch, erhielt einige Silberlinge zurück, und dann schritten die Damen und Herren dem Ausgange zu.

Kingscourt kniff David in den Arm und schnauzte ihn lustig an: »Das Jeld habt ihr also nicht abgeschafft in eurer Gesellschaft? Hätte mich auch von euch gewundert.«

David war nun schon mit der Ausdrucksweise des Alten befreundet, und er gab in ähnlichem Tone zurück: »Nee, Mister Kingscourt, vom

Jelde haben wir uns nicht trennen können. Erstens, weil wir verdammt habgierige Juden sind. Zweitens, weil das Geld ein ausgezeichnetes Mittel ist. Man müßte es erfinden, wenn es nicht schon da wäre.«

»Jüngling, Sie reden mir aus der Seele! Das hab' ich immer gesagt: das Jeld ist 'ne gute, schöne Sache. Die Menschen haben es nur verdorben.«

Sechstes Kapitel

Die Ouvertüre war schon fast vorüber, als sie in die Loge traten. Die Damen beeilten sich, Platz zu nehmen; denn schon sahen viele aus dem Zuschauerraume herauf. Friedrich und Kingscourt waren von der Pracht dieses Opernhauses überrascht. Ja, der Bau hatte aber auch fünf Jahre gedauert und war von der neuen Gesellschaft subventioniert worden. Ein gewöhnliches Theater stand in der Regel binnen Jahresfrist vollendet da, wenn die Genossenschaft nur erst vereinigt war.

In der Loge nebenan saßen zwei geputzte, mit zu viel Edelsteinen geschmückte Damen, eine bejahrte und eine junge, und zwischen ihnen ein älterer Herr. Diese grüßten auffallend devot, und es kam Friedrich vor, wie wenn Littwaks den Gruß eher ablehnten als erwiderten. Die ältere Dame und den Herrn glaubte er schon irgendwo gesehen zu haben, in einer fernen Zeit. »Wer sind die Leute?« fragte er David leise.

Dieser zuckte die Achseln: »Ein Herr Laschner mit Frau und Tochter.«

Laschner! Der reiche Börsenmann von Wien. Friedrich sah plötzlich den Abend von Ernestine Löfflers Verlobung vor sich. Es war eine schmerzliche und komische Erinnerung. »Das muß ich sagen: die hätte ich hier nicht erwartet.«

»Sie sind eben auch nachgekommen, als unser Haus fertig war«, erklärte David. »Man findet ja jetzt hier dieselben Bequemlichkeiten wie in den Großstädten Europas. Man findet aber auch, wenn man ein Laschner ist, dieselbe Verachtung wieder, die man dort genoß. Wir haben das Geld nicht abgeschafft, mein lieber Kingscourt — aber es ist bei uns nicht alles. Die Mitglieder der neuen Gesellschaft sind wirtschaftlich so frei geworden, daß der ehemalige widerliche Respekt vor den reichen Leuten naturgemäß geschwunden ist. Herr Laschner kann Geld haben, kann ausgeben, wieviel er will — den Hut zieht darum noch niemand vor ihm. Ja, wenn er ein anständiger Mensch wäre, so würden wir ihn gern gelten lassen. Was wir von jedem fordern, ist das Gefühl und die Betätigung der Solidarität. Dieser Mensch aber hat sich nicht einmal bemüht, Mitglied der neuen Gesellschaft zu werden. Er wollte die Pflichten unserer Gemeinschaft nicht auf sich nehmen. So lebt er auch hier als ein Fremder. Er kann sich frei bewegen wie jeder andere Fremde; nur genießt er keine Achtung. Das müssen Sie begreifen.«

»Ob ich das begreife!« murmelte Kingscourt und blickte mit Gering-schätzung nach der Loge des Protzen.

Der Vorhang ging auf. Man sah Volksszenen in Smyrna und den kommenden Propheten im Kreise seiner ersten Anhänger. Kingscourt bat seine Nachbarin Mirjam um Aufschluß über den Helden der Oper.

Das junge Mädchen sprach im Flüstertone: »Dieser Sabbatai Z'wi war ein falscher Messias, der am Anfange des siebzehnten Jahrhunderts in der Türkei auftrat. Es gelang ihm, eine große Bewegung unter den Juden des Orients hervorzurufen, aber später fiel er selbst vom Judentume ab und endete schmählich.«

Kingscourt nickte verständnisvoll: »War also 'n janz miserabler Kerl. Da kann man natürlich 'ne Oper draus machen.«

Die Szene stellte den Platz vor der Synagoge zu Smyrna dar. Die Partei der gegen Sabbatai aufgebrachten Rabbiner sang ergrimmte Chöre, nach-dem der falsche Messias mit seinen Freunden abgegangen war. Ein junges Mädchen, das für Sabbatai schwärmte, wagte es, der aufgeregten Menge mit einer großen Arie entgegenzutreten. Da kehrte sich die Wut der Leute wider die Verteidigerin und es wäre ihr ohne das Dazwischentreten des zurückkehrenden Propheten gewiß etwas Schlimmes angetan worden. Selbst auf die Feinde übte die Persönlichkeit des Volksverführers eine Macht aus. Die Erbitterten wichen vor ihm scheu zurück. Das Mädchen warf sich ihm zu Füßen. Er hob sie gütig auf und sang mit ihr, wie das in Opern zu geschehen pflegt, ein Duett. Sobald dieses zu Ende war, erfolgte der effektvolle Aktschluß. Gegen Sabbatai wurde der rabbinische Bann ausgesprochen, und im Finale erklärte der Messias seine Absicht, Smyrna in Begleitung seiner Freunde zu verlassen. Das junge Mädchen flehte ihn an, sie mitzunehmen; sie wollte ihm folgen und ihm dienen, wo immer hin er seine Schritte lenke. Und der Vorhang fiel.

Die kleine Gesellschaft in Littwaks Loge plauderte im Zwischenakte weiter über den farbigen Helden dieser Oper.

»Der Schwindler wird es jewiß zu was bringen«, sagte Kingscourt, »das kann ich mir denken.«

Frau Sarah meinte: »Ursprünglich scheint er ein Schwärmer gewesen zu sein. Erst als er den Zulauf der Gläubigen hatte, wurde er unehrlich.«

Mirjam zitierte lächelnd Goethes Wort: »Jeglichen Schwärmer schlagt mir ans Kreuz im dreißigsten Jahre — kennt er nur einmal die Welt, wird der Betrogene der Schelm.«

»Merkwürdig ist nur«, bemerkte Friedrich, »daß solche Abenteurer immer wieder Glauben finden konnten.«

David entgegnete: »Mir scheint, das hat einen tiefen Grund. Das Volk glaubte nicht, was sie sagten, sondern sie sagten, was das Volk glaubte.

Sie kamen einer Sehnsucht entgegen. Nein, noch richtiger: sie kamen aus der Sehnsucht hervor. Das ist es. Die Sehnsucht macht den Messias. Nun müssen Sie denken, was das für arme dunkle Zeiten waren, in denen ein Sabbatai oder seinesgleichen erschienen. Unser Volk war noch nicht imstande, sich auf sich selbst zu besinnen, und da berauschte es sich an solchen Gestalten. Spät erst, am Ende des neunzehnten Jahrhunderts, als schon alle anderen zivilisierten Völker ihr Selbstbewußtsein erlangt hatten und es betätigten, kam auch unser verstoßenes Volk zu der Erkenntnis, daß es das Heil nur von der eigenen Kraft, und nicht von phantastischen Wundertätern erwarten dürfe. Nicht eine einzelne Person, wohl aber die erwachte und rührige Volkspersönlichkeit müsse das Erlösungswerk vorbereiten. Auch die Frommen sahen endlich ein, daß in dieser Auffassung nichts Gottwidriges enthalten sei. *Gesta Dei per Francos*, hieß es einst bei den Franzosen — Gottes Taten durch die Juden! sagen unsere echten Frommen, die sich nicht durch parteiische Rabbiner verhetzen lassen. Welcher Werkzeuge sich Gott für seine unerforschlichen Zwecke bedienen will, das steht bei ihm. So war das geklärte Raisonnement unserer Frommen, als sie sich dem nationalen Werke begeistert anschlossen. Und so hat sich das jüdische Volk wieder erhoben.«

»Bravo!« brummte Kingscourt. In diesem Augenblick wurde an die Logentür geklopft. Auf Davids »Herein!« schob sich mit unterwürfigem Lächeln ein befrackter graubärtiger Herr in die Loge. Es war derselbe, den Friedrich bei der Ankunft auf dem Hafendamme gesehen hatte, Herr Schiffmann aus dem Café Birkenreis.

»Ich bin so frei, Herr Littwak«, sagte er entschuldigend. »Ich hab' von unten gesehen hier oben einen alten Bekannten. Ich weiß nicht, ob der Herr Doktor sich noch kann erinnern an mich.«

»Gewiß, Herr Schiffmann!« lächelte Friedrich und streckte ihm die Hand entgegen.

»Merkwürdig, soll ich so leben! Sie sind also nicht gestorben?«

»Es scheint nicht... Und Sie haben mich gleich wiedererkannt?«

»Auf Ehre, nein. Es ist mir jemand zu Hilfe gekommen. Eine Dame, die Sie einmal gut gekannt haben. Raten Sie, wer?« Er lächelte vielsagend.

Friedrich erschrak. Er ahnte plötzlich, wer es war, doch wagte er nicht, ihren Namen auszusprechen.

»Nu? Können Sie nicht raten, Herr Doktor? Haben Sie Ihre alten Freunde und Freundinnen vergessen?«

Friedrich sagte ein wenig rauh: »Ich weiß nichts von Freunden, die ich hier habe — außer diesen da.«

»Sie hat den Anfangsbuchstaben Ernestine!« schmunzelte Schiffmann.

»Wie? Fräulein Löffler?«

»Nein, Frau Weinberger! Sie werden doch wissen? Sie waren doch bei der Verlobung. Richtig, es war das letztemal, was ich Sie, Herr Doktor, gesehen hab'. Gleich drauf sein Sie verschwunden.«

»Ja, ja, ich entsinne mich. Und Fräulein — Frau Weinberger lebt auch hier?«

»Freilich! Da unten sitzt sie, neben mir. Ich werd' sie Ihnen zeigen...« Er neigte sich dicht an Friedrichs Ohr, so daß die anderen, die in den Zuschauerraum hinausblickten, ihn nicht hören konnten: »Unter uns gesagt, es geht ihr nicht am besten. Ihr Mann, der Weinberger, is doch ein Schlemihl. In Brünn hat er Pleite gemacht, und dann war er in Wien Agent, und zum Schluß is er da hergekommen, aber auch als Schlemihl. Wenn ich mich nicht hätt' angenommen um sie, so möchten sie gut ausschauen. Und Sie wissen doch, das war gewöhnt an seidene Kleider und Logen und Bälle. Jetzt, wenn ich ihr nicht manchesmal Theaterkarten schicken möcht', könnt' sie zu Haus sitzen und Trübsal blasen. Es ändern sich die Zeiten.«

Friedrich war von diesem Gerede angeekelt und wollte Schiffmanns vertraulichen Mitteilungen ein Ende machen: »Es würde mich allerdings interessieren, Frau Ernestine zu sehen. Wo sitzt sie?«

»In der vorletzten Reihe, am Eck. Wenn Sie sich vorbeugen, können Sie sie sehen. Übrigens geh' ich jetzt hinunter. Wenn Sie mich auf meinem Platz werden sehen, neben mir sitzt ihre Tochter und dann sie... Es war mir ein besonderes Vergnügen, Herr Doktor. Sie bleiben doch hier bei uns, hoffentlich? Jedenfalls längere Zeit?«

»Ich weiß nicht. Es hängt von den Umständen ab, Herr Schiffmann.«

»Also schön! Wenn Sie mich wünschen, brauchen Sie mich nur per Telephon rufen zu lassen ... Empfehle mich allerseits bestens, meine Damen und Herren.« Er schob sich seitlich, wie er gekommen war, zur halbgeöffneten Logentür hinaus. »Den mag ich nun wieder gar nicht«, bemerkte Kingscourt halblaut zu Friedrich, der die Achseln zuckte.

Der zweite Akt begann. Sabbatai hielt Hof in Ägypten. Die Szene zeigte ein üppiges Fest mit Gesängen und Tänzen. Aber Friedrich sah und hörte nicht viel davon. Er war in alte Träume versunken. Dort, neben Schiffmann saß sie. Zuerst unterlag er einer wunderlichen Täuschung. Ernestine Löffler sah noch genau so aus, wie vor zwanzig Jahren. Dieselben jungen feinen Züge, dieselbe zarte Gestalt. War es möglich, daß zwanzig Jahre sie so gar nicht verändert hatten? Aber dann sah er seinen Irrtum ein. Dieses junge Mädchen war nicht Ernestine, sondern deren Tochter. Frau Weinberger war die fette, verblühte, in allzu grelle Farben gekleidete Dame auf dem Nebensitze. Sie sah auch herauf, lächelte einladend und nickte lebhaft mit dem Kopfe, als Friedrich sich vor ihr verneigte. In diesem

Augenblick zerfiel etwas in Staub, was zwanzig Jahre überdauert hatte. In der Einsamkeit von Kingscourts Insel hatte er an Ernestine gelegentlich mit Wehmut zurückgedacht, sein erster Groll war milderen Stimmungen gewichen, und zum Schluß war diese ganze Liebe in verdämmernde Rosenfarben getaucht. Aber wenn er von ihr träumte, sah er sie in der Gestalt jener Zeit.

Den natürlichen Vorgang des Alterns erblickte er nun plötzlich in einem Ergebnisse, das ihn betroffen machte. Er empfand Scham und auch Erleichterung. Um dieses Weib hatte er sich gegrämt. War es möglich?

Er wurde aus seinem Sinnen von einer warmen, lieblichen Stimme aufgeweckt: »Wie hat es Ihnen gefallen?« fragte Mirjam.

»Gott sei Dank, daß es vorbei ist!« gab er zerstreut zur Antwort.

»Wie? So schlecht fanden Sie den zweiten Akt?«

Er war verlegen: »Nein, ich meinte nicht den zweiten Akt, Fräulein Mirjam! Ich mußte an etwas Altes denken, das ich noch für lebend hielt. Es ist aber tot.«

Sie sah ihn ein wenig erstaunt an und fragte nicht weiter. Ein fremder Herr war in die Loge getreten. Er wurde vorgestellt: Herr Dr. Werkin, Sekretär der Präsidentschaft. Es war ein schmächtiger Mann mit kurzem braun und grauem Barte, hinter funkelnden Brillengläsern ein Paar forschender Augen. Dr. Werkin kam mit einem Gruße des Präsidenten, der die Herren Kingscourt und Löwenberg in seine Loge bat.

Kingscourt war verblüfft: »Uns! Was ist das für'n Präsident? Und wieso kennt er uns arme Wüstenpilger?«

David erklärte lächelnd: »Der Präsident unserer neuen Gesellschaft. Er sitzt dort drüben in der ersten Loge, der alte Herr mit dem schneeweißen Barte.«

Sie blickten hinüber. »Alle Wetter — mir ist auch, als ob ich ihn kennte! Woher nur?« sagte Kingscourt.

Friedrich erinnerte sich: »Der Augenarzt von Jerusalem — Doktor ...«

»Doktor Eichenstamm!« ergänzte David. »Er ist der Präsident, den wir uns gewählt haben.«

»Und der hat uns nach zwanzig Jahren wiedererkannt?« staunte Kingscourt noch immer.

Dr. Werkin sagte: »Seine Tochter hat die Herren erkannt und den Präsidenten auf Sie aufmerksam gemacht.«

David wandte sich an den Sekretär: »Darf ich mitkommen, Herr Doktor?«

»Gewiß, Herr Littwak. Der Präsident möchte von Ihnen etwas über Ihren Kampf mit dem Geyer hören.«

Sie ließen sich von Dr. Werkin nach der Präsidentenloge führen. In dem eleganten kleinen Salon, der durch einen Türvorhang vom offenen Teile der Loge getrennt war, erwartete sie der alte Präsident stehend, auf einen Stock gestützt.

»Welch ein Wiedersehen, meine lieben Herren, nicht wahr?« sprach der Alte mit leise zitternder Stimme und reichte einem nach dem anderen die freie Hand.

»Ja, hol' mich der Deibel, Herr Präsident, wenn ich das alles erwartet habe.«

»Wir wollen uns setzen, meine lieben Herren – ich bin nicht mehr sehr rüstig, Sie sehen!« lächelte der Präsident und sank in den Lehnstuhl, den ein Diener heranschob. »Ja, ja — für unser Volk ist dies jetzt die bessere Zeit, aber für mich war es jene. Sie wissen: senectus ipsa morbus ... Nun, wie es kommt, so muß es uns Menschen recht sein.«

Dann deutete er auf die neben ihm stehende Dame, die sehr einfach in schwarze Seide gekleidet war: »Meine Tochter Doktor Sascha hat Sie erkannt und mich an den Tag von der Klagemauer erinnert. Ach, das ist weit, meine lieben Herren! ... Ja, ja, die einstige Klagemauer!«

»Die einstige?« sagte Friedrich. »Ist sie auch nicht mehr? Nicht einmal dieser letzte Rest?«

Der Präsident betrachtete ihn kopfschüttelnd: »Sie waren wohl noch nicht in Jerusalem, da Sie so fragen?«

David näherte sich bescheiden: »Nein, Herr Präsident! Die Herren sind erst angekommen. Sie haben noch sehr wenig sehen können.«

Der Präsident legte dem Sprecher freundlich die Hand auf den Arm: »Ich freue mich, Sie zu sehen, mein lieber Littwak. Ich freue mich immer über Sie, besonders jetzt. Halten Sie nur aus in dem Kampfe! Sie haben recht, Geyer hat unrecht. Mein letztes Wort an unsere Juden wird sein: Der Fremde soll sich bei uns wohl fühlen! Und Sie, Littwak, Gott erhalte Sie so, wie Sie sind... Sie haben noch wenig von unserem Lande kennengelernt, meine lieben Herren? O doch. Sie kennen einen unserer Besten. Auf diesem David Littwak da bin ich stolz, wie wenn ich etwas dafür könnte, daß er so tüchtig und rechtschaffen ist.«

David war blutrot geworden. Er senkte die Augen wie ein Knabe und stammelte: »Herr Präsident!...«

»Lassen Sie es sich gefallen, Littwak, daß ich Sie ins Gesicht lobe. Ich bin ein alter Mann und will von Ihnen nichts erschmeicheln ... Sehen Sie, meine lieben Herren aus der Fremde: ich bin die Welle, die geht, und er ist die Welle, die kommt ... Gib mir auch ein Täßchen Tee, Sascha!«

Der Tee wurde nach russischer Art serviert. Als die Herren im Laufe des Gespräches erwähnten, daß sie zwanzig Jahre fern von der Kulturwelt gelebt hätten, meinte Dr. Sascha: »Tut es Ihnen nicht leid um die versäumte Zeit? Sie hätten an so viel Großem mitwirken, so vielen Menschen Gutes erweisen können.«

»Nee, gar nicht leid, Fräulein Doktor!« erklärte Kingscourt. »Wir sind zwei ausgepichte Menschenfeinde. Wir wollen niemandem Gutes tun, als uns selbst. Das ist unser olles Programm. Was, Fritze?«

»Sie scherzen!« sagte Sascha darauf. »Ich verstehe wohl, daß Sie scherzen. Gutes tun, ist doch ein Glück, dem nichts anderes gleichkommt.«

David sprach: »Fräulein Sascha redet aus Erfahrung, denn sie kennt dieses Glück. Sie leitet die größte Augenklinik der Welt. Wenn Sie es erlauben, Fräulein Doktor, will ich die Herren in Ihre Anstalt führen, sobald wir nach Jerusalem kommen. Dort ist schon vielen Menschen das Augenlicht gerettet oder wiedergegeben worden. Es war eine ungeheure Wohltat für die orientalischen Länder. Patienten kommen aus ganz Asien und Nordafrika. Der Segen, der von unseren Heilanstalten wie ein Strom ausgegangen ist, hat uns hier in Palästina und in den Nachbarländern noch mehr Freunde gemacht, als alle unsere technischen und industriellen Einrichtungen.«

Fräulein Sascha wehrte das Lob ab: »Herr Littwak überschätzt meine geringen Leistungen. Ich habe nichts Neues gemacht. Aber wir haben einen großen Mann im Lande, das ist Steineck, der Bakteriologe. Das Institut Steineck müssen Sie kennen lernen, da werden Sie Ehrfurcht empfinden.«

»Haben Sie schon einen Reiseplan, meine lieben Herren?« fragte der alte Dr. Eichenstamm.

»Zunächst will ich meine Gäste nach Tiberias führen, Herr Präsident. Wir fahren morgen zu meinen Eltern.«

»Zum Pessachfeste, nicht wahr?« sagte der Präsident. »Grüßen Sie Ihre Eltern von mir, Littwak! Und wenn die Herren nach Jerusalem kommen, bringen Sie sie auch in mein Haus. Ich rechne darauf.«

Er reichte wieder jedem der Herren die Hand, und sie nahmen Abschied, weil die hereindrängenden Klänge des Orchesters den Beginn des dritten Aktes anzeigten.

Als sie nun durch das leere Foyer schritten, rief Kingscourt: »Scheint ein braver Kerl zu sein, euer Präsident. Aber 'n bißchen alt und gebrechlich. Warum habt ihr euch gerade den ausgesucht?«

»Das kann ich Ihnen mit einem Worte sagen, Mr. Kingscourt«, erwiderte David. »Wir haben ihn gewählt, weil er es nicht wollte.«

»Oho, das ist noch schöner.«

»Ja, wir haben einen Grundsatz bei unseren Weisen gefunden: Die Ehren gebe man dem, der sie nicht sucht!«

Drittes Buch: Das blühende Land

Erstes Kapitel

Es war ein wonnevoller Frühlingsmorgen, an dem die Gesellschaft von Friedrichsheim aufbrach, um nach Tiberias zu fahren. Ein mächtiger Reisewagen mit motorischem Betrieb hielt vor der Freitreppe. Das Gefährt konnte ein Dutzend Personen fassen.

»Donnerwetter!« schrie Kingscourt gutgelaunt. »Das ist ja die Arche Noah. Da hätte all sündhaft Vieh und Menschenkind Platz.«

»Wir werden im ganzen nur elf Personen sein«, sagte David.

»Elf? Ich sehe nur neun«, zählte Kingscourt. »Sie scheinen Fritzchen für drei zu rechnen. War übrigens kein schlechter Einfall, daß Sie den Burschen mitnehmen.«

Fritzchen schien auf dem Arm seiner Kinderfrau zu verstehen, daß von ihm die Rede war. Mit lautem jauchzenden »O — o!« streckte er die Händchen verlangend nach Kingscourts weißem Bart aus.

»Wir werden unterwegs noch zwei Freunde abholen«, sprach Frau Sarah. »Reschid Bey und den Architekten Steineck.«

Unterdessen hatten Diener vielerlei Handgepäck an den Wagen herangebracht und es in die unter den Sitzen befindlichen Hohlräume geschoben. Nur ein Speisekorb, welcher Milchflaschen für Fritzchen und noch einige Lebensmittel enthielt, wurde auf einen oberen Platz gestellt. Hintenauf stiegen der Heizer und ein schwarzer Diener. Auf den vorderen gepolsterten Bänken saßen Mirjam, Sarah und Friedrich. Kingscourt wollte in dem durch eine Glaswand geschützten Wagenteile sitzen, angeblich, um vor dem Winde geborgen zu sein, in Wirklichkeit, weil er gehört hatte, daß Fritzchen da unterkommen solle. Er kletterte auch zuerst hinein und ließ sich das Kind reichen. Als aber Fritzchen auf Kingscourts Arm war, klammerte es sich fest an ihn und mochte um keinen Preis mehr zu seiner Kinderfrau zurück. David, der als letzter einstieg, versuchte es mit väterlicher Strenge. Vergeblich. Kingscourt war sehr böse, wenigstens in Worten: »So'n ungezogener Bengel! Wirst du gleich weggehen!«

David bat: »Geben Sie ihn mir! Ob er nun heult oder nicht.«

Kingscourt dachte nicht im entferntesten daran, das Bübchen loszulassen. Er hatte es sich auf den Schoß gesetzt und kitzelte es an der Brust, unter dem Kinn, bis es laut lachte.

»So'n Kerl! Dem liegt freilich nichts daran, wenn der alte Kingscourt zum Gespött von ganz Haifa wird. Zum Glück kennt mich hier keiner!«

Und so fuhr der Reisewagen zum Tore von Friedrichsheim hinaus. Hinten der schwarze Diener blies lustige Stückchen auf seinem blechernen Horn. Fritz klatschte vergnügt in die Hände.

»Guck' mal!« sagte Kingscourt, »das ist ja fast wie in der guten Zeit. Der Schwager mit dem Posthorn.«

David bemerkte: »Er bläst, um uns bei Reschid anzukündigen. Wir wollen unterwegs keine Zeit verlieren.«

Sie fuhren die nun schon bekannte Karmelstraße talwärts. Richtig stand Reschid Bey schon vor seinem Hause, reisefertig. Die Begrüßung war herzlich und fröhlich. Hinter dem Holzgitter eines Fensters im ersten Stock erhob sich eine schöne, weiße Frauenhand und winkte mit dem Taschentuche. Frau Sarah rief lächelnd hinauf zur Unsichtbaren: »Grüß dich Gott, Fatma! Wir werden dir deinen Mann unbeschädigt zurückbringen, sei ganz ruhig!«

Und Mirjam rief: »Küß mir deine Kinder, Fatma!«

Nun war auch das kleine Gepäck Reschids im Wagenkasten versorgt. Der Bey saß neben David. Noch die letzten Abschiedsgrüße an die winkende weiße Frauenhand hinter dem Holzgitter, und die Motorarche pustete weiter.

Friedrich wandte sich zu seiner Nachbarin Mirjam: »Die arme Frau muß nun allein zu Hause bleiben.«

»Sie ist ein so zufriedenes, heiteres Weib«, erwiderte Mirjam. »Ich bin überzeugt, daß sie ihrem Manne die Freude dieses Ausflugs von Herzen gönnt. Und er führe nicht mit uns, wenn es für sie eine Kränkung wäre. Er und sie sind wahrhaft gute Menschen.«

»Immerhin bewundere ich die Frau, die gefügig hinter ihrem Gitter bleibt — an solch einem Morgen, meine Damen!«

»Nicht wahr?« sagte Sarah mit strahlender Miene. »Solche Frühlingstage gibt es nur in unserem Lande. Das Leben schmeckt hier besser, als irgend anderswo.«

Auch Friedrich fühlte sich durchströmt von Glück, er wußte es sich gar nicht zu erklären. Er war wieder jung, ja übermütig, und in dieser Laune gefiel es ihm, seine reizende Nachbarin zu necken: »Wie ist es aber mit der Schule, Fräulein Mirjam? Heute haben Sie wohl die Pflichten ein bißchen an den Nagel gehängt?«

Mirjam lachte: »Er weiß nichts, rein nichts mehr vom Judentum! ... Erfahren Sie denn, mein Herr, daß heute unsere Osterferien begonnen haben. Wir fahren ja darum zu den Eltern nach Tiberias, weil wir dort den Seder feiern wollen. Hat Ihnen David nichts davon gesagt?«

»Ihr Bruder deutete einige Male darauf hin, daß wir in Tiberias mehr von der Judenwanderung hören sollten. So war's also zu verstehen?

Nun, die Wanderung aus Mizraim kenne ich ja noch von meiner Knabenzeit her.«

»Vielleicht hat er auch etwas anderes gemeint«, sprach Mirjam in nachdenklichem Tone.

Der Reisewagen war inzwischen am unteren Ende der Karmelstraße angekommen, hatte aber nicht die Richtung nach dem Mittelpunkte der Stadt, sondern rechts ab genommen. Es war die Vorstadt, die der Kison durchfloß. Sie kamen auf einen mit Bäumen bepflanzten Kai. Vor einem entzückenden Palästchen hielten sie an. Da stand ein heftig gestikulierender Herr, der einen grauen Schnurrbart hatte und mit zurückgeworfenem Kopfe über den Rand seines abrutschenden Kneifers hinweg die Ankömmlinge betrachtete: »Ich wäre an eurer Stelle gar nicht gekommen!« schrie er ihnen entgegen. »Seit einer halben Stunde steh' ich mir da die Beine in den Leib. Ich werde nie wieder pünktlich sein.«

David hielt ihm statt jeder Antwort die Taschenuhr vor die Augen.

»Das beweist nichts«, rief Steineck, »Ihre Uhr geht zu langsam. Ich glaube überhaupt nicht an Uhren... Da, nehmen Sie meine Pläne! Aber nicht verdrücken, bitte! So, und jetzt rückwärts fertig.« Er hatte die drei großen Kartonrollen, die er unter dem Arme gehalten, David und Reschid zugeschoben und war schnaufend in den Wagen geklettert. Aber kaum war dieser in Bewegung, so schrie Steineck klagend auf: »Halt, halt! Zurück! Ich habe meine Reisetasche vergessen.«

»Man wird sie Ihnen mit dem großen Gepäck nachschicken«, beschwichtigte ihn David. »Sie wissen, daß ich unser Gepäck auf der Eisenbahn direkt nach Tiberias schaffen lasse, weil wir doch den Umweg machen.«

»Unmöglich!« jammerte der Architekt. »Ich habe meine Rede in der Reisetasche. Wir müssen zurück.« Sie mußten zurück. Die Handtasche wurde geholt, aufgeladen, Steineck atmete erleichtert und wurde plötzlich sehr gut gelaunt.

Es waren aber in diesem Augenblicke zwei der größten Schreihälse in dem verhältnismäßig engen Räume der Motorarche beisammen: Kingscourt und Steineck. Gleich dem alten Menschenfeinde, pflegte auch Steineck die gleichgültigsten Dinge mit furchtbarem Poltern vorzutragen. Kaum waren sie einander vorgestellt worden, brüllten sie sich gegenseitig in die Ohren. David und Reschid hörten es ergötzt mit an.

Plötzlich legte aber Kingscourt den Zeigefinger an den Mund, und veranlaßte dadurch auch Steineck, zu schweigen. »Herr Steineck«, flüsterte der Alte, »Sie waren zwar sehr laut, aber Fritzchen ist dabei doch eingeschlafen.« Und er hob, während die anderen lachten, das Kind, das ihm auf dem Schoße schlummerte, behutsam auf und legte es in den Arm der rückwärts sitzenden Kinderfrau. »Mr. Kingscourt«, raunte Steineck sehr gekränkt, »ich glaube nicht, daß ich lauter gesprochen habe als Sie.«

Die Straße, auf der sie fuhren, bot den beiden Fremden immer neue Gelegenheit zu staunenden Fragen. Der Verkehr war hier natürlich viel schwächer als in der Stadt, es gab jedoch Leben genug. Radfahrer und Motorwagen eilten an ihnen vorüber. Auf einem weichen Reitpfade zur Seite des Fahrwegs tauchten ab und zu Reiter auf, manche in der malerischen Tracht der Araber, andere in europäischer Kleidung. Auch sah man öfters Kamele, einzeln und in Zügen, die malerischen und primitiven Überbleibsel einer überwundenen Epoche. Die Fahrstraße war vorzüglich glatt, und man rollte angenehm dahin. Rechts und links kleine Häuser mit Gärten, weiterhin wohlbestellte Felder, von jungem Grün überhaucht.

Es fiel Kingscourt auf, daß von den Drähten, die längs der Straße auf Stangen hingezogen waren, Abzweigungen in die einzelnen Häuser gingen. »Sind das Telephondrähte?« erkundigte er sich. »Und was ist das für eine Art Leute, die hier wohnt?«

Reschid Bey klärte ihn auf: »Hier wohnen zumeist Handwerker. Das hier ist ein Schuhmacherdorf. In diesen Drähten wird ihnen elektrischer Strom für ihre kleinen Maschinen zugeleitet. Ist Ihnen das etwas Neues?«

»O nein, das war schon zu meiner Zeit bekannt. Aber praktisch wurde dieser Kraftverschleiß wenig ausgenützt. Und woher kommt der Strom, wenn ich fragen darf?«

»Es gibt verschiedene Elektrizitätsgesellschaften. Die Leute hier beziehen den Strom zumeist von den Gebirgsbächen des Hermon und Libanon oder vom Toten-Meer-Kanal.«

»Nein!« schrie Kingscourt überrascht.

»Ja!« brüllte Steineck.

David aber sagte: »Diese Handwerker sind auch halbe Bauern. In beiden Eigenschaften sind sie genossenschaftlich verbunden. Ihre gewerblichen Erzeugnisse liefern sie im Wege der Genossenschaft an die großen Warenhäuser, Versandgeschäfte und Exporteure ab. Zugleich bilden sie aber auch landwirtschaftliche Verbände. Da gibt es die mannigfaltigsten Formen. In der Nähe der größeren Städte ist die gewerbliche Tätigkeit überwiegend und der Feldbau daneben unbedeutend, so daß ein solcher Handwerker über seinen Eigenbedarf hinaus nur wenig Bodenfrüchte zieht, beispielsweise Obst und Gemüse für die städtischen Markthallen. In der Küstenzone, die ganz den Charakter der Riviera hat, werden, wie in der Umgebung von Nizza, Tomaten, Artischoken, — Melonen, petits pois, haricots verts und dergleichen gezogen. Unsere Frühgemüse schicken wir mit der Bahn in alle Weltgegenden, nach Paris, Berlin, Moskau, St. Petersburg. Dann gibt es wieder Gegenden, wo das umgekehrte Verhältnis ist, wo das Landwirtschaftliche vorwiegt und das Gewerbliche nur den Charakter einer bescheidenen, wenn auch modernen, mit guten technischen Hilfsmitteln arbeitenden Hausindustrie hat. Das sind unsere Dörfer, die über das ganze blühende Land zerstreut sind. Zum Beispiel da drüben in der Ebene von Jesreel. Sie dürfen freilich keine solchen armen Schmutznester erwarten, die man in früheren Zeiten Dörfer nannte. Wir werden heute noch Gelegenheit haben, das neue Dorf zu sehen, den Typus, der sich unzählig in Palästina wiederholt, west- und ostwärts vom Jordan.«

Sie waren über eine Brücke des Kison gefahren, und der Wagen rollte schneller zwischen herrlichen Orangen- und Zitronengärten hin. Die roten und gelben Früchte leuchteten aus dem Laube.

»Hol' mich der Deibel, das ist ja Italien!« sagte Kingscourt.

»Kultur ist alles!« brüllte Steineck, als ob er einen Widerspruch niederzukämpfen hätte. »Wir Juden haben Kultur hierher gebracht.«

Reschid Bey lächelte freundlich: »Verzeihen Sie, mein Bester! Diese Kultur war auch früher da, wenigstens andeutungsweise. Schon mein Vater hat Orangen in großer Zahl gepflanzt.« Er wandte sich zu Kingscourt und deutete mit dem Finger nach einer Anlage zur Rechten: »Das weiß ich besser als Freund Steineck, denn hier ist meines Vaters Garten, jetzt der meinige.«

Es war eine Pracht, wie die wohlgepflegten Bäume dastanden. Auf den immerblühenden Limonenstämmen sah man Blüten, grüne und gelbe Früchte nebeneinander.

Steineck donnerte: »Ich will nicht leugnen, daß ihr schon vor uns eure Bojaren hattet, aber verwerten könnt ihr sie erst jetzt ordentlich.«

Reschid Bey nickte: »Das ist richtig. Unsere Erträgnisse sind sehr erheblich gewachsen. Unser Orangenexport hat sich verzehnfacht, seit wir die guten Verkehrswege nach der ganzen Welt haben. Alles ist ja durch eure Einwanderung mehr wert geworden.«

»Eine Frage, Reschid Bey!« warf Kingscourt ein. »Die Herren werden sie mir nicht übel nehmen, dazu sind sie ja viel zu gescheit. Sind die früheren Bewohner von Palästina durch die Einwanderung der Juden nicht zugrunde gerichtet worden? Haben sie nicht wegziehen müssen? Ich meine: im großen und ganzen. Daß einzelne dabei gut fuhren, beweist ja nichts.«

»Welche Frage!« entgegnete Reschid. »Für uns alle war es ein Segen. Selbstverständlich in erster Reihe für die Besitzenden, die ihre Landstücke zu hohen Preisen an die jüdische Gesellschaft verkaufen konnten oder auch weiter behielten, wenn sie noch höhere Preise abwarten wollten. Ich für meinen Teil habe die Grundstücke unserer neuen Gesellschaft verkauft, weil ich dabei meine Rechnung besser fand.«

»Sagten Sie nicht vorhin, das wären Ihre Gärten, an denen wir vorbeifuhren?«

»Freilich! Nachdem ich sie der Gesellschaft verkauft hatte, pachtete ich sie wieder.«

»Da hätten Sie sie doch gleich nicht hergeben sollen.«

»So war es aber für mich vorteilhafter. Da ich mich der neuen Gesellschaft anschließen wollte, mußte ich mich auch ihren Landregeln unterwerfen. Die Mitglieder haben kein Privateigentum an Grund und Boden.«

»Friedrichsheim gehört nicht Ihnen, Herr Littwak?«

»Das Grundstück nicht. Ich habe es nur bis zum nächsten Jubeljahre gepachtet, wie Freund Reschid seine Gärten.«

»Jubeljahr? Bitte, erklären Sie sich gefälligst näher. Mir scheint wirklich, daß ich da drüben auf meiner Insel viel verschlafen habe.«

»Das Jubeljahr«, sagte David, »ist keine neue, sondern eine sehr alte Einrichtung unseres Lehrers Moses. Nach siebenmal sieben Jahren, also in jedem fünfzigsten Jahre, fielen die verkauften Grundstücke wieder an den ursprünglichen Besitzer ohne Entschädigung zurück. Wir haben das allerdings ein bißchen anders gemacht. Bei uns fallen die Grundstücke an die neue Gesellschaft. Schon Moses wollte dadurch der sozialen Gerechtigkeit in der Bodenverteilung dienen. Sie werden einsehen, daß unsere Methode diesem Zwecke nicht schlechter dient. Die Wertvermehrung des Boden kommt nicht einzelnen, sondern der Gesamtheit zustatten.«

Steineck glaubte einen Einwand Kingscourts im vorhinein zerstreuen zu müssen: »Sie werden vielleicht sagen, daß dann niemand mehr Lust haben wird, auf einem nicht ihm gehörenden Boden Verbesserungen und schöne Bauten aufzuführen.«

»O nein, mein Herr, das werde ich nicht sagen. Für ein solches Rindvieh müssen sie mich nicht halten. Ich weiß, daß in London die Leute ihre Häuser auf fremden Grundstücken bauen, die sie auf 99 Jahren gemietet haben. Das ist doch ganz dasselbe ... aber ich wollte Sie fragen, mein lieber Bey, wie es den früheren Einwohnern erging, die nichts besaßen — den vielen arabischen Mohammedanern?«

»Mr. Kingscourt, diese Frage beantwortet sich von selbst«, sagte Reschid, »Die nichts besaßen, also nichts zu verlieren hatten, die haben natürlich nur gewinnen können. Und sie haben gewonnen: Arbeitsgelegenheit, Nahrung, Wohlergehen. Es hat nichts Armseligeres und Jämmerlicheres gegeben, als ein arabisches Dorf in Palästina zu Ende des neunzehnten Jahrhunderts. Die Bauern hausten in erbärmlichsten Lehmnestern, die zu schlecht waren für Tiere. Die Kinder lagen nackt und ungepflegt auf der Straße und wuchsen auf wie das liebe Vieh. Heute ist das alles anders. Von den großartigen Wohlfahrtseinrichtungen haben sie profitiert, ob sie wollten, oder nicht. Als die Sümpfe des Landes ausgetrocknet wurden, als man die Kanäle anlegte und die Eukalyptusbäume pflanzte, welche den Boden gesund machen, da wurden diese einheimischen, widerstandsfähigen Menschenkräfte zuerst verwendet und gut gelohnt. Blicken Sie nur da hinaus ins Feld! Ich erinnere mich noch aus meiner Knabenzeit, daß hier Sümpfe waren. Diesen Boden hat die neue Gesellschaft am billigsten erworben und hat ihn zu dem besten gemacht. Die Äcker gehören zu dem blanken Dorfe, das Sie dort auf dem Hügel sehen. Es ist ein arabisches Dorf. — Sie bemerken die kleine Moschee. Diese armen Menschen sind viel glücklicher geworden, sie können sich ordentlich ernähren, ihre Kinder sind gesünder und lernen etwas. Nichts von ihrem Glauben und ihren alten Gebräuchen ist ihnen verstört worden — nur mehr Wohlfahrt ist ihnen zuteil geworden.«

»Ihr seid eigentlich kurios, ihr — Mohammedaner! Seht ihr denn diese Juden nicht als Eindringlinge an?«

»Christ, wie sonderbar ist Ihre jetzige Rede!« antwortete der freundliche Reschid. »Würden Sie den als einen Räuber betrachten, der Ihnen nichts nimmt, sondern etwas bringt? Die Juden haben uns bereichert, warum sollten wir ihnen zürnen? Sie leben mit uns wie Brüder, warum sollten wir sie nicht lieben? Ich habe unter meinen Glaubensgenossen nie einen besseren Freund gehabt, als diesen David Littwak da. Er kann zu mir kommen bei Tag oder Nacht und von mir verlangen, was er will, ich werde es ihm geben. Und ich weiß auch, daß ich auf ihn rechnen kann wie auf einen Bruder. Er betet in einem anderen Hause als ich zu demselben Gotte, der über uns allen ist. Aber diese Gotteshäuser stehen nebeneinander, und ich glaube immer, daß unsere Gebete, wenn sie erst einmal im Aufsteigen sind, sich irgendwo in der Höhe vereinigen, und dann setzen sie den Weg zusammen fort, bis sie ganz oben sind bei unserem Vater.«

Reschid hatte in schlichtem Tone gesprochen, der alle bewegte, auch Kingscourt. Dieser räusperte sich: »Hm — hm. Ganz recht, ganz schön. Das läßt sich hören. Aber Sie sind ein gebildeter Mann. Sie haben in Europa studiert. All das gilt ja doch nicht von den gemeinen Stadt- und Landleuten.«

»Viel eher von diesen, Mr. Kingscourt. Sie müssen schon entschuldigen, aber Duldsamkeit habe ich im Abendlande nicht gelernt. Wir Mohammedaner haben uns von jeher besser als ihr Christen mit den Juden vertragen. Schon in der Zeit, als die ersten jüdischen Kolonisten hier erschienen, zu Ende des vorigen Jahrhunderts, kam es vor, daß streitende Araber einen Juden zum Richter wählten oder sich geradezu an den Waad einer jüdischen Niederlassung um Rat, Hilfe oder Urteil wandten. Da gab es wirklich keine Schwierigkeit. Und so lange die Richtung des Dr. Geyer nicht die Oberhand bekommen wird, so lange wird auch das Glück unseres gemeinsamen Vaterlandes dauern.«

»Ja, was ist's denn mit diesem Geyer, von dem ich immer wieder sprechen höre?«

Steineck wurde dunkelrot im Gesichte, und er schrie: »Ein vermaledeiter Pfaffe ist er, ein Augenverdreher, Leuteverhetzer und Herrgottsfopper. Die Intoleranz will er bei uns einführen, der Halunke. Ich bin gewiß ein ruhiger Mensch, aber wenn ich so einen intoleranten Kerl sehe, den könnte ich mit Vergnügen ermorden.«

»Also Sie sind der Duldsame?« lachte Kingscourt. »Nun kann ich mir denken, wie bei euch die Duldsamen aussehen.«

»Diese gebärden sich natürlich viel sanfter«, scherzte David.

Der Motorwagen hatte die Ebene verlassen und rollte ostwärts in das wellige Land hinein, bergauf nicht langsamer als bergab. Überall waren die Hügellehnen bis hinauf bebaut, jedes Fleckchen Erde benutzt. An den steileren Hängen erhoben sich Terrassen, wie in der alten salomonischen Zeit. Hier wuchsen Trauben, Granatäpfel und Feigen. Zahlreiche Baumschulen zeigten, welche verständige Sorge die Bevölkerung der Aufforstung dieser einst kahlen Strecken zugewendet hatte. Auf den Kämmen der kleinen Berge ragten die Umrisse von Pinien und Zypressen in den blauen Himmel.

Jetzt kam der Wagen, in ein liebliches Tal, das die Reisenden durch seine Blumenfülle überraschte. Wie ein leuchtender Teppich in weißen, gelben, roten, blauen und grünen Farben war es vor ihnen ausgebreitet. Und es war ihnen zumute, als waren sie in ein Duftmeer hineingeraten. Ein Windhauch trug die wohlriechenden Luftwellen heran, und die beiden Neuankömmlinge waren ganz bezaubert von dem Naturspiele, das sie sich gar nicht zu erklären wußten.

Der Aufschluß wurde ihnen zuteil, daß hier eine großartige Blumenkultur für Parfümindustrie eingerichtet sei. Jasmin, Tuberosen, Geranien, Narzissen, Veilchen und Rosen wurden hier in großen Massen gezogen. Dieses Tal war ein einziger Garten. Am Rande des Weges pflegten die arbeitenden Landleute den Vorbeiziehenden Grüße zuzurufen, die bald Littwak, bald Reschid Bey oder Steineck galten. Alle drei schienen viele Bekannte unter diesen sittlich frohgemuten Bauern zu haben. So kamen sie nach der Ortschaft Sepphoris, wo der Wagen zum erstenmal hielt.

Auf dem Platze vor der griechischen Kirche stieg David aus und bat seine Freunde, sich einen Augenblick zu gedulden; er müsse dem Popen einen kurzen Besuch machen. Er trat in das schmucke kleine Pfarrhaus ein. Die anderen verließen auch die Motorarche, um ein paar Schritte bis an den Hügelrand zur Ruine der alten zerstörten Kirche zu gehen. Von da genoß man einen schönen Fernblick über die fruchtbare Ebene bis an den Karmel. Und Mirjam erzählte, daß hier einst ein christliches Gotteshaus zu Ehren Joachims und Annas gestanden sei, welche die Eltern Marias, der Mutter Jesu gewesen waren und hier gelebt hatten. Die neue griechische Kirche diene der Kolonie russischer Christen, die um Sepphoris herum entstanden war. Mit dem Popen sei David befreundet, und lade er ihn ein, zur Sederfeier nach Tiberias zu kommen.

Dann erschien David wieder, begleitet von dem stattlichen Popen, der aber bedauerte, nicht gleich mitfahren zu können. Er würde nachmittags mit der elektrischen Bahn über Nazareth nach Tiberias kommen und wahrscheinlich noch vor der Gesellschaft bei Littwaks Eltern eintreffen. So nahmen sie denn Abschied von dem geistlichen Herrn, und der Reisewagen rollte in nördlicher Richtung der Ebene zu.

Zweites Kapitel

Die Glaswand zwischen dem vorderen und dem mittleren Teile des Wagens war gesenkt worden, um das Gespräch auch mit den vorn Sitzenden zu erleichtern. Außerhalb von Sepphoris mußten sie an einer Bahnschranke einige Minuten stillhalten, weil ein Zug angekündigt war. Jetzt sauste er vorüber, nach Süden zu, sehr eilig. Es fiel den Fremden auf, daß der Lokomotive die Rauchfahne fehlte, und sie erfuhren, nachdem sie das Geleise passiert hatten, daß der Betrieb hier, wie auf den meisten Bahnen Palästinas, elektrisch sei. Das war einer der großen Vorzüge der Einrichtung einer neuen Kultur in diesen Gegenden gewesen. Gerade weil hier alles bis zum Ende des neunzehnten Jahrhunderts völlig vernachlässigt, in einer Art von Urzustand lag, hatte man gleich die neuesten und höchsten technischen Errungenschaften benützen können.

Es war wie bei der Anlage der Städte so auch in allem anderen zugegangen, im Eisenbahnwesen wie beim Kanalbau, in der Landwirtschaft wie in der Industrie. Die Erfahrungen aller Kulturvölker standen ja den jüdischen Ansiedlern, die aus aller Welt herbeiströmten, zu Gebote. Die Gebildeten aber, die von den Universitäten, den technischen, landwirtschaftlichen und Handelshochschulen der zivilisierten Staaten herkamen, waren ausgerüstet mit jeder notwendigen Wissenschaft.

Und gerade diese arme junge Intelligenz, für die es keine Verwendung in den antisemitischen Ländern gegeben hatte, und die dort zu einem hoffnungslosen umsturzlustigen Proletariate herabgesunken war — diese gebildete und verzweifelte jüdische Jugend war zum größten Segen Palästinas geworden, denn sie brachte die neueste Wissenschaft in allen praktischen Gestaltungen hierher.

So berichtete David.

Friedrich erinnerte sich plötzlich eines Wortes, das in seinem Leben eine Rolle gespielt hatte, und er richtete an seinen Freund eine den anderen unverständliche Frage: »Ein gebildeter und verzweifelter junger Mann! Wissen Sie noch, Kingscourt? Kein Wunder, daß ein Jude sich meldete. In jener Zeit wuchsen unter uns viele solche, wir waren fast alle so.«

Kingscourt jedoch interessierte sich mehr als für Friedrichs Empfindsamkeiten für die Erzählungen Davids: »Ihr seid aber ein sündhaft pfiffiges Volk — uns habt ihr das alte Eisen gelassen, und ihr fahrt mit den neuen Maschinen.«

Steineck schrie: »Hätten wir uns vielleicht veraltetes Zeug anschaffen sollen, wenn wir für dasselbe Geld gutes neues kriegen und machen konnten? Übrigens, was Sie hier sehen, gab es alles schon in den neunziger Jahren des vorigen Jahrhunderts in Europa und Amerika, besonders in Amerika. Die drüben waren der verdummten alten Welt weit vor. Natürlich haben wir von den Amerikanern gelernt, im elektrischen Bahnwesen und in noch anderen Dingen.«

»Für uns«, ergänzte David, »war der Übergang zu den besten, modernsten Betriebsformen viel weniger kostspielig, weil wir nichts Altes zu amortisieren hatten. Schlechtes rollendes Material brauchten wir nicht bis zur Abnützung mitzuschleppen. Unsere Waggons enthalten alle Bequemlichkeiten, Ventilation, helles Licht bei Nacht, keine Belästigung durch Rauch und Staub, und man wird fast gar nicht aufgerüttelt, obwohl wir mit bedeutender Geschwindigkeit fahren. Die Insassen der Arbeiterzüge werden nicht in Pferchen gemartert, wie ehemals. Wir achten selbstverständlich auf die Volksgesundheit in einem so wichtigen Verkehrsmittel.

Es wird Sie auch interessieren, wie billig die Bahnbenützung bei uns ist. Wir haben für die Personenbeförderung das Tarifsystem nachgebildet, welches im Lande Baden unter der Regierung des guten weisen Großherzogs Friedrich eingeführt wurde. Das Aufsuchen der Arbeitsgelegenheit wollten wir im allgemeinen Interesse so leicht und frei wie möglich machen. Sie werden bei uns die Erscheinung nicht sehen, daß von einem Orte, wo man Menschenkraft wie einen Bissen Brot braucht, nach einem anderen Orte, wo Arbeitswillige den Bissen Brot nicht finden können, Eisenbahnwagen leer hin und her geschleift werden, weil die Fahrpreise zu hoch sind.

Vom Libanon bis ans tote Meer und von der Mittelmeerküste nach dem Dscholan und Hauran ziehen sich die Schienenstränge zur Befruchtung des Landes, wie eine Kanalisation der Menschenkraft. Selbstverständlich ist auch der Frachtverkehr, einheimischer wie Transit, sehr erheblich, da wir Kornkammern und Hafen, sowie Anschluß an die kleinasiatischen und nordafrikanischen Linien haben... Doch von all diesen sozialen und wirtschaftlichen Vorzügen unseres Bahnverkehrs will ich jetzt nicht sprechen. Diese Dinge sind Ihnen ja geläufig, meine Herren, obwohl Sie zwanzig Jahre außer der Welt waren. Das alles haben die Menschen schon vor zwanzig Jahren aus täglicher Erfahrung gewußt.«

»Auch wenn sie noch so beschränkt waren«, warf Steineck liebenswürdig ein.

David fuhr fort: »Aber was man nicht kannte, war die Schönheit unseres teuren Landes. Viel ist freilich durch unsere Kulturarbeit geschaffen worden, aber die natürlichen Reize der Gottesgabe lagen durch viele Jahrhunderte ungesehen, ungekannt, vergossen da. Wo finden Sie in der Welt noch ein Land wie unseres, das Ihnen in allen Jahreszeiten den Frühling so nahe erreichbar macht? Es gibt eine warme, eine gemäßigte und eine kalte Zone, die nicht weit auseinander liegen. Im Süden des Jordantales die beinahe tropische Landschaft, an der weichen Meeresküste die Wonnen der italienischen und französischen Riviera, und unfern die tragisch großartigen Gebirge des Libanon und Antilibanon, der schneebedeckte große Hermon. Und das alles ist in wenigen Stunden Eisenbahnfahrt zu erreichen. Gott hat unser Land gesegnet!«

»Ja«, sagte Reschid, »bei uns ist das Reisen ein großer Genuß. Ich setzte mich manchmal in den Aussichtswaggon und fahre ganz planlos spazieren, nur um beim Fenster hinauszuschauen.«

»Verehrtester Gastgeber«, bemerkte Kingscourt; »ich meine, Sie hätten uns damit vor allem bekannt machen müssen — ohne Ihrer famosen Arche nahetreten zu wollen. Man fährt wirklich recht sanft.«

David entschuldigte sich: »Aus zwei Gründen, meine Herren, ließ ich Sie heute nicht auf der Bahn fahren. Erstens, weil Sie im Motorwagen mehr von Land und Leuten sehen. Zweitens, weil in den Tagen vor Ostern ein ungeheurer Fremdenandrang auf der Linie Haifa-Nazareth-Tiberias herrscht. Nun ist zwar auch dieses kosmopolitische Treiben, dieses Durcheinander aller Nationen, der Zug von Pilgern nach den heiligen Stätten der Christenheit in hohem Grade fesselnd. Aber zuerst wollte ich Ihnen doch das organische Leben unseres Gemeinwesens zeigen.«

»Ja, wie haben Sie die Frage der heiligen Stätten gelöst?« sagte nun Friedrich.

»Das war kein Kunststück«, entgegnete David. »Als im vorigen Jahrhundert diese Frage durch die zionistische Bewegung in Fluß kam, hielten es viele Juden, gleich Ihnen, Herr Doktor, für unmöglich, mit dieser Schwierigkeit fertig zu werden. Infolge Ihrer langen Abwesenheit hatten Sie, wie ich sehe, auch jetzt noch an dieser veralteten Anschauung. Zunächst ergab es sich vor etwa fünfundzwanzig Jahren aus der publizistischen Erörterung, wie aus den Äußerungen maßgebender Staatsmänner und Kirchenfürsten, daß dieses Hindernis nur in der Einbildung allzu ängstlicher Juden existierte. Die heiligen Stätten der Christenheit hatten sich doch seit undenklicher Zeit im staatlichen Besitze von Nichtchristen befunden.

So wie man schon seit mehreren Jahren keine Kreuzzüge geführt hatte, so war auch allmählich eine andere und jedenfalls viel höhere Auffassung für die Besitzverhältnisse dieser vom Glauben geheiligten Orte geltend geworden. Gottfried von Bouillon und seine guten Ritter empfanden es als eine Kränkung, daß Palästina in den Händen der Muselmanen war. Wo haben Sie ein ähnliches Gefühl bei den Rittern und Grafen am Ende des neunzehnten Jahrhunderts wahrgenommen? Und die Regierungen? Hätten die vielleicht den Parlamenten eine außerordentliche Kreditforderung zur Eroberung des heiligen Landes vorzulegen gewagt? Die Sache war nämlich die, daß ein solcher Krieg weniger gegen den Großtürken als gegen andere christliche Mächte hätte geführt werden müssen. Es wäre ein Kreuzzug nicht gegen den Halbmond, sondern gegen ein anderes Kreuz gewesen. So war man zu der Ansicht gelangt, daß der sogenannte Status quo für alle Teile das Beste sei. Aber das war doch nur eine realpolitische Nützlichkeitserwägung.

Daneben ging auch noch eine höhere, eine, wenn ich das Wort gebrauchen kann, idealpolitische Auffassung. Um den Sachbesitz konnte es sich bei den heiligen Stätten wohl nicht handeln. Den religiösen Empfindungen schien mehr Genüge geleistet, wenn diese Orte der Andacht sich in niemandes ausschließendem Besitze befanden, als wenn sie irgendeiner einzelnen Macht gehörten. In einer Begriffsbildung, die dem römischen Recht entlehnt war, erschienen all die heiligen Stätten als *res sacrae, extra commercium*. Das war das sicherste, das einzige Mittel, sie für immerwährende Zeiten zum Gemeingute aller Gläubigen zu machen. Und wenn Sie nach Nazareth, Jerusalem oder Bethlehem kommen, werden Sie versöhnte Pilgerzüge wallen sehen. Auch mich, der ich ein überzeugter Jude bin, ergreifen, diese Bilder tiefster Andacht mit eigener Gewalt.«

»Man fühlt sich an Lourdes in den Pyrenäen erinnert, wenn man nach Bethlehem oder Nazareth kommt«, sagte Steineck. »Auch ein so kolossaler Fremdenverkehr, neue Hotels, Massenherbergen und Klöster.«

In solchen Gesprächen waren sie nach der Ebene gelangt. Eine langgestreckte Niederung, reich bebaut mit Weizen und Gerste, Mais und Hopfen, Mohn und Tabak. Blanke Dörfer und einzelne Wirtschaftshöfe im Tale und an den Berglehnen. Saftige Weideplätze, auf denen Rinder und Schafe beschaulich grasten. Da und dort sah man das Eisen großer landwirtschaftlicher Maschinen blitzen. Und in der Sonne dieses Frühlingstages machte die ganze Landschaft einen unsagbar friedvollen und glücklichen Eindruck. Sie kamen durch einige kleinere Ortschaften, blickten in stattliche Bauernhöfe hinein, sahen Männer und Frauen bei der Arbeit, Kinder beim Spiele, und Greise, die sich still vor den Häusern sonnten.

Den Fahrenden fiel es auf, daß die Fußgänger auf dem Wege sich mehrten, je weiter man kam. Alle strebten offenbar einem gemeinsamen Ziele zu, und dieses schien eine endlich auf der Höhe gelegene große Niederlassung zu sein. Sie überholten die Fußgänger, Männer und Frauen, die ihnen Grüße und auch »Hedad!« zuriefen. Einzelne rückten aber ziemlich verdrossen ihre Hüte oder blickten sogar mißmutig zur Seite.

Noch lebendiger wurde es hinter dem Motorwagen. Kaum war er vorbei, so kamen aus jedem Bauernhof Leute heraus, die sich hinterdrein in Bewegung setzen, manche laufend. Einige schwangen sich auf Pferde und ritten im Galopp nach. Andere endlich bestiegen Fahrräder und bemühten sich, den mechanischen Wagen zu überholen.

Davids Gäste hatten bald den Eindruck, daß sie erwartet würden. Und so war es wirklich. Die Niederlassung, deren ländlichen Reichtum sie an den prächtigen Wirtschaftsgebäuden, am wohlgenährten Vieh, an der hochstehenden Kultur der Felder wahrnehmen konnten, war die Ortschaft Neudorf. Eine Menschengruppe harrte ihrer vor dem schmucken Gemeindehause, und als der Motorwagen hielt, brauste den Ankömmlingen ein hundertstimmiges »Hedad!« entgegen.

»Hedad ist so viel wie hoch«, sagte Reschid zu Kingscourt gewendet, als sie ausstiegen.

»Hab' ich mir gleich gedacht, daß es entweder hoch oder nieder heißt«, schmunzelte der Alte.

Indessen konnten sie nicht gleich ins Haus eintreten, weil ein kleiner Chor von sauber gekleideten Schulkindern unter dem Kommando des Lehrers ein hebräisches Begrüßungslied anstimmte. Das mußten sie stehend anhören. Fritzchen war wieder munter und sang auf dem Arme seiner Kinderfrau das Lied in unartikulierten Lauten mit. Dann trat der Gemeindevorsteher Friedmann, ein kräftiger Bauer von etwa vierzig Jahren, vor und hielt eine kurze Ansprache, in der er die Gäste, und insbesondere die Parteiführer Littwak und Steineck, willkommen hieß. Er sprach im russisch-jüdischen Dialekte.

»Alle Wetter!« brummte Kingscourt dem neben ihm stehenden David ins Ohr, »das wußt' ich gar nicht, daß Sie ein Parteiführer sind.«

»Nur vorübergehend, Mr. Kingscourt; für ein paar Wochen. Meine Profession ist es nicht.«

Aber ein anderer Bauer war vorgetreten, auch ein stämmiger, sonnengebräunter Mensch. Er drehte seinen Hut ein wenig verlegen zwischen den harten Händen und sprach mit unsicherer Stimme: »Herr Littwak und Herr Steineck, Sie werden schon erlauben, daß ich auch etwas sag'.«

Einige Fäuste streckten sich nach dem unvermuteten Redner aus, um ihn wegzuziehen. Mehrere schrien: »Mendel soll nicht reden! Er hat nicht zu reden.«

Mendel stand jedoch trotzig da, und seine Entschlossenheit wuchs, als man ihn verhindern wollte. »Ich werd' reden!«

Es erhob sich ein Lärm. »Nein, nein!« schrie die Mehrzahl. Mendels Anhänger wetterten dazwischen: »Ja, er soll nur reden!«

David beruhigte sie mit einer Geberde seiner erhobenen Hand: »Gewiß soll er reden!«

Mendel sagte höhnisch zu seinen Gegnern: »Ihr seht! ... Herr Littwak is gescheiter, wie ihr chamoirim! Also was ich sagen will, is nur das: Friedmann hat nix geredt für de ganze Gemeinde.«

Wieder verworrener Lärm: »O ja! O ja! Er ist der Vorsteher!«

Mendel fuhr unbekümmert fort: »Die Gäst' darf er begrüßen, ja. Das muß er. Da hat er gesprochen für uns alle Männer von Neudorf. Wir sind nit grob gegen unsre Gäst'. Aber als Parteiführer darf er die Herren da nix begrüßen. Bei uns in Neudorf gibt es noch en andere Partei, was nit den Herrn Littwak sei' Partei is. Das hab' ech Ihner sag'n woll'n, Herr Littwak und Herr Steineck.«

Der Sturm der Zuhörer hatte sich während Mendels Rede gelegt, ja es schien sogar, als wären viele mit dieser Einschränkung einverstanden, weil so die Gastfreundlichkeit mit dem Parteistandpunkt zugleich gewahrt blieb.

»Oho?« erkundigte sich Kingscourt bei Steineck. »Wir scheinen da in Feindesland geraten zu sein?«

»Fressen werden sie uns nicht«, gab der Architekt zur Antwort. »Wir sind ja hier, um sie zu bekehren. Ich werde ihnen ihre Bauernschädel schon zurechtsetzen ... Um Gotteswillen, wo hab' ich meine Rede?« Er durchsuchte seine Handtasche, die er sich vom Diener hatte reichen lassen. »Meine Rede ist nicht da!«

Frau Sarah lachte: »Sie hatten sie doch in der Reisetasche?«

»Jetzt fällt mir ein, ich habe sie in den Koffer gesteckt.«

Mirjam sagte: »Sprechen Sie doch aus dem Stegreif!«

Steineck machte ein verzweifeltes Gesicht. Mit Stegreif reden hatte er gewöhnlich kein Glück.

Im Haufen der Landleute öffnete sich eine Gasse. »Reb Schmul kommt!« hatten einige gerufen und man machte ihm ehrfurchtsvoll Platz.

Rabbi Samuel war ein alter, gebückt einhergehender Mann von ungemein mildem Wesen. Er nahm Davids Hand in seine zitternden Greisenhände und begrüßte ihn herzlich, so daß man sehen konnte, er stehe nicht auf der Seite Mendels und der Trotzigen.

Mirjam aber erzählte den Fremden in leisem Tone, wer dieser weißbärtige Rabbi war. Er sei mit den ersten Einwanderern ins Land gekommen, als diese jetzt so fruchtbare Ebene dürftig dalag und die Ebene von Asochis dort hinter den nördlichen Höhen noch von Sümpfen durchzogen war, und im Süden die weite Ebene von Jesreel noch die alte Mißwirtschaft aufwies. Rabbi Samuel war der Tröster und Seelsorger der Männer von Neudorf gewesen, die zum größten Teile von Rußland herkamen und den Kulturkampf mit dem alten Boden aufnahmen. Er war und blieb der einfache Landrabbiner, harrte bei seiner Gemeinde aus, obwohl er von größeren Stadtgemeinden oft genug berufen worden war. Denn er wurde wegen seines gottesfürchtigen und weisen Lebenswandels allgemein verehrt. Der östliche Teil der Ortschaft, wo das Häuschen des Rabbiners stand, hieß der Garten Samuels. Und an den Festtagen, wenn Rabbi Samuel im Tempel von Neudorf predigte, kamen die Andächtigen von weit her, um seinen Worten zu lauschen.

Der Vorsteher Friedmann ließ jetzt den Gästen den Willkommstrunk und einen Imbiß reichen. Auf dem Platze hinter dem Gemeindehause war eine luftige Halle improvisiert. An hoben Stangen und Baumästen waren lange Streifen von Segeltuch gespannt, die genügenden Schatten gewährten. Dahin begab sich die Menge.

Ein leichtes Gerüst war als Rednerbühne aufgerichtet. Davor, in der ersten Reihe, standen Stühle für Rabbi Samuel und die Gäste. Die übrigen hatten Bänke, oder sie mußten stehen.

Friedmann sprach zuerst und ermahnte die Zuhörer, die Redner nicht zu stören, auch wenn man nicht mit allem Vorgebrachten einverstanden wäre. Das verlange der gute Ruf von Neudorf. Dann gab er dem Architekten Steineck das Wort. Dieser bestieg die Erhöhung, räusperte sich mehrmals und begann, erst stockend, dann immer lebhafter: »Liebe Genossen! Mir ist — hm ein — hm — Unfall zugestoßen, auf der Reise — hm. Ich habe nämlich meine — hm — meine Rede verloren. Ich habe mir nämlich für euch eine Rede ausgearbeitet. Es war eine gute, schöne Rede, das müßt ihr mir glauben, weil ihr sie nicht kennen lernen werdet.«

Einige lachten. Steineck fuhr fort: »Wir sind in unserer neuen Gesellschaft — hm — an einem Wendepunkt angelangt — hm — an einem Wendepunkt. Ich sage euch nichts als das: an einem Wendepunkt!«

Der Redner wischte sich den Schweiß ab: »Worin besteht dieser Wendepunkt, meine lieben Freunde? ... Aber bevor ich mich diesem Wendepunkt — hm — zuwende, möchte ich — hm — auf die Vergangenheit zurückgreifen. Was war die Vergangenheit, eure, unsere Vergangenheit? Hm? Das Ghetto!«

Rufe: »Sehr richtig!«

»Wer hat euch aus dem Ghetto herausgebracht? Hm? Wer?«

Mendel rief mit starker Stimme dazwischen: »Wir selbst!«

Rufe: »Ruhe! Ruhe!«

Steineck aber wurde hitziger: »Wer ist das, wir selbst? Hm? Ist es Mendel oder ein anderer?«

Mendel schrie wieder: »Das Volk!«

»Ich bitte mich nicht zu unterbrechen! Hm. Ich nehme übrigens das Wort von Mendel auf. Das Volk, ja! Gewiß, das Volk. Hm. Aber allein war das Volk dazu nicht imstande. Hm. Unser Volk war zerstreut in der ganzen Welt, in kleinen hilflosen Gruppen. Bevor es sich selbst helfen konnte, hat man es zusammenbringen müssen.«

Mendel lärmte wieder: »Ja, ja, die Führer, das wissen wir schon!«

Jetzt fuhr aber Friedmann mit einer Donnerstimme dazwischen: »Augenblicklich schweigst du, Mendel! Ich bitte, Herr Steineck, reden Sie weiter.«

»Hm, ja, ich rede weiter. Die Führer, sagt Mendel. Ich glaube, hm, er sagt es höhnisch. Aber es ist wahr. Hm. Wo war euer Geyer, der euch jetzt aufhetzt, damals? Ich will es euch sagen. Euer Doktor Geyer war damals ein antizionistischer Rabbiner. Ich habe ihn gekannt. Er war auch damals unser wütender Gegner, schützte aber andere Gründe vor, oh, ganz andere. In einer Sache ist er freilich immer derselbe geblieben, hm. Ich will euch sagen, was er war, ist und sein wird. Er ist der Rabbiner des nächsten Vorteils. Als wir Zionisten der ersten Stunde uns auf den Weg machten, unser Volk und unser Land aufzusuchen, da hat uns der Herr Rabbiner Dr. Geyer gescholten. Ja, Narren und Betrüger hat er uns gescholten.«

Ein junger Landmann von etwa fünfundzwanzig Jahren näherte sich der Rednerbühne und sprach in höflichem Tone: »Entschuldigen Sie, Herr Steineck! Das ist nicht möglich. Man hat doch immer gewußt, daß wir Juden ein Volk sind und daß Palästina unser angestammtes Land ist. Also kann Dr. Geyer unmöglich jemals das Gegenteil behauptet haben.«

»Er hat es aber getan!« schäumte Steineck. »Er hat unser Volk und Land verleugnet. Er hat aus dem Gebetbuch heraus *Zion* gelesen, und dann hat er den Schafen, die ihm zuhörten, weiszumachen gewagt, daß damit etwas anderes gemeint sei. Unter *Zion* soll man etwas anderes verstehen als Zion! Alles andere sollte man darunter verstehen, nur das eine, wahre nicht. *Zion* war überall, nur nicht in Zion!«

Einige schrien: »Nein, nein! Das hat Geyer nicht gesagt. Das ist unmöglich!«

Aber Rabbi Samuel war aufgestanden. Zitternd stützte er sich auf seinen Stock und erhob die andere Hand, worauf sofort alle still wurden.

»Es ist wahr!« sagte der Greis. »Es hat gegeben solche Rabbiner. Vielleicht war Geyer auch einer von ihnen. Das weiß ich nicht. Da muß ich Steinecken glauben. Aber es hat gegeben solche Rabbiner, es hat gegeben solche...« Er setzte sich erschöpft nieder.

Steineck aber, in dessen Munde die Worte sich zu überstürzen anfingen, da er einmal im Zuge war, sprach: »Die Rabbiner des nächsten Vorteils haben uns das Leben sauer gemacht, und das tut der auch jetzt.

Damals, in unserer schweren Anfangszeit, hat er gar nicht wollen, daß von Palästina gesprochen wird. Jetzt ist er palästinensischer, als wir alle. Er ist der Patriot, er ist der Nationaljude — wir sind die Fremdenfreunde, und wenn wir ihm noch lange zuhören, sind wir die schlechten Juden oder gar auch Fremde in seinem Land Palästina. Ja, das ist es: er will uns absondern von der Gemeinschaft. Mißtrauen sät er zwischen euch und uns. Die Augen verdreht er, der fromme Mann, und dabei lugt er scharf aus nach dem nächsten Vorteil.

Früher, im Ghetto, waren die Reichen in der Gemeinde die Einflußreichen, da hat er nach dem Munde der Reichen gesprochen. Den Reichen war die nationale palästinensische Idee unbequem, da hat er also das Judentum in ihrem Sinn ausgelegt. Da hat er gesagt, daß das jüdische Volk nicht heimkehren darf, weil das den Herren Kommerzienräten und Hochbankiers die Kreise gestört hätte. Da haben er und seinesgleichen die Fabel von der Mission des Judentums erfunden. Das Judentum sollte dazu da sein, den Völkern Lektionen zu geben. Darum mußten wir in der Zerstreuung leben. Wenn uns die Völker nicht ohnehin gehaßt und verachtet hätten, so hätten sie uns schon wegen einer solchen Arroganz auslachen müssen. Und *Zion* war nicht Zion!

Die Wahrheit aber war, daß wir keine Lektionen gegeben, sondern bekommen haben, Tag für Tag, fort und fort, blutige, schmerzliche Lektionen — bis wir uns ermannt haben und bis wir noch einmal den Weg aus Mizraim heraus gesucht und gefunden haben. Ah, freilich, dann ist auch Herr Dr. Geyer nachgekommen, mit seiner alten Arroganz und Scheinheiligkeit. Und in den jüdischen Gemeinden sieht es jetzt auch, Gott sei Dank! anders aus. Nicht mehr die Reichen machen das Gesetz, sondern alle. Die Vorsteherschaft in den Gemeinden ist jetzt nicht mehr eine Prämie für gute Geschäfte, wie es ehemals der Fall war. Die Vorsteher werden jetzt nicht nach ihrem Reichtum, sondern nach ihrer Achtbarkeit und Tüchtigkeit gewählt. Da muß natürlich den Instinkten der Menge geschmeichelt werden. Da muß natürlich eine Theorie für den nächsten Vorteil der Menge gefunden werden, — oder wenigstens für das, was die Menge als ihren nächsten Vorteil ansieht, und darum wird das Schlagwort gegen die Fremden ausgegeben. Ein Nichtjude soll in die neue Gesellschaft nicht aufgenommen werden. Je weniger Leute sich an die Schüssel setzen, desto mehr fällt an einen ab.

Ihr glaubt vielleicht, daß das euer nächster Vorteil ist. Aber es ist nicht wahr. Verarmen würde das Land und verdorren, wenn ihr diese blödsinnige, engherzige Politik macht. Wir sehen und fallen mit dem Grundsatz, daß wer sich zwei Jahre in den Dienst der neuen Gesellschaft gestellt hat, wie es vorgeschrieben ist, wenn er sich diese zwei Jahre ordentlich aufgeführt hat, Mitglied werden kann, welcher Nation oder Konfession er auch immer angehören mag. Und darum sage ich euch, daß ihr daran festhalten sollt, was uns großgemacht hat, am Freisinn, an der Duldung, an der Menschenliebe. Zion ist nur dann *Zion*! Ihr werdet einen Delegierten zum Kongreß wählen. Wählet einen, der nicht an den nächsten Vorteil denkt, sondern an den dauernden. Wenn ihr aber einen Geyerianer wählt, so seid ihr nicht wert, daß euch die Sonne unseres heiligen Landes scheint. So. Ich habe gesprochen.«

Der Beifall war nicht groß. Einigemale hatte der Redner wohl Eindruck auf seine Zuhörer gemacht, aber der Schluß hatte sie, wie man deutlich sehen konnte, verstimmt. Nur einem hatten gerade die Schlußworte gefallen, und er sagte es auch dem Architekten, der sich in Schweiß gebadet neben ihn hinsetzte. Dieser eine war Mr. Kingscourt, doch besaß dieser kein Stimmrecht in Neudorf.

Drittes Kapitel

»Will noch jemand reden?« fragte Friedmann, der Vorsitzende.

»Ich!« schrie Mendel und war mit einem Satz auf der Rednerbühne. »Der Herr Architekt Steineck hat uns e Red' gehalt'n. Me kenn sag'n, es war e scheene Red', me kenn auch sag'n, es war a grobe Red'. Ich sag', es war e grobe Red'.«

Friedmann fiel ihm ins Wort: »Du, Mendel, beleidigen wirst du nicht! Das erlaub' ich nicht.«

Aber Mendel entgegnete: »Beleidigen? Wer beleidigt? Er hat uns beleidigt. Er hat gesagt, mir sein nit wert, daß uns bescheint de Sonn'. Worum sein mir es nit wert? Weil mir nit woll'n ereinlass'n e jed'n. Wer hat sech geplagt un gerackert mit den Boden? Mir! Wer hat erausgeklaubt de Staner? Mir! Wer hat, ausgetrocknet de Sümpf, gegrab'n de Kanal', gepflanzt de Bäum', wer hat geschwitzt un gefror'n, bis dos alls fertig war? Mir, mir, mir! Un jetzt auf amol soll es nix uns gehörn? Na, dos is ka Red'. Mir sennen ehergekummen, da war hier nix, gar nix. Jetzt is da e Musterwirtschaft. Da drin steckt unser Schweiß un Blut un unsere Arbeit. Dos mit'n nächsten und dauernden Vorteil, dos versteh' ech nit. Vielleicht versteht's Etz es besser? Was den Dr. Geyer betrefft, der liegt mir stark auf. Was er früher gesogt hat, liegt mir auch stark auf. Aber jetzt hat er recht, dos waas ech. Wos mir uns geschafft hob'n mit unsere Händ, dos muß uns bleib'n, dos lass'n mir uns nit wegnemmen, von niemanden. So! Mehr hob ech nit zu sog'n.«

Schüchterner Beifall regte sich in der Menge, aber man hielt sich offenbar aus Rücksicht auf die Gäste von einem lauten Ausbruch zurück.

Nachdem Mendel abgegangen war, schritt David Littwak zur Tribüne. Sein Gesicht hatte einen ernsten Ausdruck, als er mit klarer, weithin vernehmbaren Stimme anfing: »Meine Freunde! Ihr werdet mich anhören. Ihr wißt, ich bin aus eurem Blut. Ich habe wie ihr auf dem Felde gearbeitet, an meines Vaters Seite. Ich habe mich etwas höher hinaufgeschwungen, aber ich kenne die Schmerzen und Freuden des Landmannes. Ich weiß, wie euch zu Mut ist, und dennoch sage ich euch, daß Mendel nicht recht hat. Vorerst denkt niemand daran, euch etwas wegzunehmen, was euch gehört. Wenn das einer versuchen wollte, würde ich bis zu meinem letzten Atemzuge an eurer Seite kämpfen. Nein, es handelt sich gar nicht darum, eure guten erworbenen Rechte zu schmälern.

Die Früchte eurer Arbeit sollen euch bleiben und werden sich mehren. Die Frage steht anders, ganz anders, als man es euch sagte. Mendel ist guten Glaubens, aber er irrt sich. Vor allem irrt er sich darin, wenn er meint, daß alles, was wir sehen können, das Werk eurer Hände ist. Eure Hände haben es gemacht, aber eure Köpfe haben es nicht erdacht. Ihr seid zwar, gottlob! nicht so unwissend, wie es die Bauern früherer Zeiten und anderer Länder waren, aber doch kennt ihr die Herkunft eurer eigenen glücklicheren Verhältnisse nicht. Was ist Neudorf? Wer es zum erstenmal sieht, ohne die Geschichte der Niederlassung zu kennen, der wird sich höchstens wundern oder freuen, daß an der alten Römerstraße nach Tiberias, im Wadi Rummane diese blühende Ortschaft entstanden ist. Ich bin heute mit zwei fremden Herren herausgefahren, und ich war stolz, ihnen unsere Herrlichkeiten zeigen zu können, unsere Felder, auf denen jetzt die Gerste blüht, unsere Weiden und Baumschulen, unsere grünen Gärten, unsere schmucken Häuser, unsere Zuchttiere und Maschinen, unsere Bewässerungen und unsere eroberten Moore. Ich sage unser, obwohl mir keine Spanne Feld und kein Stück Vieh gehört. Alles ist euer, aber ich fühle mich da so zu Hause, daß ich *unser* sagen kann.

Und wenn mich die Herren fragen, wer das alles in zwanzig kurzen Jahren hervorgezaubert hat, so werde ich ihnen genau so wie Mendel antworten: Wir, wir, wir!

Ja, aber wie? Sind wir einfach hergegangen und haben mit unseren Händen gearbeitet, wie Mendel sagt? Mit unseren ungeschickten Händen, die früher so wenig die Feldarbeit gewohnt waren? Wie konnten wir solche Resultate erzielen, die man früher hier nie erzielt hat? Wenigstens hat man sie nie erzielt, bevor die deutschen protestantischen Bauern am Ende des neunzehnten Jahrhunderts hierherkamen und einzelne Kolonien gründeten. Und diesen Tüchtigsten der Tüchtigen haben wir es gleichgetan, haben sie sogar überflügelt. Wie ist das zugegangen?

Es ist wahr, ihr habt gearbeitet, mit der ganzen Begeisterung, die wir Juden für unsere heilige Erde haben. Für andere war das ein unergiebiger Boden, für uns war es ein guter, weil wir ihn mit unserer Liebe düngten. Unsere ersten ruhmreichen Kolonisten haben das schon vor dreißig Jahren gezeigt. Und doch waren jene Ansiedelungen ökonomisch nicht viel wert, weil sie nach einem falschen Prinzip errichtet waren. Die dort drüben konnten mit all ihren modernen Maschinen doch nur das alte Dorf machen. Ihr aber habt das neue Dorf, und das ist nicht allein eurer Hände Werk, meine Freunde!

Und ihr werdet es für einen Scherz halten, wenn ich euch sage, daß Neudorf gar nicht in Palästina gebaut worden ist, sondern anderswo. Es ist gebaut worden in England und Amerika, in Frankreich und in Deutschland. Es ist entstanden aus Erfahrungen, Büchern und Träumen. Die mißglückten Versuche von Praktikern wie von Phantasten mußten euch zur Lehre dienen, ihr wißt es gar nicht.

Ehemals gab es Bauern, die so fleißig waren wie ihr und doch auf keinen grünen Zweig kommen konnten. Der Bauer alten Stils kannte seinen eigenen Boden nicht. Er wußte nicht, was in seiner Erde stak, denn er war zu beschränkt, um die Scholle chemisch untersuchen zu lassen. Er schwitzte nur darauf los, wandte mehr Kraft auf, als nötig war, oder an der unrichtigen Stelle oder mit ungeeigneten Mitteln. Der alte Bauer konnte nicht ökonomisch arbeiten, weil er wie im Nebel nicht drei Schritte vor sich hin sah. Brauchte er für Verbesserungen Kredit, geriet er in Wucherschulden, so daß auch der beste Ertrag schon auf dem Halm hin war. Gegen Hagelschlag und Ungezieferplage war er nicht versichert. Zur Bewässerung und Entwässerung des Bodens reichte seine einzelne Kraft nicht aus. Bei Mißwachs kam er ins Elend und eine gute Ernte machte ihn nicht reich, weil er den Weltmarkt nicht aufsuchen konnte. Er hatte zu wenig oder zu viele Arbeitskräfte. Seine hungrigen Kinder konnte er nichts lernen lassen, und so wuchsen sie in derselben Dumpfheit auf, wie er selbst und seine Vorfahren. Und als die neuen Verkehrsmittel aufkamen, da schien es, als wären alle nur für den Untergang der alten Bauern ersonnen. Der Ackerbau wurde in jungfräulichen Ländern großwirtschaftlich. Die Maschinen machten den großen Grundbesitzer noch reicher und den kleinen noch ärmer. Eine neue Hörigkeit entstand. Der freie Bauer mußte Knecht werden und seine Kinder wanderten als Lohnsklaven in die Gefangenschaft der Fabrik.

Im Bauernstande war die alte Gesellschaft an ihrer breiten Grundlage getroffen, und viele rechtschaffene Männer haben darüber geseufzt, haben studiert und probiert, wie man es bessern könnte. Alle Hilfsmittel der Wissenschaft und Erfahrung wurden aufgeboten. Das eine war jedem klar, daß im Zeitalter der Maschinen die Grundbedingungen der menschlichen Existenz unserer neuen Kenntnis der Naturkräfte angepaßt werden mußten. Das neunzehnte Jahrhundert war ein merkwürdig hinkendes Zeitalter.

Im Anfange dieser kuriosen Zeit nahm man die konfusesten Schwärmer ernst und hielt die praktischsten Erfinder für verrückt. Der große Napoleon glaubte nicht, daß das Dampfschiff Fultons etwas Nützliches sei. Hingegen gewann der verworrene Fourier gleich einen Anhang für seine Phantastereien, die den Wohn- und Arbeitsort für einige hundert Familien bilden sollten. Stephenson, der Begründer der Eisenbahn, und Cabet, der Träumer von Ikarien, waren Zeitgenossen. So könnte ich euch noch viele Namen nennen, die ihr vielleicht zum erstenmal hört.«

Alle hatten diesen Worten, die mehr ein belehrender Vortrag als eine Volksrede sein wollten, ruhig gelauscht. Jetzt, in der Atempause Davids, erhob sich Mendel und sagte höflich, aber laut: »Zu der Sach'! Wos hat dos mit unser Neudorf zu schaff'n?«

David entgegnete gelassen: »Sehr viel, meine Freunde!

Jeder neuen Maschine pflegte in diesem kuriosen neunzehnten Jahrhundert ein neuer sozialistischer Traum zu antworten. Dieses Jahrhundert ist mir immer wie eine große Fabrik erschienen, in der sinnreiche Apparate von unglücklichen Menschen bedient wurden. Aus dem Fabrikschlote stiegen Rauchwolken in den Himmel, der früher blau gewesen. Diese wunderlich geformten, unbestimmten, zerfließenden Rauchwolken aber stellten die Zukunftsverheißungen der Sozialisten dar. Und wenn die seufzenden Menschen hinauf blickten, sahen sie nicht mehr ihren Himmel von einst, sondern die fabrikrauchgeborenen Wolken eines Zukunftsstaates.

Es gab auch rosigere Wolken, zum Beispiel die berühmte Wolke des Amerikaners Bellamy, der in seinem *Rückblicke aus dem Jahre 2000 auf das Jahr 1887* eine edle kommunistische Gesellschaft darstellt. Dort kann jeder aus der allgemeinen Schüssel so viel essen, als er mag. Der Wolf weidet neben dem Lamm. Schön, sehr schön! Nur sind dann die Wölfe keine Wölfe und die Menschen keine Menschen mehr.

Nach Bellamy kam der Staatsromantiker Hertzka und entwarf seine Utopie *Freiland*, ein sehr brillantes Zauberkunststück, vergleichbar dem unerschöpflichen Hute des Taschenspielers. Es sind schöne Träume oder wenn ihr wollt Luftschiffe, aber lenkbar sind sie nicht. Denn diese edlen und menschenfreundliche Erzähler begannen ihre sinnreichen Werke mit einem Beweisfehler. Die Gelehrten unter euch — ich weiß, daß es auch in Neudorf wie vor dreißig Jahren in Katrah gelehrte Bauern gibt —, die werden mich verstehen, wenn ich sage, daß die Erzähler jener Utopien eine *petitio principii* begingen. Sie bewiesen mit etwas, das erst zu beweisen war: nämlich, daß die Menschen bereits die Reife und Freiheit des Urteils hätten, welche zur Einrichtung einer anderen Gesellschaft nötig sind. Oder vielleicht waren sie sich darüber klar, und es fehlte ihnen nur der feste Punkt, an dem Archimedes den Hebel einsetzen wollte. Sie glaubten, die Maschinerie sei das Wichtigste, um etwas Modernes zu schaffen.

Nein, die Kraft ist es, nach wie vor die Kraft, immer nur die Kraft. Freilich, wenn ich einmal über die Kraft verfüge, dann werde ich sie durch die neuesten Erfindungen im Maschinenwesen aufs höchste ausnützen. Wir aber, wir hatten diese Kraft. Woher hatten wir sie? Aus dem ungeheuren und allseitigen Druck, der auf uns ausgeübt wurde, aus der Verfolgung, aus der Not. Das trieb die Zerstreuten zusammen und machte ihre Vereinigung stark, denn es waren nicht nur Arme, sondern auch Mächtige, nicht nur

Junge, sondern auch Weise, nicht nur Enthusiasten, sondern auch Gebildete, nicht nur Hände, sondern auch Köpfe dabei. Ein Volk, ein ganzes Volk fand sich zusammen, nein, fand sich wieder. Und wir haben die neue Gesellschaft gemacht, nicht weil wir bessere Menschen waren, sondern nur ganz einfach Menschen mit den gewöhnlichsten menschlichen Bedürfnissen nach Luft und Licht, nach Gesundheit und Ehre, nach Freiheit im Erwerben und Sicherheit im Besitze. Und da wir ans Bauen gehen mußten, haben wir uns eben das Haus von 1900 und nicht etwa das Haus von 1800 oder von 1600 oder aus irgend einer früheren Epoche gebaut. Das ist doch alles selbstverständlich und klar. Wir hatten dabei kein großes Verdienst, wir leisteten nichts Ungewöhnliches, wir taten nur, was zu tun in unserer Zeit, unter unseren Umständen eine historische Notwendigkeit war.«

Mendel wurde ungeduldig und lärmte: »Zu der Sach'! Zu der Sach'!«

David sagte freundlich: »Ich bin gleich zu Ende, denn ich will euch nur euren Anfang zeigen. Euer Anfang wäre nicht möglich gewesen, ohne die riesige sozialpolitische Arbeit, welche im neunzehnten Jahrhundert geleistet wurde. Einzelne Juden haben sich an dieser Arbeit beteiligt, aber keineswegs Juden allein. Was aus den gemeinsamen Anstrengungen hervorging, darf keine Nation als ihr Eigentum ausgeben. Es gehört allen Menschen. Wer dankbar oder wißbegierig ist, wird vielleicht nach den Pfadfindern auf diesem glücklicheren Wege der Menschheit fragen. Dem angelsächsischen Stamme, meine Freunde, gebührt da der oberste Ruhm. Denn bei den Engländern finden wir zuerst die Ansätze des genossenschaftlichen Wesens, das wir übernommen und fortentwickelt haben. Die deutsche Wissenschaft hat auch ihr tiefes Wort dazugegeben. Wenn jemand von euch darüber mehr wissen will, so werde ich ihm die Bücher zur Geschichte der Kooperation in England, Deutschland und Frankreich zeigen.«

Ein junger Bauer erhob seine Hand, als wenn er zu sprechen wünschte. Friedmann sah ihn und fragte laut: »Was willst du, Jakob?«

Der Jüngling errötete, weil er nachträglich über seine Kühnheit erschrak, und sprach in bescheidenem Tone: »Ich hab Herrn Littwak nur sagen wollen, daß wir in der Gemeindebibliothek die Geschichte der Pioniere von Rochdale haben.«

»Geben Sie sie Herrn Mendel zu lesen«, antwortete ihm David. »Es ist eine schöne, lehrreiche Geschichte. Die redlichen Pioniere von Rochdale, wie man sie nannte, haben viel für euch getan. Das heißt, sie haben für die ganze Menschheit viel getan — obwohl sie nur an sich selbst dachten. Wenn ihr heute in euren Konsumverein geht und die besten Waren zum billigsten Preise bekommt, so habt ihr das den Pionieren von Rochdale zu verdanken. Und wenn euer Neudorf heute eine blühende landwirtschaftliche Produktivgenossenschaft ist, so habt ihr das den armen Märtyrern von Rahaline in Irland zu verdanken. Auch diesen war es nicht klar, welche weltgeschichtliche Tat sie vollbrachten, als sie im Jahre 1831 das erste neue Dorf der Welt mit Hilfe ihres Gutsherrn Mr. Vandaleur begründeten.

Ja, es vergingen viele Jahrzehnte, bevor die Gelehrtesten und Klügsten die Idee von Rahaline begriffen. Rochdale mit dem Konsumverein wurde viel früher verstanden, als Rahaline mit dem neuen Dorf auf genossenschaftlicher Grundlage. Als aber wir unsere neue Gesellschaft einrichteten, da legten wir natürlich gleich das neue Dorf an, statt des schlechten alten. Nichts ist hier in Neudorf, was nicht schon in Rahaline war. Der ganze Unterschied ist, daß an Stelle des Mr. Vandaleur hier die große Vereinigung steht, deren Mitglieder ihr auch wieder seid: nämlich die neue Gesellschaft.«

Wieder hob jener junge Bauer die Hand auf, und als der Redner erstaunt einhielt, sagte er bescheiden: »Wollen Sie uns nicht die Geschichte von Vandaleur und Rahaline sagen, Herr Littwak?«

»Gern, meine Freunde! ... Zu jener Zeit war Irland ein armes Land mit der unglücklichsten Bevölkerung. Die Landpächter waren Lumpenproletarier, ja sogar Diebe und Mörder geworden. Es gab da einen Gutsherrn, welcher Vandaleur hieß. Der hatte eine besonders ungestüme Pächterschaft auf seinen Gütern. Anfangs 1831 war das Elend sehr groß. Die Landleute begingen aus Not einige scheußliche Verbrechen. Mr. Vandaleur hatte einen Verwalter, der wegen seiner Strenge bei den Arbeitern verhaßt war, und in ihrer Verzweiflung ermordeten sie diesen rohen Vogt.

Was tat nun Vandaleur? Etwas Großes. Statt die Leute noch härter zu behandeln, verfiel er auf den übermenschlichen Gedanken, ihnen Gutes zu tun. Er rief die trotzigen und verwahrlosten Männer zusammen, vereinigte sie zu einer Arbeitergenossenschaft und gab dieser Genossenschaft sein Gut Rahaline in Pacht. Der Zweck dieser Vereinigung war, daß sie ein gemeinsames Kapital benutzen, sich gegenseitig unterstützen, eine bessere Lebensweise führen und ihre Kinder ordentlich erziehen sollten. Die Vorräte und Werkzeuge der Wirtschaft sollten so lange Eigentum des Grundherrn Mr. Vandaleur bleiben, bis sie von der Genossenschaft ihre Reinerträge in einen Reservefonds bringen. Die Genossenschaft verwaltete sich selbst. Ein Komitee wurde von den Mitgliedern frei gewählt, es bestand aus neun Männern. Jeder dieser neun Räte hatte eine Abteilung unter sich: der eine die Landwirtschaft, der andere die Manufaktur, der dritte die Handelsgeschäfte, der vierte die Jugenderziehung, und so weiter. Die täglichen Arbeiten wurden vom Komitee bestimmt. Jeder mußte mitarbeiten nach seinen Kräften. Der Lohn, der den Mitgliedern von der Genossenschaft ausgezahlt wurde, war der in der Gegend übliche. Von ihrem Lohn mußten sie geringe Abgaben an den Krankenfonds und dergleichen leisten. Sie waren scheinbar Lohnarbeiter eines Pächters, aber der Pächter waren sie selbst.

Mr. Vandaleur behielt sich nur die Oberaufsicht bei diesem Versuche vor. Und der Versuch gelang wunderbar gut. Mr. Vandaleur bezog aus Rahaline mehr Rente und Zinsen, als je vorher. Und die Arbeiter, die im tiefsten Elend gelebt hatten, begannen plötzlich, ohne jeden Übergang, wie von einem Zauberstabe berührt, zu gedeihen. Sie arbeiteten mit Lust und Erfolg. Sie wußten, daß sie es für sich selbst taten, und das gab ihnen Wunderkräfte. Dieselben Männer von Rahaline, die ihren Vogt ermordet hatten, verrichteten die größten Arbeiten ohne Aufseher. Denn sie beaufsichtigten sich gegenseitig. Über die Arbeitsdauer und Leistung eines jeden Arbeiters wurde Buch geführt, und am Ende der Woche erhielt jeder so viel, wie er wirklich verdient halte. Keine Gleichheit im Verdienst! Dem Tüchtigen mehr, dem Faulen weniger!«

»Bravo!« schrie hier jemand aus der Menge, und man lachte ein bißchen.

David aber fuhr fort: »Es wurde bald festgestellt, daß ein Arbeiter von Rahaline im Durchschnitt doppelt so viel leistete, wie ein Arbeiter der Umgegend. Und es war doch derselbe Boden, es waren dieselben Menschen. Aber sie hatten das erlösende Prinzip gefunden: die landwirtschaftliche Produktivgenossenschaft. Die Lohnzahlung erfolgte nicht in Geld, sondern in Arbeitsnoten, die nur im Kramladen von Rahaline Kurs hatten. Aber alles, was sie brauchten, bekamen sie in ihrem Kramladen, der auch der Genossenschaft gehörte. Der Laden führte nur Waren bester Qualität zu Engrospreisen. Die Geschichtsschreiber melden uns, daß die Leute von Rahaline in ihrem Laden alles um fünfzig Prozent billiger bekamen. Jedes Mitglied war steter Beschäftigung und desselben Betrages aus dem Unterhaltungsfonds an jedem Tage des Jahres sicher. Die Kranken und Invaliden fanden Unterhalt und Pflege. Beim Tode des Vaters war für die Kinder gesorgt ... aber ich will auch da nicht lange erzählen, was ihr in Büchern besser finden könnt. Ich werde euch lieber die Bücher von Webb-Potter, Oppenheimer, Seifert, Huber und wie sie alle heißen, für eure Bibliothek schicken.«

Noch einmal ließ sich der bescheidene junge Arbeiter vernehmen: »Herr Littwak, wie ist es dann in Rahaline weitergegangen?«

David entgegnete: »Im Laufe von nur zwei Jahren blühte Rahaline außerordentlich auf. Wohnungen und Möbel, Essen, Kleidung, Lebenshaltung und Kindererziehung zeigten den Wohlstand gesunder Bauern. Die jährlichen Reinerträge über die Pachtsumme wuchsen, und die Genossen von Rahaline wären wohl nach kurzen Jahren die Eigentümer des Pachtgutes geworden — wenn Mr. Vandaleur sein eigenes Werk nicht im Stiche gelassen hätte. Vandaleur verlor sein Vermögen am Spieltisch in Dublin, und er entfloh nach Amerika. Seine Gläubiger verkauften Rahaline, die Pachtgenossen wurden vertrieben, und die glückliche Insel versank wieder in einem Meer von Elend ...

Aber die Lehre von Rahaline ging nicht verloren. In der Wissenschaft wurde sie aufbewahrt, und als wir unser Volk auf den geliebten Boden von Palästina zurückführten, da haben wir Tausende von Rahalines geschaffen. Ein Vandaleur wäre dazu nicht stark und verläßlich genug gewesen. Es mußte eine große mächtige Gesamtperson sein. Und diese Gesamtperson ist unsere neue Gesellschaft. Die ist euer Gutsherr, die hat euch das Land und die Arbeitsmittel verschafft, denen ihr euren jetzigen Wohlstand verdankt. Aber auch die neue Gesellschaft hat das alles nicht aus sich selbst, hat es nicht nur aus den Köpfen ihrer Führer oder aus den Taschen ihrer Gründer. Die neue Gesellschaft beruht vielmehr auf den Ideen, die ein gemeinsames Produkt aller Kulturvölker sind.

Versteht ihr jetzt, meine lieben Freunde, was ich meine? Es wäre unsittlich, wenn wir einem Menschen, woher er auch komme, welchen Stammes oder Glaubens er auch sei, die Teilnahme an unseren Errungenschaften verwehren wollten. Denn wir stehen auf den Schultern anderer Kulturvölker. Schließt einer sich uns an, erkennt er unsere Gesellschaftsordnung an, nimmt er die Pflichten unserer Gemeinschaft auf sich, dann soll er auch alle unsere Rechte voll genießen. Was wir besitzen, verdanken wir den Vorarbeiten anderer. Darum gehört es sich, daß wir unsere Schuld abzahlen. Und dafür gibt es nur einen Weg: die höchste Duldung. Unser Wahlspruch muß jetzt und immer lauten: Mensch, du bist mein Bruder!«

Der alte Rabbi Samuel erhob sich und mit seinen zitternden Händen klatschte er dem Redner Beifall. Die Menge folgte diesem Beispiel; sie jubelten David zu, der die Tribüne verlassen wollte.

Aber Mendel schrie mit gewaltiger Stimme: »Dann werd'n uns die Fremden unser Brot wegessen.«

David kehrte auf den Stufen um, winkte der Menge zu, daß er noch etwas zu sagen habe: »Nein, Mendel, das ist ein Irrtum! Die später kommen, machen euch nicht ärmer, sondern reicher. Der Reichtum eines Landes sind seine arbeitenden Menschen. Das wißt ihr ja von euch selbst. Je mehr Arbeiter kommen, um so mehr Brot gibt es, wenn die Gesellschaftsordnung so gerecht ist wie die unsrige. Natürlich sollt ihr den später Kommenden nicht eure guten Felder, nicht eure erworbenen Rechte ausliefern. Aber so wie es für Neudorf gut ist, wenn immer mehr Ansiedlungen an seinem Rand entstehen, so ist es auch für die neue Gesellschaft. Jeder muß die Güter schaffen, die er genießen will. Und je mehr Güter geschaffen werden, desto mehr besitzt unsere Gemeinschaft.

Die älteren von euch, die die Geschichte von Neudorf tätig miterlebt haben, wissen das aus eigener Erfahrung. Zuerst waren hier einige zwanzig Familien. Ich frage: war es für die schlecht, daß allmählich noch dreißig, noch fünfzig, noch hundert Familien hinzugekommen sind? Ich frage: sind die ersten Ansiedler ärmer oder reicher geworden?«

Stürmisch erscholl die Antwort der Leute, die ihn erst jetzt völlig verstanden: »Littwak hat rechtl Es geht jetzt allen besser. Ja, besser!«

David schloß: »Da habt ihr also die Antwort. Was bisher gegolten hat, gilt noch weiter. Je mehr Menschen kommen, um zu arbeiten, desto besser wird es allen gehen. Darum sollen wir nicht nur aus Nächstenliebe rufen: Mensch, du bist mein Bruder! Wir müssen auch aus Eigennutz sagen: Bruder, du bist willkommen! ... Die älteren von euch wissen, wie es hier vor zwanzig Jahren ausgesehen hat, wie öd und wüst. Die ersten Ansiedler haben das beste Land besetzt. Die zweiten haben minderes genommen und es auch gut gemacht. Immer schlechteres Land haben die späteren bekommen und haben es urbar gemacht, steiniger Boden wurde fruchtbar, Sümpfe wurden ausgetrocknet. Denn an den Grenzen einer Niederlassung übt auch schlechter Boden eine Anziehungskraft aus.

Und heute ist Neudorf ein Garten, ein weiter, herrlicher Garten, in dem es gut zu leben ist. Aber alle eure Pflanzungen sind nichts wert, und sie werden verdorren, wenn bei euch Freisinn, Großmut und Menschenliebe nicht gedeihen. Die sollt ihr hegen und pflegen, die sollen bei euch blühen. Und weil ich das von euch erwarte, darum rufe ich: Hoch! Hoch! und noch einmal hoch Neudorf!«

Jetzt war die Begeisterung da.

»Hoch Littwak! Hoch Neudorf!« schrien die Männer und Frauen. Sie hoben den Redner, der sich lachend vergebens dagegen sträubte, auf ihre Schultern und trugen ihn im Kreise herum.

An diesem Tage verlor Dr. Geyer die Stimmen der Wähler von Neudorf.

Viertes Kapitel

Die Reisegesellschaft besichtigte dann noch die musterhaften landwirtschaftlichen Einrichtungen von Neudorf. Mr. Kingscourt interessierte sich besonders für die chemische Versuchsstation und das moderne Maschinenhaus der Gemeinde. Friedrich Löwenberg verweilte länger in der Volksschule und in der mit populärwissenschaftlichen Werken reich versehenen öffentlichen Bibliothek. Mirjam, die als Lehrerin Bescheid wußte, gab ihm über alles Auskunft. Er war zuerst froh erstaunt, aber je mehr er von den schönen und nützlichen Vorkehrungen für die geistige und körperliche Hebung des heranwachsenden Geschlechtes erfuhr, um so trauriger wurde seine Miene, und endlich seufzte er tief.

»Was haben Sie, Herr Doktor?« fragte Mirjam freundlich.

»Es fällt mir schwer aufs Herz, Fräulein Mirjam! Ich sehe jetzt, daß ich eine Pflicht versäumt habe. Ich hätte mittun können, mittun müssen an diesem wundervollen Werke der Volksaufrichtung. Ich war einer von den Gebildeten und hätte verstehen müssen, was in der Zeit sich vorbereitete. Aber nein, ich war nur mit meinen eigenen jämmerlichen Schmerzen beschäftigt. Ich lief davon, ich verbrauchte zwanzig Jahre in der dümmsten Nutzlosigkeit. Ich kann Ihnen gar nicht sagen, wie mir zu Mute ist. Ich — ich schäme mich.« Sie wollte begütigend abwehren.

»Nein, Fräulein Mirjam, versuchen Sie nicht, mich zu trösten. Sie, mit Ihrem nützlichen Leben, Sie können mir nur aus Erbarmen widersprechen, nicht aus Überzeugung. Ich schäme mich meiner Untätigkeit, meines Egoismus. Ein gebildeter Jude meiner Zeit hatte die Pflicht, sich seines armen Volkes anzunehmen. Diese Pflicht habe ich schmählich versäumt. Beklagen Sie mich, Fräulein Mirjam, aber verachten Sie mich wenigstens nicht!«

»Verachten? Wie könnte ich das?« erwiderte sie mit ihrer weichen Stimme. »Sie, den Wohltäter unseres Hauses verachten?«

»Ach, bitte, sprechen Sie nicht mehr davon!« sagte er. »Sie demütigen mich nur, wenn Sie mich loben. Ich weiß ja zu gut, daß ich kein Lob verdiene. Es gibt eine Pflicht der Intellektuellen, wie es in alten Zeiten ein *Noblesse oblige* gab. Es ist die Pflicht, an der Erhöhung des Menschengeschlechtes mitzuwirken, jeder nach seiner Kraft und Einsicht! Mit all Ihrer Güte, Fräulein Mirjam, werden Sie mir nicht begreiflich machen können, daß ich mir keinen Vorwurf zu machen habe.«

»Ist es denn schon zu spät?« gab sie zur Antwort. »Sie können ja noch in die Reihen der neuen Gesellschaft eintreten. Man wird Ihnen einen Platz anweisen, wo Sie sich betätigen können. Bei uns ist jede Kraft willkommen. Sie hörten es von meinem Bruder. Und wie gern wird man Sie aufnehmen!«

»Glauben Sie das wirklich, Fräulein Mirjam?« sagte er beglückt. »Es wäre noch nicht zu spät?. Ich könnte noch ein nützlicher Mensch werden?«

»Gewiß!« lächelte sie. In ihm wallten Hoffnungen auf. Er fühlte sich plötzlich verjüngt, er sah ein neues Leben vor sich auftauchen. Aber dann fiel es ihm ein, und er seufzte stärker: »Ach nein, Fräulein Mirjam! Es wäre zu schön. Ich kann nicht tun, wie ich wollte. Ich darf nicht hierbleiben. Ich bin nicht frei.«

Da wurde sie um einen Schatten blässer, und ihre Stimme zitterte leicht: »Sie sind nicht frei?«

»Nein, ich bin für Lebenszeit an jemanden gebunden.«

Sie sagte tonlos: »Darf man wissen, wer es ist?«

»Mr. Kingscourt!« Und er setzte ihr sein Verhältnis zu dem Alten auseinander. Er habe sich Kingscourt durch Ehrenwort verpflichtet, ihn nie zu verlassen. Er könne also nicht länger im Lande verweilen, als es seinem Freunde gefiele, und das werde wohl nicht übermäßig dauern.

Mirjams Gesicht hatte sich bei dieser Auskunft aufgehellt. Sie fragte: »Und wenn Mr. Kingscourt Ihnen Ihr Wort zurückgibt?«

»Er wird es nicht, wenn ich ihn nicht darum bitte. Aber schon eine solche Bitte wäre Treulosigkeit und Undankbarkeit gegen diesen prächtigen Menschen. Ich habe keinen besseren Freund als ihn auf der Welt, und er hat nur mich. Was sollte aus ihm werden, wenn ich ihn verließe?«

»Er müßte eben auch bei uns bleiben!« meinte Mirjam.

Das hielt Friedrich, wie er den Alten kannte, für ganz und gar ausgeschlossen. Im günstigsten Falle würde Kingscourt noch ein paar Tage oder Wochen im Lande herumreisen, die Sehenswürdigkeiten betrachten, aber dann ginge es unaufhaltsam weiter nach Europa.

Während sie so sprachen, hatten die übrigen ihren Rundgang beendet. Im Hause des Vorstehers Friedmann wurde den Gästen das einfache Mittagsmahl vorgesetzt. Man saß noch ein Stündchen bei Tische und redete allerlei über Neudorfs Vergangenheit und Zukunft. Die meisten Dörfler waren nach der vormittägigen Versammlung zur Arbeit und auf die verstreuten Höfe zurückgekehrt. Nur eine kleine Anzahl von Leuten, die im Kern der Ortschaft wohnten, war bei der Abfahrt des Motorwagens zugegen. Diese schwenkten die Hüte und ließen Tücher flattern, als Davids Gesellschaft zum Dorfe hinausfuhr.

Rechts und links von der Landstraße wohlgepflegte Felder, Wein- und Tabakpflanzungen, Baumschulen, und nirgends mehr ein Fuß breit wüsten Landes. In einiger Entfernung vom großen Wege sahen sie eine Mähmaschine über das Kleefeld streichen. Ab und zu schwankte ein mit Heu hochbeladener Wagen an ihnen vorbei; Heu von Luzerne für Viehfutter. Mirjam erklärte dem in diesen Dingen unbewanderten Friedrich die natürlichen und wirtschaftlichen Vorgänge in der Landschaft, die sie durcheilten. Da und dort lugte schon die Sommersaat, Mais und Sesam, Linse und Wicke aus der Erde. Auf den Brachfeldern durchfurchten elektrische Pflüge den noch vom Winterregen etwas feuchten Boden, um ihn für die nächste Wintersaat vorzubereiten. Der Tabak war gerade aus den Saatbeeten übergepflanzt, und die Leute waren damit beschäftigt, von den zwei Pflänzchen, die der vorsichtige Bauer an jeder Stelle zusammensetzt, das schwächere zu entfernen. Die Hopfenstöcke waren schon in vollem Austreiben, und die Landleute holten sich Eukalyptusäste herbei, um sie als Stützen der Hopfenranken zu benutzen. Andere gebrauchten zu demselben Zwecke Drahtgeflechte. Die aber Äste vom Eukalyptus nahmen, ließen an diesen die Zweige unbeschnitten, damit sich die Hopfenranken auch gut verzweigen könnten und ihre Blüten mehr Schutz vor den Sonnenstrahlen genössen.

Architekt Steineck mischte sich hier ins Gespräch und sang ein begeistertes Loblied auf den Eukalyptus, diesen herrlichen australischen Baum, dessen hundert Arten in unzähligen Schiffsladungen lebend herbeigeschafft worden waren, als die große planmäßige Kulturarbeit in Palästina begann. Ohne den Eukalyptus, der so schnell wächst, der die Sümpfe wie mit Zauberkraft, austrocknet und auch sonst noch, so viele Eigenschaften der Nutzbarkeit und Schönheit hat — ohne den Eukalyptusbaum hätte man vielleicht überhaupt nichts anfangen, gewiß aber keine solchen raschen Kulturerfolge erzielen können.

»Ja«, sagte Frau Sarah scherzend, »Herr Steineck hat dafür auch unseren guten Eukalyptus aus Dankbarkeit in Stein verewigt. Seine Lieblingsornamente an den Häusern sind vom Eukalyptus genommen.«

So fuhren sie weiter, und es war Heiterkeit von der Landschaft in ihrem Gemüte. Denn ein lieber Frühling sproßte um sie her. Alle Raine und Wegränder bedeckt mit herrlichstem Blütenflor, mit kleinen blauen Iris und hochragenden rosenfarbenen Schwertlilien, mit sonnenäugigen Tulpen und prächtigen Orchideen. An manchen Stellen waren in die Felder hinein Pflanzungen von Mandelaprikosen- und Maulbeerbäumen verstreut. Durch eine romantische Schlucht lief jetzt der Fahrweg. Das waren die Felsen mit den abenteuerlichen Höhlenlöchern, in denen sich einst in verschollenen bösen Tagen die Verteidiger des jüdischen Landes vor ihren

Feinden bis zum letzten Kampfe verborgen hatten. David erinnerte mit einigen bewegten Worten an diese Zeit. Und noch eine kurze Strecke mußten sie fahren, da machte die Straße eine Biegung und vor ihnen lag plötzlich im Nachmittagssonnenglanze die holde Ebene von Genezareth; vor ihnen lag der See. Ein Ausruf des Entzückens entrang sich dem Munde Friedrichs bei diesem unerwarteten und herrlichen Anblick.

Auf der weiten Fläche des Sees von Genezareth zogen viele große und kleine Schiffe ihre leuchtenden Furchen. Segel schimmerten und Messingteile der elektrischen Barken blitzten. Am jenseitigen Ufer und überall im Grün der beforsteten Höhen sah man weiße Villen glänzen. Und hier war Magdala, ein funkelnd neues, zierliches Städtchen mit Gärten, mit schmucken Häusern. Aber die Reisenden fuhren ohne Aufenthalt weiter gegen Tiberias, südwärts am Strande hin. Sie hatten ein Schauspiel von heller Lebensfreude vor sich, etwas, das an die glorreichen Saisontage an der Riviera zwischen Cannes und Nizza erinnerte. Allerlei lustiges Fuhrwerk mit eleganten Leuten trieb vorüber. Zumeist waren es Motorwagen von hübscher Gestalt für zwei, drei und mehr Insassen. Doch sah man auch altertümliche, mit Pferden oder Mauleseln bespannte Karren und zwischendurch Radfahrer, Reiter und auf dem glatten Fußpfade längs des Wassers wohlgelaunte Spaziergänger.

Es war das internationale Publikum jener Badeorte, die den modischen Zulauf haben. Kingscourt und Friedrich erfuhren jetzt, daß Tiberias wegen seiner heilkräftigen warmen Quellen und wundervollen Lage von den wohlhabenden Winterflüchtlingen aus Europa und Amerika aufgesucht werde, die gewohnt waren, den ewigen Frühling in Sizilien oder Ägypten aufzusuchen. Sobald die ersten vornehmen Hotels in Tiberias errichtet waren, begann der Fremdenstrom auch hierher zu fließen. Geschickte Schweizer Gastwirte hatten die klimatischen Vorzüge und landschaftlichen Schönheiten der Gegend von Tiberias zuerst erkannt, ausgenützt und dabei glänzende Geschäfte gemacht.

Der Motorwagen fuhr jetzt an einigen dieser Hotels vorbei. Auf den Balkonen saßen Damen und Herren und betrachteten das bunte Schauspiel der Fahrstraße, das heitere Treiben auf dem See. Hinter den Gasthöfen waren Tenniswiesen, auf denen Mädchen und Jünglinge in weißer Tracht Ball spielten. Auf einigen großen Terrassen gab es Musik, ungarische, rumänische und italienische Banden im Nationalkostüm. Dies alles nahmen Davids Gäste nur im Vorübereilen wahr, denn ihr Ziel war ferner. Sie durchfuhren die Stadt Tiberias der Länge nach vom Norden nach Süden, blickten flüchtig in die netten Gäßchen, die sich von der Hauptverkehrsader abzweigten, sahen Plätze mit feinen stillen Palästen und einen orientalisch lebhaften kleinen Hafen.

Sie sahen stattliche Moscheen, Kirchen mit dem lateinischen und griechischem Kreuz, und Synagogen in steinerner Pracht. Dann waren sie am Südende der Stadt, wo es wieder Villen und Hotels gab, die sich in schmucker Reihe, nur von Gärten unterbrochen, beiläufig eine halbe Gehstunde weit bis zu einem größeren Haufen von Gebäuden fortsetzten: dort befanden sich die heißen Quellen, die ausgedehnten Badeanstalten. Ungefähr in der Mitte zwischen der Stadt und den Bädern, vor dem Gitter einer in Laubwerk halb verborgenen Villa machte der Motorwagen halt. »Wir sind angelangt!« rief David, indem er seinen Sitz verließ.

Das Gitter öffnete sich. Ein alter Herr trat auf die Steinschwelle, lüpfte mit freudigem Gesichtsausdruck sein Käppchen und fragte: »David, mein Kind, wo ist er?«

Friedrich wußte nicht, wie ihm geschah. Auch hier, im Hause des alten Littwak, wurde er schon sehnsüchtig erwartet. Es ging dabei freilich nicht mit Wundern zu, denn die fröhlich unerwartete Botschaft von seiner Ankunft war den Eltern Davids und Mirjams durch das Telephon von Friedrichsheim aus mitgeteilt worden. Und dieser stattlich und frei auftretende alte Mann war jener kümmerliche Hausierer, dem Friedrich einst in dem Wiener Kaffeehause ein Almosen hatte reichen wollen. Welch eine merkwürdige, glückliche Veränderung. Und doch war alles auf die natürlichste Weise von der Welt gekommen. Die Littwaks hatten eben zu den ersten gehört, welche beim Beginn der großen Kulturarbeit hierhergeeilt waren. Sie ernteten die Früchte des wirtschaftlichen Aufschwunges, den sie redlich mitbereiten geholfen hatten.

Aber es gab auch einen Schmerz im Hause, und zu diesem Schmerze wurde Friedrich vor allen Dingen geführt. Das war die kranke Mutter Davids und Mirjams. Oben im ersten Stocke, auf der Veranda, von der man eine so schöne Fernsicht über den See genoß, da lag sie mehr als sie saß in ihrem Lehnstuhle. Sie streckte Friedrich ihre abgezehrte gelbliche Hand entgegen, als er zu ihr hintrat, und ihre schmerzensreichen Augen blickten aus dem wächsernen Gesichte mit unendlicher Dankbarkeit zu ihm auf.

»Ja«, sagte sie nach den einleitenden Begrüßungs- und Dankesworten mit leidender Stimme, »ja, lieber Herr Doktor, Tiberias is schön, und die Bäder sein gut — aber herkommen muß man, solang es noch Zeit is. Bei mir war es schon zu spät! Zu spät!«

Mirjam stand neben ihr und streichelte ihr das Gesicht: »Mutter, du siehst besser aus, seit du hier bist. Die Kur hat dir wohlgetan. Du wirst es erst recht spüren, wenn du wieder zu Hause bist.«

Frau Littwak lächelte wehmütig: »Mein gut' Kind, ich bin schon so auch zufrieden. Ich bin ja beinah schon im Garten Eden. Schauen Sie da hinaus, Herr Doktor, was ich da vor mir hab'. Nicht wahr, der Garten Eden?«

Friedrich trat, wie sie ihn anwies, an die Brüstung der Veranda und blickte in die Landschaft hinaus. Da schimmerte der See von Genezareth. Vom Frühling weich die Umrisse der Ufer und fernen Höhen. Jenseits die steilen Abhänge des Golan, die sich in den Wassern spiegelten. Am Nordrande des Sees die Mündung des Jordanflusses und dahinter großartig, in schneeiger Majestät der Hermon, wie ein greiser Riese die kleineren Berge, die verjüngten Lande überschauend. Und hier zur Linken, immer näher die milden Buchten, die lieblichen Gestade, die Ebene von Genezareth, Magdala, Tiberias, das neue steinerne Juwel, überragt von den dunklen Mauern der Burgruine auf dem Berge. Und überall ein Grünen und Blühen, eine junge duftende Welt. »Es ist der Garten Eden!« sagte Friedrich ganz leise vor sich hin, und als er Mirjam neben sich fühlte, ergriff er unwillkürlich ihre Hand und preßte sie sanft, als ob er ihr dafür danken wollte, daß das Leben noch so schön sei.

Die Kranke sah es von ihrem Lehnstuhl aus. Eine Freude stieg in ihr auf, ihr Herz klopfte stärker. »Kinder!« murmelte sie unhörbar, und versank in Träume.

Fünftes Kapitel

In der kleinen Villa, welche die alten Littwaks für die Dauer des Kurgebrauches gemietet hatten, konnten die Gäste nicht beherbergt werden. Nur Mirjam wohnte bei ihren Eltern. David hatte für sich und seine Freunde in einem Hotel neben den Badeanstalten Zimmer bestellt. Das Gepäck aller war schon dahin gesendet worden, und als sie nach der Begrüßung von Littwaks Eltern nach ihrem Quartier fuhren, um sich vom Wegstaube zu säubern, da war für sie schon Ordnung und Bequemlichkeit vorbereitet.

In der Halle des Hotels wurden sie von einer älteren Dame und zwei Herren freundlich erwartet. David machte diejenigen, die einander noch nicht gesehen hatten, bekannt. Die Dame war eine Jüdin aus Amerika, Mrs. Gothland. Sie hatte etwas so Mildes in ihrer Art, daß jeder von ihr sehr bald bezaubert war. Unter den grauen Haaren hatte ihr gütestrahlendes Gesicht noch immer einen Liebreiz. Von den beiden Herren war der eine, der den klappenlosen schwarzen Schlußrock der anglikanischen Geistlichen trug, der Reverend William H. Hopkins, Seelsorger der englischen Kirchengemeinde in Jerusalem. Er hatte einen langen weißen Prophetenbart, schöne schwärmerische blaue Augen und er freute sich zum größten Erstaunen Kingscourts, als ihn dieser zuerst irrtümlich für einen Juden hielt.

Der andere Herr in Mrs. Gothlands Gesellschaft war des Architekten Bruder, der Bakteriologe Professor Steineck, ein lustiger, hastiger und zerstreuter Gelehrter, der so laut sprach, als ob er immerfort mit einem Auditorium von Schwerhörigen zu tun hätte. Mit seinem Bruder geriet er in der Regel nach fünf Minuten Beisammenseins in Streit, obwohl sie einander vergötterten. So geschah es auch jetzt. Der Architekt hatte den Fremden vorgeschlagen, das Institut Steineck, die berühmte Werkstätte seines Bruders, zu besichtigen. Der Professor sträubte sich dagegen und schrie stirnrunzelnd: »Ich bin bereit, Sie verstehen? Aber es gibt bei mir nichts zu sehen. Nicht der Mühe wert. Ein Haus mit mehreren Zimmern und Meerschweinchenställen. In jedem Zimmer steht ein Mensch, der experimentiert. Das ist alles. Sie verstehen? Mein Bruder bringt mich immer in solche Verlegenheiten.«

Mrs. Gothland lächelte: »Die Herren werden Ihnen nicht glauben. Ihr Institut ist als eine Sehenswürdigkeit bekannt.«

Hierauf lachte Professor Steineck, daß es in der Halle dröhnte: »Falsch! Mikroben wollen Sie sehen? Es ist das Charakteristische der Mikroben, daß man sie nicht sieht, das heißt, nicht mit freiem Auge. Das sind mir schöne Sehenswürdigkeiten. Überhaupt kennt man meinen Standpunkt. Züchte sie nur einerseits und bekämpfe sie andererseits. Sie verstehen?«

»Nein!« brummte Kingscourt ergötzt. »Kein Wort versteh' ich. Es scheint so eine Art chemischer Küche zu sein. Was kochen Sie da eigentlich, Herr Professor?«

Dieser schmunzelte sehr gemütlich: »Pest, Cholera, Dyphtheritis, Tuberkulose, Kindbettfieber, Hundswut, Malaria...«

»Pfui Deibel!«

Mrs. Gothland sagte: »Nämlich die Heilmittel gegen alle diese Feinde der Menschheit. Wir wollen ihn aber nicht lange fragen und auch ohne ihn sein Institut besuchen. Fremden von Distinktion ist der Eintritt nicht verboten. Es wird uns schon jemand herumführen.«

»Halt!« rief der Professor, »so will ich denn in Gottesnamen mitgehen. Sonst stoßen Sie gerade auf meinen dümmsten Assistenten, der Ihnen den Streptokokkenbazillus für den Cholerabazillus ausgibt. Sie verstehen?«

»Kein Wort!« gestand Kingscourt.

Die Gesellschaft löste sich für ein Weilchen auf. Der Architekt hatte die Pläne eines neuen englischen Spitals, das in der Nähe von Jerusalem erbaut werden sollte, für Mr. Hopkins mitgebracht, und die beiden hatten nun miteinander einiges zu besprechen. Frau Sarah wollte vor allem Fritzchen versorgen. David bat um Urlaub, weil er noch in das Franziskanerkloster müsse, um den Pater Ignaz, einen der zur Feier des heutigen Abends geladenen Gäste, abzuholen. Es wurde verabredet, daß man zum Nachtessen in der Villa des alten Littwak wieder zusammenkomme.

Mrs. Gothland übernahm es, die Herren pünktlich hinzuführen, und dann fuhr sie in Begleitung Kingscourts, Friedrichs, Reschid Beys und des Professors nach dem Institut Steineck, das in einer Viertelstunde erreicht war. Es lag südlich am Seeufer, hinter einem Bergvorsprunge und war ein schmuckloses Gebäude von mäßiger Ausdehnung.

Der Professor bemerkte erklärend: »Wir brauchen für unsere Zwecke kein großes Haus. Mikroben nehmen nicht viel Platz ein. Meine Stallungen befinden sich in den Zubauten, die Sie dort sehen. Ich brauche sehr viele Pferde und anderes Getier. Sie verstehen?«

»Aha, Sie reiten viel aus?« sagte Kingscourt. »Begreif ich — in dieser prachtvollen Gegend.«

»Was wollen Sie von der Gegend?« rief Professor Steineck. »Ich brauche die Pferde und Esel und Hunde, kurz, meine ganze Menagerie, zur Herstellung von Serum. Ich erzeuge große Mengen dieser Heilmittel.

Meine Ställe reichen bis dort hinunter, wo Sie die Gebäude der Luftfabrik sehen.«

»Wa-as?« schrie Kingscourt, »verehrtester Pferdevergifter, Sie werden mir doch nicht erzählen, daß hier Luft fabriziert wird. Es gibt doch Luft jenug, sogar janz famose zum Einatmen.«

»Natürlich meine ich flüssige Luft, Mr. Kingscourt! Sie verstehen?«

»Ach so! Das verstehe ich freilich. Das hab' ich schon vor meinem Abgang aus der jebildeten Welt in Amerika kennen jelernt. Also diese Industrie habt Ihr auch herbekommen?«

»Diese und jede andere — alle! In der Kälteerzeugung besitzen wir sogar ein gewisses Prestige. Weil wir ein warmes Land haben - wenigstens von hier den Jordan hinunter ist es das ganze Jahr hindurch recht behaglich eingeheizt. Also darum haben wir uns die Kälteindustrien besonders angelegen sein lassen. Sie verstehen? So wie man die besten Öfen in den kalten Ländern hat, während man in Italien im Winter bitterlich friert. Ganz so haben wir uns für die Hitze mit genügendem Eis zu versorgen gewußt. Wenn Sie zum Beispiel um die heiße Jahreszeit auch nur in eines unserer bescheidenen Häuser kommen, werden Sie den kühlenden Eisblock in der Mitte des Zimmers sehen. Wer um eine Kleinigkeit mehr zahlen will, kauft sich einen Blumenstrauß im Eise und stellt ihn auf den Mittagstisch.«

»Kenn' ich!« sagte Kingscourt, »diesen Witz mit den frischen Blumen im Eisblock hab' ich schon auf der Pariser Weltausstellung im Jahre 1900 jesehen.«

»Ich wollte Ihnen auch nichts Neues erzählen. Wir haben uns eben alles Vorhandene zu Nutzen gemacht. Die Kälteartikel sind bei uns ein Volksbedürfnis und werden daher durch die Konkurrenz spottbillig in Massen erzeugt. Der Minderbemittelte kann natürlich nicht wie die Wohlhabenden ins Libanongebirge ziehen, wenn der Sommer kommt. Den ärmeren Europäern geht es ja geradeso. Aber die Wissenschaft hat uns gelehrt, wie wir uns den Aufenthalt auf der Erdoberfläche überall angenehmer und gesünder machen können. Sie verstehen?

Wir haben durch unsere technisch vorgebildete Jugend und durch die Unternehmungslustigen alle bekannten Industrien hierher verpflanzt erhalten. Der kosmopolitische Zug der Industrie war eine Erscheinung, die Sie schon zu Ihrer Zeit gesehen haben. Warum hätten wir dies alles nicht auch bekommen sollen, da es einträglich war? In unserer Erde staken Schätze, wenn man sie nur zu heben verstand. Die chemischen Industrien erschienen hier am frühesten, sie sind ja sozusagen am leichtesten transportabel. Mr. Kingscourt, haben Sie vielleicht im vorigen Jahrhundert zufällig an einer Universität Chemie studiert?«

»Nee, zufällig nich!«

»Da hätten Sie es hören können, wie man schon damals in gelehrtem Kreisen über den Wert von Palästina dachte. Reschid Bey, der sich in Deutschland das Doktorat der Chemie geholt hat, mag es Ihnen sagen.«

Reschid sagte bescheiden: »Sie bringen mich in Verlegenheit, Professor, wenn ich in Ihrer Gegenwart mein bißchen Wissen auskramen soll. Übrigens wußte das vor zwanzig Jahren schon jeder junge Student der Chemie, daß der Boden von Palästina ungehobene Reichtümer enthielt. Das Jordantal und die Gegend um das Tote Meer waren geradezu als Schulbeispiele bekannt. Ein deutscher Chemiker schrieb zu Ende des vorigen Jahrhunderts über das Tote Meer: ›Dieses am tiefsten unter den Ozeanspiegel gelegene Wassertal bildet eine fast konzentrierte Salzlauge von sich nicht wiederholender Zusammensetzung und es hat Auswürflinge asphaltischer Massen, die auf solche Weise nirgends wieder hervortreten...‹

Wenn Sie die Einrichtung unserer Wasserkräfte besichtigen, meine Herren, werden Sie erfahren, wie wir uns den Niveauunterschied zwischen diesem tiefsten Wasserspiegel der Erde und dem Mittelmeer zunutze machten. Aber das ist eine andere Sache, die Sie später kennen lernen werden. Ich will Ihnen nur sagen, daß das Tote-Meer-Wasser eine nahezu gesättigte salinische Lauge vorstellt, wie sie ähnlich nur in Staßfurt vorkommt. Sie haben gewiß von den Staßfurter Kalisalzwerken gehört, die den Weltmarkt beherrschten. Wir haben das heute in einem noch viel größeren Umfange am Toten Meer...«

»Fabelhaft!« schrie Kingscourt.

»Gar nicht!« lächelte Reschid Bey. »Das ist alles so selbstverständlich wie nur möglich. Was man in Staßfurt konnte, kann man doch auch am Toten Meer. Freilich ist dieses unser Wasser viel reicher als irgend ein anderes der Welt. Man muß ordentlich an die alten Sagen denken, in denen ein Hort in Fluten versenkt wurde. Kinder glauben, daß ein solcher Hort nur in güldenen Spangen, Kelten und Münzen bestehen kann. Aber die Salze des Toten Meeres sind auch Gold. Der Bromgehalt dieses Wassers wird von keiner anderen natürlichen Lauge erreicht. Sie wissen doch, welch ein kostbarer Stoff Brom ist. Und was erzeugen wir sonst noch alles in dem fruchtbarsten Bezirke unseres Landes, der früher der ödeste, der tote war!

Im Jordantal und am Toten Meer gibt es bituminöse Kalke, aus denen der anerkannt beste Asphalt der Welt hergestellt wird. Der deutsche Chemiker Elschner bemerkte aber auch seinerzeit, daß die geologische Beschaffenheit der Gegend auf das Vorhandensein von Petroleum hindeute. Dieses wurde tatsächlich erbohrt. Schwefel und Phosphate besitzen wir ebenfalls in unerschöpften Massen. Die Bedeutung der Phosphate für die Kunstdüngerfabrikation kennen sie so gut wie ich. Tatsächlich konkurrieren unsere Phosphate erfolgreich mit den tunesischen und algerischen, und dabei ist ihre Gewinnung weit müheloser und billiger als zum Beispiel die der Phosphate im amerikanischen Lande Florida. Die künstlichen Dungmittel, die wir so nahe und wohlfeil haben konnten, trugen begreiflicherweise zum großartigen Aufblühen unserer Landwirtschaft bei ... Aber ich fürchte, daß Mrs. Gothland sich bei diesen nüchternen Geschichten langweilen wird.«

»Durchaus nicht!« versicherte die Dame liebenswürdig.

Der Professor fügte hinzu: »Im modernen Leben gibt es solche Zusammenhänge zwischen Industrie und Landwirtschaft. Sie verstehen? Alles gehört zu allem. Es muß nur der Unternehmungsgeist und das Wissen da sein, um die Verbindungen herzustellen. Ich selbst, wie Sie mich da sehen, obwohl ich nur ein Esel der Gelehrsamkeit bin, ich schaffe auch für die Industrie und Landwirtschaft.«

»Wenn Sie mir das erklären können, verehrtester Mikrobenzüchter!« staunte Kingscourt.

»Sollen Sie haben!« entgegnete Steineck schmunzelnd. »Es war eine bekannte Tatsache der Bakteriologie, daß der Geschmack verschiedener Käse, das Aroma der Tabaksarten von solchen Mikroorganismen herrührt, mit denen ich mich herumzuschlagen pflege. Da haben wir uns also in diesem Institute bemüht, diese kleinen Ursachen delikater Wirkungen herzustellen, um sie den Käsefabrikanten und Tabakpflanzern zu liefern. Die Käsesorten unseres Landes wetteifern jetzt an Güte mit den besten Schweizer und französischen Erzeugnissen. Und im warmen Jordantale werden Rauchkräuter erzielt, die nicht hinter denen von Havannah zurückbleiben.«

Und er führte nun seine Gäste durch die Laboratorien der Anstalt, die dem Pariser Institut Pasteur nachgebildet war. Seine zahlreiche Assistenten ließen sich durch den Besuch nicht sonderlich stören und arbeiteten ruhig mit ihren Prüfgläschen, Mikroskopen und an ihren Herden weiter, nachdem sie auf die gestellten Fragen kurz und höflich Antwort erteilt hatten.

Einer schnauzte aber seinen Lehrer Steineck gemütlich grob an: »Lassen Sie mich in Ruhe, Herr Professor! Ich habe jetzt für solche Fragereien keine Zeit. Der Kerl entschlüpft mir sonst wieder.«

Steineck zog seine Gäste sofort folgsam aus der Stube und sagte draußen: »Er hat ganz recht. Der Kerl ist nämlich sein Bazillus. Sie verstehen?«

Er führte sie dann in seine eigene Werkstätte, die ebenso einfach ausgestattet war, wie die seiner jungen Gehilfen. »Hier arbeite ich.«

»Woran, wenn man fragen darf?« erkundigte sich Friedrich.

Der Blick des Gelehrten wurde träumerisch: »An der Erschließung Afrikas!«

Die Besucher glaubten, nicht recht gehört zu haben, oder war der Forscher doch ein bißchen übergeschnappt?

Kingscourt wiederholte mit verdächtigem Augenblinzeln: »Sie sagen: an der Erschließung Afrikas?«

»Jawohl, Mr. Kingscourt. Ich hoffe nämlich, das Mittel gegen die Malaria herauszubringen. Hier in Palästina sind wir zwar mit der Malaria ziemlich fertig geworden. Dank unseren Entsumpfungsarbeiten, Kanalisationen, dank den Eukalyptuspflanzungen. Aber die Verhältnisse sind anders in Afrika. Dort sind alle diese Aufwendungen nicht möglich, weil die Voraussetzung, die Masseneinwanderung, fehlt. Der weiße Mensch, der Kolonisator, geht dort zugrunde. Afrika wird für die Kultur erst dann eröffnet sein, wenn die Malaria unschädlich gemacht ist. Erst dann werden kolossale Gebietsstrecken für die überproduzierten Bevölkerungen der europäischen Staaten zugänglich. Erst dann wird den proletarischen Massen ein gesunder Abfluß verschafft. Sie verstehen?«

Kingscourt lachte: »Sie wollen also die weißen Menschen in den schwarzen Erdteil verfrachten. Sie Zauberkünstler?«

Aber Steineck erwiderte ernst: »Nicht nur die Weißen! Die Schwarzen auch. Es gibt noch eine ungelöste Frage des Völkerunglücks, die nur ein Jude in ihrer ganzen schmerzlichen Tiefe ermessen kann. Das ist die Negerfrage. Lachen Sie nicht, Mr. Kingscourt! Denken Sie an die haarsträubenden Grausamkeiten des Sklavenhandels. Menschen, wenn auch schwarze Menschen, wurden wie Tiere geraubt, fortgeführt, verkauft. Ihre Nachkommen wuchsen in der Fremde gehaßt und verachtet auf, weil sie eine andersfarbige Haut hatten. Ich schäme mich nicht, es zu sagen, wenn man mich auch lächerlich finden mag: nachdem ich die Rückkehr der Juden erlebt habe, möchte ich auch noch die Rückkehr der Neger vorbereiten helfen.«

»Sie irren«, sagte Kingscourt; »ich lache nicht. Im Gegenteil — ich finde es sogar großartig, hol' mich der Deibel! Sie zeigen mir Horizonte, die ich mir nicht 'mal im Traume vorgestellt hätte.«

»Darum arbeite ich an der Erschließung Afrikas. Alle Menschen sollen eine Heimat haben. Dann werden sie gegeneinander gütiger sein. Dann werden sich die Menschen besser lieben und verstehen. Sie verstehen?«

Und Mrs. Gothland sprach in sanftem Tone aus, was sich die drei anderen dachten: »Herr Professor Steineck — Gott segne Sie!«

Sechstes Kapitel

Aus der feierlichen Stimmung, in die sie beim Besuche des Steineckschen Institutes geraten waren, kamen die Fremden auf dem Rückweg in eine ergötztere Laune. Denn als sie an der Badeanstalt vorüberfuhren, machte Reschid Boy den Vorschlag, auszusteigen und ein halbes Stündchen im Kurhausgarten bei der Musik zu verbringen. Sie verließen ihren Motorwagen und betraten die schönen Anlagen, in denen jetzt viele Leute saßen, umherwandelten und den Weisen der Kurkapelle lauschten.

Es war die gemischte Menge der Badeorte: Müßiggänger, geputzte Damen. Unter den Palmen saßen sie auf Stühlen aus biegsamem Eisenblech, musterten die Vorübergehenden, klatschten und flirteten, wie man es überall in der Welt sehen kann. Kingscourt stellte das mit grimmigem Behagen fest: »Na also, da sind sie endlich, die Jüdinnen mit den Edelsteinen! Mir war schon bange danach. Ich dachte mir, das Ganze ist vielleicht eine Fopperei, und wir sind gar nicht im Judenland. Nun seh' ich erst, es ist wahr. Da sind die wandelnden Federhüte, die grellen Seidenkleider, die Juwelenisraelitinnen. Nichts für ungut, Mrs. Gothland. Sie sind ja eine andere Nummer.«

Mrs. Gothland nahm es auch durchaus nicht übel, und Professor Steineck lachte dröhnend. »Geniert uns gar nicht, Mr. Kingscourt! Solche Bemerkungen konnten uns in früherer Zeit verletzen, aber jetzt nicht mehr. Sie verstehen? Früher hat man die Promenadenjüngelchen, die Protzen und Juwelenhebräerinnen als die Vertreter der Judenschaft angesehen. Jetzt weiß man, daß es auch andere Juden gibt. Jetzt können Sie über dieses Gelichter schimpfen, soviel Sie wollen, edler Fremdling! Wenn es finster wird, schimpfe ich mit.«

Im Kurgarten erregte die lachende kleine Gesellschaft, wie sie durch die Hauptallee schritt, Aufsehen. Den Professor kannten offenbar alle Leute, und darum reckten sie sich auch die Hälse aus nach den auffallenden Fremden in seiner Begleitung.

Um den neugierigen Blicken zu entkommen, bog Steineck mit den Gefährten in einen Seitenweg ein, doch da gerieten sie erst recht mitten in den Kreis, dem sie hatten entrinnen wollen. Da saßen in einer Rundung von Büschen mehrere Damen und Herren in lebhaftem Geplauder. Einer sprang auf, eilte mit heftigen Bewegungen der Freude auf Friedrich zu und rief ihm laut entgegen: »Herr Doktor, Herr Doktor! Von wem meinen Sie,

daß wir haben gesprochen jetzt die ganze Zeit? Nu? Raten Sie! Von Ihnen!
Ich bin so froh!«

Dieser frohe Herr war Schiffmann. Er zog Friedrich in den Kreis, stellte
ihn mit sprudelnden Worten vor, schob ihm einen Stuhl zurecht und
drückte ihn auf den Sitz nieder. Das alles geschah so verblüffend rasch, daß
Friedrich, auch wenn er nicht vor Überraschung widerstandslos gewesen
wäre, sich kaum hätte wehren können. Die Überraschung aber war, daß
er plötzlich seine Jugendliebe Ernestine Löffler dicht vor sich sah. Sie
begrüßte ihn mit Blick und Lächeln, noch bevor sie sprach, und er fand
keine Worte.

Indessen war Schiffmann zu Steineck, den er kannte, und den ande-
ren zurückgeeilt. Er nötigte sie auch, näherzutreten, ungefähr wie der
Straßenverkäufer vor einem Kleidergeschäft. Der Professor hatte sichtlich
keine Lust, der Einladung zu folgen; aber Kingscourt meinte, man kön-
ne Friedrich doch nicht allein stecken lassen: mitgefangen, mitgehangen.
Schiffmann lachte gefällig über diese zweifelhafte Liebenswürdigkeit.
Dann schleppte er Stühle herbei, nannte die Namen der Anwesenden:
Herr, Frau und Fräulein Schlesinger, Herr und Frau Dr. Walter, Frau
Weinberger, Fräulein Weinberger, die Herren Grün und Blau, Herr Wein-
berger.

Friedrich sah und hörte dies alles wie durch einen Nebel. Alte Zeiten
standen wolkig auf. Er sah sich wieder an jenem Verlobungsabend im
Löfflerschen Hause. Da war jene unerträgliche Gesellschaft, der er damals
verzweifelnd entfloh. Alle gealtert und doch noch dieselben. Nur die beiden jungen Mädchen bedeuteten eine andere Generation. Diese Zarte, die
ihn mit fremden Augen ansah, völlig Ernestinens Ebenbild. Er hörte von
dem Gespräch ringsum nur schwaches, verworrenes Geräusch, so sehr war
er von den Erinnerungen betäubt. Erst als eine Frage ihn geradezu anfiel,
erwachte er. Herr Grün, der Spaßmacher, hatte ihn angeredet: »Nun, Herr
Doktor Löwenberg, wie gefällt es Ihnen da? Was, Sie finden keine Worte?
Vielleicht sind Ihnen zu viel Juden da?«

Man lachte. Friedrich entgegnete langsam: »Offen gestanden, Sie sind
der erste, der mich auf diesen Gedanken bringt.«

»Sehr gut, höhöhö!« wieherte Schiffmann. Die übrigen stimmten in das
Gelächter ein. Friedrich bemerkte erst daran, daß man seine Antwort für
einen der unartigen Scherze gehalten hatte, die in diesem Kreise üblich
waren. Herr Grün, an ärgeres gewöhnt, nahm es nicht übel. Herr Blau, der
andere Witzbold, nahm aber grinsend die Verfolgung seines Rivalen auf:
»Grün wär' imstande, sogar hier die Leute zu Antisemiten zu machen.«

»Ihre Späße werden alt, Herr Blau«, mischte sich Dr. Walter ein. »Es gibt
ja, Gott sei Dank! keine Antisemiten mehr in der Welt.«

»Wenn ich das sicher wüßt'«, entgegnete Blau, »möcht' ich mich in diesem Geschäft etablieren.«

Kingscourt neigte sich flüsternd ans Ohr des neben ihm sitzenden Steineck: »Mein lieber Professor, mir scheint, Sie dürften diesen Herrschaften nichts von Ihrer Negeridee erzählen. Man würde Sie schön auslachen!«

»Beweist nichts gegen meine Idee«, erwiderte Steineck ebenso; »diese Gesellschaft hat auch anfangs den jüdischen Volksgedanken ausgelacht. Das sind die letzten, denen man etwas Großes erzählen darf.«

Aber Friedrich griff die frühere Bemerkung auf. »Ist es richtig«, fragte er, »daß der Judenhaß abgenommen hat?«

»Wie heißt: abgenommen?« rief Herr Schlesinger. »Sagen Sie: verschwunden.«

»Darüber«, sagte Blau keck, »wird Ihnen niemand bessere Auskunft geben, wie Herr Doktor Veiglstock. Der hat sich benommen, wie ein Kapitän. Er hat das Schiff zuletzt verlassen.«

Der Advokat ärgerte sich: »Sie, Herr Blau, ich werd' Sie bei den Ohren nehmen und Ihnen einsagen, wie ich heiße. Walter heiße ich ein- für allemal. Merken Sie sich das! Obwohl ich mich des ehrlichen Namens meines Vaters nie geschämt habe, das weiß jeder. Früher mußte man den Vorurteilen Konzessionen machen, wenn man nicht geschunden werden wollte.«

»Und das ist jetzt nicht mehr nötig?« forschte Friedrich.

»Nein. Übrigens ist das ausnahmsweise wahr, was Herr Blau in seiner pseudowitzigen Weise angibt. Ich bin erst vor kurzem hierher übersiedelt. Man kann aber daraus nur ersehen, daß ich nicht, der Not gehorchte, sondern dem eigenen Triebe.«

»Ende Jud, alles Jud!« meckerte der angenehme Herr Grün, Herr Blau jedoch traute dem Landfrieden nicht mehr und machte daher nur eine ganz leise Bemerkung, die der Advokat nicht hören konnte, über den eingetretenen Mangel an Klienten.

Dr. Walter warf sich nun in die Brust und begann zu erzählen, welche Wirkungen die Auswanderung so vieler Juden in Europa gezeigt habe. Für ihn, Dr. Walter, sei es ja von allem Anfang an festgestanden, daß die zionistische Bewegung sowohl für die Abziehenden wie für die Zurückbleibenden die heilsamsten Folgen hervorrufen müsse. Er sei einer der allerersten gewesen, welche die Nützlichkeit dieser Bewegung einsahen, und wenn ihm auch seine damalige Lebensstellung nicht gestattete, seinen Empfindungen und Überzeugungen ganz freien Lauf zu lassen, so habe er doch in einer bescheidenen, unauffälligen Weise für den Nationalgedanken gewirkt. Als Beweis führte er hierfür an, daß er damals in seiner Kanzlei einen armen Studenten als Schreiber beschäftigt hatte, und daß er diesem nicht das Brot entzogen, ihn nicht weggejagt, obwohl der junge Mann zionistische Versammlungen besucht hatte. Auch zum Nationalfonds habe er, Dr. Walter, sein Scherflein beigetragen, als dieser Volksschatz bereits mehrere Millionen Pfund Sterling enthielt, also die Bürgschaften der Sicherheit in der eigenen Größe hatte.

Herr Blau, der Scherzhafte, suchte eine kleine Revanche für die vorhin erlittene Demütigung: »Ein Scherflein? Entschuldigen, Herr Doktor, wenn ich frage, ist das eine neue Münze? Scherflein, Scherflein?«

Herr Dr. Walter ließ sich nicht aus dem Gleichgewicht bringen. Er zuckte nur die Achseln, sah über den Frager geringschätzig hinweg und erzählte weiter. Daß die nach Palästina Gezogenen hier eine glückliche große Heimat gefunden hätten, sehe und wisse heute schon jeder. Doch auch den Juden, die an ihren Wohnorten verblieben waren, ging es endlich gut. Sie waren von Angriffen verschont, seit die jüdische Konkurrenz schwächer geworden oder ganz verschwunden war. In den mit Juden überfüllten, oder wie man damals zu sagen pflegte, verjudeten Ländern war eine bemerkenswerte soziale Erleichterung eingetreten. Der Abfluß hatte zwar zunächst nur aus den unteren Schichten der Armen und Proletarier sich ergeben, aber dennoch wurde die Wirkung auch bald in den mittleren und höheren Schichten fühlbar.

Diejenigen, die nichts zu verlieren und alles zu gewinnen hatten, zogen zuerst nach dem altneuen Lande. Es ging, da die Wanderung eine ganz freiwillige war, nur, wer die Sicherheit hatte, sich durch die Übersiedlung sein Los zu verbessern. Die Arbeitslosen, die Verzweifelnden strömten dahin ab, wo ein breites Feld von Arbeit und Hoffnung sich eröffnete. Diese Erscheinung war doch selbstverständlich. In Palästina gab es die weltbekannte Gelegenheit, in den massenhaft aufsprießenden Unternehmungen sogleich Brot und binnen kurzem sogar einen gewissen Wohlstand zu erwerben. Dazu die lockende Freiheit. Keine Zurücksetzung wegen der Konfession und Nationalität. Schon das war Anziehung genug.

Aber es fand auch eine vernünftige Vereinigung aller längstbestehenden jüdischen Wohltätigkeitsgesellschaften statt. Die hatten früher ihre liebe Not gehabt mit den Glaubensgenossen, die durch Verfolgungen und materielles Elend von Land zu Land gehetzt wurden. Ehemals war jeder örtliche Notstand eine allgemeine Plage der Judenheit geworden. Wenn die Ärmsten es in einem der osteuropäischen Länder nicht aushalten konnten und sich auf die jammervolle Reise begaben, so wurden nach und nach auch die entlegeneren Gemeinden in Mitleidenschaft gezogen. Man gab und gab den Wanderbettlern und konnte doch nie ausreichend geben. Unsummen wurden aufgewendet, ohne die Möglichkeit einer Prüfung im einzelnen Falle, folglich auch ohne Gewähr, daß nur die Würdigen bedacht wurden. Und das Ergebnis war keineswegs eine auch nur vorübergehende Linderung der Misere, sondern im Gegenteil die Züchtung von Professionsbettlern, die Unterstützung einer schmählichen Elendindustrie. Durch den zionistischen Gedanken war das Feld gegeben, auf dem sich alle humanitären jüdischen Bestrebungen vereinigen konnten. Die Gemeinden der ganzen Welt unterstützten die Ansiedlung ihrer eigenen Armen in Palästina. Dadurch wurden sie diese hilflosen Kostgänger los, es war billiger als die frühere unüberlegte Methode des Verschickens in irgendeine Fremde und es lag darin zugleich die Bürgschaft, daß nur Arbeitswilligen, Würdigen unter die Arme gegriffen wurde. Wer etwas Redliches schaffen wollte, der fand in Palästina jede Möglichkeit, sich zu betätigen. Wer behauptete, auch in Palästina kein Fortkommen finden zu können, der gab sich schon dadurch als Lump und Faulenzer zu erkennen; er verdiente keine weitere Teilnahme. Es gab in der ersten Zeit Unverständige, die meinten, eine solche Proletarieransiedlung könne nicht gedeihen.

Wie dumm und ungebildet diese Auffassung war, das erkannte der Sprecher, Dr. Walter, und alle Leute, die gleich ihm einen weiteren Horizont hatten, von vornherein. Waren denn nicht im ganzen Laufe der Weltgeschichte die neuen Ansiedlungen von Hungerleidern gemacht worden? Die Satten haben keinen Grund, die Grenzen der Kultur hinauszurücken. Die Satten bleiben zu Hause. Aber den Hungrigen gehört die Welt. Die im Glauben beunruhigten Puritaner besiedeln Nordamerika. Die Glücksucher lassen sich in Indien oder Südafrika nieder. Und wo gab es eine Kolonie, die von schlechteren Elementen geschaffen wurde, als Australien, das große, blühende, stolze, reiche Australien. Das war zu Anfang des neunzehnten Jahrhunderts eine verachtete Sträflingskolonie und wuchs in wenigen Jahrzehnten zu einem mächtigen, gesunden Staatswesen heran. Zu Ende des neunzehnten Jahrhunderts war es ein Kronjuwel des britischen Weltreiches.

Wie gesagt, Dr. Walter und seinesgleichen, die gebildet genug waren, lachten über den Einwand, daß Proletarier keine Ansiedlungen sollten gründen können. Wenn arme Sträflinge das in Australien vermochten, um wieviel eher waren es die Pioniere des jüdischen Volkes imstande, da sie in ihrer glückverheißenden Arbeit für die Freiheit und Ehre der Nation vom ganzen Hause Israel unterstützt wurden. Die Ereignisse bestätigten auch die Voraussicht Dr. Walters, das wollte er in aller Bescheidenheit betonen. Denn die gewaltigen Besiedlungsarbeiten erforderten auch ein zahlreiches modern vorgebildetes Personal von Ingenieuren, juristischen und kommerziellen Beamten. Plötzlich war damit eine Verwendung für die Massen studierter junger Leute geboten, die früher, in den antisemitischen Zeiten, nirgends hatten ankommen können.

Während die gebildeten Juden vormals bei ihrem Abgange von den Universitäten, technischen Hochschulen und Handelsakademien ratlos und hoffnungslos dastanden, bekamen sie in Palästina nun Anstellungen bei den öffentlichen und privaten Unternehmungen. Die Folge war, daß sie ihre christlichen Kollegen nicht mehr genierten. Der Jude hörte auf, ein lästig empfundener Mitbewerber zu sein, und damit schwand natürlich allmählich der wirtschaftliche Haß und Neid. Mehr noch: die nützlichen Eigenschaften der Juden fingen an, erkannt zu werden, als das Angebot auf dem Markte schwächer wurde. Der Wert der Dienste wächst, je weniger man sie anbietet. Jeder weiß das. Warum hätte das nicht auch von den Diensten der Juden im wirtschaftlichen Verkehr gelten sollen?

Und so machte sich die Besserung der Zustände von allen Seiten geltend. In Ländern, wo man nicht mehr Juden auswandern lassen wollte, trat ein freundlicher Umschwung in der öffentlichen Meinung ein. Man gab den Juden die volle Gleichberechtigung nicht nur auf dem Papier der Gesetze, sondern in lebendiger Übung, im täglichen Umgang, in den Sitten und Gebräuchen. Zwangsmaßregeln hätten nicht vermocht, die Juden zur freudigen Mitarbeit in Kunst und Wissenschaft, in Handel und Verkehr und auf allen übrigen Gebieten der bürgerlichen Betätigung zu bewegen. Die Güte aber brachte das zuwege.

Erst als die umhergehetzten Juden in ihrem eigenen Lande zur Ruhe kamen, trat die großgemeinte Emanzipation in jedem Staate in Kraft. Die sich einem anderen Volkskörper assimilieren konnten und wollten, durften es nun in einer offenen, weder feigen noch verlogenen Weise tun. Es gab manche, die den Glauben der sie umgebenden Volksmehrheit annehmen wollten; sie konnten es jetzt, ohne den Verdacht der Stellenjägerei oder Streberei auf sich zu laden. Denn es war nicht mehr nützlich, vom Judentum abzufallen. Die Juden, die sich in allem, nur nicht im religiösen Bekenntnis eins fühlten mit ihren Mitbürgern, erfreuten sich der ungeschmälerten Wertschätzung auch als Angehörige einer Minoritätskonfession. Denn Duldung kann und wird immer nur auf Gegenseitigkeit beruhen, und erst als auch die Juden hier, wo sie die Mehrheit bilden, sich tolerant erwiesen, wurde ihnen aus sittlicher Reziprozität überall dasselbe zuteil.

»Darum«, schloß Dr. Walter seinen kleinen Vortrag mit einem gefälligen Seitenblick auf Professor Steineck, »darum bin ich ein Anhänger und Verfechter der Ideen, die von der Littwak-Steineckschein Partei vertreten werden. Ich werde unentwegt, bis zu meinem letzten Blutstropfen für diese Idee eintreten.«

Herr Blau fügte schneidend hinzu: »Bitte, vergessen Sie nicht, das Ihrem Herrn Bruder auszurichten, Herr Professor. Wenn Sie Herrn Dr. Walter auf Ihrer Seite haben, dann haben Sie die Majorität.«

Der Advokat wurde dunkelrot im Gesicht: »Was wollen Sie damit sagen, Sie — Sie?«

»Bitte, gar nichts«, sagte der Witzbold mit gespielter Harmlosigkeit. »Ich habe Sie noch nie anderswo als bei der Majorität gesehen. Darum ist den Leuten, denen Sie sich anschließen, immer zu gratulieren.«

»Wenn Sie mit Ihren faulen Witzen sagen wollen, daß ich meine Ansichten zu ändern pflege, so kann ich darüber nur lachen. Jeder vernünftige Mensch wird mit der Zeit klüger. Die Hauptsache ist: wenn ich einmal von etwas überzeugt bin, so halte ich daran unentwegt fest.«

»Nu ja«, sagte Herr Grün, indem er sich sein ‚uneingesäumtes‘ Ohr zwischen Daumen und Zeigefinger rieb; »das versteh’ ich. Wenn Dr. Walter eine Überzeugung hat, so haltet er an ihr fest, unentwegt. Wenn er aber die Überzeugung nicht mehr hat oder eine andere vorzieht, so wär’ es doch nicht charaktervoll, wenn er die frühere Überzeugung, die er nicht mehr hat, noch mit Gewalt festhalten wollte.«

Herr Schlesinger, der in diesem Kreise als geschäftlicher Vertreter des Barons Goldstein noch immer ein gewisses Ansehen genoß, warf sich mit Autorität zwischen die Streitenden: »Was ist das, meine Herren? Sind wir hier in einer Volksversammlung? Was gehen uns die Überzeugungen an? Ich kenn’ nur zweierlei: Geschäft und Vergnügen.«

»Bravo!« rief Kingscourt. »Und zuerst det Jeschäft.«

»Sie sehen, der Herr denkt auch so«, schloß Schlesinger. »Ist jetzt Geschäftsstunde? Nein. Also lassen wir uns in Ruh’!«

»Sie treffen doch immer den Nagel auf den Kopf, Herr Schlesinger!« schmeichelte Schiffmann und wandte sich dann zu Kingscourt und Friedrich mit einer halblauten Erklärung, die jeder hören konnte: »Nicht umsonst genießt er das Vertrauen der Barone von Goldstein. Er ist der Vertreter in Jaffa von diesem großen Haus.«

»Was Sie nicht sagen!« entgegnete Kingscourt und machte eine bewundernde Miene.

Herr Schlesinger starrte bescheiden vor sich hin, wie ein berühmter Mann, der den Leuten gezeigt wird.

Indessen waren die Damen wieder zu ihren früheren Gesprächen über die neuesten Pariser Hüte zurückgekehrt. Frau Laschner führte das große Wort. Sie bezog ihre Putzgegenstände geradewegs aus der Rue de la Paix.

Frau Ernestine Weinberger aber hatte Friedrich bedeutet, er möge seinen Sessel näher heranrücken, und sie plauderte leise. »Ja, und das ist meine Tochter. Was, die Zeit vergeht? Wie finden Sie sie? Hübsch, häßlich?«

»Ganz die Mutter!« sagte der mechanisch.

»Also häßlich? Sie Schlimmer!« und dazu ein koketter Augenaufschlag.

Ihm war ganz traurig zumute, als er dieses gefallsüchtige, verblühte Frauenzimmer betrachtete. So sehen die Gründe unserer großen Schmerzen nach zwanzig Jahren aus. Man versieht nicht mehr, wie man sich um solches grämen konnte. Ach, die verlorene Zeit!

Sie, die keine Ahnung hatte, was in ihm vorging, schäkerte weiter. Was er denn jetzt vorhabe? Ob er hier bleiben oder nach Europa gehen wolle? Wenn er im Lande bliebe, würde er nun wohl auch daran denken, einen Hausstand zu gründen, ein Weib zu freien.

»Ich?« sagte er verwundert. »Ich, in meinen Jahren? Das habe ich versäumt, wie manches andere, wichtigere.«

»Jetzt sind Sie nicht ehrlich«, meinte Frau Ernestine Weinberger. »Sie befinden sich noch in den Jahren. Sie sehen viel jünger aus, als Sie sind. Auf Ihrer einsamen Insel haben Sie sich gut konserviert... Warten Sie, ich will ein unbefangenes Kind raten lassen, wie alt Sie sind ... Fifi, rat' einmal, wie alt Herr Dr. Löwenberg ist.«

Fräulein Fifi Weinberger, das unbefangene Kind, blickte ihn ein bißchen an, senkte dann die Augen und lispelte: »Anfang der Dreißig, Mama!«

»Ach nein, liebes Fräulein! Da haben Sie mich nicht genau angesehen!«

»Oh doch!« lispelte sie wieder. »Ich sah Sie ja neulich in der Oper, als sie mit Mirjam Littwak waren.«

»A propos«, sagte Ernestine, »wie gefällt Ihnen Mirjam Littwak? Ich meine nicht: äußerlich. Sie ist ja ganz hübsch. Aber ihre Art, ihre Pose. Sie tut ein bißchen groß mit Pflichterfüllung und solchen Scherzen. Sie spielt Lehrerin. Das ist jetzt hier das Neueste.«

Friedrich war empört: »Meine Gnädige, so viel ich weiß, spielt Fräulein Littwak nicht die Lehrerin, sondern sie ist es wirklich. Sie nimmt ihre Aufgabe so ernst, wie es sich gebührt.«

»Schau, schau, wie Sie Fräulein Littwak verteidigen!« spöttelte Ernestine.

»Mein Freund gibt mir ein Zeichen«, sprach Friedrich, indem er sich erhob. »Wir müssen uns verabschieden.«

Er empfahl sich und ging mit seinen Freunden weg. Kingscourt faßte ihn unter den Arm' und sagte: »Fritz, raten Sie mal, was ich mir die ganze Zeit in der furchtbar netten Gesellschaft gedacht habe!«

»Keine Ahnung!«

»Daß es für uns Zeit wird, abzureisen. Darum waren wir doch nicht Räuber und Mörder, um beim Vertreter der Barone von Goldstein zu enden. Oder wollen Sie vielleicht hier vor Anker jehen?«

»Sie fragen, Kingscourt? Sie wissen sehr gut, daß ich Ihnen gehöre und mit Ihnen gehe, wann Sie wollen, wohin Sie wollen.«

Da blieb der Alte stehen und drückte ihm die Hand.

Viertes Buch: Passah

Erstes Kapitel

In der Villa des alten Littwak hatte man die Passahfeier vorbereitet. Es war Abend, als die Gäste zurückkehrten. Der russische Pope von Sepphoris war schon vor einer Stunde eingetroffen. Jetzt kam auch David in Begleitung des Franziskanerpaters Ignaz. Dieser war ein wohlgenährter rotbackiger, blond-bärtiger Mann, den die braune Kutte noch gedrungener erscheinen ließ. Er stammte aus Köln am Rhein und lebte schon seit einem Vierteljahrhundert in Tiberias, doch hatte er noch seinen unverfälschten kölnischen Dialekt im Munde. Anders als Deutsch konnte der gute Pater nicht sprechen. Der Pope und der Anglikaner Mr. Hopkins machten darum löbliche Anstrengungen, sich mit Pater Ignaz in seiner Muttersprache zu verständigen.

Der Sedertisch war im Speisesaale des Erdgeschoßes hergerichtet. Etwa zwanzig Gedecke lagen auf dem schimmernden Linnen. David hatte allen Gästen die Plätze angewiesen und saß selbst am unteren Ende der Tafel, der sein Vater präsidierte. Der Stuhl zur Rechten des alten Littwak blieb aber leer, weil er für die kranke Mutter bestimmt war; sie konnte nicht an der Feier teilnehmen. Zur Linken des Hausvaters saß Mrs. Gothland. Das schöne uralte Melodrama des Seders begann. Der erste Becher war eingeschenkt und der Hausherr sprach das Kiduschgebet, worin für die Frucht des Weinstockes und für alle Gnaden gedankt wird, welche Gott seinem Volke erwiesen hat.

»Ewiger, unser Gott! Du hast uns bestimmte Zeiten zur Freude, Fest- und Feiertage zur Wonne gegeben, wie diesen Festtag des ungesäuerten Kuchens, die Zeit unserer Freilassung zur heiligen Verkündung, zum Andenken unseres Ausganges aus Mizrajim...«

Als dieses Gebet vorüber war, trank man den ersten Becher. Kingscourt sah nur zu. Da neigte sich Mrs. Gothland zu ihm, in englischer Sprache flüsternd:»Sie müssen alles mittun, was die anderen machen. Es ist der Brauch.« Kingscourt würgte einige Deibel hinunter, hatte aber Humor und gute Lebensart genug, die sonderbaren Gebräuche den übrigen Gästen gleich zu befolgen. Die christlichen Seelsorger schlossen sich auch jetzt nicht aus. Jetzt wusch der Hausvater sich die Hände in einem silbernen Becken, das Mirjam ihm dienend reichte. Hierauf nahm er von der vor ihm stehenden

Sederschüssel ein Stückchen Petersilie, tauchte es in das Salzwassergefäß, sprach den Segen und aß es. Dann wurde jedem der Tischgäste ein wenig Petersilie gegeben, und jeder aß es. Kingscourt mit einer lustigen Grimasse, über die seine Nachbarin Mrs. Gothland sanft lächelte. Dann wurden das Ei und der Knochen mit dem gebratenen Fleisch von der Sederschüssel genommen, und die verhüllte Platte hob man hoch mit den feierlichen Worten:

»Dieses ist das Brot des Leidens,
das unsere Vorfahren im Lande Mizrajim gegessen haben...«

Wieder half Mrs. Gothland dem Verständnisse Kingscourts nach, indem sie mit dem Finger die Stelle in der vor ihm liegenden Hagadah wies, wo neben dem hebräischen Urtexte die deutsche Übersetzung zu lesen war. Dann wurde der zweite Becher Weines eingeschenkt, und David, welchem es als dem jüngsten Manne in der Tischgesellschaft zukam, erhob sich zu der überlieferten Frage:

»Mah nischtaneh halajloh haseh? ... Wodurch ist diese Nacht ausgezeichnet vor allen übrigen Nächten? Denn in allen anderen Nächten können wir essen Gesäuertes und Ungesäuertes — in dieser Nacht nur Ungesäuertes. In allen anderen Nächten können wir essen allerlei Kräuter — in dieser Nacht nur bittere Kräuter...«

Dann wurden die flachen Passahbrote der Sederschüssel aufgedeckt, und alle zusammen antworteten auf die Frage des Jüngsten:

»Einst waren wir Knechte des Pharao in Mizrajim, da zog uns der Ewige unser Gott heraus von dort, mit starker Hand und ausgestrecktem Arme...«

Und so nahm die Feier, halb Gottesdienst und halb Familienschmaus, ihren Fortgang, ergreifend für jeden, dessen Herz von Ehrwürdigem gerührt werden konnte. Denn dieses jüdischeste aller Feste reichte weiter hinauf in die Vergangenheit der Menschen als irgendeine lebende Übung der Kulturwelt. So wie jetzt wurde dies alles, geübt vor vielen, vielen Jahrhunderten, und die Welt hatte sich seither verwandelt, Völker waren untergegangen, andere waren in der Geschichte erschienen, der Erdkreis hatte sich erweitert, unbekannte Kontinente tauchten aus den Meeren, ungeahnte Naturkräfte erleichterten und verschönten das Leben — und nur dieses eine Volk war noch da wie ehemals, hegte noch die unveränderten Gebräuche, treu sich selbst und eingedenk der Leiden seiner Altvorderen. Es betete noch immer mit tausendjährigen Worten zum Ewigen, seinem Gotte, das Volk der Knechtschaft und Freiheit — Israel!

Einer war an dem Sedertische, der sprach die hebräischen Worte der Hagadah mit der Inbrunst eines Heimgekehrten. Ihm war es ein Wiederfinden und manchmal schnürte ihm Rührung die Kehle zu, daß er sich zusammennehmen mußte, um nicht laut aufzuschluchzen. Bald dreißig Jahre waren es her, daß er selbst als Knabe das *Mah nischtaneh* gefragt hatte. Dann war die *Aufklärung* gekommen, die Loslösung von allem Jüdischen und endlich logisch der Sprung ins Leere, da er gar keinen Halt mehr im Leben besaß. An diesem Seder kam er sich vor wie der verlorene Sohn.

Als der erste Teil der Feier vorüber war und die Speisen aufgetragen wurden, rief ihm Kingscourt über den Tisch zu: »Fritz, ich wußte gar nicht, daß Sie ein so perfekter Hebräer sind.«

»Offen gestanden, ich wußte es selbst nicht!« war seine Antwort. »Aber es scheint, daß man das aus der Jugend her nicht vergißt.«

In den Tischgesprächen kehrte öfters der Name eines Herrn wieder, den Kingscourt und Friedrich noch nicht kannten: Mister Joseph Levy.

Die beiden Steinecks nannten ihn nur »Joe«, in der englischen Abkürzung. Es klang in ihrem Munde wie »Tschoh«. »Es ist doch ein furchtbares Unrecht, daß Tschoh nicht da ist!« sagte der Architekt laut.

»Ja«, ergänzte sein Bruder, »daß Joe heute fehlt, ist nicht in der Ordnung. Die Feier ist nicht vollständig. Sie verstehen?«

»Nee, janz und jar nich«, erklärte Kingscourt. »Es intriguiert mich schon die ganze Zeit, was Sie eigentlich von diesem unbekannten Joe wollen.«

»Er kennt Joe nicht!« schrie der Architekt und hielt sich die Seiten vor Lachen.

»Das ist eine Lücke in ihrer Bildung, meine Herren!« sagte der Professor. »Joe muß man kennen. Ohne Joe säße mancher heute nicht, wo er sitzt. Joe hat die merkwürdigsten Dinge mit den geringsten Mitteln vollbracht. Joe ist ein wunderbarer Kerl. Er besitzt nämlich eine Eigenschaft, die seltener ist als Gold, seltener als Platin, seltener als Uran, seltener als das Seltenste, was es gibt.«

»Deibel, Sie spannen mich, Professor! Und diese Eigenschaft wäre?«

»Einfacher, gesunder Menschenverstand! Sie verstehen?«

»Ich fange an... Nun möcht' ich aber den wundervollen Mann auch sehen!«

Der Architekt machte ein Sprachrohr aus seinen Händen und rief lustig: »Tschoh, Tschoh!«

Mrs. Gothland winkte dem Schreihals zu, er möge schweigen. Dann sagte sie: »Lieber Freund, so laut können nicht einmal Sie sprechen, daß er Sie hört. Es wäre denn, daß Sie sich an das Telephon bemühen. Dann ist es freilich leicht. Sie brauchen nur den Anschluß an Marseille zu verlangen.

Unser guter Joe ist heute nachmittag in Marseille angekommen. Er läßt alle grüßen. Ich habe vorhin mit ihm telephoniert.«

»Wa–as?« schrie der Architekt. »So plötzlich? Ohne ein Wort zu sagen?«

»Ja, er hat sich vor einigen Tagen plötzlich entschlossen«, berichtete Mrs. Gothland weiter. »Sie kennen ja unseren Joe. Es wurde ihm gemeldet, daß ein Fabrikant in Lyon eine neuartige Maschine hergestellt habe. ›Das muß man sich ansehen‹, sagte Joe und fuhr noch am selben Tage nach Europa hinüber. Da die Blätter dort von seiner bevorstehenden Ankunft telegraphisch verständigt wurden, so hat er zur Stunde wahrscheinlich eine Belagerung von Fabriken, Maschinenagenten und Ingenieuren auszuhalten. So ist es immer, wenn Joe nach Europa geht.«

Reschid Bey bemerkte: »Es erwarten ihn gewöhnlich schon die Vertreter aller möglichen Industrien. Er arbeitet mit England, Deutschland, Frankreich und besonders mit Amerika. Morgen wird er vielleicht auf dem Wege nach Amerika sein, wenn er nicht nach London geht oder hierher zurückreist. Man weiß bei Joseph Levy nie vorher, was er tun wird. Nur das eine weiß man: es ist das Richtige. Er schließt schneller einen Handel über fünf Millionen Dollars ab, als ein anderer sich einen Rock kauft. Die Amerikaner sind von ihm entzückt. Er bestellt rasch, zahlt gut und irrt sich nie.«

»Donnerwetter, der Mann jefällt mir!« brummte Kingscourt. »Was ist er denn hier?«

»Generaldirektor des Industrieamtes«, sagte David. »Es gibt freilich kein Amt, das Joseph Levy nicht bekleiden könnte. Das ist einmal ein Mensch, der alles versteht, was sich einem gesunden Blick und einem eisernen Willen erschließt. Er hat eine blitzartige Intelligenz und klärt Ihnen im Nu die verworrenste Situation auf. Und wenn Joe Levy sich etwas vornimmt, dann können Sie gleich einen Eid ablegen, daß er es auch durchsetzt. Ich dachte mir, daß dieser Vollmensch Sie interessieren würde, meine Herren. Sie sollen ihn nach Tisch wenigstens reden hören, da ich ihn heute nicht anders als im Bilde zeigen kann.«

»Da müssen wir wohl ans Telephon ran?« meinte Kingscourt.

»Nicht nötig!« lächelte David. »Sie werden es bequemer haben. Und nicht nur Sie, auch spätere Zeiten werden seine Rede vernehmen. Ich dachte mir, daß es immerhin merkwürdig wäre, die Stimme des Befehlenden festzuhalten, der den neuen Auszug der Juden ordnete. Darum bat ich Joseph Levy, den Bericht über die Besiedlung unseres Landes in den Phonographen hineinzusprechen. Sie kannten ja diese sinnreiche Erfindung schon vor zwanzig Jahren, meine Herren. Ich ließ die Wachsrollen, auf die Joe seinen Bericht gesprochen hat, vervielfältigen. Einige hundert Exemplare schenkte ich jetzt zum Passahfeste den Schulen.

Wir aber werden uns heute an der ersten Vorführung dieser Denkwürdigkeit erfreuen.«

Kingscourt fand es sehr ergötzlich: »Janz famos. Da haben Sie einen reichen Gedanken jehabt, verehrtester Mann der Zukunft. Ohnehin fragte ich mich schon die ganze Zeit nach dem Überjang. Das Fertige sehn wir ja vor uns. Aber wie ist es jeworden? Da liegt schließlich des Pudels Kern begraben. Daß es Eisenbahnen, Häfen, Fabriken, Automobile, Tele-, Phono-, Photo- und Gott weiß was für Grafen jibt, das wußten auch wir minderjebildeten Europäer schon, bevor wir den erstaunten Fuß auf Palästinas Erde setzten. Aber wie haben Sie das alles herüberverpflanzt? Darum wollt' ich Sie eben ooch jebeten haben.«

»Joe wird Ihnen den Anfang sagen, nachdem wir Ihnen das Ende gezeigt haben«, antwortete David. »Und dieser Sederabend schien mir dafür eine weihevolle Zeit. Wir lesen heute in unserer alten Hagadah, wie die Weisen einst an einem solchen Abende zu Bene-Berak zusammen kamen, und sich die ganze Nacht hindurch über den Ausgang aus Mizrajim unterhielten. Wir sind die Nachfahren von Rabbi Elieser, dem Sohne Asarias, Rabbi Akiba und Rabbi Tarphon. Und dies ist unser Abend von Bene-Berak. Altes will in neues übergehen. Wir werden zuerst unseren Seder in der Weise unserer Vorfahren zu Ende führen. Dann möge sich die andere Zeit melden, wie sie gekommen ist. Wieder gab es ein Mizrajim und wieder einen glückhaften Auszug. Dieser wurde selbstverständlich auf eine Art gemacht, welche dem Kulturzustande und den technischen Mitteln zu Beginn des zwanzigsten Jahrhunderts entsprach. Es konnte nicht anders sein. Es konnte auch nicht früher sein. Das technische Zeitalter mußte erschienen sein. Die Völker mußten die Reife zur Kolonialpolitik erlangt haben. Statt der Segelschiffe mußten die großen Schraubendampfer mit zweiundzwanzig und mehr Seemeilen Geschwindigkeit existieren. Kurz, das Inventar von 1900! Wir mußten neue Menschen geworden und doch auch dem alten Stamm nicht untreu sein. Und auch die wohlwollende Teilnahme der Völker und ihrer Fürsten mußte dabei sein, sonst wäre das ganze Werk nicht möglich gewesen.«

»Gott hat uns geholfen!« sagte der alte Littwak und murmelte hebräische Worte.

Reverend Hopkins erinnerte seine geistlichen Kollegen von den anderen Kirchen an den Osterstreit des Altertums, und wie sich all der müßige Hader nun in Harmonien aufgelöst habe. Heute könnten sie als Christen friedlich im Hause eines Juden zur Passahfeier zusammenkommen und nähme keiner Anstoß an den Anschauungen des anderen. Denn ein Frühling der Menschheit sei auferstanden.

»Er ist wahrhaftig auferstanden!« sagte der Pope von Sepphoris.

Zweites Kapitel

Die Nachtischfeier folgte, und als sie mit allen Vorschriften der Hagadah fertig waren, gingen sie in den Salon hinüber, wo schon der Phonograph mit Joes Erzählung auf einem Tischchen bereit stand. Es war der Kingscourt wohlbekannte Apparat, verbessert durch eine einfache automatische Vorrichtung, welche die Rollen nacheinander abgleiten ließ. Die ganze Erzählung konnte so abgespielt werden, ohne daß eine Unterbrechung fühlbar geworden wäre. Wollte man aber eine Pause machen oder sich etwas wiederholen lassen, so genügte ein Handgriff, um die Walze aufzuhalten oder einige Sätze weit zurückzustellen. Alle hatten auf Lehnstühlen und Sofas Platz genommen.

David setzte sich an das Tischchen, stellte den Schalltrichter nach den Zuhörern hin, rückte einen kleinen Knopf an dem Apparat und sagte: »Unser Freund Joe Levy hat das Wort.«

Im Phonographen schnurrte es ein wenig, dann wurde mit völliger Deutlichkeit eine kraftvolle Mannesstimme laut: »Meine geehrten Anwesenden! Ich soll Ihnen über die neue Judenwanderung berichten. Die ganze Sache war sehr einfach. Ich glaube, es wird zuviel Wesens daraus gemacht. Um die politische Vorbereitung hatte ich mich nicht zu kümmern. Glücklicherweise. Ich bin kein Politiker, war es nie, werde es nie sein. Ich hatte meinen Auftrag und führte ihn aus. Unsere Gesellschaft war unter dem Titel *Neue Gesellschaft für die Kolonisierung von Palästina* gegründet worden. Sie hatte mit der türkischen Regierung einen Besiedlungsvertrag geschlossen. Die Bedingungen dieses Abkommens sind aller Welt bekannt. Als ich vor Abschluß des Charters gefragt wurde, ob wir die großen Geldleistungen an den türkischen Staatsschatz alljährlich würden erschwingen können, bejahte ich es unbedingt. Bei Unterzeichnung des Charters hatten wir der türkischen Regierung zwei Millionen Pfund Sterling bar zu erlegen. Dazu kam noch die jährliche Abgabe von fünfzigtausend Pfund Sterling durch dreißig Jahre und ein Viertel des Reinerträgnisses der *Neuen Gesellschaft für die Kolonisierung von Palästina*, ebenfalls an den türkischen Staatsschatz zu entrichten. Nach Ablauf der ersten dreißig Jahre aber werden wir bekanntlich den Reinertrag der neuen Gesellschaft mit der türkischen Regierung teilen, falls diese es nicht vorzieht, den letzten zehnjährigen Durchschnitt der von uns erhaltenen Geldleistungen als für immer gleichbleibende Abgabe zu beziehen. Die Erklärung hierüber hat uns die türkische Regierung im siebenundzwanzigsten Vertragsjahre kundzumachen. Wir können allerdings schon heute vermuten, daß die türkische Regierung lieber den halben Reinertrag der neuen Gesellschaft in Anspruch nehmen wird, weil dabei für sie viel mehr herauskommt. Für diese Abgaben erhielten wir die Verwaltung der zu besiedelnden Gebietsteile, deren Oberhoheit dem Sultan dabei erhalten blieb.

Nun waren das freilich sehr große Geldleistungen und es regten sich anfänglich Zweifel, ob die neue Gesellschaft so gedeihen könne. Das Land war bettelarm und unsere Ansiedler sollten aus dem Proletariat aller Länder herkommen. Zwar gab es mehrere große Stiftungen für jüdische Nationalzwecke. Ihr Gesamtbetrag wurde Ende 1900 mit zwölf Millionen Pfund Sterling festgestellt. Aber es waren ja außer den Zahlungen an die türkische Regierung noch große Aufwendungen für den privatrechtlichen Ankauf von Grund und Boden, für das Ansiedeln ganz mittelloser Menschen, für die Urbarmachung, Bepflanzung, Aufbesserung des Landes nötig. Woraus sollten alle diese Erfordernisse bestritten werden? In unserem engeren Komitee gab es Furchtsame, die den Zusammenbruch des Unternehmens vorhersagten. Meine Freunde und ich trugen den Sieg über diese Bedenken davon. Es gelang uns, darzutun, daß wir die Berechnung nicht nur auf Grund des Vorhandenen anstellen müßten, sondern auch auf Grund dessen, was nach aller menschlichen Erfahrung durch den Beginn unserer Arbeiten hinzukommen würde. Unser für die Zukunft errichtetes Werk würde auch durch diese selbst erhalten und gestärkt werden. Nach zehn Jahren sind die Knaben, die wir hinführen, Männer. Wenn wir Menschen haben, haben wir alles. Die Menschen aber bringen wir selber hin, erziehen sie, wie wir sie brauchen und benützen sie, wie es uns und ihnen, das heißt der Gemeinschaft, frommt. Es ist das einfachste Raisonnement von der Welt. Man macht es im kleinsten Ländchen, bei den unbedeutendsten Völkern. Nur die Juden hatten dieses ABC des Volkstums verlernt.

Es kam noch ein Wichtigeres hinzu, das unsere Juden merkwürdigerweise nicht wußten, obwohl sie es täglich auf anderen Gebieten ausübten: die Unternehmungslust! Ich will dazu ein Beispiel geben. Als zu Ende des neunzehnten Jahrhunderts die Goldfunde im unwirtlichen Klondyke gemacht wurden, strömten erwerbshungrige Scharen nach dem eisigen Alaska. Ich spreche nicht von den Goldsuchern, sondern von den Unternehmern, die sich den Goldsuchern an die Fersen hefteten. Plötzlich wanderten Betten, Tische, Stühle, Hemden, Stiefel, Röcke, Konserven, Weinflaschen, Ärzte, Lehrer, Sänger nach Klondyke — mit einem Wort, alles, was man braucht und nicht braucht, wanderte hin, weil einige Leute dort Geld in der konzentriertesten Form erlangten. Die Nachströmenden waren nur zum Teile Goldgräber. Sie gingen nicht dem Verdienste nach, der in der Erde verborgen war, sondern dem, der schon zutage lag. Sie wollten an dem bereits gefundenen Golde verdienen.«

Der Professor konnte sich an dieser Stelle nicht enthalten, ein lautes »Sie verstehen?« dazwischenzurufen, aber sein Bruder zischte ihn so heftig nieder, daß er beschämt schwieg.

Und der Phonograph sprach weiter: »Ich habe dieses grelle Beispiel gewählt, um zu zeigen, wie jede Erwerbsgelegenheit, wenn sie den Unternehmungsgeist anspricht, schnell noch andere Erwerbsgelegenheiten schafft. Jeder praktische Mensch weiß das beinahe instinktiv, ohne erst auf die Professoren der Nationalökonomie zu warten, die es ihm in geheimnisvollen Ausdrücken erklären. Tatsächlich gehörten wir Juden schon seit langer Zeit zu den findigsten Unternehmern. Nur auf unsere eigene Zukunft hatten wir früher nie wirtschaftliche Hoffnungen gebaut. Warum? Weil die Sicherheiten fehlten. Wenn die Sicherheiten aber geschaffen wurden, mußten wir in diesem Lande mindestens dieselbe Unternehmungskraft betätigen wie in anderen Ländern.

Darum machte mir das Hervorkommen der notwendigen Kapitalien keine übermäßige Sorge. War das Land bereit und die Einwanderung eingeleitet, so mußte jedes angemessene Gelderfordernis aufzubringen sein. Und darum bejahte ich die Frage, ob wir die Geldleistungen an die türkische Regierung in diesem Umfange auf uns nehmen könnten, ohne befürchten zu müssen, daß es uns dann an den Investitionskapitalien fehlen werde. Das war von mir kein Experiment. Es war die Anwendung von weltalten Tatsachen und Erfahrungen. Der Charter wurde abgeschlossen. Wir erlegten die Bezahlung. Da mir von diesem Augenblick an die Leitung der Kolonisation übertragen war, bedang ich mir vor allem aus, daß der Charter vorläufig noch nicht veröffentlicht werden dürfe. Ich wollte kein tumultuarisches Einwandern haben. Es wäre gewiß zu argen Unordnungen gekommen. Die ärmsten, gierigsten Leute wären hierhergestürzt, Kranke und Alte hätten sich hergeschleppt. Wir würden vor allem anderen Hungersnot und Epidemien gehabt haben. Es gibt ein altes französisches Theaterstück, das heißt: die Furcht vor der Freude. So wie es darin zugeht, so halte auch ich Furcht vor der Freude meiner armen Juden. Ich mußte sie behutsam vorbereiten. Ich mußte auch uns vorbereiten. Das Direktorium der neuen Gesellschaft wurde eingesetzt. Das Direktorium ernannte mich zum Generalmanager auf fünf Jahre. Dann erhielt ich für die ersten Ausgaben den Kredit von einer Million Pfund. Einer meiner Ingenieure meinte, das sei wenig.«

»Verdammt wenig!« schrie Kingscourt und winkte heftig: »Stoppen Sie
'mal den Klapperkasten!« David hatte den Phonographen schon zum Still-
stand gebracht. »Wenn Sie mich ollen Meerjreis ernstlich aufklären wollen,
müssen Sie mir jefälligst einiges sagen, sonst versteh' ich Ihren janzen
Joe mitsamt seinem Telephonographen nich... Was ist das für 'ne neue
Jesellschaft? Ist das dieselbe, von der in Neudorf mehrstenteils die Rede
war? Und was ist das für'n Direktorium? Und woher haben Sie das Jeld,
wenn's auch nich viel ist?«

David nickte mit dem Kopfe: »Alle diese Fragen begreife ich. Joe Levy
glaubte freilich nicht, daß er davon erzählen müsse, weil jedes Kind es
weiß. Die neue Gesellschaft von damals und heute sind eins und dennoch
verschieden. Es war ursprünglich eine Aktiengesellschaft und ist heute eine
Genossenschaft. Die Genossenschaft ist vermögensrechtlich die Erbin der
Aktiengesellschaft.«

»Sie verstehen?« rief der Professor.

»Nee! Haben die Aktionäre ihr Jeld hergeschenkt? Dann ist es 'n Märchen.«

»Mr. Kingscourt«, entgegnete David, »es wird Ihnen gleich klar sein,
wenn Sie die verschiedenen Rechtspersönlichkeiten auseinanderhalten.
Wir haben da drei juristische oder moralische Personen: die Stiftungen,
die Ende 1900 ein Vermögen von zwölf Millionen Pfund hatten.

Zweite Person: die Aktiengesellschaft, die von den unserer Sache erge-
benen Londoner Finanziers mit einem Kapital von zehn Millionen Pfund
Sterling gegründet wurde, nachdem die Erteilung des Charters gesichert
war.

Dritte Person: die Genossenschaft der Kolonisten. Die letzteren waren
durch ihre auf den Kongressen gewählten Führer vertreten. Diese Führer
setzten die Massen erst dann in Bewegung, als sie mit der Aktiengesellschaft
über deren spätere Vergenossenschaftlichung einig geworden waren.«

»Sie erstaunen mich, edler Märchenprinz!« lachte Kingscourt. »Auf solche Sache wären Aktienmenschen, Syndikatshyänen eingegangen?«

»Es waren keine Syndikatshyänen, Mr. Kingscourt«, erwiderte David.
»Es waren anständige Geschäftsleute, die sich mit einem anständigen Ge-
winne begnügten. Das Abkommen wurde zwischen Kapital und Arbeit
gerecht getroffen. Das Geld allein, die Arbeit allein konnten den Schwierigkeiten nicht beikommen. Die Geldleute sollten ihre Sicherheit haben,
die Arbeitsleute auch. Wäre das nicht vorher in Ordnung gebracht worden,
so mußte mit der Zeit eine oder die andere Ungerechtigkeit eintreten:
entweder hätte sich das Volk über die Rechte der Aktionäre hinweggesetzt,
oder es wäre in ihre Sklaverei geraten. Beidem wurde durch die Verein-
barung vorgebeugt, daß die Genossenschaft der Kolonisten berechtigt sei,

nach Ablauf von zehn Jahren die Aktien der neuen Gesellschaft einzulösen. Als Ablösungssumme wurde die fünfprozentige Kapitalisierung des in den letzten fünf Jahren erzielten Durchschnittsertrages bestimmt. Die Ablösungssumme durfte aber nicht weniger als das tatsächlich eingezahlte Aktienkapital nebst Zinsen betragen.«

Hier wagte Friedrich ein wenig schüchtern die Bemerkung: »Das scheint mir doch eine unmögliche Bedingung. Woher sollten die mittellosen Kolonisten solche Summen erschwingen, um die Aktien der Gesellschaft zurückzukaufen?«

»Nee, mein Sohn«, meinte Kingscourt, »mir ist es jetzt schon klar wie Kloßbrühe. Wenn die Kolonisation gelang, waren die Kolonisten nicht in Verlegenheit, sich das Geld zu verschaffen. Sie konnten es als aufstrebende Genossenschaft auch jepumpt kriegen.«

»Richtig!« sagte David. »Als die Genossenschaft an die Einlösung der Aktien zu gehen beschloß, nahm sie das notwendige Geld in Form einer vierprozentigen Anleihe auf. Schon daran hat die Genossenschaft ein gutes Geschäft gemacht. Der Reinertrag vom fünften bis zum zehnten Jahre war durchschnittlich eine Million Pfund gewesen. Für die Einlösung der Aktien waren also zwanzig Millionen erforderlich. Mit einer jährlichen Zinsverpflichtung, die dem bisherigen Reinertrage gleichkam, konnte aber die Genossenschaft zu vier Prozent fünfundzwanzig Millionen Kapital erhalten. Es blieben somit nach Erwerbung des Aktienvermögens noch fünf Millionen Gewinn von dieser Operation übrig.«

»Verdammte Jungens!« staunte Kingscourt. »Wodurch war denn die Aktiengesellschaft so reich geworden?«

»Hauptsächlich durch die Wertsteigerung des Bodens, den sie angekauft hatte«, sagte David. »Diese Werterhöhung war den Arbeitern zu verdanken, und ihnen mußte sie schließlich gerechterweise zugute kommen. Sie sehen jetzt auch, wie wir den Übergang des Bodens an die Gemeinschaft vollziehen konnten. Das Gemeingut wurde Eigentum der Genossenschaft, die von da ab den offiziellen Namen *Neue Gesellschaft* trug.«

Architekt Steineck rief: »Unseren lieben Gästen wird es vielleicht nicht gefallen, daß wir uns solcher anrüchigen Mittel wie Aktien und dergleichen bedient haben. Wir konnten uns aber nicht anders helfen.«

»Da irren Sie sich groß«, erwiderte Kingscourt »wenn Sie mich für 'n solches Hornvieh halten. Ich habe ja in Amerika jelebt. Ich weiß doch, was 'ne Harke ist. Eine Aktiengesellschaft ist 'n Jefäß, da kann man Jutes und Schlechtes hineintun. Ebenso, könnte einer sagen, eine Flasche sei verwerflich, weil man sie mit Gift oder Fusel füllen kann. Auch solche Kolonialgesellschaften hat's doch in der Jeschichte jenug jegeben. Es waren miserable und ausjezeichnete drunter. Die ostindische Kompanie war

doch nicht schlecht. In eurer neuen Jesellschaft find' ich sogar 'nen sitt-
lichen Grundzug. Das mit der Verjenossenschaftlichung ... Nu möcht' ich
aber hören, wie's weiter war. Lassen Sie doch 'mal Ihren Klapperkasten
wieder laufen.«

Drittes Kapitel

David stellte den Phonographen wieder ein, und aus dem Schalltrichter hörte man abermals Joes Stimme, die früheren letzten Worte wiederholend: »Das Direktorium ernannte mich zum Generalmanager auf fünf Jahre. Dann erhielt ich für die ersten Ausgaben den Kredit von einer Million Pfund eingeräumt. Einer meiner Ingenieure meinte, das sei wenig. Für den Anfang reichte es jedenfalls. Ich machte mir also meinen Plan. Wir waren im Herbst. Nach dem Winterregen wollte ich die geordnete Wanderung beginnen lassen. Ich hatte beiläufig vier Monate zur Arbeit vor mir. Da durfte keine Stunde verloren werden.

Vor allem richtete ich mir meine Zentralkanzlei in London ein und stellte für die wichtigsten Abteilungen Chefs auf, die ich kannte oder die mir gut empfohlen waren. Smith für Personentransport, Rübenz für Frachten, Steineck für das Bauamt, Warszawski für Maschinenkauf, Alladino für Landkauf, Kohn und Brownstone für die Verpflegung, Harburger für Sämereien und Baumpflanzungen. Leonkin hatte das Rechnungsdepartement, Wellner war mein Generalsekretär. Ich nenne sie in der Reihenfolge, wie sie mir einfallen. Als erster Gehilfe und Chefingenieur diente mir Fischer, den uns leider schon der Tod entrissen hat. Er war ein herrlicher, ernster, begeisterter Mensch. Wir werden nie genug um ihn trauern können.

Das Erste war, daß ich Alladino nach Palästina schickte, um so viel Land zu kaufen, wie er nur bekommen konnte. Er war ein spaniolischer Jude, des Arabischen und Griechischen kundig, ein verläßlicher, kluger Mann aus einer jener stolzen Familien, die ihren Stammbaum bis in die Zeit der Vertreibung aus Spanien nachweisen. Vor der Veröffentlichung des Charters waren die Bodenpreise mäßig. Ich durfte darauf rechnen, daß der undurchdringliche Alladino sich auch von den pfiffigsten Agenten nicht werde überlisten lassen. Die Landkäufe gingen natürlich auf ein anderes Konto der neuen Gesellschaft, es waren dafür zunächst zwei Millionen Pfund Sterling bewilligt. Fünfzig Millionen Francs waren für die damaligen Bodenverhältnisse in Palästina eine große Summe. Da ich mir beim Abschluß des Charters von der türkischen Regierung hatte versprechen lassen, daß die bisherigen behördlichen Einwanderungsschwierigkeiten bis auf weiteres bleiben sollten, war ich gegen eine überstürzte Immigration ziemlich gesichert.

Eine in kleine numerierte Gevierte eingeteilte Landkarte von Palästina wurde in meinem Bureau aufbewahrt, die genaue Kopie nahm Alladino mit. Er hatte mir einfach die Nummern der Parzellen, die er angekauft hatte, zu telegraphieren. So wußte ich jeden Tag, wieviel und welchen Boden wir bereits besaßen und konnte danach meine Dispositionen treffen.

Zur gleichen Zeit schickte ich den Botaniker Harburger nach Australien zum Ankaufe von Eukalyptusbäumchen. Auch hatte er diskretionäre Vollmacht zur Anschaffung solcher Setzlinge der Mittelmeerflora, die er zu Nutz und Zier nach Palästina verpflanzen wollte. Alladino und Harburger reisten zusammen nach Marseille. Dort trennten sie sich. Alladino ging mit dem nächsten Schiffe nach Alexandrien. Harburger reiste langsamer die Riviera hinunter, überall Bestellungen bei Gärtnern und Pflanzenhändlern für das kommende Frühjahr machend. Seine Aufgaben zeigte er täglich Rübenz an. Eine Woche später schiffte sich Harburger in Neapel nach Port-Said ein, und ich hörte dann erst wieder von ihm, als er in Melbourne angelangt war.

Ferner schickte ich sofort den Maschineningenieur Warszawski nach Amerika zum Einkauf der neuesten landwirtschaftlichen Geräte, Maschinen und aller Arten von transportablen Motoren, Straßenwalzen und so weiter. Warszawski hatte, wie alle meine Chefs, den Auftrag, sich nie ängstlich an meine Detailbefehle zu halten, sondern nur das Praktische auszuführen. Lange Berichte wünschte ich nicht. Alles Wichtige mußte mir aber sofort mit Ziffern und Tatsachen telegraphiert werden. Wer irgendwo etwas Neues, Praktisches, für unsere Zwecke Verwendbares sah, auch wenn es nicht in sein Ressort einschlug, hatte es mir sofort zu signalisieren, am liebsten telegraphisch. So habe ich im Verlaufe der Zeit manche glänzende Anregung bekommen. Unser Werk ist nur darum gelungen, weil es fort und fort auf der modernsten Höhe der Zeit war. Ich sagte Warszawski beim Abschiede bloß: Kaufen Sie kein altes Eisen! Er verstand mich.

Warszawski hatte noch einen Nebenauftrag. Er sollte die Rückwanderung der nach Amerika verschlagenen osteuropäischen Emigranten einleiten. Auf dieses Bevölkerungselement legte ich das größte Gewicht. Es waren Leute, die sich schon einmal mit Energie aus elenden Verhältnissen losgerissen und nachher die gute amerikanische Schule des Lebenskampfes durchgemacht hatten. Newyork war zu Ende des neunzehnten Jahrhunderts die größte Judenstadt der Welt. Freilich konnten sich diese osteuropäischen Flüchtlinge in solchen Massen dort nicht halten. Sie drückten einander entsetzlich wie in einem Pferch und waren aus einer Misere in die andere gekommen. Da war also der Abfluß ein ebensolches Erlösungswerk wie in Osteuropa selbst. Es mußte auf ähnliche Weise die Wanderung nach Palästina vorbereitet werden. Warszawski hatte den Auftrag, die Leiter der bestehenden zionistischen Ortsgruppen zu einer vertraulichen Besprechung einzuladen. Um einer verfrühten Ablüftung des Planes vorzubeugen, hatte er ihnen nur folgendes zu sagen:

›Es hat sich eine kapitalkräftige Gesellschaft gebildet und Konzessionen in Palästina erhalten, um landwirtschaftliche und industrielle Unternehmungen anzulegen. Tüchtige gelernte und ungelernte Arbeiter dürften im Monat Februar gebraucht werden. Fertigen Sie mir verläßliche Listen aus den Angehörigen Ihrer Ortsgruppen an. Die Rubriken sind: Namen, Alter, Geburtsort, bisherige Beschäftigung, Familienstand, Besitzverhältnisse. Unter den ungelernten Arbeitern erhalten die ledigen Leute den Vorzug, unter den Handwerkern die Verheirateten. Jede Ortsgruppe übernimmt für die von ihr Empfohlenen die moralische Verantwortung. Diese Verantwortung wird darin wirksam, daß eine Ortsgruppe, deren Angemeldete dann den Dienst versagen oder sich irgendwie untüchtig erweisen, späterhin vom Präsentationsrechte ausgeschlossen sein soll. Es muß eine Ehrensache der Ortsgruppe sein, nur die geeigneten Menschen vorzuschlagen. Ihre Sache ist es, wie sie die herausfinden: durch allgemeine Wahl der Mitgliederversammlung oder durch Ernennung seitens des Gruppenvorstandes. Die Mittel zur Erforschung der Eigenschaften haben sie in jedem einzelnen Falle, da sie einander kennen, jeden in ihrem kleineren Kreise arbeiten und wirtschaften sehen.‹

Wörtlich die gleiche Vorschrift ließ ich auch in Rußland, Rumänien, Galizien und Algerien zur Kenntnis der zionistischen Ortsgruppen bringen. Zu diesem Zwecke sandte ich Leonkin nach Rußland, Brownstone, der in Jassy zu Hause war, nach Rumänien, Kohn nach Galizien und Smith nach Algerien. Leonkin war nach drei Wochen, die anderen schon nach vierzehn Tagen wieder bei mir in London. Sie hatten den erforderlichen Korrespondenzdienst überall eingerichtet. Natürlich mußte das alles einfach und stramm zentralisiert sein. Ich hatte in den einzelnen Ländern erklären lassen, daß mein Bureau nur mit den Zentralstellen verkehren werde. Wir wären sonst in Schreibereien ertrunken. Die Vorsteher der Ortsgruppen wählten für größere Distrikte ein gemeinschaftliches Komitee. Die Vorsteher der Distriktskomitees wieder wählte ihre Landeszentrale, die allein mit meinem Bureau zu tun hatte. Ich brauchte nur das Verzeichnis der Ortsgruppen nach Distrikten und Ländern geordnet.

Um mir den beständigen Überblick zu erleichtern, hatte ich einen kleinen Anschauungsbehelf. Ich ließ mir Stecknadeln mit verschiedenfarbigen Glasköpfen machen. Dunkelblau, lichtblau, gelb, rot, grün, schwarz, weiß. Diese Nadeln steckte ich in die auf Bretter gespannten großen Landkarten der einzelnen Staaten. Jede Farbe bedeutete den Vorbereitungszustand einer Ortsgruppe. Weiß bedeutete zum Beispiel nur, daß an diesem Ort eine organisierte Gruppe bestehe, die in der Ausarbeitung der Arbeiterliste begriffen sei. Grün bedeutete landwirtschaftliche, rot Industriearbeiter, gelb selbständige Handwerker, lichtblau endlich die bereits mit gemeinschaftlichem Vermögen gebildeten landwirtschaftlichen Berufsgenossenschaften, die nur ein Stück geliehenen Bodens zur Ansiedlung verlangten. Schwarz war das Zeichen für die Ortsgruppe, deren Sendlinge sich nicht bewährt hatten. Dann gab es auch gemischtfarbige Köpfe an meinen Stecknadeln, grün-rot, lichtblau-gelb und so weiter. Das sind geringe Details, die mir aber die Mühe sehr vereinfachten. Ich konnte Dank meinem Nachrichten- und Kartendienst Jahre hindurch jeden Tag den ganzen Stand unserer Bewegung deutlich bis in die letzten Einzelheiten überblicken. Diese Landkarten und Telegramme begleiteten mich überallhin. Später kamen Stecknadeln mit Ziffern für die Eisenbahn- und Schiffsmarkierung hinzu. Ich wußte zu jeder Stunde, wieviel Transporte unterwegs und genau, an welcher Stelle sie waren. Befand ich mich selbst auf der Reise, so wurden mir die eingelaufenen Depeschen zweimal täglich in einem Gesamtbericht von meinem braven Wellner aus London nachgedrahtet.

Vielfach war in früherer Zeit die Meinung verbreitet gewesen, daß die Aussicht auf eine bevorstehende Auswanderung die Leute demoralisieren müsse. Niemand würde mehr Lust zur Arbeit oder zur Erfüllung seiner Verpflichtungen haben, wenn er demnächst wegziehen sollte. Das Gegenteil des Befürchteteten trat ein. Da die Ortsgruppen in ihrem eigenen wohlverstandenen Interesse nur die Anständigsten, Fleißigsten vorschlagen durften, so entstand überall ein löblicher Wettbewerb um die Aufnahme in die Liste. Diese wurde unversehens das Ehrenbuch der Gemeinden. Wen man für würdig erklären sollte, ins gelobte Land zu ziehen, der mußte sich redlich bemühen. So ergab sich daraus eine Nebenwirkung; ich gestehe offen, daß ich diese nicht im Traum erwartet hätte. Und sie war doch eigentlich so leicht vorauszusehen gewesen. Mancher unordentliche oder hoffnungslose Mann strengte sich mehr an als bisher und wirtschaftete vernünftiger. Mancher Haushalt wurde befestigt, mancher halb Verlumpte raffte sich wieder auf. So war die Wirkung des geregelten Auswanderns auch auf die ganz vorzüglich, die noch dableiben mußten. Und wie sie sich innerlich erhoben, so wurden sie auch ihren äußeren Verpflichtungen gerecht. In der Instruktion an die Ortsgruppen war mit größter Deutlichkeit gesagt, daß nur diejenigen angenommen werden könnten, die von ihrer politischen Behörde ein richtiges Abgangszeugnis erhielten. Für Vagabunden hatten wir keine Verwendung. Von den Regierungen, die über unser Werk vollkommen unterrichtet waren, wurden wir nach Möglichkeit unterstützt. Übrigens kam das erst später.

In den ersten Wochen, nachdem ich Alladino, Warszawski und die anderen ausgeschickt hatte, war ich nur mit meinem Chefingenieur Fischer, Steineck und Wellner in London. Da wurden die großen technischen Pläne zum erstenmal umrissen. Viele davon sind heute verwirklicht. Manche mußten wir aufgeben; andere wurden noch großartiger ausgeführt als wir gehofft hatten. Ich behaupte nicht, daß wir noch nicht Dagewesenes geleistet haben. Die amerikanischen, englischen, deutschen und französischen Ingenieure haben das alles schon vor uns gemacht. Aber im Orient waren wir doch die ersten Boten dieser Kultur.

Von Steineck ließ ich Pläne für Arbeitshäuser und Stationsgebäude anfertigen. Einige billige Typen mußten für den Anfang genügen. Hauptsache war die rasche Herstellung. Auf Schönheit konnte in der ersten Zeit nicht reflektiert werden. Die großen Leistungen Steinecks in der zweckmäßigen, graziösen und stellenweise majestätischen Anlage von größeren Ortschaften, Städten sind späteren Datums. Im Anfang hatte er nur für die rohen Unterkunftsbauten zu sorgen. Auf seinen Vorschlag bestellte ich in Frankreich fünfhundert Baracken eines neuen Systems, die wie Zelte abgebrochen und innerhalb einer Stunde aufgestellt werden konnten. Die Baracken mußten Mitte Februar in Marseille geliefert werden, wo sie Rübenz übernehmen ließ. Ich gab, nachdem die typischen Hauspläne fertig waren, Steineck den allgemeinen Auftrag, sich das Baumaterial und die Baumeister schnell, billig, nach seinem Ermessen zu schaffen. Steineck mußte sein Bauamt sofort einrichten und ich wollte ihm die weiteste Selbständigkeit gewähren. Ich sagte ihm: Begeben Sie sich unverzüglich an Ort und Stelle! Seine Antwort machte mich stutzig. Er sagte: ›Ich werde zuerst nach Schweden und Finnland gehen ...‹

Hier wurden die Worte des Phonographen überlärmt von einem lustigen Ausbruch des Architekten Steineck. Die Erinnerung riß ihn so hin, daß er dröhnend lachte. Sein Bruder wies ihn streng zurecht: »Beherrsche dich! Du störst uns!« David mußte die Walze wieder zurückstellen, so daß man die letzten Worte nochmals hörte:

»... machte mich stutzig. Er sagte: ›Ich werde zuerst nach Schweden und Finnland gehen ...‹ Das war doch nicht die Route nach Palästina? Aber ich urteilte vorschnell. Er ging nach Schweden, um Bauholz einzukaufen. Dann reiste er nach der Schweiz, nach Österreich und Deutschland und warb an den technischen Hochschulen junge Leute, die eben mit ihren Studien fertig wurden. Nach sechs Wochen hatte er in Jaffa seine erste Baukanzlei im Betrieb, mit ungefähr hundert Bauingenieuren und Zeichnern, unter denen sich bald sehr tüchtige Kräfte bemerkbar machten. Die Kunde vom unverhofften Bedarf an jüdischen Technikern verbreitete sich aber durch die Studentenvereine sehr rasch an allen Hochschulen. Auch da zeigte sich die Erscheinung, die wir auf einer unteren Stufe in den Ortsgruppen sehen konnten. Die Aussicht, in Palästina Verwendung und eine vielleicht glänzende Karriere zu finden, beflügelte den Lerneifer der jungen Leute. Sie vertrödelten ihre Zeit nicht mit politischem Firlefanz oder Kartenspiel, sondern trachteten, mit möglichster Beschleunigung brauchbare Menschen zu werden.

Das Holz, das Steineck in Schweden und Finnland gekauft hatte, sowie seine Eisenbestellungen in Deutschland und Österreich gab er unserem Tarifmann Rübenz auf. Dieser hatte sich inzwischen mit Eisenbahnen, Schiffahrtsgesellschaften und Dockverwaltungen in Verbindung gesetzt. Rübenz war ein geschickter Tarifeur und löste die Aufgabe in den nächsten Monaten vorzüglich. Seine Leistung ist heute ziemlich vergessen, weil ein so großartiger Schiffsverkehr zwischen unseren und den europäischen Häfen besteht. Aber in den ersten drei, vier Jahren gehörte Witz dazu, billige Frachtmittel zu finden. Rübenz benützte die erstaunlichsten Gelegenheiten, spanische, griechische, nordafrikanische Schiffe. Ich hatte ihn immer im Verdacht, daß er das Speditionsgeschäft als Sport betreibe. Er ließ seine Waren die wunderbarsten Reisen und Umwege machen. Aber am Tag, an dem man sie brauchte, waren sie da, und es stellte sich manchmal heraus, daß er eine langsamere Beförderung gewählt hatte, um Lagerzins zu sparen. Das Schiff war in seiner Behandlung ein schwimmendes Dock. Er hatte in seiner Abteilung auch mehrere Landkartensysteme mit bunten Stecknadeln, die Getreide, Mehl, Zucker, Kohle, Holz, Eisen und so weiter bedeuteten. Wollte ich mich über den Materialstand orientieren, brauchte ich nur in sein Bureau zu gehen. In wenigen Minuten hatte ich alle Auskünfte und ein übersichtliches Bild unserer Vorräte. Rübenz war ein Pfennigsparer. Damit hat er unserer Wirtschaft riesige Summen eingebracht.

Es war auch ein Gedanke des Rübenz, die großen Kaufhäuser in England, Frankreich und Deutschland noch vor Beginn der Wanderung zu verständigen. Diese Kaufhäuser hatten Massen alter Ladenhüter und ihre Besitzer durften froh sein, solchen Absatz zu finden. Für uns war es eine bedeutende Entlastung, daß wir nicht für alle Lebensnotwendigkeiten unserer Ankömmlinge im vorhinein sorgen mußten. Wie sollten wir alle die Betten, Tische, Schränke, Matratzen, Kissen, Decken, Schüsseln, Teller, Töpfe, Wäsche, Kleider, Stiefel vorbereiten? Das wäre an sich schon eine ungeheure Aufgabe gewesen. Wir überließen sie am besten solchen konkurrierenden Großunternehmern, die sich dabei ihren Vorteil suchen mochten. Diese Kaufleute hatten freilich in den armen Einwanderern keine sehr geldkräftige Kundschaft. Anders als in Teilzahlungen konnten die Ansiedler die Waren nicht erstehen. Doch gab es eine Sicherheit darin, daß die neue Gesellschaft die vereinbarten Raten den Arbeitern und Angestellten vom Lohn abzog und den Kaufhäusern direkt zuführte. Dadurch erlangten wir aber auch einen gesunden Einfluß auf die Warenpreise, die unseren Ansiedlern gerechnet wurden. Unser Rechnungsdepartement ließ sich mit den Kaufhäusern auf solchen Verkehr nur ein, wenn sie ihren festen Preistarif vorgelegt hatten. So wurde die Bewucherung der armen Leute verhindert, und die Warenmagazine machten große Umsätze bei völliger Sicherheit. Ja, es ist noch selten in der Weltwirtschaft vorgekommen, daß die Lieferanten einen bevorstehenden Warenverbrauch mit solcher Wahrscheinlichkeit abschätzen konnten. Die Lieferung hatte etwas Heeresmäßiges und doch Freies. Die Konkurrenz blieb allen offen. Dadurch wurde alles billiger. Einer Kartellierung der Warenhäuser war leicht vorzubeugen. Für Geschäfte, die sich zu einem Preiskartell zusammentaten, besorgten wir die Verrechnung nicht. Sie mochten dann zusehen, woher sie ihre Kundschaft nahmen. Unsere ordentlichen Leute bekamen sie nicht.

Auf diese Art schufen wir in zwei, drei Monaten den Markt der ersten Zeit. Während sich in allen Ländern die Ortsgruppen um die Auswahl der Tüchtigsten bemühten, bereiteten englische, deutsche und französische Warenhäuser ihre Niederlassungen in Haifa, Jaffa, Jericho und vor den Toren Jerusalems vor. Die einheimische Bevölkerung sah das Auftauchen der abendländischen Sachen mit Staunen. Man wußte sich anfangs die Merkwürdigkeiten gar nicht zu erklären. Ein schnurriger Brief des Architekten Steineck aus dieser Zeit schildert die gravitätische Verblüffung der Orientalen beim Erscheinen dieser Wunder. ›Ernste Kamele blieben stehen und schüttelten den Kopf‹, schreibt unser Freund. Aber die Einheimischen fingen gleich zu kaufen an, und bis nach Damaskus und Aleppo, nach Bagdad und an den persischen Golf verbreitete sich die Kunde von den neuen Bazaren. Die Leute strömten herbei. So bewirkte schon die Vorahnung unseres Unternehmens ein Aufleben von Handel und Wandel. Nach den glänzenden Resultaten der ersten Monate begannen einige Großhändler die gangbarsten Waren in Palästina selbst zu erzeugen, weil sie dabei die Transportspesen ersparten. Das waren die frühesten Ansätze zu unserer heutigen blühenden Großindustrie.

Man hat mir später einen Vorwurf gemacht, daß ich das Reichwerden von Unternehmern begünstigte. Ich bin dafür auch in Zeitungen beschimpft worden. Das ist mir sehr gleichgültig. Anders war es nicht zu machen, und jedem kann man es nicht recht machen. Ich hatte nur darauf zu sehen, daß kein Beamter der neuen Gesellschaft mehr als sein rechtmäßiges Gehalt verdiene. Darauf habe ich erbarmungslos gesehen, das wird mir jeder bezeugen. Daß ich kein Vermögen gemacht habe, ist auch bekannt. Wenn aber freie Unternehmer reichlich erwarben, so konnte mir das im Interesse unserer Sache nur recht sein. Wo Gold aus der Erde gewaschen wird, dort strömen die Menschen hin. Auf welche Weise es gewaschen wird, ist gleichgültig. Ich unterschätze die idealen und sentimentalen Beweggründe nicht, aber die materialistischen sind auch etwas wert. Ich greife da wieder einer späteren Entwicklung vor.

Nach Steinecks Abgang hatte ich Zeit, die Pläne meines guten Fischer zu studieren. Seine Entwürfe für die Straßen, Wasser- und Kraftversorgung, Eisenbahnen, Kanäle und Häfen waren klassisch. Sein größtes Werk, der Kanal vom Mittelländischen zum Toten Meer, mit der geistreichen Ausnützung des Niveauunterschiedes, breitete er schon damals auf dem Papier vor mir aus. Ein Schweizer Ingenieur, ein Christ, der aus Begeisterung für den Zionismus zum Judentum übergetreten war, und den Namen Abraham angenommen hatte, half ihm bei dieser Arbeit. Der bescheidene Fischer pflegte ihn immer als den eigentlichen geistigen Urheber des Werkes hinzustellen. Die ausgezeichneten Landkarten des englischen Generalstabs und namentlich die plastische Karte Armstrongs, die vom *Palestine Exploration Fund* herausgegeben wurden, leisteten uns dabei unschätzbare Dienste. Um diese Zeit regte ich auch die Gründung der ersten Eisenbahngesellschaften an. Die armselige Linie Jaffa-Jerusalem konnte natürlich den kommenden Bedürfnissen nicht genügen. Die Küstenbahn von Jaffa südwärts nach Port-Said, nordwärts über Cäsarea, Haifa, Tyrus, Sidon, nach Beirut mit dem Anschluß nach Damaskus wurde vor allem gesichert. Es folgte die neue Linie nach Jerusalem, die Jordantalbahn mit den östlichen und westlichen Abzweigungen am See von Genezareth, die Libanonbahnen. Die Kapitalien wurden von Warszawski in Amerika und von Leonkin in Rußland aufgetrieben. Ich hatte Kämpfe mit meinem Direktorium wegen der Zinsengarantien. Man erklärte mich für tollkühn, weil ich die Rentabilität solcher Linien gewährleisten wollte. Ich setzte meinen Willen durch und behielt mit meinen Schätzungen Recht. Es war allerdings eine Affäre von fünf Jahren, in denen ich nach und nach eine Linie um die andere durchdrückte. Heute ist das alles alte Geschichte, die Bahnen sind ja ins Eigentum der neuen Gesellschaft übergegangen.

Nächst den Transportfragen beschäftigte mich die des Zugviehs am meisten. Eine meiner Aufgaben war ja die Einrichtung einer sehr großen Landwirtschaft. Die Zugviehherden mußten nicht nur angeschafft, sondern auch nach Palästina gebracht und gefüttert werden. Ich hatte darüber manche sorgenvolle Unterredung mit Brownstone, in dessen Abteilung das fiel. Seine Vorschläge sagten mir nicht recht zu. Ich hatte ordentlich

Angst vor dem Gedanken, Herden von vielen tausend Ochsen in den Donauländern anzukaufen und sie auf langsamen Land- und Wasserwegen hinüberzuschaffen. Brownstone drängte, es wäre schon die höchste Zeit, aber ich konnte mich lange nicht entschließen. Am sympathischsten war mir der Gedanke, Zugvieh aus Ägypten zu holen. Dagegen sprach auch manches. Während der ersten Wochen konnte ich mich nicht von London wegrühren. Aber einmal machte ich einen Sprung nach Deutschland, um mir den neuen elektrischen Motorpflug anzusehen. Ich war von dem Ergebnis geradezu begeistert. Den elektrischen Pflug rechne ich zum allergrößten, was uns das neunzehnte Jahrhundert geschenkt hat. Heute ist der elektrische Pflug freilich viel praktischer als er damals war. Aber schon in seiner früheren Form fand ich ihn ausgezeichnet. Ich kaufte augenblicklich den ganzen Vorrat der Fabrik auf, bestellte nach, was sie bis Februar liefern konnte und telegraphierte an Warszawski nach Neuyork: ›Kaufen Sie elektrische Pflüge Motorsystem zusammen, so viel Sie bis Februar bekommen können.‹ Er antwortete: ›Werde sehen.‹ Als ich wieder in London eintraf, hatte ich seine Depesche: ›Dreihundert Motorpflüge werden Mitte Februar in Jaffa sein.‹

Durch diesen Fund war ich von einigen Sorgen erleichtert. Es gab nach meiner Rückkehr aus Deutschland einen komischen Auftritt mit Brownstone. Ich sehe noch sein verblüfftes und beleidigtes Gesicht, als ich ihn in meiner Freude anschrie: ›Mein Lieber, Sie sind überflüssig geworden — wir brauchen keine Ochsen mehr!...‹ Erst aus dem Gelächter der Umstehenden erkannte ich das drollige Mißverständnis, bat ihn um Entschuldigung und erklärte die Sache. Brownstone jauchzte laut auf, und so taten die übrigen. Allerdings war unser Freund Brownstone auch jetzt nicht überflüssig geworden. Es gab noch reichlich für ihn zu tun, wenn er auch weniger Zugochsen aufzubringen hatte. Wir brauchten immer noch genug Pferde, Milchkühe, Schafe, Geflügel und entsprechende Futtervorräte für all das Getier. Dieser Zwischenfall hatte sich bald nach Brownstones Rückkehr aus Rumänien abgespielt. Jetzt schickte ich ihn nach Holland, der Schweiz und Ungarn, um gutes Vieh einzukaufen.

Statt der Ochsen mußten wir uns nun Kohlen für die Pflüge besorgen. Das war die Sache Rübenz'. Damals war die asiatische Kohle noch nicht so leicht erreichbar wie jetzt. Rübenz deckte sich den voraussichtlichen Bedarf an Kohle in England durch einfachen Depeschenwechsel. Innerhalb vierundzwanzig Stunden war das erledigt. Es war einer der glücklichsten Momente, in denen einem der Kulturfortschritt fühlbar wird. Denn schon das hielten wir damals für eine kolossale Errungenschaft. Sie war es auch. Wir hatten damals noch nicht die Wasserkraft des Toten-Meer-Kanals. Heute brauchen wir ja nicht mehr die englische Kohle, um den Boden von Palästina zu pflügen. Auch das Lokomobil, das am Feldrande stand, ist für uns eine altertümliche Erscheinung geworden. Wir haben jetzt unsere Drähte, in denen die Kraft vom Jordangefälle, vom Toten-Meer-Kanal oder von den Bächen des Libanon und Hermon weit übers ganze Land den Pflügen zugeleitet wird. Statt der Kohle haben wir das Wasser.

Dies waren in großen Zügen meine ersten Vorkehru...«

Hier bat Professor Steineck geräuschvoll ums Wort.

David stellte sogleich die Walze ein. »Ich muß eine Bemerkung machen«, sagte der Professor. »Es ist eine mehr literarische Bemerkung, nehmen Sie mir das nicht übel. Wissen Sie, was das ist, was wir soeben vom verborgenen Joe gehört haben? Das neue *Chad-Gadja*. Sie verstehen?«

Kingscourt verstand natürlich nicht. Man mußte es ihm erklären.

Chad Gadja, chad Gadja, das Lämmchen, das Lämmchen, ist die letzte halb scherzende und halb nachdenkliche Geschichte im Buche des Passahfestes. Das Lämmchen wird von der Katze gefressen, der Hund zerreißt die Katze, der Stock erschlägt den Hund, das Feuer verzehrt den Stock, die Quelle löscht den Brand, der Ochse trinkt die Quelle aus, der Schlächter tötet den Ochsen, der Todesengel nimmt den Schlächter fort — und über allen ist Gott, der den ganzen Weg regiert, vom Todesengel bis zurück zum Lämmchen, zum Lämmchen.

»So«, meinte der Professor, »geht es auch mit den Kräften am Pflug. Den Ochsen verdrängt die Kohle, die verdrängt wird vom Wasser ...«

Worauf der alte Littwak sagte: »Und über allen ist Gott — bis zurück zum Lämmchen.«

Viertes Kapitel

Es war spät und die Zuhörer waren müde geworden. So beschloß man, die weitere Erzählung des Phonographen auf einen anderen Tag zu verschieben. Die Gesellschaft entfernte sich.

Es war eine mondhelle Nacht, und der Weg von der Villa des alten Littwak an dem Seeufer hin nach dem Hotel ein genußvoller Spaziergang. Kingscourt wandelte mit Professor Steineck voran, Fragen über Fragen stellend. Er war allmählich warm geworden für diese Judengeschichte, hielt es jedoch für notwendig, wiederholt zu betonen, daß es ausschließlich das Element von modernem Großbetrieb darin sei, was ihn einigermaßen fessele. Für das Schicksal von Menschen, sie seien Juden oder Nichtjuden, könne er sich nun einmal absolut nicht interessieren. Er sei und bleibe ein Menschenfeind, halte es für den größten Unsinn, sich um den lieben Nächsten zu kümmern, denn das sei das lächerlich Undankbarste. Aber als kurioses Massenunternehmen wolle er sich diese Judenwanderung immerhin gefallen lassen. Er wolle sich sogar morgen recht gern die Fortsetzung der phonographischen Erzählung anhören.

Die anderen Sedergäste schritten zu zweien und dreien plaudernd hinterdrein. Zuletzt kam Frau Sarah mit Friedrich, der ganz in Träumen war und seiner liebenswürdigen Begleiterin kein Wort gab. Sie waren schon beinahe an ihrem Ziele angelangt, als sie ihn endlich mit seiner Schweigsamkeit leise neckte. Da wachte er auf und sagte: »Welche Nacht! Der Mondesduft auf dem See von Genezareth — und all dies Wunderbare, das nur natürlich ist! Auch ich möchte die Frage des Seders stellen: Wodurch unterscheidet sich diese Nacht von anderen Nächten? Ich ahne es schon: durch die Freiheit, in der wir erst Menschen werden... Ach, Frau Sarah, wer da mitarbeiten, mitleben dürfte!«

»Dürfen Sie denn nicht?«

»Nein. Kingscourt will bald fort.«

»Ach was!« lachte sie. »Das werden wir schon einrichten. Ihr beide gehört zu uns. Sie als Retter unserer Familie, er als Ihr Freund. Den Herrn Doktor Löwenberg werde ich demnächst hier ansiedeln — bitte, keine Widerrede! Ich werde doch auch etwas zu sagen haben. Und was den alten Brummer betrifft, den werde ich schon durch Liebesbande zu fesseln wissen.«

Friedrich schrie ergötzt auf: »Sie wollen ihn verheiraten?«

»Wenn ich wollte, täte ich es«, erklärte Frau Sarah. »Ich würde ihn zum Beispiel mit Mrs. Gothland — oder mit meiner Schwägerin Mirjam verheiraten.«

»Der Scherz ist ein bißchen grausam gegen den alten Herrn.«

»Ein Mann«, sagte sie darauf ganz ernst, »ist nie zu alt zum Heiraten. Das habt ihr trotz der Gleichberechtigung noch immer vor uns voraus. Übrigens, Ihren Mr. Kingscourt will ich durch andere Liebesbande festhalten. Von meinem Fritzchen ist er entzückt, das habe ich schon bemerkt. Es wundert mich nicht, denn das sieht doch jeder, daß es noch nie ein solches Kind gegeben hat, wie mein Fritzchen.«

Friedrich ging auf ihre liebe mütterliche Narretei ein: »So schön!«

»Er ist noch gescheiter als schön, noch gutartiger als gescheit«, sagte sie eifrig. »Was meinen Sie nun, wenn ich Mr. Kingscourt oft mit meinem Fritzchen beisammen sein lasse, wird ihm das Kind nicht ans Herz wachsen? Dann kann er sich nicht losreißen, bleibt für immer hier, und Sie mit ihm.«

Friedrich lächelte gerührt über die Herzenseinfalt der sonst so klugen Frau und störte ihr den Glauben nicht, daß man sich von ihrem Fritzchen nicht losreißen könne. Das war aber auch ein liebes lustiges Bürschchen, und es schien sogar, als hätte Frau Sarah die Anziehungskraft ihres Sohnes auf den alten Herrn nicht überschätzt. Kingscourt wurde am nächsten Vormittag von Friedrich in einer wahrhaft beschämenden Lage überrascht: er kroch nämlich im Zimmer des Kindes auf allen Vieren und ließ Fritzchen auf sich herumreiten. »Der Junge wird entschieden ein Kavallerist«, sagte er in seiner Verlegenheit, nachdem ihm Friedrich wieder auf die Beine geholfen hatte. »Und jetzt gehst du zu deiner Kinderfrau, sonst versohl ich dich, daß dir die Schwarten knacken.«

Da er diese Drohung aber mit seinem freundlichsten Schmunzeln ausstieß, verspürte das Kind keine Angst, klammerte sich vielmehr noch fester an ihn. Der kleine Knabe wußte nämlich nicht, daß er es mit einem der grimmigsten Menschenhasser zu tun hatte. Ja, als das Fritzchen dann zu den Großeltern geschickt werden sollte und Kingscourt nicht mitging, erhob es ein solches Geheul, daß die verzweifelte Mutter den alten Herrn bat, sich seiner zu erbarmen. Was wollte Kingscourt tun?

Er opferte sich mit scheinbarer Selbstüberwindung, lachte aber über das ganze Gesicht, als Fritzchen nun wieder den vollen Sonnenschein der guten Laune zeigte. Die anderen mögen nur später nachkommen, wann es ihnen beliebe; er wolle sich noch dieses eine Mal für den ungezogenen Rangen opfern. Frau Sarah, David und Friedrich folgten schon nach einigen Minuten auf dem Seewege, und da sahen sie vor sich in der Entfernung Mr. Kingscourt, wie er hinter der Kinderfrau ging, auf deren Arm

Fritzchen zurückgewendet jauchzte. Den ganzen Weg machte er, unbekümmert um die Vorübergehenden, dem Bübchen einen Narren. Denn er war alt geworden, ohne die Tyrannei und den Zauber eines kleinen Kindes kennengelernt zu haben. Er wußte gar nicht, daß ein solches rosiges Baby einem gefährlich werden könne, und weil er so ganz ahnungslos, ganz wehrlos war, geriet er in die komischste Knechtschaft. Fritzchen hatte ihm den Namen »Otto« gegeben. Die Sprachforscher des Bekanntenkreises führten dies auf das »Hüh hottoh« zurück, das die ersten freundschaftlichen Beziehungen zwischen Adalbert von Königshoff, genannt Kingscourt, und Fritzchen Littwak ausgefüllt hatte. Genug, Mr. Kingscourt hieß im Munde des Baby »Otto«.

Solange Fritzchen munter war, durfte Otto sich mit niemand und nichts anderem beschäftigen. Erst als der junge Despot nach der Mittagsmahlzeit mit roten Wangen eingeschlummert war, konnte Kingscourt die Fortsetzung von Joe Levys Erzählung verlangen. Alle gestrigen Zuhörer waren nicht da. Mrs. Gothland, die an der Spitze einer Pflegerinnengesellschaft stand, war auf Krankenbesuch aus. Der Pope von Sepphoris hatte heimkehren müssen. Pater Ignatius war heute auch nicht frei. Die Brüder Steineck sollten später eintreffen. Aber da man den Phonographen zu beliebiger Zeit die Rede wiederholen lassen konnte, so waren auch die Abwesenden in der Lage, das Versäumte gelegentlich nachzuhören.

David hatte den Apparat in den Salon des ersten Stockes bringen lassen, der an das Krankenzimmer der Mutter grenzte. Die Leidende befand sich heute etwas besser. Man konnte sie auf dem Rollstuhle hereinschieben. Sie saß mit einem freundlich wehmütigen Lächeln im wächsernen Gesicht da und lauschte gleich den anderen. Neben ihr kauerte Mirjam auf einem Schemel, von Zeit zu Zeit die Hand der Kranken befühlend. Der alte Littwak hatte es sich in einem großen Fauteuil bequem gemacht, ebenso Kingscourt. Reschid Bey half David beim Herrichten des Apparates und setzte sich dann still hin. Der gute Mr. Hopkins hatte mit Friedrich in einer Ecke Platz genommen. Friedrich konnte von da aus über die Köpfe der Zuhörer hinweg zu den Fenstern hinaus ins Freie blicken, bis nach den Bergen jenseits des Sees. Und zwischen ihm und dem Landschaftsbilde war der lichtumflossene Umriß Mirjams.

David stellte die Walze ein und Joe Levys Stimme nahm die Erzählung an der gestern verlassenen Stelle auf:

»Dies waren in großen Zügen meine ersten Vorkehrungen. Schon war aber die Maschine in Gang. Von Alladino kamen günstige Nachrichten über den Landkauf. Steineck meldete, daß er im Monate März in Haifa eine Ziegelei nach neuem System und eine Zementfabrik eröffnen lassen werde. Warszawski und Leonkin zeigten an, daß in den Ortsgruppen überall die vortrefflichste Stimmung herrsche. Brownstone und Kohn hatten sich bereits die Lieferung von Getreide und Vieh für das Frühjahr gesichert. Wir mußten aber nicht nur an die mittellosen Massen denken, sondern auch an die wirtschaftlich höheren Schichten, die nach Palästina gezogen werden sollten. Auf diese konnte nicht durch Arbeitshilfe oder direkte Unterstützung gewirkt werden. Es war eine andere Form der Anregung für sie zu suchen.

Ich bediente mich einer Idee des Khediven Ismail von Ägypten. Wer sich verpflichtete, ein Haus im Werte von mindestens dreißigtausend Francs zu bauen, dem überließ Ismail das erforderliche Grundstück ohne Entgelt. So tat auch ich, bedang aber den Heimfall des Grundeigentums an die neue Gesellschaft im fünfzigsten Jahre. Wir hatten ja beschlossen, das altjüdische Jubeljahr wieder einzurichten. Es ist bekannt, wie der Khedive durch seinen klugen Ratschluß die reizende Stadt Kairo entstehen machte. Die Wirkung war bei uns eine ähnliche. Kaum war diese Vergünstigung durch unsere Vertrauensmänner ausposaunt worden, so liefen auch schon die Bauanmeldungen aus allen Ländern massenhaft ein.

Generalsekretär Wellner arbeitete nun in Gemeinschaft mit dem Chefingenieur Fischer eine Belehrung für die Baulustigen aus. Die Stadtpläne von Haifa, Jaffa, Tiberias und noch anderen Orten waren in großen Umrissen noch vor Steinecks Abreise festgestellt worden. Auch hatte unser Architekt mehrere Typen von schmucken Bürgerhäusern geliefert. Wir ließen diese Pläne nebst den Preisangaben vervielfältigen, und schickten sie den gemeldeten Baulustigen, die aber nicht an diese Typen gebunden waren. Sie sollten nur sehen, was und mit welchem Kostenaufwande es gemacht werden könne. Die erste allgemeine Zuweisung der Bauplätze sollte am 21. März, am Tage des Frühlingsanfanges erfolgen. Bei dieser Zuweisung sollten nur die bis zum ersten März eingelaufenen Anmeldungen berücksichtigt werden. Voraussetzung war aber, daß der Platzbewerber der allgemeinen Genossenschaft unserer Ansiedler als Mitglied beitrat, daß er eine Kaution in bar oder in Wertpapieren in der Höhe eines Drittels vom geplanten Bauwerte an der Kasse der neuen Gesellschaft erlegte, und daß er persönlich oder durch einen Bevollmächtigten vertreten bei der Zuweisungstagfahrt erschien. Die Kaution konnte der Bauherr zurückfordern, sobald er den Bau des Hauses begonnen hatte.

Dann ließ ich durch Wellner eine Verordnung für das Zuweisen der Plätze ausarbeiten. Am Tage des Frühlingsanfangs hatte ein Beamter der neuen Gesellschaft an jedem Orte, wo Baulustige gemeldet waren, die Wahl einer drei-, fünf- oder siebengliedrigen Kommission — je nach der Größe der Liste — zu leiten. Die Angemeldeten wählten aus ihrer Mitte die Kommission. Bei der Zuweisung der Plätze kamen die zuerst, die zuerst mit dem Bau beginnen wollten. Bei gleichem Anfang aber hatten die Gruppen, die Zahlreicheren vor den Wenigen, den Vorzug. Zuletzt kamen die Einzelnen. Bei völliger Gleichheit aller Bedingungen sollte das Los entscheiden. Die Bevorzugung der Gruppen hatte den Zweck, die Entstehung eines kräftigen Ansiedlungskernes überall zu begünstigen und auch gleich die Gemeindeverbindung zur Übernahme der örtlichen Lasten anzubahnen. Tatsächlich wurde dadurch erreicht, daß auch die einzeln Erschienenen sich noch im Augenblicke vor der Zuweisung einer Gruppe anschlossen und die kleineren Gruppen den größeren. So wurden bei aller Freiheit Streitigkeiten vermieden. Für die Verteilung der Plätze innerhalb der Gruppen gab es nämlich auch Bestimmungen. Wer einen größeren Teil der örtlichen Lasten, als da sind: Herstellung von Straßen, Wegen, Kanalisation, Beleuchtung, Wasserversorgung, übernahm, dem gebührte auch der bessere oder geräumigere Platz. Diese einfachen und gerechten Grundsätze waren leicht durchzuführen. Der anwesende Beamte der neuen Gesellschaft hatte über den Zuweisungsakt ein Protokoll aufzunehmen, das die Kommission mitunterschrieb.

Das Protokoll wurde noch am selben Tage dem Rechtsbureau meiner Zentraldirektion nach Haifa eingeschickt. Entsprach es den allgemeinen Bestimmungen und war dagegen kein Protest von einem richtig Angemeldeten eingebracht, so wurde die Platzanweisung rechtskräftig und die Besitztitel wurden nach Ablauf einer Woche ausgestellt. War aber ein Protest da, so wurde eine Untersuchung des Falles an Ort und Stelle unverzüglich vorgenommen. Zu diesem Zwecke richtete ich schon im vorhinein die reisenden Beschwerdeämter ein, die vom Rechtsbureau in Haifa ausstrahlten. Ein solches Reiseamt bestand aus zwei rechtskundigen Beamten und einem Schriftführer. Es bekam die Route der Orte vorgezeichnet, aus denen Beschwerden gekommen waren, und hatte mit größter Beschleunigung von einem Orte zum anderen zu fahren. Die Kosten hatte derjenige zu tragen, auf dessen Unrecht erkannt wurde. Einen weiteren Rechtszug gab es nicht. Für diese und andere Aufgaben des Rechtsbureaus ließ ich durch Wellner, unter dem es zunächst stehen sollte, ungefähr fünfzig absolvierte Juristen und junge Doktoren der Rechte in verschiedenen Ländern anwerben. Wir brauchten diese vielsprachige Juristerei auch für unsere Korrespondenz, die ja in allen Sprachen geführt werden mußte.

Wohl der wichtigste Teil der Korrespondenz waren die Auskünfte, die wir den selbständigen Unternehmern von Industrien zu geben hatten. Da arbeitete Wellners juristisches Sekretariat Hand in Hand mit dem technischen Departement Fischers. Wir hatten durch die Blätter aller Länder verlautbart, daß Unternehmer, welche in einem Küstenlande des Mittelländischen Meeres mit einigem Kapital an die Gründung von Industrien

gehen wollten, Rat, genaue Auskünfte über Arbeits- und Absatzverhält-
nisse, eventuell auch Maschinenkredit erhalten könnten. Mit jeder Post
sendeten die Expeditionen der Zeitungen, in denen wir inseriert hatten,
Stöße von Briefen ein. Die Beantwortung war zunächst leicht, denn in der
Mehrzahl der Fälle wurde nur gefragt, welches Land es sei. Für die gleich-
förmigen Anfragen genügten fünf oder sechs gleichförmige Bescheide, die
ich drucken ließ. Das Sekretariat hatte nur die Adressen zu schreiben.
Aber bald lösten sich aus den zahllosen Tausenden mehrere hundert ernster
Projektanten heraus. Es waren keineswegs Juden allein. Anfänglich waren
sogar die Nichtjuden und unter diesen die protestantischen Deutschen und
Engländer überwiegend, weil diese ja die stärksten und kühnsten Kolonial-
unternehmer unter den Völkern sind.

Bei der Erledigung der Anfragen ließen wir uns von keiner Rücksicht auf
Nationalität oder Konfession leiten. Jeder, der den Boden Israels bearbeiten
wollte, war uns willkommen. Unser technisches Bureau und das Sekretariat lieferten alle gewünschten Angaben gewissenhaft. Natürlich zogen auch
wir, bevor wir uns mit dem Einzelnen tiefer einließen, Erkundigungen
über seine Vertrauenswürdigkeit ein. Den Würdigen vermittelten wir alle
denkbaren Erleichterungen unentgeltlich. Die Unternehmer, die sich an
uns wendeten, mußten auch weniger Lehrgeld zahlen als anderswo. Denn
sie erfuhren von uns, auf welchen Punkten eine übermäßige Konkurrenz
bereits tätig war oder sich vorbereitete. Es lag im Interesse der neuen
Gesellschaft, daß alle Unternehmungen, die sich ihr anschlössen, auch gediehen. Darum bedienten wir die freien Unternehmer, als hätten sie unsere
eigenen Angelegenheiten besorgt. Aus diesen Anfragen und Antworten des
Londoner Sekretariats entwickelte sich allmählich unser Departement für
Arbeits- und Unternehmungsstatistik. Dem haben wir unendlich viel in
unserer Volkswirtschaft zu verdanken. Wir konnten dadurch den jetzigen
Zustand erreichen: eine Freiheit ohne wahnsinnige Überproduktion, eine
Ordnung ohne Druck auf den einzelnen.

Nachdem ich diese und noch manche andere ernste Dinge in Gang
gebracht hatte, ließ ich mir auch eine heitere Sache angelegen sein...«

In diesem Augenblicke gab die kranke Frau Littwak ihrem Sohn ein Zeichen. David hielt die rollende Walze sofort auf und eilte zu seiner Mutter.
Sie fühlte sich müde und wollte wieder zu Bett gebracht werden. David
und Mirjam schoben den Rollstuhl sachte hinüber in die Krankenstube.
Die arme Dulderin grüßte die Zurückbleibenden noch mit den Augen.
Dann schloß die Tür sich hinter ihr. Der alte Littwak seufzte, und auch
die anderen waren traurig.

Fünftes Kapitel

Nach einer kleinen Weile kam David wieder herein. Er fragte die Freunde, ob sie jetzt die Fortsetzung der Erzählung wünschten. Als sie bejahten, ließ er den Phonographen an der vorigen Stelle einsetzen.

Und der unsichtbare Joe Levy sprach: »... ließ ich mir auch eine heitere Sache angelegen sein. Sie wurde anfänglich als Unterhaltung und Sport gedeutet und vielfach bekrittelt. Ich rüstete nämlich das Schiff der Weisen aus. Dieses Schiff wollte ich den rückkehrenden Juden voraufziehen lassen nach dem alten und neuen Lande. Schon sein Erscheinen in den mittelländischen Gewässern sollte die andere Zeit bedeuten.

Die Veranstaltung war nicht schwer. Ich warb den ersten Beamten eines großen englischen Reisebureaus an, sagte ihm mein Vorhaben, und in vierzehn Tagen legte er mir alle Kostenvoranschläge, Vertragsentwürfe und Pläne vor. Von einer italienischen Schiffsgesellschaft mietete ich auf den Vorschlag des Reisemarschalls den eleganten modernen Dampfer *Futuro*, der zwischen Neapel und Alexandrien zu verkehren pflegte. Das Schiff sollte am fünfzehnten März in Genua bereit sein und uns durch sechs Wochen zur Verfügung bleiben. Ferner ließ ich durch den Reisemarschall die Verpflegung von fünfhundert Passagieren in den besten Hotels der italienischen, ägyptischen, kleinasiatischen und griechischen Städte versorgen. Die Mitfahrenden konnten nach Belieben in Genua oder Neapel den *Futuro* besteigen. Ihre Billette gaben ihnen das Recht zur Fahrt auf allen italienischen Bahnen und zum Aufenthalt in den ersten Hotels. Äußerlich nahm sich die Expedition wie eine der schon damals gebräuchlichen Vergnügungsreisen nach dem Orient aus. Es war aber mehr.

Die Damen und Herren, die wir eingeladen hatten, auf dieser sechswöchigen Frühlingsfahrt nach dem Morgenlande unsere verehrten Gäste zu sein, gehörten zum erlauchtesten Geistesadel der Kulturwelt. Ein Komitee von Schriftstellern und Künstlern war eingesetzt worden, um die Liste dieser Ehrengäste zu entwerfen. Die Besten aus aller Welt wurden gerufen, selbstverständlich ohne Unterschied von Nationalität und Konfession. Die Besten wurden gerufen und sie kamen gern, nicht nur weil wir ihnen eine helle Frühlingsreise versprachen, sondern vor allem, weil es eine so einzige Zusammenkunft mit ihresgleichen war. Auf dem *Futuro* trafen sich Dichter und Philosophen, Erfinder und Entdecker, Forscher und Künstler aller Zweige, Staatsgelehrte, Volkswirtschaftler, Politiker und Journalisten.

Für Körper und Geist war in reichlichem Maße vorgesorgt. Der Reisemarschall hatte den ganzen Luxus, den die besten Gesellschaftsausflüge der damaligen Zeit bieten konnten, verschafft. Die Gäste des *Futuro* sollten in diesen sechs Wochen das Glück der wolkenlosen Tage erfahren. Von der Musikkapelle, welche zur Tafel aufspielte, bis zur täglich am Morgen ausgegebenen Bordzeitung war nichts vergessen. Und daß es dieser im Schiffsraume gedruckten Zeitung an fesselndem Inhalte nicht fehlte, das ergab sich schon aus der Zusammensetzung der Reisegesellschaft. Es war viel Küstenfahrt und in allen Häfen warteten schon die neuesten Depeschen aus der ganzen Welt auf den *Futuro*. Wenn das Schiff nachts auf einer Reede angelegt hatte, fand man die dort erhaltenen Depeschen am nächsten Morgen im Blatte. Aber viel köstlicher war der literarische Teil. Denn die Vorgänge und Erlebnisse des Tages wurden von den feinsten Federn geschildert. Namentlich erschienen in der Bordzeitung von Tag zu Tag, wie sie gehalten worden, die später berühmt gewordenen Tischgespräche; man hat sie die ›Neuen Platonischen Dialoge‹ genannt. Von allen höchsten Fragen war da in erhabener Form die Rede. Die edelsten Geister der Menschheit äußerten sich, unvergeßliche Anregung gebend und empfangend. Ich will nur einige der behandelten Gegenstände erwähnen. Man sprach über die Einrichtung eines wahrhaft modernen Gemeinwesens, über die Erziehung durch die Kunst, über Bodenreform, über die Organisierung der Wohltätigkeit, über die Arbeiterfürsorge, über die Rolle der Frau in einer zivilisierten Gesellschaft, über die Entwicklung der Technik in Wissenschaft und Praxis und noch über manches andere, woraus alle Menschen einen unvergänglichen Nutzen ziehen konnten. Die *Tischgespräche des Futuro* sind längst eine Kostbarkeit der Weltliteratur geworden.

Ich selbst kenne sie nur aus der Lektüre, denn es war mir nicht vergönnt, sie mitanzuhören. Ich hatte ja nicht Zeit, diese einzige Vergnügungsfahrt mitzumachen, weil ich bei der Arbeit sein mußte. Ich war schon lange in Haifa, als der *Futuro* noch in Genua ankerte. Aber gelesen habe ich die Bordzeitung mit einer Aufmerksamkeit und Dankbarkeit wie nie vorher oder nachher ein Tagblatt. Ich bin kein Philosoph und konnte mich auch in jenen Tagen weniger als je mit abstrakten Dingen abgeben. Aber was aus den Tischgesprächen des *Futuro* in praktische Energie umzusetzen war, das bemühte ich mich herauszufinden und anzuwenden. Denn mir kam es vor, als hätte vom *Futuro* her der Geist der Menschheit zum jüdischen Volk gesprochen, als es eben daran war, sich eine neue Existenz zu gründen. Diese Lehren mußten beherzigt werden. Besonders reich und fruchtbar wurden sie, als unsere edlen Gäste den Boden von Palästina betraten. Das Schiff der Weisen fuhr die Küste entlang, die Reisenden schwärmten nach ihrer freien Wahl im Lande umher, in kleineren Gruppen und Expeditionen,

für die der Reisemarschall mit seinem Stabe von Gehilfen alle Bequemlichkeiten und Erleichterungen vorbereitet hatte. Alle interessierten sich
nicht für alles in gleichem Maße. Die Geologen wollten anderes sehen
als die Elektrotechniker; die Botaniker anderes als die Architekten; die
Maler anderes als die Volkswirtschaftler. Die wahlverwandten Gruppen
zogen also aus und kehrten auf den *Futuro* zurück, wann sie wollten. Die
hohe und heitere Geselligkeit auf dem *Futuro* übte aber auf manche eine
derartige Anziehungskraft aus, daß sie sich vom Schiffe selten entfernten.
Einige sahen vom Lande nichts als die Bahnstrecke nach Jerusalem und
diese Stadt. Von einem geistreichen Schriftsteller wird erzählt — ich weiß
nicht, ob es wahr ist —, daß er das Schiff überhaupt keinen Augenblick
verlassen habe. Er soll gesagt haben: ›Dieses Schiff ist Zion!‹ Er beschrieb
aber nachher ausführlich das Land und seine Leute.

Er konnte das freilich aus den besten Quellen schöpfen. Denn die Aus-
flügler, die nach dem *Futuro* zurückkehrten, brachten Material in Hülle
und Fülle, mit sachkundigen Augen gesehen, in meisterhafter Schilderung.
Da hatten die Tischgespräche neuen Stoff, und es begann eine Reihe wunderbarer Dialoge über das, was sich in Palästina schaffen ließe. Diesen Teil
der Tischgespräche habe ich mit Ehrfurcht oft und oft gelesen. Ich weiß
sie noch heute fast wörtlich auswendig. Den tiefsten Eindruck machten
auf mich die Ratschläge der Künstler, offenbar weil ich selbst keiner bin.
Im Praktischen war ja nur ein bißchen gesunder Menschenverstand nötig,
um die Dinge, die es anderswo schon gab, auf unsere Verhältnisse zu
übertragen. Den Künstlern vom *Futuro* verdankte ich die herrliche Lehre,
daß unser Land in seinen natürlichen Schönheiten erfaßt und entwickelt
werden müsse. Schön sollte es werden, schön überall, schön vor allem. Weil
Schönheit die Herzen der Menschen immer erfreut.

Zu meinen merkwürdigsten Erlebnissen gehört es, daß ich den *Futuro*
nicht einmal ordentlich zu Gesicht bekam. Ich hatte seine Fahrt vorbereitet, mich um sein Wohl bekümmert, ich dachte immer an ihn und folgte
den Worten seiner Weisen. Aber gesehen habe ich ihn nicht, wenigstens
nicht genau. Und das kam so:

Als der *Futuro* an unserer Küste erschien, war ich eben im Innern des
Landes beschäftigt. Fischer, Steineck und Alladino begrüßten das Schiff
namens der neuen Gesellschaft, als es vor Jaffa anlegte. Ich wollte mich
unseren Gästen vorstellen, sobald ich meine damaligen dringenden Arbeiten erledigt hätte. Denn das war eine Zeit, wo ich Tag und Nacht
unterwegs sein mußte, von einem Arbeitslager zum anderen. Ich schlief
öfters in meinem großen Motorwagen, der mich von Ort zu Ort brachte.
Von unserem heutigen Komfort war damals begreiflicherweise noch keine Rede. Wenn ich vorher wußte, wo ich übernachten würde, ließ ich

mir eine Baracke aufschlagen. Aber das war nicht immer im vorhinein bestimmbar. Auch war es nützlich, daß ich da und dort unerwartet auftauchte, um die Straßenarbeiten, die Landverteilung und den Feldbau zu besichtigen. Wohl waren für alles detaillierte Pläne und Instruktionen da, doch wollte ich mich auch persönlich überzeugen, ob alles am Schnürchen ging. Mit meinem Hauptquartier zu Haifa war ich in beständiger Verbindung. Von dort kamen Meldungen, die mich zu hastigen Kreuz- und Querfahrten veranlaßten. Bei aller Planmäßigkeit gab es doch Zwischenfälle mit den Arbeitern oder in der Verpflegung, die rasches Eingreifen, Änderungen im Vorgesehenen, neue Dispositionen nötig machten. Bei der Bodenzuweisung schürzten sich manchmal gordische Knoten, die nur ich zerhauen konnte. Auf den eigenen Ländereien der neuen Gesellschaft war man beim Frühjahrsanbau. Wir hatten zwar die landwirtschaftlichen Produktivgenossenschaften nach dem System von Rahaline eingerichtet, aber die Leute waren noch neu bei der Sache, sie brauchten eine führende Autorität und gelegentlich eine höhere Entscheidung. Es waren durchaus keine ungewöhnlichen Aufgaben, sie erforderten nur eine stete Aufmerksamkeit. Sommerweizen, Gerste, Hafer, Mais, Rüben anzubauen ist gewiß keine Kunst. Hier gab es jedoch allerlei Schwierigkeiten. Wir mußten mit dem widerspenstig gewordenen Boden ringen. Wir hatten die modernsten Mittel und den zähesten Willen, wir haben den Boden besiegt, und er ward unser Freund. Die Organisation war die Hauptsache, und die hatten wir schon vor der Mobilisierung fix und fertig. Der Arbeitstag der Leute, welche von der neuen Gesellschaft abhingen, hatte nur sieben Stunden, aber es waren Stunden voll konzentrierten Eifers. Die einen machten Wege, die anderen gruben Kanäle, die dritten lasen Steine aus den Feldern, die der elektrische Pflug furchen sollte, die vierten bauten Häuser, die fünften pflanzten Bäume, und so weiter. Und jeder wußte, daß er für alle arbeite und alle für ihn. Singend zogen sie zur Arbeit und singend kehrten sie in ihre Lager zurück. Und es war ein rascher Frühling in diesem Werden, wie man es in der Natur sieht, wenn die dürren Bäume plötzlich zu grünen anfangen. Und jeder Tag machte die erworbene Geschwindigkeit unseres Fortschrittes wachsen.

Ich hatte vor allen Dingen das Telegraphen- und Telephonnetz zu legen begonnen. Dem allgemeinen Verkehr konnte es natürlich nicht gleich dienen, unserer Verwaltung diente es sehr bald. Von Haifa strahlten die Leitungen längs den Hauptlinien unserer Arbeit aus. Ein Telegraphist fuhr in einem der Begleitwagen immer hinter mir her, und der Anschluß an mein Bureau in Haifa, somit auch an die Londoner Zentrale, war schnell hergestellt. Ein guter Nachrichtendienst war mir natürlich immer das Wichtigste. Nur so konnte ich über Menschen und Material übersichtlich disponieren. Jetzt gab es jeden Tag Landungen von fünfhundert, tausend, zweitausend Einwanderern in den verschiedenen Häfen von Jaffa bis Beirut. Am Tage nach der Ankunft wurden sie schon weiterdirigiert, ohne Verzug an die Arbeit. Für die Eisenbahnlinien allein waren zehntausende von Männern erforderlich. Andere zehntausende für die Errichtung der öffentlichen Gebäude unserer neuen Gesellschaft: Betriebsämter, Verwaltungsstellen, Schulen, Krankenhäuser und so weiter. Die Ausführung war kein Kunststück, wenn nur der Plan so feststand, wie es bei uns der Fall war. Für die Arbeit an Wegen, Eisenbahnen und anderen öffentlichen Bauten bekamen unsere Arbeiter nicht nur den Lohn ausgezahlt — nach Abzug der Raten, die wir mit den Kaufhäusern für die von den einzelnen bezogenen Waren verrechneten —, sie erwarben auch Anspruch auf die spätere Kolonisierung. Der Mann, den wir vom Hafen weg zu den verschiedenen Arbeiten kommandiert hatten, sollte bis zum Herbst bereits das für ihn inzwischen hergestellte Haus in einer Kolonie beziehen und seine Familie zu sich rufen können. Die Sache war, wie gesagt, sehr einfach, es mußte nur ein Plan da sein. Die Militärverwaltungen der großen Staaten hatten im neunzehnten Jahrhundert viel schwierigere Aufgaben gelöst. Es ist eigentlich schon unbescheiden, daß ich unser Werk mit solchen Leistungen vergleiche. Wir hatten bis zum Herbst nur eine halbe Million Menschen anzusiedeln und bis dahin war eine erste Ernte zu gewärtigen. Die Heeresverwaltungen des vorigen Jahrhunderts mußten Millionen Menschen versorgen, möglicherweise in Feindesland, jedenfalls in einer Zeit allgemeiner Einschüchterung von Handel und Verkehr.

Wir dagegen befanden uns in Freundesland, nein, auf dem väterlichen Boden, und wir verscheuchten nicht, wir zogen vielmehr Handel und Verkehr gewaltig an. Die Leute, die wir zunächst verpflegten, schufen sogleich die Mitte zu ihrer baldigen eigenen Verpflegung und zu derjenigen der Nachkommenden. Überall im Lande wurden von freien Unternehmern Fabriken gebaut, die im Herbst unter Dach sein sollten. Tatsächlich mußte doch jeder vernünftige Mensch einsehen, welch glänzende Aussicht für Industrien sich in diesem Lande eröffnete. Der Absatz an Ort und Stelle bei so mächtiger Einwanderung, die Möglichkeit, bei billigem Tarif die jetzt noch ohne Rückfracht fahrenden Importschiffe zu benützen, die Küstenausdehnung, die Lage des Landes in der Mitte zwischen Europa und Asien — das alles zusammen lockte die Leute her. Und als ich nach der ersten Ernte, die nicht einmal besonders gut, sondern eben nur erträglich war, den Stand der Dinge überblickte, konnte ich den Entschluß fassen, die Einwanderung im Herbste nicht zu unterbrechen. Ursprünglich war es so geplant gewesen. Aber die Sistierung war, Gott sei Dank! nicht nötig. Ich telegraphierte dies dann an alle Landeszentralen, und es erregte ungeheuren

Enthusiasmus in den Ortsgruppen. Von unserer ersten Ernte datiere ich den Sieg der neuen Gesellschaft. Es gab später viel reichere Ernten, das alte Gold der Brotfrucht wuchs uns üppiger aus dem Boden, aber nie wieder heimsten wir so viel ein. Denn wir ernteten damals das Vertrauen unserer Brüder in der ganzen Welt. Kaum zwölf Monate waren vergangen, seit ich meinen großen Generalstab in London versammelt hatte, und ich durfte meinen Freunden im Hauptquartier zu Haifa sagen, daß das erste Jahr gut gewesen sei.

Unser Direktionsgebäude in Haifa war in jenem Herbste wohl schon unter Dach, aber im Innern noch nicht fertig. Bezogen sollte es erst im zweiten Frühjahr werden. Ich konnte dennoch schon meinen wackeren Gehilfen erklären: Unser Haus ist unter Dach! Ich meinte damit die ganze neue Gesellschaft. Es galt nur, von da weiter auch nichts zu versäumen, immer mit gespannter Aufmerksamkeit unsere Pflicht zu tun. Die Aufgaben wurden umfangreicher, und doch waren sie in der Folge leichter zu bewältigen. Der Apparat war aufgestellt, wir mußten ihn nur richtig in Stand und Gang erhalten. Die größeren technischen Werke wurden geschaffen, namentlich unsere Wasseranlagen. Wir knüpften da an eine sehr alte Tradition unseres Volkes wieder an. Die salomonischen Teiche zeugen noch von der verschollenen Tüchtigkeit unserer Vorfahren. Wir hatten freilich andere Wasserwerke herzustellen, nicht nur für die Trinkwasserversorgung von Jerusalem und anderen Städten; auch für Kraft und Licht. Der Tote-Meer-Kanal und die übrigen technischen Leistungen beweisen, daß die Ingenieure der neuen Gesellschaft nicht rasteten. Ihnen allen immer voran ihr herrlicher Chef, der unvergeßliche Fischer.

Und noch ein anderer Strom ergoß sich befruchtend über unser Land: Kapital und Kredit. Unsere zielbewußte Arbeit, unsere ersten Erfolge weckten das Vertrauen. So wie wir in den landwirtschaftlichen Produktivgenossen neue Bauern auf die Scholle gesetzt hatten, so brachten wir auch den modernen Ackerbaukredit ins Land. Früher hatte man geglaubt, daß wir unsere Geldmittel erschöpfen würden, wenn wir unseren Ansiedlern Wohnhäuser und Wirtschaftsgebäude, Felder und Maschinen, Pferde, Kühe und Schafe und Geflügel, Wagen und Geräte, Lebensmittel, Saat und Futter gäben. Die Klügsten unserer Gegner hatten sogar ausgerechnet, wann wir auf dem Trocknen sitzen müßten. Eine Familie, nach dem Durchschnitt mit fünf Köpfen angenommen, koste zur Ansiedlung ungefähr sechshundert Pfund Sterling. Folglich kosteten tausend solche Familien sechsmalhunderttausend Pfund, zehntausend sechs Millionen, das ist hundertundzwanzig Millionen Mark, und so fort. Diese ausgezeichneten Rechner hatten dabei nur die Kleinigkeit übersehen, daß die Ansiedler einen bedeutend größeren volkswirtschaftlichen Wert repräsentieren, und daß man auf Wertvolles auch Geld geborgt erhält. Die neue Gesellschaft konnte ihre Geldmittel durch wohlgedeckte und amortisierbare Anleihen gewaltig vermehren. Mit einem Worte: je mehr der Ansiedler wir herüberbrachten, um so mehr Geld strömte uns zu. So ist es überall in der Welt, wo man zu wirtschaften versteht; warum hätte es nicht auch bei uns so sein sollen? Das war ebenso einfach und selbstverständlich wie alles andere.

Aber ich bemerke eben, daß ich von der Zeit abgekommen bin, von der ich erzählen wollte. Das war die Zeit, in der uns der *Futuro* besuchte. Ich war im Innern des Landes beschäftigt, wie ich schon erwähnte. Von Tag zu Tag mußte ich meine Abreise nach Jaffa verschieben. Dort lag das Schiff der Weisen, die ich so gern gesehen und gesprochen hätte, vor Anker. Einmal geschah es, daß mehrere Wagen mit Ausflüglern vom *Futuro* in meiner Nähe auftauchten. Ich war zu Pferde auf dem Feld, als sie auf dem neuen Wege vorüberkamen. Sie betrachteten die große Dampfstraßenwalze, sahen auch einen Augenblick unseren Leuten beim Arbeiten zu. Von den Hüten der Damen flatterten die lichten seidigen Sonnenschleier, und das sah sehr hübsch aus. Ich ritt aber doch nicht an die Wagen heran, weil ich, bestaubt und verschwitzt wie ich war, den Eindruck eines Wegelagerers zu machen fürchtete. Ich dachte mir, ich würde schon in Jaffa Gelegenheit haben, mich diesen interessanten, feinen Menschen vorzustellen. Es kam anders. Am nächsten Tage erhielt ich ein Telegramm, das mich zu schleuniger Fahrt nach Konstantinopel zwang. Ich mußte mit der türkischen Regierung eine sehr wichtige Sache ins Reine bringen. Die Zeit drängte. In aller Eile ließ ich meine Jacht in Haifa heizen und berief die Chefs der Abteilungen zusammen. Den Oberbefehl übergab ich Fischer, der alle meine Absichten genau kannte, und ich dampfte mit meinen Sekretären noch am selben Tage nach Konstantinopel ab.

Den *Futuro* hatte ich nicht besuchen können, aber ich hoffte, ihn bei meiner Rückkehr von Stambul noch an der Küste zu finden. Ich tat auch mein Möglichstes, um die Verhandlungen rasch zu beenden. Doch wie es nun einmal in dieser liebenswürdigen und schläfrigen Stadt geht, alles zog sich in die Länge, und meine Ungeduld half mir nichts. Im Geiste und in den Dispositionen war ich freilich bei unseren großen Arbeiten in Palästina. Mit Fischer und dem Londoner Bureau blieb ich in allstündlichem Zusammenhange. Nur mit der geistreichen Heiterkeit des Weisenschiffes konnte ich mich auf telegraphischem Wege nicht verbinden. Mein Bedauern wuchs in dem Maße, als der *Futuro* nordwärts fuhr. Die täglichen Telegramme Fischers brachten auch über das Verbleiben des *Futuro* Nachricht. Schon war er in Tyrus, in Sidon gewesen. Vor Beirut sollte er länger ankern, um den Ausflug nach Damaskus zu ermöglichen. Da hoffte ich ihn auch zu finden, als ich endlich von Konstantinopel wegkam. Ich hatte zwar die größte Eile, meine Arbeiten wieder an Ort und Stelle aufzunehmen, aber einen halben Tag Aufenthalt in Beirut wollte ich mir gönnen, um die Bekanntschaft dieser ausgezeichneten Menschen zu machen. Meine gute Jacht flog nur so über die Wellen hin. Ich hatte den Kapitän gebeten, das Äußerste der Geschwindigkeit zu leisten. Dennoch kamen wir zu spät. Bei der Insel Cypern, an der wir eines Morgens vorüberkamen, sah ich ferne ein Schiff in entgegengesetzter Richtung fahren. Wie der Blitz durchzuckte es mich: das ist der *Futuro*! Ich stürmte auf die Kommandobrücke und sah durchs Fernrohr. Ich hätte ein geübter Seemann sein müssen, um ein Schiff auf diese Distanzen zu erkennen. Der Kapitän war leider nicht auf der Brücke, sondern in seiner Kajüte. Bis man mir ihn holte, war jenes Schiff aus unserem Gesichtskreise verschwunden. Aufs Geratewohl hinterdrein zu jagen wäre nicht ratsam gewesen. Erstens war es fraglich, ob wir jenen Dampfer noch erreichen konnten; zweitens versäumte ich vielleicht eben dadurch den *Futuro*, falls er noch vor Beirut lag. Wir blieben also in unserem Kurs. Erst in Beirut erhielt ich die Kunde, daß ich richtig vermutet hatte. Jenes Schiff im Morgensonnenschein vor Cypern war der *Futuro* gewesen.

Ich empfand darüber einen gewissen Schmerz. Und seither habe ich den Wunsch, es möge mir wenigstens vergönnt sein, die Wiederkehr des *Futuro* zu sehen. Denn fünfundzwanzig Jahre nach seiner ersten Fahrt soll er wiederkommen. Allerdings nicht das gleiche Boot, weil es eine veraltete Form hat; ein neues Prachtschiff wird seinen für immer berühmten Namen erhalten. Und allerdings auch nicht ganz die gleichen Gäste, weil manche schon gestorben sind; wir wollen eben außer den Überlebenden von der ersten Reise auch noch diejenigen einladen, die inzwischen die Besten der Kulturwelt geworden sind.

Und alle fünfundzwanzig Jahre soll ein Dampfer *Futuro* einen solchen Areopag, vor dessen Urteil wir uns beugen wollen, zu uns bringen. Wir werden nicht die Potemkinschen Dörfer einer Weltausstellung aufrichten. Das ganze Land soll zur Besichtigung da sein, die Gäste vom *Futuro* unsere werte Jury. Und wenn sie nun wiederkommen, und unser Herrgott mich sie diesmal nicht versäumen läßt, und sie finden, daß Joseph Levy seine einfache und doch schwere Aufgabe einigermaßen anständig gelöst hat, dann — dann will ich in Pension gehen. Und wenn ich sterbe, legt mich an die Seite meines teuren Freundes Fischer, dort oben hin auf den Karmelfriedhof, von wo man den Blick hat auf mein liebes Land und mein liebes Meer.«

Sechstes Kapitel

Die Erzählung des Phonographen war zu Ende. Die letzten Worte hatten auf die Zuhörer einen tiefen Eindruck gemacht. Kingscourt räusperte sich stark und bemerkte: »Scheint 'n charmanter Kerl zu sein, euer Joe, 'n ganz charmanter Kerl. Schade, daß er nicht hier ist. Hätte ihm gern die Hand gedrückt. Na, hoffentlich sieht man ihn doch, bevor man weiterzieht ... Auf eine Sache hat er mich übrigens recht gespannt gemacht: auf den Toten-Meer-Kanal. Scheint ja so 'ne Art Weltwunder zu sein. Wann werden wir ihn denn beaugapfeln, den sagenhaften Kanal?«

David versprach es für die ersten Tage nach der Passahwoche. Diese Zeit aber verbrachten sie in heiterer Ruhe zu Tiberias. Kingscourt aß wacker mit von den ungesäuerten Broten und schimpfte zwischendurch, daß man ihn, einen christlichen und deutschen Edelmann, ganz und gar verjude. Mit besonderer Heftigkeit schimpfte er auch über Fritzchens Tyrannei, die täglich anspruchsvoller wurde. Dieser kleine Schuft glaubte wohl, daß der alte Kingscourt auf die alten Tage nichts Gescheiteres zu tun habe, als sich zum Steckenpferd eines solchen Rangen herzugeben. Doch gestattete sich der Brummbär das Raisonnieren nur, wenn Fritzchen schlief, und alle Vorsätze der Auflehnung schwanden, sobald das Kind nach »Otto« rief.

Als man sich nach Ablauf der Osterwoche anschickte, die Fahrt durch das Jordantal nach Jericho zu machen und David das Kind bei den Großeltern zurücklassen wollte, hatte Kingscourt allerlei einzuwenden. Der Bursche solle doch auch das Land ein bißchen kennenlernen, und David wäre eigentlich ein Rabenvater, wenn er Fritzchen allein ließe, und im schlimmsten Fall würde er, Kingscourt, sich opfern und auf den ganzen Toten-Meer-Kanal verzichten, wenn Fritzchen nicht mitkäme.

Kurz, er drang so lange darauf, bis man sich entschloß, auch das Bübchen mitreisen zu lassen. Da tat Kingscourt freilich, als wäre ihm das äußerst gleichgültig; er war persönlich daran nicht im mindesten beteiligt, er hatte sich nur des hilflosen Kindes angenommen.

Architekt Steineck und Reschid Bey waren mittlerweile nach Haifa zurückgekehrt. Reschid wollte nach seiner Familie sehen, versprach aber, in Jerusalem wieder zu den Freunden zu stoßen. Der Architekt hatte mit den nahe bevorstehenden Delegiertenwahlen für den Kongreß viel zu tun. Wie die Zeitungen und Privatnachrichten meldeten, machte die Partei Geyer ungeheure Anstrengungen. Da mußte Steineck auf dem Posten in Haifa sein, wo sämtliche Fäden der Agitation zusammenliefen und allstündlich die Losungsworte an die Ortskomitees hinaus telephoniert oder telegraphiert wurden. David aber hatte in seinen eigenen Geschäften noch einiges drüben in der Landschaft Dscholan zu besorgen, bevor er die Fahrt nach Jericho antreten konnte. Er lud seine Gäste ein, ihn nach dem Dscholan zu begleiten, wo es auch Merkwürdiges zu sehen gäbe. Friedrich Löwenberg schloß sich bereitwillig an, da auch Mirjam und Professor Steineck mit von der Partie sein sollten. Hingegen blieb Kingscourt noch länger in Tiberias, weil er Frau Sarah und Mrs. Gothland nicht allein im Motorwagen nach Besan fahren lassen wollte. Man verstand seine liebenswürdige Schwäche für Fritzchen schon und neckte ihn nicht übermäßig wegen seines Verweilens in Tiberias. In zwei Tagen also würden sich die beiden Teile der Reisegesellschaft wieder zu Besan im Jordantale vereinigen. Kingscourt sollte mit Frau Sarah, Mrs. Gothland, dem Kinde und der Kinderfrau im Motorwagen nach Besan fahren und dort im großen Hotel auf die vom Dscholan Kommenden warten.

Eine schmucke Barke mit elektrischem Betriebe harrte der vier Reisenden, die nach dem jenseitigem Ufer des Sees von Genezareth übersetzen wollten. Die Zurückbleibenden hatten ihnen das Geleit bis ans Schiff gegeben. Friedrich Löwenberg reichte seinem alten Freunde zum Abschied die Hand. »Wissen Sie, Fritze«, sagte Kingscourt mit grimmiger Betonung, »daß wir da vor einer Neuerung stehen? Seit zwanzig Jahren haben wir uns keinen Tag verlassen. Mensch, geraten Sie mir in der Gegend mit dem verrückten arabischen Namen da drüben auf keine Abwege! Sonst soll Sie ein mehrfach gesalzenes Donnerwetter einholen. Und Sie, Fräulein Mirjam, benützen Sie gefälligst die Gelegenheit nicht, um diesem Jüngling den Kopf zu verdrehen! Er ist erst dreiundvierzig Jahre alt. Das ist das gefährlichste Alter. Und nun Gott befohlen! In Besan sieht man sich wieder!«

Mirjam war bei dem derben Scherz des Alten rot geworden, aber Friedrich auch. Ganz verwirrt stiegen beide in die Barke. Kingscourt sah Mrs. Gothland mit bedeutungsvollem Zwinkern der Augen an, und er freute sich unbändig, daß es ihm gelungen war, die beiden in Verlegenheit zu bringen.

Es war einer der weichen Frühlingstage, die am See von Genezareth so lieblich sind. Rasch durchschnitt die Barke die von einer spielenden Brise bewegten Wellen. Die lichten Palästchen und Villen von Tiberias wurden immer kleiner und die steilen Höhen des östlichen Ufers rückten heran. Wundervoll war der Blick auf den schneeigen Hermon im Norden, und die zahlreich vorbeistreichenden Schiffe aller Arten und Größen boten die munterste Unterhaltung. So verging die Fahrt hinüber wie ein eiliger Traum. Am anderen Gestade legte die Barke in einer kleinen Bucht an.

Die Reisenden hatten nur wenige Schritte zur Station der elektrischen Bahn. Sie mußten auch nicht allzulange auf den Zug warten, der sie weiterbringen sollte. Sie nahmen in einem Salonwagen Platz und fuhren nach El Kunetra. Dort hatte David Littwak seine Geschäfte abzumachen. Das Bahngeleise stieg allmählich an, da es bis El Kunetra tausend Meter Meereshöhe zu erreichen hatte. Diese Stadt war als ein Knotenpunkt der Bahnen im Ostjordanlande zu ansehnlicher Bedeutung gelangt. Zwischen Safed und Damaskus liegend, war sie ein wichtiger Stapelplatz des Verkehrs.

Als David mit seinen Freunden aus dem Salonwagen stieg, bemerkten sie auf einem anderen Geleise, wo der Zug nach Beirut zur Abfahrt bereitstand, einen Waggon, aus dem singende Knabenstimmen tönten. Es waren Jungen im Alter von vierzehn bis zu sechzehn Jahren.

»Die machen wohl einen kleinen Ausflug?« erkundigte sich Friedrich.

»Jawohl, einen kleinen Ausflug — rund um die Erde«, erwiderte Professor Steineck schmunzelnd.

Und Mirjam erklärte dem erstaunt Aufhorchenden, was das für eine Schülerreise war. Man hatte eine Einrichtung der klugen und gelehrten Benediktinermönche nachgebildet. Die französischen Benediktiner pflegten schon zu Ende des vorigen Jahrhunderts Karawanen von Schülern unter der Hut ihrer Lehrer in fremde Länder zu schicken. Dort erwarben die jungen Leute die Kenntnis der Sprachen und Gebräuche. Lehr- und Wanderjahre wurden auf diese Art planvoll verbunden. Diese Jugend war inhaltsreicher als die der früheren Zeiten, und ihre Ausbildung war nicht nur gediegener, sondern auch ökonomischer. Man bekam die fertigen Menschen schneller, und was die neue Gesellschaft an Geldmitteln auf diese Schulkarawanen verwandte, das trug bald seine Zinsen.

Den Karawanen wurden nur die besten Schüler aller Unterrichtsanstalten des Landes eingereiht, weil man solche Kosten an möglicherweise faule und unnütze Burschen nicht verschwenden durfte. Zugleich war darin aber auch die wirksamste Prämie auf den Lerneifer gesetzt. Die Knaben hatten keinen höheren Ehrgeiz, als die Erlangung eines Schulreiseplatzes. Die Abenteuerlust, welche die Jungen gerade in diesen sonderbaren Flegeljahren zu befallen pflegt, wurde da nicht nur gebändigt, sondern geradezu bewirtschaftet und zu einem weiteren Vorwärtskommen ausgenützt, gleich den kleinen Explosionen, die das Automobil treiben. Durch die Unterrichtsverwaltung der neuen Gesellschaft waren diese Schulkarawanen in ein gehöriges System gebracht worden. An mehreren Orten in den verschiedenen Ländern, die besucht werden sollten, hatte die neue Gesellschaft Schulhäuser mit allem zum Unterricht wie zur Verpflegung der Kinder Nötigen eingerichtet. Stille Kleinstädte in einiger Entfernung von der Hauptstadt des Landes wurden als Niederlassungsorte gewählt, für Frankreich zum Beispiel Versailles. Das war für Leib und Seele wichtiger als das Wohnen in den gefährlichen Metropolen. Jede dieser Anstalten stand unter der Leitung eines Direktors, der immer dablieb, während die Karawanen mit ihren Klassenlehrern nach drei Monaten weiterzogen. Durch eine in Jerusalem zentralisierte Verfügung wurde der Weg der Karawanen geregelt. Die Knaben lernten die Welt kennen, ohne daß ihr Lehrgang unterbrochen worden wäre.

»Und die Mädchen?« fragte Friedrich lächelnd.

»Die Mädchen machen solche Reisen nicht«, sagte Mirjam. »Wir glauben, daß der Platz der heranwachsenden Jungfrau bei ihrer Mutter ist, wenn sie auch etwas Tüchtiges gelernt hat und ihre Pflichten in der neuen Gesellschaft erfüllen muß.«

Während David seine geschäftlichen Angelegenheiten erledigte, machten Mirjam, Friedrich und Professor Steineck einen Spaziergang durch die heiter belebte Stadt, besichtigten die Bazare, die aber nur wenig Orientalisches hatten, sondern die Niederlagen europäischer Kaufhäuser waren. Sie fanden in einem recht guten englischen Hotel Unterkunft. Friedrich wunderte sich über den Komfort, der hier geboten war, nicht mehr. Es kam ihm jetzt schon selbstverständlich vor, daß an einem Orte des Weltverkehrs auch Bequemlichkeiten für zivilisierte Reisende sich befanden. Das Abendessen wurde früh eingenommen, weil man am nächsten Tage beizeiten aufbrechen wollte, um einen Ausflug nach der sogenannten Kornkammer zu machen.

Es war ein Morgen in zarten Farben. Sie fuhren mit einer elektrischen Sekundärbahn in die bezaubernd junge Landschaft hinaus. Friedrich empfand in dieser Umgebung die Frühlingsgefühle seiner ersten Jünglingsjahre. Neues Leben war in ihm aufgebrochen beim Anblick all dieser glücklichen Arbeit auf den Feldern und auch — kaum wagte er es sich zu gestehen — die Nähe der schönen Mirjam war nicht ohne Einfluß auf die Fröhlichkeit seiner Stimmung. Wie verständig erklärte sie ihm alles, was seine Aufmerksamkeit erregte. David und Steineck halfen mit mancher Erläuterung aus, wo Mirjams Wissen doch nicht ausreichte.

In dieser Gegend des Ostjordanlandes befanden sie sich an einer eigentümlichen Wasserscheide. Fern vom technischen Erfindungswesen des neunzehnten Jahrhunderts aufgewachsen, mit einer bloß juristischen Bildung ausgestattet, hatte Friedrich eigentlich nicht viel von den modernen Möglichkeiten gewußt. Er glich darin den meisten mittleren Gebildeten seiner Zeit. Das Treiben der geschlossenen wie der »offenen« Fabriken war ihm völlig unbekannt. »Offene Fabriken« nannte nämlich Steineck in seinen plaudernden Erklärungen die neueren landwirtschaftlichen Betriebe, die sie auf ihrem Ausfluge zu sehen bekamen. Und eine Wasserscheide sei diese Gegend, weil die Wasser, die vom Norden und Süden heraufflossen, hier zusammentrafen. Friedrich glaubte zuerst an einen Scherz des Gelehrten, als dieser von den heraufströmenden Gewässern sprach. Steineck wollte sich wohl über die Unwissenheit eines so weit Zurückgebliebenen lustig machen. Doch der Aufschluß ließ nicht auf sich warten. Die Wasser selbst flossen wohl nicht bergauf, wohl aber die Kraft ihrer Wellen. Die Naturgewalten zu ändern war man auch in Altneuland nicht fähig gewesen, so wenig wie die Beschaffenheit der Menschen; wohl aber hatte man im Gefolge der allgemeinen Kultur die Naturkräfte besser kennen und ausnützen gelernt. Es war nicht mehr notwendig, das Mühlenrad unmittelbar unter dem Wasserfall anzubringen, wie in den einfältigen Zeiten.

Ein Bach, der in einer Ferne von fünfzehn oder zwanzig Meilen zu Tale stürmte, trieb die Räder, denn seine Kraft wurde als elektrischer Strom in den Drähten hierher geleitet. Am Ende des neunzehnten Jahrhunderts war dieses Problem bereits vollkommen gelöst. In Amerika hielt man darin schon vor zwanzig Jahren weit genug. Vom Niagara wurde elektrischer Strom in eine Entfernung von 162 Kilometern geleitet. Von den San-Bernardino-Bergen nach der Stadt Los Angeles in Südkalifornien gab es damals eine Leitung von 133 Kilometer Länge mit sehr geringem Kraftverlust. Das waren leicht nachzuahmende Einrichtungen. Und so konnten auch die Wasserkräfte vom südlichen Toten-Meer-Kanal wie von den Gebirgsquellen des Libanon und Hermon im Norden herangezogen werden.

»Die wahren Gründer von Altneuland«, sagte David, »waren die Wasserbautechniker. Drainage der Sümpfe, Berieselung der verdorrten Strecken und dazu das System der Kraftanlagen — darin lag alles.«

Nach anderthalbstündiger Fahrt kamen sie auf der Musterwirtschaft an, welche unter der Aufsicht der neuen Gesellschaft von einem millionenreichen Wohltätigkeitsvereine angelegt worden war. Der Direktor dieser ausgedehnten großkapitalistisch geführten Unternehmung zeigte den Gästen alles auf dem prachtvollen Landgute. Die besondere Bewunderung Friedrichs rief die elektrische Zentrale neben dem Direktionsgebäude hervor. Da waren die Wände rings mit Knöpfen, Vertiefungen, Nummern und kleinen Täfelchen bedeckt. Zwei junge Damen in schlichter Kleidung hantierten da nach den Anweisungen eines Beamten, der selbst hinter einem Pult saß und jeden Augenblick die Hörmuschel eines Telephons ans Ohr legte. Friedrich erinnerte sich bei diesem Anblick, ähnliches einmal in einer Telephonzentrale gesehen zu haben. Der Direktor erklärte, wie von hier aus durch die Drahtleitungen nach allen Punkten der Wirtschaft die Kraft versendet werde, sobald man sie benötige, aber auch nicht um eine Minute länger. Von dieser Stube aus wurden nämlich nicht nur die eigentlichen Feldarbeiten mit Kraft gespeist, sondern auch die mit der Landwirtschaft zusammenhängenden, im großen betriebenen Gewerbe: eine Zuckerfabrik, eine Bierbrauerei, die Spiritusbrennerei, die Mühle, die Stärkefabrik und so weiter.

In den Wirtschaftsgebäuden, die sie besichtigten, wie in den Fabriken, auf den Wegen und Feldern war alles nach der modernsten landwirtschaftlichen Lehre eingerichtet, eine peinliche Sauberkeit herrschte, und es ging merkwürdig ruhig zu. Das riesige Räderwerk der Musterwirtschaft machte nicht mehr Geräusch, als unumgänglich nötig schien. Friedrich fiel es auf, als ein kleiner Trupp von Arbeitern in gleichmäßiger Kleidung mit Geräten auf den Schultern an ihnen vorüberzog. Die Leute schritten gesenkten Blickes vorbei. Die einen sahen verdrossen aus, die anderen scheu. Zwei Aufseher folgten hintennach. Diese grüßten den Direktor militärisch.

»Darf ich mir eine kritische Bemerkung erlauben?« sagte Friedrich. »Wir haben bisher in Altneuland so viel Schönes bewundert, daß ich vielleicht auch ein Bedenken äußern kann.«

»Gewiß!« entgegnete David. »Was ist es?«

»Die Arbeiter kommen mir sonderbar gedrückt vor, als wären sie von der prachtvollen Maschine, der sie dienen, innerlich ein bißchen zermalmt. Und was nützt all die sinnreiche ökonomische Einrichtung, wenn die Menschen dabei nicht glücklicher werden? Beim Anblick dieser Leute fielen mir die Fabrikarbeiter früherer Zeiten ein. Es ist wahr, ganz so traurig sind die Mienen der Leute hier nicht, sie sehen auch viel gesünder aus als die ehemaligen Fabrikslöhner — aber immerhin, eine Ähnlichkeit ist vorhanden. Und das finde ich betrübend. Wenn man bedenkt, daß dieses Gut einer wohltätigen Gesellschaft gehört, sollte man hier doch beglücktere Menschen erwarten. Ich gestehe, daß ich ein wenig enttäuscht bin.«

Der Gutsdirektor sah ihn erstaunt an und wandte sich dann fragend an die anderen: »Weiß Herr Doktor Löwenberg denn nicht, wo er sich befindet?«

»Nein«, sagte David. »Wir haben es ihm absichtlich verschwiegen, weil er zuerst einen unbefangenen Eindruck haben sollte. Daß diese Musterwirtschaft eine Sträflingskolonie ist, damit wollten wir ihn überraschen.«

»Ist es möglich?« staunte Friedrich. »Dies eine Sträflingskolonie? Das ändert freilich viel an meinem Urteil. Und wie sind die Resultate der Erziehung zum Guten, Herr Direktor?«

»Die Leute werden moralisch und körperlich gesund«, erwiderte der Direktor. »Die meisten gewinnen das Landleben lieb und wollen es nicht mehr lassen. Sie bleiben nach verbüßter Strafe gern noch weiter hier und werden bezahlte Arbeiter, oder wir siedeln sie als Farmer auf immer weiter vorgeschobenen Posten an. Der Reinertrag unseres Betriebes wird für solche Ansiedlungen verwendet, und diese beginnen schon nach einigen Jahren das Hineingesteckte abzuzahlen. Wir machen aus den Abfällen der Gesellschaft wieder Menschen...«

Als die Reisenden am darauffolgenden Tage in Besan mit Kingscourt und den übrigen zusammentrafen, berichtete Friedrich über das Gesehene. Der alte Herr brummte: »Natürlich! Wenn ich 'mal nicht in der Gefechtslinie bin, passieren die größten Wunder; das Wasser fließt bergauf und die Gefängnisse bestehen aus Freiheit.«

Jetzt fuhr die Motorarche durch das Jordantal südwärts. Die wohlgepflegte Landstraße traf und verließ öfters den vielgewundenen Flußlauf. Der Jordan war in seiner Frühlingsfülle, die Landschaft hüben und drüben in saftigem Grün. Reizende kleine Ortschaften, Städte und villenartige Niederlassungen blinkten von den östlichen und westlichen Höhen. Von Zeit zu Zeit stürmten auf dem rechten Ufer Züge der Jordantalbahn vorüber. Der Verkehr auf der Wagenstraße selbst war auch lebhaft genug. Es war die Zeit, in der die meisten Fremden von Jericho, dem weltberühmten Winterkurort, schon abzureisen pflegten.

Hier im Jordantale war es für die verwöhnten Eleganten, die aus Europa vor der rauhen Jahreszeit flüchteten, jetzt schon zu warm. Man begegnete mehreren großen Reisekutschen, ähnlich der Motorarche David Littwaks. Die fuhren mit ihren hellgekleideten fröhlichen Passagieren, Damen und Herren, in entgegengesetzter Richtung, nach Norden zu; denn jetzt kamen die Modewochen für den Libanon. Ende April schifften sich die eleganten Herdenmenschen gewöhnlich in Beyrut ein, um nach Europa zurückzukehren, wenn sie es nicht vorzogen, mit den Eilzügen der kleinasiatischen Bahnen noch rascher nach Konstantinopel zu kommen.

Aber in diesem Jordantale, das die Vergnügungsmenschen um die wärmere Jahreszeit verließen, blieb doch noch Leben zurück, eigentlich das gesündeste und stärkste Leben. Denn die von altersher wegen ihrer wunderbaren Fruchtbarkeit hochgepriesenen Ebenen zu beiden Seiten des Flusses waren üppiger als jemals. Vernünftig bewirtschaftet, mit allen neuen und besten ökonomischen Mitteln ausgestattet, brachte das Jordantal die reichsten Erträge. Reis und Zuckerrohr, Tabak und Baumwolle gediehen prachtvoll. Die Kunst der Wasseringenieure hatte hier das Herrlichste geleistet. Die Jordanregulierung war nur ein Teil ihrer Tätigkeit gewesen. Großartige Talsperren, namentlich zwischen den Bergen der Ostseite, ermöglichten die volle Ausnützung aller Wasserkräfte des gesegneten Landes. In den traurigen Zeiten der Vernachlässigung war der Regenreichtum fruchtlos versickert. Durch das einfache, in Kulturländern so wohlbekannte System der Talsperren wurde sozusagen jeder vom Himmel fallende Tropfen für die allgemeine Wohlfahrt verwendet. Und so geschah es, daß wieder Milch und Honig in der alten neuen Heimat der Juden floß, und es war, was es gewesen: das gelobte Land!

Und all diese praktische Nützlichkeit war noch gehoben und verklärt durch Schönheit. Aus den grünen Gärten, von den Terrassen der Abhänge hüben und drüben leuchteten weiße Gemäuer. Marmorvillen ragten. Der Stein war aus den unfernen Brüchen der Umgebung vom Toten Meer geholt. So war für Friedrich und Kingscourt kein Ende des erfreuten Staunens auf dem ganzen Weg nach Jericho. Und als sie in diese elegante Stadt kamen, war selbst der grimmige Raisoneur Kingscourt sprachlos über die Pracht und Zahl der großen Hotels, Palästchen und Villen, die sich inmitten der tropischen Pflanzenanlagen und Palmenalleen erhoben. So entzückend hatten sie sich den klimatischen Kurort Jericho gar nicht gedacht.

Aber Kingscourt wollte vor dem Hotel nicht absteigen. Er wünschte gleich nach dem Toten-Meer-Kanal weiterzufahren. Zum Glück war Fritzchen schon eingeschlummert, sonst hätte »Otto« wohl keine solchen Sonderideen haben dürfen. Die Damen blieben also mit dem Kinde im Hotel zurück, und nur die Herren fuhren die kurze Strecke talwärts. Vor ihnen dehnte sich der tiefblaue Spiegel des Toten Meeres. Ein donnerndes Brausen wurde vernehmbar — die Wasser des Kanals, die durch Tunnels vom Mittelländischen Meer hierhergeführt, in die Tiefe stürzten.

David erklärte mit kurzen Worten die Anlage des Werkes. Das Tote Meer ist bekanntlich der tiefste Punkt der Erdoberfläche, sein Spiegel liegt 394 Meter unter dem Niveau des Mittelmeeres. Es war der einfachste Gedanke von der Welt, diesen gewaltigen Niveauunterschied zu einer Kraftquelle zu machen. Der Gefällverlust im Laufe des Kanals von der Küste bis ans Tote Meer betrug nur einige achtzig Meter. Es blieben also noch über dreihundert Meter Fallhöhe. Bei einer Breite von zehn und einer Tiefe von drei Metern lieferte der Kanal etwa fünfzigtausend Pferdekräfte.

Kingscourt wollte sich um keinen Preis verblüffen lassen. Er sagte: »Die Kraftstation der Niagarafalls Hydraulic Power Company erzeugte schon zu meiner Zeit vierzigtausend Pferdekräfte.«

David entgegnete: »Mit dem Niagarafalle und den Millionen Pferdekräften, die er liefert, dürfen wir natürlich die Anlage des Toten-Meer-Kanals nicht vergleichen, obwohl der Niagarafall nur fünfzig Meter hoch ist. Dort gibt es eben ungeheure Wassermengen. Aber ich denke, es ist ganz hübsch, daß wir in den verschiedenen Kraftstationen im Jordangebiet und am Toten Meer insgesamt eine halbe Million Pferdekräfte erzeugen.«

»Sie haben eigentlich recht, hochgeschätzter Wasserkünstler«, gestand nun der Alte, »es ist wirklich ganz hübsch. Aber eins verstehe ich nicht. Jetzt strömt um so viel mehr Wasser in das tote Becken, das keinen Abfluß hat. Ist denn eine andere Verdunstung da als früher?«

»Die Frage ist nicht unintelligent«, bemerkte hierauf Steineck. »Sie müssen aber wissen, meine Herren, daß wir dem Toten Meer auch ebensoviel Wasser entziehen, wie wir ihm zuführen. Das Süßwasser nämlich entwenden wir ihm in entsprechendem Maße. Wir pumpen es in Reservoirs hinauf und benützen es dann zur Bewässerung des Bodens dort, wo es eben nötig, wie hier überflüssig ist. Sie verstehen?«

»Freilich versteh' ich«, schrie Kingscourt, und diesmal war sein Poltern nicht so ungerechtfertigt wie sonst, denn der Donner des Wassersturzes war schon in der Nähe. »Verdammt schlaue Jungens seid ihr, das muß euch der Neid lassen.«

Und da waren sie vor der Kraftstation angelangt. Sie hatten auf dem Fahrwege von Jericho her keinen vollen Ausblick auf das Becken des Toten Meeres gehabt. Jetzt lag es weit und blau vor ihnen, groß wie der Genfer See. An dem nördlichen Ufer, an dem sie standen, hatten sie zur Rechten ein schmal zulaufendes Stück Land vor sich. Dieses zog sich unter dem Felsen hin, von dem das Wasser des Kanals herunterdonnerte. Unten befanden sich die Turbinenhäuser und oben langgestreckte Fabrikgebäude. So weit der Blick um den See und seine Uferberge reichte, sah man großartige Fabrikanlagen. Die Kraftquelle hatte all die verschiedenartigen Industrien angezogen. Der Kanal hatte das Tote Meer zum Leben erweckt.

Beim Anblick der eisernen Röhren, in denen das Kanalwasser auf die Turbinenräder niederschlug, erinnerte sich Kingscourt der Anlagen am Niagara. Hier am Toten Meere gab es etwa zwanzig solcher mächtigen Eisenröhren, die aus dem Felsen in gleichmäßigen Abständen hervorragten. Senkrecht standen die Röhren auf den Turbinenhäusern und sahen wie phantastische Rauchfänge aus. Aber der Donner aus ihnen und der weiße Gischt des Abflusses verkündeten, was da Gewaltiges vorging. Die Reisenden traten in eines der Turbinenhäuser ein.

Friedrich war von dem Ungeheuerlichen dieser Kraftentwicklung betäubt, indessen Kingscourt sich im Lärm der Industrieschlacht ordentlich wohl zu fühlen schien. Er schrie aus Leibeskräften Bemerkungen, die allerdings im Gebrause niemand verstehen konnte. Dennoch ahnte man aus seinen Mienen, daß er endlich einmal vollkommen befriedigt war.

Das war aber auch etwas prachtvoll Zyklopisches, wie das Wasser auf die riesigen Bronzeschaufeln der Turbinenräder herunterkrachte und sie zu rasenden Umdrehungen trieb. Und von da ging die wilde, die gebändigte Naturkraft in die Generatoren des elektrischen Stromes über, und sie lief in die Drähte und durcheilte das Land, das altneue Land, und machte es aufblühen, daß es ein Garten und eine Heimat wurde für Menschen, die ehemals arm, schwach, hoffnungslos, heimatlos gewesen... Friedrich fand endlich Worte: »Ich fühle mich wie zermalmt von dieser Größe.«

»Uns«, entgegnete David ernst, »hat die große Kraft keineswegs zermalmt — sie hat uns erhoben.«

Fünftes Buch: Jerusalem

Erstes Kapitel

Einst waren Friedrich und Kingscourt bei Nacht und vom Westen her nach Jerusalem gekommen, jetzt kamen sie bei Tage und vom Osten. Einst hatten sie eine schwermutsvolle Stadt des Verfalles auf diesen Hügeln liegen gesehen, jetzt sahen sie da eine Stadt verjüngter Regsamkeit und Pracht. Einst war Jerusalem tot, jetzt war es auferstanden.

Sie waren von Jericho hierhergefahren und standen auf dem Ölberg, auf dem alten wundervollen Berge, von wo der Blick so weit in die Runde hinausschwärmen kann. Noch war es die heilige Landschaft der Menschheit, noch ragten die Wahrzeichen, die der Glaube vieler Zeiten und vieler Völker aufgerichtet hatte, aber ein neues, mächtiges, freudiges war hinzugekommen: das Leben! Jerusalem war ein gewaltiger Körper geworden und atmete Leben. Die Altstadt zwischen den ehrwürdigen Mauern hatte sich, soviel man von diesem Aussichtspunkt bemerken konnte, am wenigsten verändert. Sie sahen die Grabeskirche, die Omarmoschee und die anderen Kuppeln und Dächer von einst. Nur war manches Herrliche dazu entstanden. Jener neu schimmernde ausgedehnte Prachtbau zum Beispiel war der sogenannte Friedenspalast. Eine große Ruhe lag über der Altstadt.

Aber anders war das Bild außen ringsum. Da waren moderne Stadtteile entstanden, von elektrischen Bahnlinien durchzogen breite, baumbesetzte Straßen, ein Häuserdickicht, nur von grünen Anlagen unterbrochen, Boulevards und Parks, Lehrinstitute, Kaufhallen, Prunkgebäude und Belustigungsorte. David nannte die Bauten, die man hervorragen sah. Es war eine Weltstadt nach den Begriffen des zwanzigsten Jahrhunderts.

Doch immer wieder kehrten die Blicke zur alten Stadt im Mittelpunkte des Bildes zurück. Vor ihnen, jenseits des Kidrontales, lag sie im Nachmittagssonnenglanze, und es war etwas Festliches in diesem Anblick. Kingscourt hatte schon alle möglichen Fragen gestellt und von David Auskunft erhalten. Jetzt erkundigte er sich nach einem gewaltigen und prunkvollen Bau, der weiß und goldig leuchtete, auf marmornen Säulen ruhte sein Dach, ja, es war ordentlich ein Wald von Säulen mit goldenen Knäufen, die man sah. Und Friedrich vernahm es mit einer eigentümlich tiefen Bewegung, als David sprach: »Das ist der Tempel!«

Es war ein Freitagabend, an dem Friedrich Löwenberg zum ersten Male den Tempel von Jerusalem betrat. David hatte für die ganze Gesellschaft Wohnung in einem der elegantesten Gasthöfe vor dem Jaffatore genommen. Als es Abend wurde, rief David seinen Freund zum Tempelgange. Friedrich Löwenberg schritt mit Mirjam voraus, David und Sarah folgten. Sie gingen durch die prachtvollen Straßen der Neustadt, die mittags noch das rauschendste Leben gezeigt hatten. Jetzt, plötzlich, sonderbar, begann dieser große Verkehr zu erlahmen, zu stocken. Die Zahl der fahrenden Wagen verminderte sich auffallend, und überall wurden die Läden geschlossen. Der Sabbath senkte sich langsam und feierlich auf die vorhin laute Stadt. Und in Scharen strömten die Andächtigen den Synagogen zu. Denn außer dem großen Tempel gab es in der alten wie in der neuen Stadt noch viele Häuser des unsichtbaren Gottes, dessen Geist von Israel Jahrtausende lang durch die Welt war getragen worden.

Schon ergriff ein Vorgefühl hoher Stimmung die Wallenden, als sie in den Frieden der heiligen Stadt eintraten. Denn was jetzt innerhalb der uralten Mauern von Jerusalem lag, das war nicht mehr die Unreinlichkeit, der Lärm, der üble Geruch wie vor zwanzig Jahren. Damals mußten sich die Pilger aller Konfessionen innerlich verletzt fühlen, wenn sie oft nach langer Fahrt an dieses Ziel ihrer Sehnsucht kamen, so widerwärtig war mancher Anblick, der sich in verwahrlosten Straßen bot. Und bevor ein frommer Wanderer zum Heiligsten seines Glaubens gelangte, mußte er durch Unerfreuliches, Weiheloses hindurch. Anders war es jetzt. Die Gassen und Gäßchen waren mit neuen Steinen gepflastert, wohlgepflegt, glatt und sauber wie der Estrich einer guten Stube.

Privathäuser gab es in der Altstadt nicht mehr. Alle Gebäude dienten Zwecken der Wohltätigkeit oder Andacht. Es gab da Pilgerhäuser für die Gläubigen aller Bekenntnisse. Christen, Mohammedaner und Juden hatten ihre gemeinnützigen Anstalten, ihre Spittel und Siechenhäuser, die in bunter Reihe nebeneinander standen. Ein gewaltiges Viereck aber nahm der ernste und großartige Friedenspalast ein, in welchem die internationalen Kongresse von Friedensfreunden und von Gelehrten aller Wissenszweige abgehalten wurden.

Die Altstadt war überhaupt ein internationaler Ort, welcher allen Völkern als eine Heimat erscheinen mußte. Denn hier war das Menschlichste zu Hause: das Leiden. Und ebenda waren auch alle Formen der Hilfe versammelt, welche das menschliche Geschlecht im Laufe seiner Geschichte wider das Leiden gesucht hat: Glaube, Liebe, Wissenschaft. Man mußte in eine andächtige Stimmung geraten, wenn man durch diese Gassen wandelte, wie immer man sich auch zu den Religionen stellen mochte. Die Leute, die einander begegneten oder überholten, grüßten stumm und freundlich. Es war ein Sabbath in den Herzen.

Mirjam und Friedrich kamen an einem alten Herrn vorbei, der ziemlich schwer an seinem Stocke daherging. Mirjam nickte ihm zu, und er schloß sich dann dem rückwärtigen Paare David und Sarah an, das ihm zuliebe den Schritt verlangsamte.

»Dieser Alte«, sagte Mirjam leise zu ihrem Begleiter, »hat auch seinen Frieden hier gefunden. Sie müssen sich einmal von meinem Bruder die Geschichte erzählen lassen, wie er den Mann fand und bekehrte. Es war in Paris, wo David geschäftlich zu tun hatte. Er lernte Monsieur Armand Ephraim durch Zufall kennen. Sie wissen ja schon, wie unser David ist. Seine Liebenswürdigkeit gewinnt ihm alle Herzen. So fühlte sich auch der steinreiche Monsieur Ephraim zu David hingezogen, mehr als zu seinen eigenen Verwandten, die nur auf seinen Tod warteten, um als Erben zu lachen. Monsieur Ephraim hatte immer nur Geld verdient und Geld für sein Vergnügen ausgegeben. Nun war er zu alt, um sich zu unterhalten, und er fand in seinem ermüdeten Gehirn keinen Gedanken, was er mit dem vielen Gelde anfangen sollte. Nur eins wußte er: den lustigen Erben wollte er es nicht lassen.

Da bewog ihn David, nach Jerusalem zu kommen. Hier könne er sich noch einmal für sein Geld unterhalten. Der Alte kam, und David führte ihn in den Friedenspalast. Dieser Prachtbau ist mit der Zeit ein merkwürdiger Mittelpunkt milder Bestrebungen geworden. Hier wirkt man keineswegs für das jüdische Land und seine Bewohner, sondern für andere Länder und Völker. Wir sind ja in unserer neuen Gesellschaft mit einigen Problemen fertig geworden, welche der früheren Zeit Sorge machten. Aber es gibt leider noch genug Jammer auf der Erde, und nur die gemeinschaftliche Anstrengung aller kann erleichternd wirken. Im Friedenspalaste finden sich solche universelle Bestrebungen zusammen. Wenn zum Beispiel irgendwo in der Welt eine Katastrophe hereinbricht — Brände, Überschwemmungen, Hungersnot, Epidemien —, so wird es hierher telegraphiert. Hier ist immer ein Hilfsreservoir in großen Barmitteln vorhanden, weil ebenso wie die Bittgesuche auch die Spenden sich hier zentralisieren. Ein ständiger großer Rat, dessen Mitglieder von den verschiedenen Nationen gewählt werden, wacht über die gerechte Verteilung und Ausgleichung der Gaben. Hierher wenden sich aber auch Erfinder, Künstler, Gelehrte um Unterstützung ihrer Arbeiten. Es lockt sie der Spruch, der über dem Tore des Friedenspalastes leuchtet: *Nil humani a me alienum puto.* Und es wird ihnen, wenn sie würdig sind, nach Möglichkeit geholfen ...

Hier hat nun Monsieur Ephraim die Unterhaltung gefunden, die ihm unser David versprach. Monsieur Ephraim besucht mit Vergnügen die Sitzungen der Kommissionen, in denen über die Hilfsgesuche berichtet wird, und er verläßt sie immer erleichtert. Er schenkt nämlich nach und nach sein ganzes Vermögen weg. Er behält sich nur den Nutzgenuß vor, den er bis zu seinem Tode braucht. Dann soll alles guten Zwecken zufallen.«

Friedrich sagte lächelnd: »Wenn er das durchführt, wird er es erreichen, daß seine Verwandten wirklich um ihn trauern.«

Sie blieben jetzt stehen, um auf die Nachkommenden zu warten. Sie hörten, wie Mr. Ephraim hüstelnd eine früher begonnene Erzählung schloß: »Und fünfhundert Pfund Sterling habe ich einem Seehospiz für verwahrloste Londoner Kinder gegeben. Im ganzen heute hunderttausend Francs. Kein schlechter Tag — höhö — kein schlechter Tag! Wenn ich nicht mehr da wäre, hätte vielleicht heute einer meiner Neffen beim Wettrennen ebensoviel verspielt ... So habe wenigstens ich meine Freude gehabt — und sie werden nicht lachen, meine Erben, hehehe ... Sondern ich lache — hehehe! Und die kleinen Kinder von London werden auch lachen, wenn sie in die gute Luft kommen ... Die armen Kindlein.«

Und jetzt waren sie vor dem Tempel von Jerusalem angelangt. Er war wieder aufgerichtet worden, weil die Zeiten sich erfüllten. Er war wie einst aus Kalkquadern aufgebaut, die aus den nahen Steinbrüchen kamen und an der Luft zu härtestem Gestein sich festigten. Wieder standen die Säulen, aus Erz gegossen, vor dem Heiligtum Israels. Es hieß die linke Säule Boaz, die rechte aber hieß Jachin. Im Vorhofe stand ein gewaltiger erzener Altar, und auch der weite Wasserbehälter war da, den man das eherne Meer nannte, wie in den alten Zeiten, da Salomo, der König, regierte. Sarah und Mirjam waren nach der Frauenabteilung gegangen. Friedrich stand im Tempel neben David in der hintersten Reihe.

»Ich habe mir«, sagte David, »als die Tempelplätze vergeben wurden, den allerletzten ausgesucht, und ich möchte keinen anderen haben.«

Durch den herrlichen Raum begannen Gesänge und Lautenspiel zu rauschen. Wundersam ergriffen diese Klänge das Gemüt Friedrichs. Sie trugen ihn zurück in Fernen seines eigenen Lebens und in andere Zeiten Israels. Die Beter um ihn herum singsalierten und murmelten die vorgeschriebenen Worte. Ihm aber kamen schöne deutsche Verse in den Sinn: die *Hebräischen Melodien* von Heinrich Heine. Da war Prinzessin Sabbath wieder, *»die man nennt die stille Fürstin«*.

Der Tempelsänger hob das alte Lied zu singen an, das in vielen hundert Jahren dem zerstreuten Volke heimwehweckend erklungen war, in unzähligen Synagogen auf dem Erdenrunde, das Lied des edlen Dichters Salomon ben Halevy: *»Lecho Daudi Likras Kallo ...«* Und wie es Heine deutsch gemacht:

> *Komm, Geliebter, deiner harret*
> *Schon die Braut, die dir entschleiert*
> *Ihr verschämtes Angesicht!*

Ja, Heine fühlte als ein wahrer Poet die Romantik, welche im Schicksale seines Stammes enthalten war. Und daß er die innigsten deutschen Lieder sang, hinderte ihn nicht, auch die Schönheit der hebräischen Melodien zu finden.

Friedrich aber besann sich jetzt einer schmählichen Zeit, in der die Juden sich alles Jüdischen schämten. Sie glaubten vornehmer auszusehen, wenn sie sich nicht als Juden zu erkennen gaben. Aber gerade dadurch zeigten sie die Gesinnung von Bedienten oder Freigelassenen. Und sie konnten sich noch über die Geringschätzung wundern, die ihnen zuteil wurde, da sie doch wahrlich keine Selbstachtung an den Tag gelegt hatten. Nachgekrochen waren sie den anderen, und es ereilte sie dafür die gerechte Strafe: sie wurden abgelehnt. Aber in seltsamer Verblendung zogen sie daraus nicht die richtige Lehre, sondern eine ganz verkehrte.

Diejenigen, die gute Geschäfte gemacht oder sich sonst irgendwie hervorgetan hatten, fielen öffentlich vom Glauben ihrer Väter ab. Sie bemühten sich, ihre Herkunft und Stammeszugehörigkeit wie einen Makel zu verbergen. Und wenn diejenigen, die vom Judentume herkamen, die also genau wissen mußten, was es war, sogar ihre eigenen Väter und Mütter verleugneten, nur um damit nichts zu schaffen zu haben — so mußte es wohl etwas recht Gemeines, Verwerfliches und Böses sein. Freilich entkamen die Abtrünnigen dennoch nicht, und es erging ihnen wie den Flüchtlingen aus einer verseuchten Gegend. Sie waren verdächtig und blieben gleichsam in der Quarantaine liegen.

Marranen hießen im Mittelalter die getauften Israeliten in Spanien. Das Marranentum war die Quarantaine der entflohenen Juden. Und das Judentum kam bei alledem immer tiefer herab. Es wurde das »Elend«, ganz im Sinne des alten deutschen Wortes: nämlich das Ausland, das fremde Land, der Aufenthaltsort von Verbannten. Wer im »Elend« war, der war ein Unglücklicher, und wer unglücklich war, es zu nichts bringen konnte, der suchte seinen Schlupfwinkel im Elend. So kamen die Juden aus eigener Schuld immer tiefer hinein. Elend, Golus, Ghetto! Worte in allen Sprachen für dasselbe Ding. Verachtet werden, und sich schließlich selbst verachten!... Und aus diesem tiefsten Zustande hatten sie sich nun herausgehoben!

Alles, was Friedrich umgab, zeigte ihm, wie es gekommen war. Das Judentum sah jetzt einfach darum anders aus, weil die Juden sich seiner nicht mehr schämten. Nicht nur die Bettler, Hilfesucher und Verstauchten bekannten sich in einem verdächtig einseitigen Solidaritätsgefühle dazu. Nein, auch die Starken, Freien, Erfolgreichen waren heimgekehrt, und sie empfingen wahrlich mehr als sie gaben. Denn immer noch waren ihnen die Menschen anderer Völker dankbar, wenn sie etwas Großes leisteten. Das Judenvolk aber verlangte von ihnen nichts anderes, als daß sie nicht den vergeblichen Versuch machen sollten, sich von ihm loszusagen. Jedem Großen ist die Welt dankbar, wenn er ihr etwas bringt; er muß ihr etwas bringen. Nur das väterliche Haus ist seinem Sohne dankbar, auch wenn er nichts bringt, als sich selbst...

Plötzlich, in diesen Betrachtungen, die von den hebräischen Melodien durchrauscht waren, ersah und verstand Friedrich die Bedeutung des Tempels. Einst, in der Zeit, da Salomo, der König, regierte, war der Tempel ein mit Gold und Edelgestein geschmücktes Wahrzeichen für den Stolz und die Macht Israels. Mit kostbaren Erzen, mit Oliven-, Zedern- und Zypressenholz war der Tempel im Geschmack der Zeit geziert, daß er eine Lust der Augen sei. Aber wie herrlich für die Begriffe jener Tage dies alles auch gewesen, um den sichtbaren und greifbaren Bau konnten die Juden doch nicht achtzehn Jahrhunderte hindurch gejammert haben. An den Trümmern konnten sie nicht um das zerstörte Mauerwerk geklagt haben — für eine Dauer von achtzehn Jahrhunderten wäre ein solcher Jammer zu läppisch gewesen.

Nein, sie ächzten um etwas Unsichtbares, für das der Tempel nur ein steinerner Ausdruck gewesen. Und dieses Unsichtbare fühlte Friedrich im neuerstandenen Tempel zu Jerusalem. Es wurde ihm weit und frei zumute. Da standen die heimgekehrten Söhne von Gottes altem Volk und erhoben ihre Seelen zum Unsichtbaren. Sie standen wie einst ihre Väter auf dem Berge Moria. Salomos Worte waren wieder lebendig:

>*Gott hat verheißen, in einer Wolke zu weilen,*
gebaut hab' ich einen festen Wohnsitz Dir, o Gott!
Eine Stätte für dein Bleiben für immer.«

Gebetet hatten sie mit mehr oder weniger Andacht in vielen Tempeln auf dem Erdenrunde, in prächtigen und armen, in allen Sprachen der Zerstreuung. Ihr unsichtbarer Gott, der Allgegenwärtige, mußte ihnen doch überall gleich nah oder fern sein. Dennoch war nur hier allein der Tempel. Warum?

Weil sie erst hier zu der freien Gemeinschaft gediehen waren, in der sie für die höchsten Zwecke der Menschheit wirken konnten. Sie hatten in früheren Zeiten die Gemeinsamkeit gekannt, in der Verfolgung, im Druck, im Ghetto. Sie hatten später die Freiheit gekannt, als ihnen die Kulturvölker die Gleichberechtigung schenkten. Aber in der Judengasse waren sie ehrlos, wehrlos, rechtlos, und als sie die Gasse verließen, hörten sie auf Juden zu sein. Beides mußte da sein: Freiheit und Gemeingefühl. Da erst durften sie das Haus des Unsichtbaren und Allmächtigen errichten, welchen die Kinder sich anders vorstellen als die Weisen, der aber als der Wille zum Guten im All gegenwärtig ist.

Und als sie nach beendetem Gottesdienste hinaustraten, als die vielen stattlichen, ernst und frei blickenden Menschen einander mit Freundlichkeit zunickten und »Guten Sabbath!« wünschten, da sagte Friedrich zu seinem Freunde David: »Jawohl, Sie hatten auf dem Ölberg Recht, als Sie mir dieses Haus zeigten. Das ist der Tempel!«

Zweites Kapitel

Am folgenden Sonntag fanden im ganzen Lande die Delegiertenwahlen statt. David war in der Nacht vom Samstag auf den Sonntag nach Haifa gefahren, um den Wahltag vom Mittelpunkte der Bewegung aus zu leiten. Die Partei Geyer machte überall die größten Anstrengungen. Geyers Zeitungen brachten den Tag über in rasch aufeinander folgenden Extraausgaben zuversichtliche Stimmungsberichte. Damit waren unbestimmte Verdächtigungen vermischt. Eines dieser unsauberen Blätter nahm den Generaldirektor der neuen Gesellschaft, Joseph Levy, besonders aufs Korn. Es wurde von der allzu unbeschränkten Gewalt dieses Mannes über die Millionen der neuen Gesellschaft gesprochen. Der Schreiber des Artikels beteuerte zwischendurch immer wieder, daß er Herrn Joseph Levy nicht anklagen wolle; es handle sich lediglich um das allgemeine Wohl, um die sauer erworbenen Groschen der Armen, um die Existenz der uns allen so teuren Gemeinschaft. Geschrieben war das Ganze in einem süßlichen Tone und mit Bibelworten fromm unterspickt.

Professor Steineck, der dieses Blatt im Beisein Kingscourts erhielt, wurde beim Lesen hochrot im Gesicht und stieß fort und fort dumpfe Wutrufe aus: »Oh du Rabenvieh! ... Oh du Schweinehund! ... Oh du — du — du Geyer! ... Der Schuft weiß ganz gut, daß unser Joe die Ehrlichkeit selbst ist. Er weiß, daß Joe sich geschunden und gerackert hat, um die neue Gesellschaft in die Höhe zu bringen. Denn das weiß jedes Kind, das weiß die ganze Welt. Und dieser Lumpenkerl wagt es, Joe's Namen in seinen verruchten Lügenmund zu nehmen. Alles nur wegen der Wahlen — Sie verstehen? Das soll die Leute bei der Abstimmung beeinflussen, daß sie Delegierte der Opposition wählen. Sie verstehen?« Grimmig zerriß er das Blatt, ballte die Fetzen zu einem Knäuel und schleuderte diesen mit einem Ausruf des Ekels zum Fenster heraus.

Kingscourt lachte: »Ob ich das verstehe! Geliebter Mikrobenvater, ich habe doch auch in der Welt jelebt. Ich werde doch wissen, was die Menschen für jemeine Bestien sind. Wissen Sie, offen jestanden hab' ich an manches in eurer neuen Jesellschaft trotz Oojenschein nich jeglaubt. Die ganze Jeschichte war mir 'n bißchen zu rosenrot und potemkinisch. Seh' ich aber, daß ihr auch Halunken von allen Sorten auf Lager habt, dann fängt es an, mir einzuleuchten. Dann muß auch ich oller Wüstenpilger zujeben, daß die Jeschichte wahr ist.«

Im übrigen war aber in diesem Kreise von den Wahlen nicht mehr viel die Rede, so schwer es auch schien, dem Tagesereignis auszuweichen, das durch alle Ritzen hereindrang. Man bedauerte David Littwak, weil er sich so tief in den Streit eingelassen habe; doch nun kam er ja bald zur Ruhe. Er hatte oft erklärt, daß er gleich nach den Wahlen zu seinen gewohnten Arbeiten zurückkehren werde. Das Mandat eines Delegierten strebte er zwar an und wollte es ausüben, aber der Kongreß tagte nur wenige Wochen im Jahre.

Auf Mirjams Anregung benutzten Friedrich und die Freunde gerade diesen Wahltag, um einen von der Politik weit abgelegenen Ort aufzusuchen, nämlich eine Künstlerwerkstatt. Mirjam und Friedrich fuhren mit dem Professor hinaus nach dem Atelier des Malers Isaaks. Das Haus des Meisters lag in einer stillen Gegend im Osten der Neustadt. Es enthielt Kunstschätze erlesener Art. Isaaks liebte die edle Geselligkeit, und die Feste, die er öfters in seinem Palästchen veranstaltete, waren durch ihre Pracht und Feinheit berühmt.

Die Mauer des Künstlerhauses, die der Straße zugekehrt war, ließ noch nichts von der heiteren Eleganz des Inneren ahnen. Um so freudiger war man überrascht, wenn man den Vorhof betrat. Isaaks hatte sich ein reizendes Heim geschaffen. Die Vorhalle, deren Glasdach auf den vergoldeten Knäufen schlanker Marmorsäulen ruhte, war mit alten Gobelins verkleidet. Hier standen einige meisterhafte Nachbildungen antiker Skulpturen. Die Gäste wurden von einem Diener weitergeführt und kamen in einen Hof, der die Mitte des Hauses einnahm. Es war dies eigentlich ein Salon ohne Zimmerdecke. Der blaue Himmel war sein Plafond. Auf drei Seiten war der mit großen Steinplatten belegte Hof von Säulengängen umgeben, auf der vierten Seite grenzte ihn gegen den Garten ein auf Rädchen verschiebbares, vergoldetes Gitter ab, das jetzt weit geöffnet stand.

Man blickte in den Garten hinaus, der um mehrere Stufen tiefer lag und nicht sehr groß war, jedoch durch eine kunstvolle Stellung der Gebüsche den Eindruck bedeutender Tiefe machte. Aus dem Palmengrün leuchtete da und dort der Marmor edler Bildsäulen. Im Hofe selbst befand sich in der Mitte ein Springbrunnen mit weitem Becken, dessen Wasser leise rauschten. Gute Lehnstühle von reicher Verschiedenheit der Formen waren in Plauderwinkeln gruppiert. Der breite, um einige Stufen erhöhte Säulengang, der von drei Seiten den Hof umgab, konnte in einen geschlossenen Raum verwandelt werden, indem man aus der Tiefe Glaswände aufsteigen ließ. Aber in der milden Jahreszeit war alles offen. Dieser Hof mit seinen Kolonnaden bildete einen einzigen herrlichen Saal. Es führten aus dem Säulengange hohe, geschnitzte Türen nach den anderen Räumen des Hauses. Einzelne waren geöffnet, man erblickte den Prunk ihrer Ausstattung.

Es war der Palast eines Fürsten der Kunst. Und dort die Tür, die jetzt aufging, war die seines Ateliers. Isaaks, dem die Gäste gemeldet worden, kam in Begleitung eines vornehm aussehenden Paares. Professor Steineck stellte Friedrich vor, und Isaaks nannte die Dame und den Herrn, die bei ihm waren: Lord Sudbury und Lady Lillian, dessen Gemahlin. Sie hielten sich in Jerusalem auf, weil Isaaks das Porträt der schönen Lady Lillian malte. Meister Isaaks war ein stattlicher Mann von etwa vierzig Jahren. Er bewegte sich und sprach mit einer heiteren Würde; man sah ihm die Gewohnheit an, mit eleganten Leuten als Gleichgestellter zu verkehren. Und doch war auch er ein armer Judenjunge gewesen, der es nur von Talentes Gnaden zu seinem jetzigen Range in der Welt gebracht hatte.

Isaaks weckte durch seine liebenswürdige Art sehr bald ein Gefühl des Behagens bei seinen Gästen. Diener trugen Erfrischungen herbei. Dann brannten die Herren Zigarren an — duftende Kräuter, die, wie der Hausherr lächelnd bemerkte, in Palästina gewachsen waren. Es war das einzige, worauf er mit sichtlichem Stolze hinwies. »Blume des Jordans« nenne man die Sorte. Die Tabakpflanzungen lagen nämlich im Jordantal.

Während die Herren schmauchten und plauderten, hatte sich die schöne Lady Lillian der ihr schon von früheren Besuchen her bekannten Mirjam genähert und flüsterte ihr bittend etwas zu. Mirjam schien abzulehnen und milderte ihre Weigerung durch ein Lächeln. Es kam Friedrich vor, als hätte Mirjam beim verneinenden Kopfschütteln nach ihm hingeblickt. Auch Lady Lillian sah ihn daraufhin flüchtig an. Die Damen standen jetzt am goldenen Gitter, zwei schlanke Gestalten, die den Blick erfreuten. Mirjam, dunkelhaarig und von etwas kleinerem Wuchs, machte in ihrer sehr einfachen Kleidung doch keine schlechte Figur neben der hochragenden, blonden Engländerin, deren Toilette auf die Kunst eines Pariser Schneiders hinwies. Friedrich hatte ein unbestimmtes Gefühl von Stolz, als er das Judenmädchen, die Tochter des Hausierers, in so bescheidener und doch nicht unsicherer Haltung neben der englischen großen Dame sah. Und im Tone seines abwesenden Freundes Kingscourt dachte er sich: »Alle Deibel — nu bringen wir es sogar zu einem bescheidenen Auftreten in der Gesellschaft.«

Aber die Lady und Mirjam schritten jetzt langsam in den Garten hinaus, und Friedrich, so gern er ihnen auch gefolgt wäre, mußte dableiben, denn das Gespräch wandte sich hauptsächlich an ihn. Ihm erklärte man Dinge, die er noch nicht wußte: die Rolle der Kunst und Philosophie in der neuen Gesellschaft. Jetzt erst, als Meister Isaaks mit seiner wohlklingenden Stimme davon sprach, fiel es Friedrich ein, daß ihm ein Aufschluß über die Fragen bisher gefehlt hatte. Er hatte den Tempel und die elektrischen Maschinen, das alte Volk und die neuen Formen seiner Vergesellschaftung in

Altneuland gesehen. Aber wie stand es mit den Bedürfnissen feiner Geister in Kunst und Wissenschaft? Dies war ja vorzeiten ein gewichtiger Einwand der sogenannten modernen Menschen gegen die zionistische Bewegung gewesen. Man hatte die Idee von der Wiedergeburt des jüdischen Volkes als eine blödsinnige Reaktion, als eine Art chiliastischen Schreckens hingestellt. Und nun hörte Friedrich von Maler Isaaks, daß es mitnichten so war. In der neuen Gesellschaft herrschte alles eher als Volksverdummung, wenn man auch einen jeden nach seiner Fasson selig werden ließ. Glaubenssachen waren ein für allemal von der öffentlichen Beeinflussung ausgeschaltet. Ob einer im Tempel, in der Kirche, in der Moschee, im Kunstmuseum oder im philharmonischen Konzerte die Andacht suchte, die ihn mit dem Ewigen verbinden sollte, darum hatte sich die Gesellschaft nicht zu kümmern. Das machte jeder füglich mit sich selbst aus.

Kunst und Philosophie hatten ihre unabhängige Pflegestätte in der jüdischen Akademie, die ja auch keine funkelnagelneue Erfindung war, sondern in der französischen Akademie ein jahrhundertealtes Vorbild besaß. Die Mittel zur Errichtung dieser Akademie waren von einem reichen Amerikaner gestiftet worden, der als Gast die Reise des Dampfers *Futuro* mitgemacht hatte. Der Geist vom *Futuro* sollte auch immer die jüdische Akademie erfüllen, dafür war in den Satzungen nach Möglichkeit vorgesorgt. Vierzig war die Zahl der Mitglieder, gleichwie im Palais Mazarin, und wenn ein Fauteuil durch Todesfall frei wurde, so wählten die übrigen Mitglieder den würdigsten Nachfolger. Die Mitglieder bezogen ein Gehalt, welches sie jeder Sorge um den Lebensunterhalt enthob, so daß ihre Kunst, Philosophie und Gelehrsamkeit nach keiner Gunst auszuschielen brauchte. Es ergab sich auch von selbst, daß die vierzig Juden der Akademie von nationalem Chauvinismus frei waren.

Als dieses Institut errichtet wurde, kamen seine ersten Mitglieder aus verschiedensprachigen Kulturen zusammen und einigten sich auf dem Boden der Menschlichkeit. So schuf ihr Beisammensein einen Geist, welcher nicht entthront werden konnte, weil sie selbst sich die folgenden Genossen wählten. Die erste Satzung des Stifters aber lautete:

»Die jüdische Akademie hat die Aufgabe, das Verdienst einzelner um die Menschheit aufzusuchen.«

Diese Aufgabe war selbstverständlich nicht an die Grenzen des Landes gebunden. Die Vierzig der jüdischen Akademie bildeten auch das Ordenskapitel der Judenehre, die ebenfalls nach einem französischen Muster geschaffen war: nach der Ehrenlegion. Das Abzeichen war ein gelbes Band im Knopfloch. Friedrich hatte dieses Bändchen schon bei mehreren gesehen, aber es nicht sonderlich beachtet. Es war offenbar die wohlbekannte Ordensnarrheit der früheren Zeit.

Dennoch machte es auf ihn einen gewissen Eindruck, als Meister Isaaks, der gleich dem Professor Steineck das gelbe Bändchen besaß, in dieser Weise davon sprach: »Sie dürfen nicht glauben, lieber Doktor Löwenberg, daß wir das aus lauter Dummheit und Eitelkeit eingerichtet haben. Die Ehre verlangt auch nach einer Umlaufsmünze, das haben die Staatskünstler der alten Gesellschaft wohl erkannt. Warum hätten wir dieses Mittel verschmähen sollen, womit man für die Gemeinschaft so viel erzielen kann? Nur haben wir seinen Wert von vornherein hochzuhalten uns bemüht, indem wir es schwer erreichbar machten. Die höheren Grade sind sehr selten.

Großmeister ist der Präsident unserer Akademie, und diese, das Ordenskapitel der Judenehre, besteht aus Leuten, die keinerlei Privatinteressen haben und von allem politischen Treiben entfernt sind. Daraus ergibt sich, daß diese Auszeichnung für Geld oder Parteidienste nicht zu haben ist. Wenn einer gute Geschäfte gemacht hat, so zeichnen wir ihn dafür nicht aus. Darum waren ja die Orden in der alten Gesellschaft lächerlich. Bei uns bedeutet dieses sonst so komische Bändchen ernste Leistungen, die dazu dienten, das allgemeine Niveau zu heben. Die Farbe aber soll uns an die schwersten Zeiten unserer Volksgeschichte erinnern und uns noch im Erfolge zur Demut mahnen. Aus dem gelben Fleck, den unsere unglücklichen, standhaften Väter tragen mußten, aus dem Zeichen der Schande haben wir das Zeichen der Ehre gemacht.«

»Sie verstehen?« rief Steineck.

Friedrich nickte nachdenklich.

In diesem Augenblicke meldete ein Diener den Doktor Marcus. Meister Isaaks erhob sich rasch und eilte dem weißbärtigen alten Herrn entgegen: »Sie kommen wie der Wolf in der Fabel, Herr Doktor!« sagte Isaaks und stellte den Lord und Friedrich vor. »Herr Doktor Marcus ist der Präsident der jüdischen Akademie ... Ich habe meinen lieben Gästen soeben einiges von der Akademie erzählt. Lord Sudbury wußte ja das meiste schon, aber diesem Herrn, obwohl er ein Jude ist, war alles neu.«

»Wie ist es möglich?« fragte Doktor Marcus.

Friedrich berichtete mit wenigen Worten seine Schicksale.

Der Präsident der Akademie hörte mit leisem Kopfschütteln zu. Dann sagte er: »Vor zwanzig Jahren! Ja, ja, ich begreife Ihre Verwunderung. Und doch war schon alles vorhanden. Erinnern Sie sich der Worte des Koheleth: Was ist's, das geschehen ist? Eben das hernach geschehen wird. Was ist's, das man getan hat? Eben das man hernach wieder tun wird; und geschieht nichts Neues unter der Sonne...«

»Erlauben Sie, mein lieber Präsident!« schrie Steineck auf. »Das ist denn doch wohl nur *cum grano salis* zu verstehen. Alles, was ist, war noch nicht da, und alles, was kommen wird, liegt noch nicht hinter uns. Ich erinnere Sie nicht an Koheleth, aber an Stockton-Darlington. Sie verstehen?«

»Was ist das mit Stockton-Darlington?« erkundigte sich Lord Sudbury. »Meinen Sie die erste Eisenbahnlinie der Welt, die George Stephenson vor hundert Jahren baute?«

»Ganz recht, Mylord!« rief der Professor. »Wir haben in unserer Akademie vor einigen Tagen den Beschluß gefaßt, der gesamten zivilisierten Welt einen Vorschlag zu machen. Es soll im Jahre 1925 die Feier von Stephensons Tat begangen werden, und zwar in würdiger Weise. Es sollen nämlich in der Minute, wenn die hundert Jahre voll sind, alle eben fahrenden Lokomotiven auf allen Linien der Erde drei lange Signalpfiffe ertönen lassen. Das ist die Stockton-Darlington-Feier, die wir proponieren. In der ganzen Welt werden die Menschen, die in dieser Minute im Kupee sitzen, an Stephenson denken müssen, an den Bringer der neuen Zeit ... Sie werden mir zugeben, mein guter Präsident, daß die Weisheit des Koheleth zwischen Stockton und Darlington entgleist.«

Doktor Marcus entgegnete freundlich: »Das gebe ich gern zu, um so lieber, als ich es gar nicht bestritten habe. Ich dachte nur an die Koexistenz der Dinge, die mich oft beschäftigt. Es ist der Gedanke meiner Ruhe, meiner Beruhigung. Die Jahre oder Monate oder Tage, die ich noch im Lichte zu verbringen habe, sind mir darum angenehm. Ich sage keineswegs: sie gefallen mir nicht. Es ist mein Trost, daß alle Dinge, die waren, da sind. Auch das Künftige ist schon vorhanden, und ich kenne es: es ist das Gute. So komme ich aus denselben Voraussetzungen zu einem anderen Schlusse als der Prediger, der Sohn Davids, der über Israel König war zu Jerusalem. Aber vielleicht hat auch der Prediger Salomo dasselbe gemeint, obwohl er sagte, daß alles ganz eitel sei, und obwohl er fragte, was der Mensch für Gewinn von all seiner Mühe unter der Sonne habe. Alles ist eitel, jawohl, wenn wir es aus dem vergänglichen Gesichtspunkte unserer Person ansehen.

Aber es ist nicht eitel, wenn wir imstande sind, unsere eigene Person davon hinwegzudenken. Dann sind sogar meine Träume ewig, denn andere werden sie träumen, wenn ich nicht mehr da bin. Schönheit und Weisheit gehen nicht verloren, auch wenn ihre Hervorbringer sterben. Gleichwie es keinen Gebildeten gibt, dem die Erhaltung der Energie unbekannt ist, so müssen wir uns auch von dem Lehrsatze durchdringen lassen, daß es eine Erhaltung der Schönheit und Weisheit gibt. Ist etwa die Kunst der heiteren Griechen vergangen? Nein, sie wird in anderen Zeitaltern immer wieder neu geboren. Sind die Sprüche unserer Weisen etwa erloschen?

Nein, sie leuchten fort, wenn sie auch am Tage des Glückes weniger sichtbar sind als in der Nacht des Unglücks. Darin gleichen sie allen Flammen ... Und was folgt daraus? Daß wir es uns sollen angelegen sein lassen, die Schönheit und Weisheit auf dieser Erde zu vermehren, bis zu unserem letzten Augenblick. Denn die Erde sind wir selbst. Wir sind von ihr und kehren wieder zu ihr hin. Sagt es doch schon Koheleth, und dem haben wir auch heute nichts hinzuzufügen: Die Erde bleibet aber ewiglich!...«

Nach den Worten des Doktor Marcus schwieg man ein Weilchen. Jeder gab sich seinen Gedanken hin. Und in dieser Stille hörte man auf einmal den Gesang einer Frauenstimme, die durch Mauern und Türen gedämpft herausklang. Nun wollte erst recht keiner mit lauter Rede stören.

»Wer ist die Sängerin?« sagte Friedrich flüsternd.

»Wie, Sie wissen es nicht?« entgegnete Isaaks. »Fräulein Mirjam!«

Der Meister erhob sich und schritt in den Säulengang. Er öffnete geräuschlos die Tür des Musikzimmers, in das die beiden Damen sich vorhin zurückgezogen hatten. Jetzt kam der herrliche Gesang voll heraus. Mirjam, die sich nicht belauscht wußte, sang der Lady Lillian Schumann und Rubinstein und Wagner, Verdi, Gounod — die Musik aller Völker vor. Unerschöpflich flossen die Melodien, und eine Seligkeit überkam den zuhörenden Friedrich im Kreise dieser erlesenen Geister, die still und hoch das Leben in den edelsten Formen verwirklichten: in Schönheit und Weisheit.

Als aber die Sängerin Mirjam das Lied anhub, das er immer sehr geliebt hatte, das sehnsuchtsvolle Lied aus Mignon: *»Kennst du das Land, wo die Zitronen blühn...«*, da sagte Friedrich halblaut vor sich hin: »Dies ist das Land!«

Drittes Kapitel

Die Stunden im Hause des Malers vergingen wie ein Traum. Gegen Abend wurde Professor Steineck ans Telephon gerufen. Kingscourt war es, der ihn rief: er möge sofort heimkehren.

Im Wagen, in dem sie mit Professor Steineck fuhren, sagte Friedrich: »Fräulein Mirjam, ich danke Ihnen dafür, daß ich Sie durch Ihren Gesang kennen lernen durfte. Erst jetzt weiß ich, wer Sie sind.« Sie errötete und schwieg.

Aber im Gasthofe, in dem die ganze Gesellschaft Littwaks wohnte, erwartete sie eine böse Überraschung. Vor dem Tore stand Kingscourt unbedeckten Hauptes und schrie dem Professor entgegen: »Zum Wetter, Sie hätten sich auch mehr beeilen können!«

»Ja, was gibt es denn?« fragte der Professor ruhig.

»Was es gibt?« Das Bübchen, Fritzchen — krank ist es! Nu fackeln Sie aber jefälligst nicht lange rum und kommen Sie zu Fritzchen.«

Sie eilten in das Zimmer des Kindes. Fritzchen lag mit heißen Wangen und fieberisch glänzenden Augen im Bett. »Otto!« schrie es dem alten Kingscourt entgegen. Und »Otto« gehorchte schleunigst seinem kleinen Tyrannen. Er setzte sich auf einen Stuhl am Kopfende nieder, und diesen sollte er in den folgenden Tagen nicht oft verlassen. Denn war die Gewalt des gesunden Fritzchens über Mr. Kingscourt recht groß gewesen, das kranke Fritzchen gar konnte mit ihm machen, was es wollte.

Professor Steineck hatte nach der Untersuchung den Kopf bedenklich geschüttelt. Zwar beruhigte er Frau Sarah, die ganz verzweifelt war; aber dem alten Kingscourt verbarg er seine Besorgnisse nicht. Das Kind war ernstlich krank: eine schwere Halsentzündung. Kingscourt erschrak heftiger, als er es zeigen wollte.

Vor allem rief er Friedrich herbei, schleppte ihn in ein abgelegenes Zimmer und begann lästerlich zu fluchen. Die Erkrankung des Kindes werfe alle Pläne um, man könne jetzt nicht mehr tun, was man wollte, und es gelte, jetzt einen anderen Entschluß zu fassen.

»Ich verstehe, Kingscourt!« sagte Friedrich bekümmert. »Sie wollen abreisen. Nun denn, ich bin bereit!«

»I wo werd' ich!« schrie Kingscourt hochrot. »Sie verstehen jar nischt mehr. Ihre Intelligenz hat im Verkehr mit diesem Frauenzimmer sichtlich jelitten. Das ist ja eben die Schlemastik, wie ihr Juden euch ausdrückt: daß wir jetzt schandenhalber nich abreisen können. Sie halten mich für nen netten Jemütsmenschen. Zuerst Jastfreundschaft jenossen, amüsiert, Schmarotzerpflanze jewesen — und wenn nu mal Schatten übers Haus kriechen, soll' man gleich ausreißen? Nee, mein Lieber, Sie können meinetwegen abdampfen, wenn Sie Europa durchaus nicht länger entbehren wollen. Ich bleibe hier, bis Fritzchen jesund ist — aus reinem Anstandsjefühl. Das jehört sich einfach.«

Die Grobheit des alten Herrn, der er auch diesmal einen lustigen Anstrich geben wollte, kam aber nicht echt heraus. Er hatte mehr Angst um das Bübchen, als er zeigen wollte. Er blieb auch die Nacht über im Krankenzimmer Fritzchens, wachte mit Frau Sarah und der Kinderfrau zusammen. Und als ob Fritzchen eine Ahnung von der über alles merkwürdigen Wandlung gehabt hätte, die im Gemüte des alten Menschenfeindes vorging, es klammerte sich an Kingscourt an wie an keinen anderen.

Professor Steineck suchte diese Erscheinung auf rationalistische Weise zu erklären: der schöne lange blütenweiße Bart Kingscourts habe es dem Kinde angetan, oder vielleicht waren es die Grimassen und Späße, die der alte Herr machte. Doch wie man es auch deutete, das stand fest, daß Fritz von seinem grimmigen Freunde nicht ließ. Im steigenden Fieber umspannte er mit seinem Händchen den Zeigefinger des am Bett sitzenden Alten. Kingscourt war der einzige, von dem er Arznei annahm; der einzige, von dem er sich in Schlaf summen ließ. Kingscourt verfügte über keinen großen Schatz an Liedern. Am besten gelang ihm noch:

> *»Wer reit't mit zwanzig Knappen ein*
> *Zu Heidelberg im Hirschen?*
> *Das ist der Herr von Rohodenstein,*
> *Auf Rheinwein will er pi-a-i-a-i-irschen.«*

Mit diesem Gesange hatte er früher einmal bei Fritzchen Glück gehabt, und nun mußte der Rodensteiner ununterbrochen zu Heidelberg im Hirschen einreiten. Das zweite Lied Kingscourts war:

> *»Der Gott, der Eisen wachsen ließ,*
> *Der wollte keine Knechte.«*

Mit diesen beiden musikalischen Leistungen lullte er sein leidendes Freundchen ein.

David Littwak war von der Erkrankung des Kindes nicht benachrichtigt worden. Man wollte ihn nicht beunruhigen, da er am nächsten Tage ohnehin nach Jerusalem kommen sollte. Er kam als Sieger im Wahlkampfe. Die Geyersche Hetzpartei war fast in allen Kreisen, wo sie zu kandidieren gewagt hatte, geschlagen worden.

Dr. Geyer selbst hatte nur in einem einzigen Bezirk eine relative Stimmenmehrheit erlangt und mußte sich am folgenden Sonntag der Stichwahl unterziehen. Hingegen war David Littwak in einunddreißig Bezirken zum Delegierten gewählt worden. Er entschied sich, nur das Mandat von Neudorf anzunehmen. Doch als er in dieser frohen Stimmung zu Jerusalem eintraf, erwartete ihn die Trübung des Glückes im Kinderzimmer. Weinend fiel ihm Frau Sarah um den Hals: »Wir waren zu glücklich, David. Nun sucht uns Gott so fürchterlich heim. Vielleicht waren wir hochmütig oder nahmen das Gute als zu selbstverständlich hin?«

Er entgegnete sanft und ernst: »Wir wollen uns jedenfalls an die Brust schlagen und uns selber zur Demut mahnen. Das kann nie schaden. Im übrigen aber wollen wir mit der Krankheit kämpfen, was in unserer Macht ist.«

Und sie kämpften. Die besten Ärzte versammelten sich früh und abends zur Beratung. Alle Kunst der Heilung wurde aufgeboten, um das kleine Leben zu retten. Aber die Krankheit schien dieser Anstrengungen zu spotten. Des Kindes Zustand verschlimmerte sich mehr und mehr. Es kam ein Abend, an dem die Ärzte traurig und kopfschüttelnd das Haus verließen; nur Professor Steineck blieb da. Er und Kingscourt hielten gemeinschaftlich mit der Pflegerin im Krankenzimmer aus. Frau Sarah war vor Aufregung und Ermüdung zusammengebrochen und selbst erkrankt. Man hatte sie zu Bett bringen müssen. Mirjam und Mrs. Gothland wachten bei ihr.

David Littwak aber hielt sich zwischen den beiden Krankenzimmern seiner Lieben in einem Salon auf. Er ging bald hier und bald dort nachsehen, ob alles beim Rechten war. Besonnen traf er die nötigen Anordnungen, und Friedrich, der nebst Reschid Bey dem bekümmerten Mann Gesellschaft leistete, mußte ihn bewundern, wenn er diese Gelassenheit sah. David gab den näheren Freunden, die Nachrichten einholten, ruhig Auskunft. Doch auch seine Kraft überstieg es endlich. Er bat einen der Freunde, hinunterzugehen und die Besucher im Vestibül des Gasthofes zu empfangen. Reschid Bey übernahm diese Aufgabe.

Im Bekanntenkreise Davids hatte sich die Nachricht eilig verbreitet, daß es um den kleinen Kranken schlecht stand, und von allen Seiten eilten die Leute herbei, um sich zu erkundigen. Der Präsident der neuen Gesellschaft ließ sich jede Stunde berichten. Die Liebe und Achtung, deren David

Littwak sich bei seinen Mitbürgern erfreute, kamen bei diesem Anlasse zum Vorschein. Vor dem Gasthofe stauten sich die Teilnehmenden. Die wenigsten kannten das gute Fritzchen, aber daß es David Littwaks Sohn war, genügte. Viele beteten für dieses schwache kleine Leben, das vielleicht dereinst ein großer Segen für die Gemeinschaft werden konnte, wenn es erhalten blieb. Und oben redete David gebeugt, aber ruhig mit Friedrich. »Sehen Sie, mein lieber Dr. Löwenberg, das haben wir nicht anders machen können, als es war. Als es war vor zwanzig und vor zweitausend Jahren. Wenn die Stunde des früher glücklichen Hiob schlägt, muß er sich fassen und sagen: Der Herr hat's gegeben, der Herr hat's genommen ...«

Bei diesen Worten trat Steineck aus Fritzchens Zimmer und flüsterte: »Noch nicht!« Aber es klang wenig Hoffnung daraus. Der Professor fügte hinzu: »Wenn das Kind nur einschlafen könnte. Ein ordentlicher Schlaf wäre ein Glück, vielleicht die Rettung.«

»Stört das Gebrumm Kingscourts das Kind nicht?« fragte Friedrich.

»Nein«, entgegnete Steineck. »Er muß weitersingen, ob er will oder nicht. Wenn Fritzchen aus dem Halbschlummer erwacht, muß der Alte singen. Es ist rührend, wie er es tut.«

»Er hat das Kind unendlich gern«, sagte Friedrich.

Da begann David zu weinen. Aus dem Nebenzimmer aber hörten sie Kingscourts Stimme:

> *»Der Gott, der Eisen wachsen ließ,*
> *Der wollte keine Knechte.«*

Und dann ging es in den Rodenstein über, der auf Rheinwein pi-a-i-a-i-irschen wollte. Doch immer trübseliger ritt der Herr von Rodenstein zu Heidelberg im Hirschen ein, und im Nebenzimmer horchten sie mit Bangen, ob der Gesang nicht jetzt und jetzt völlig verstummen werde.

Jetzt — eine Pause. Man hörte nichts mehr. Und im nächsten Augenblick erschien Kingscourt in der Tür. Seine Augen waren blutunterlaufen, und er legte den Finger bedeutsam auf den Mund: »Still! Er schläft!... Keinen Ton mehr im Hause! Wer mir da draußen auf dem Korridor Lärm macht, den schlag' ich nieder. Ich setze mich raus ... Wenn Fritzchen aufwacht, ruft ihr mich!«

Und so tat Kingscourt. Er setzte sich in den Gang vor Fritzchens Zimmer auf einen Stuhl und wachte. Er blickte Diener und Gäste, die vorbeiwollten, so fürchterlich an, daß sie vor ihm erschraken. Dazu knurrte er heiser, sie möchten anderswohin gehen, hier sei ein Kranker. Eine Stunde verging so, dann eine zweite. Da ging Friedrich zu Kingscourt hinaus vor die Tür. Der Alte fuhr von seinem Stuhl auf: »Hat es mich jerufen?«

»Nein«, flüsterte Friedrich. »Es schläft noch immer.« Im selben Augenblick fühlte er sich beim Kopf gepackt. Kingscourt hatte ihn umschlungen und raunte ihm ins Ohr: »Fritze, wenn das Wurm aufkommt, bleib' ich hier, für immer. Das jelobe ich hiermit feierlich. Dieses Opfer bring' ich für seine Jenesung, so wahr ich Adalbert von Königshoff heiße...«

Stunde um Stunde verrann. Fritzchen schlief und schlief. Er schlief sich in die Gesundheit hinüber. Aus Nacht ward Morgen. Und mit der Sonne ging auch wieder die Hoffnung auf. Als man in der Frühe Kingscourt an das Bett des Kindes rief, hatte es schon wieder helle Äuglein und es jauchzte ihm entgegen: »Ottoh! Ottoh!«

»So 'n Kerl!« brummte Kingscourt und versuchte eine unzufriedene Miene zu machen, weil er sich seiner nächtlichen Verzagtheit vor Friedrich schämte. »Nun gehen Sie aber auch schlafen, Kingscourt!« sagte dieser. »Sie brauchen jetzt Ruhe. Und was Ihre Worte vom Korridor betrifft, die will ich einfach nicht gehört haben.«

»Nee, mein Lieber!« entgegnete Kingscourt stolz, »da kennen Sie mich doch erst zur Hälfte. Was ich einmal jeschworen habe, ist jeschworen... Aber vor allem denk' ich einen langen Schlaf zu tun... Nachher wollen wir sehen, wie wir uns hier in die neue Jesellschaft aufnehmen lassen. Jawohl!«

Friedrich wußte noch immer nicht, ob der Alte scherzte. Hier zu bleiben war ja sein sehnlichster Wunsch. Ein nützliches Mitglied der neuen Gesellschaft werden, mitarbeiten an all dem Guten, was er gesehen hatte, dauernd ein Genosse der Wackeren sein — es war sein bisher verschwiegener Traum. Und noch etwas anderes, das er sich gar nicht zu gestehen wagte.

Aber Kingscourt hielt Wort. Gleich am folgenden Tage, als Fritzchen wieder frisch und munter war und auch Frau Sarah sich vom Schrecken erholt hatte, der ihre ganze Krankheit gewesen, mahnte Kingscourt selbst an die Ausführung seines Vorhabens. Erriet er die Freude, die er dem Genossen seiner zwanzig Inseljahre machte? Man durfte es ihm wohl zutrauen, dem angeblichen Menschenfeinde, der dem Zauber des Kindes erlegen war. Sein Verhältnis zu Fritzchen suchte er wenigstens auf eine prinzipientreue Weise zu rechtfertigen, nachdem er es nicht mehr zu leugnen vermochte. Er könne das Bübchen allerdings recht gut leiden, aber nur ungefähr so, wie man ein unschuldiges Tierchen gern habe. Fritzchen sei eben noch kein Mensch, folglich vergebe sich ein Menschenhasser nichts, wenn er so 'n Kerlchen liebgewinne.

»Die Motivierung, Kingscourt, schenke ich Ihnen«, lachte Friedrich; »mir genügt die Tatsache. Wann sollen wir uns zum Eintritt in die neue Gesellschaft melden?«

Viertes Kapitel

Sie beschlossen, es ohne Verzug zu tun. Sie wollten dem Präsidenten Eichenstamm, der sie schon damals in Haifa eingeladen hatte, einen Besuch machen und ihn um Rat fragen, wie sie es am besten anfingen, in die neue Gesellschaft als ordentliche Mitglieder einzutreten. So fuhren sie nach dem Hause des Präsidenten. Das war ein Gebäude, das an die Palazzi der genuesischen Patrizier erinnerte. Unmittelbar vor ihnen war ein Motorwagen vorgefahren, dem zwei ältere Herren und Professor Steineck entstiegen. Der Professor stand schon auf der Freitreppe, als er die beiden Freunde sah, die mit dem Portier parlamentierten. Er winkte ihnen einen Gruß zu, und das hatte die Folge, daß der Pförtner weiter keine Schwierigkeiten machte und sie durchließ. Aber Steineck war im nächsten Augenblick verschwunden.

Kingscourt und Friedrich hatten nach Dr. Werkin, dem Sekretär des Präsidenten, gefragt. Ein Diener führte sie in dessen Bureau, und dort hieß man sie warten. Sie warteten ein Weilchen in dem schönen hohen Vorsaale, dann wurde Kingscourt ungeduldig: »Nee, das mach' ich nicht länger mit. Sieben Jahre werd' ich nicht im Vorzimmer dienen. Reden Sie mit einem der Sklaven, Fritze! Am Ende hat man uns nicht jemeldet.«

»Sklaven scheint es hier nicht zu geben«, lächelte Friedrich. »Aber der Maschinenschreiber dort wird uns Auskunft geben.«

Der Schreiber an der Maschine gab Auskunft. Dr. Werkin sei schon seit zwei Stunden beim Präsidenten, und es heiße, daß der Präsident plötzlich schwer erkrankt sei.

»Ah — hah! Nu jehn mir die Lichter auf. Darum ist Steineck so schnell verschwunden? Wissen Sie vielleicht auch, verehrtester Maschinist, wer die zwei Herren waren, die mit Steineck kamen.«

»Ja. Das waren zwei Professoren der Medizin von der Zions-Universität.«

»Ich glaube, Kingscourt«, sagte Friedrich, »wir ziehen uns zurück. Wir lassen unsere Visitenkarte für Dr. Werkin hier und wollen wiederkommen, wenn es dem Präsidenten besser geht.«

So verließen sie unverrichteter Sache das Haus des Präsidenten. In der Stadt Jerusalem war von dem Ereignis noch nichts bekannt. Der Verkehr rauschte mit der gewöhnlichen Lebhaftigkeit durch die Neustadt. Die Freunde, die sich schon in den Straßen zurechtfanden, bogen von den

Boulevards ab und betraten einen großen Park, der nach englischem Muster angelegt war. Am Eingange dieses Parks bemerkten sie ein ausgedehntes Gebäude mit der Aufschrift: *Gesundheitsamt der neuen Gesellschaft.*

Kingscourt lachte laut auf: »Sieh mal, da haben sie wieder was Jescheutes nachjemacht. Das ist offenbar dem deutschen Reichsjesundheitsamt nachjebildet. Da brauch' ich nicht erst die Einjeborenen zu befragen. Ich kenne mich schon janz aus in Altneuland. Es ist 'ne Mosaik — eine mosaische Mosaik. Juter Witz, was?«

»So gut wie alle ihre Witze, Mr. Kingscourt; auch nicht besser«, sagte Friedrich. »Aber mir scheint, Altneuland ist in seinem Wesen nicht erschöpft, wenn wir nur feststellen, daß alle Einrichtungen bei unserer Abreise aus der Kulturwelt vor zwanzig Jahren schon da oder dort existiert haben. Jawohl, alles war schon vorhanden. Die Naturkräfte waren genügend erforscht — ich meine genügend für den jetzigen Zustand. Die technischen Möglichkeiten waren gegeben. Kein Gebildeter vom Jahre 1900 hätte sich über irgend etwas wundern können, was wir hier gesehen haben. Ja, sogar das Maß von sozialer Fürsorge, das man hier verwirklicht hat, kann einen zivilisierten Menschen unserer damaligen Zeit nicht überraschen. Im Bewußtsein der besseren Durchschnittsmenschen war die Forderung schon damals durchgedrungen, daß man dem rohen Egoismus in der Gesellschaft Schranken setzen müsse. Diese Schranken sind hier freilich nicht drückend, da der einzelne in der Gesellschaft wieder zurückbekommt, was ihm individuell genommen ist. Aber auch die Formen der genossenschaftlichen Produktion und Konsumtion waren schon da. Und doch ist aus all dem Alten etwas Neues geworden. Altneuland ist noch mehr, muß noch mehr sein als eine Zusammenfassung aller sozialen und technischen Fortschritte.«

»Warum? Ich finde schon das janz hübsch«, warf Kingscourt ein.

»Als Jurist, als Europäer vom Ende des neunzehnten Jahrhunderts frage ich mich, wie diese Gesellschaft im Gleichgewicht erhalten wird. Ich sehe eine Ordnung in der Freiheit, und doch bemerke ich nirgends eine staatliche Autorität hervorlugen.«

»Ja, Fritze, da liegt der Hase im Pfeffer. Die Juristerei und Europäertum verdunkeln euch jar vieles. Man kann mit sehr wenig staatlicher Autorität auskommen. Wenn Sie, wie ich, drüben in Amerika jelebt und jeliebt hätten, wüßten sie das besser. Nee, das verblüfft mich nu jar nicht. Wissen Sie, was mich verblüfft, schon die janze Zeit? Das sind die Bäume! Die Bäume in diesem Park sind unter Brüdern fünfzig bis vierzig Jahre alt. Wo haben die Kerls das rausjekriegt?«

Er hatte so laut gesprochen, daß ein vorübergehender Herr ihn hörte, lächelte und stehen blieb.

Kingscourt redete ihn natürlich sofort an: »Ich sehe, daß Sie über mich in jelinde Heiterkeit jeraten, jeschätzter Vorüberjehender. Wissen Sie vielleicht Antwort auf meine Frage?«

»Gewiß, mein Herr«, sagte der Angerufene. »Ich diene im Gesundheitsamte und kenne die Verhältnisse einigermaßen. Daß man auch erwachsene Bäume verpflanzen kann, ist eine bekannte Sache. In Köln zum Beispiel, wo ich früher lebte, gab es einen Volksgarten, in dem man vierzigjährige Bäume einsetzte. Das ist freilich recht kostspielig, aber für die öffentliche Gesundheit wird bei uns viel aufgewendet. In den Parks, die für das Volk da sind, ist nichts zu teuer. Es rentiert sich in den kommenden Geschlechtern. Übrigens haben wir nicht überall so alte und kostbare Bäume gesetzt. Wir haben namentlich von Australien jüngere Bäume, rasch wachsende Eukalyptusarten bezogen. Die Mittel wurden anfangs durch den nationalen Baumverein aufgebracht, der in allen Weltteilen Sammlungen einleitete, als das jüdische Volk noch zerstreut lebte. Die Spender haben schon damals für den Schatten gesorgt, in dem sie später sitzen wollten.«

»Danke«, sagte Kingscourt, »das leuchtet mir ein. Und wenn Sie jetzt noch Ihre Wohltat vollmachen wollen, dann erklären Sie, bitte, woher alle die Kinder sind, die man da auf den Wiesen sieht?«

Sie waren nämlich an Wiesengründen vorbeigekommen, auf denen Schwärme halbwüchsiger Knaben und Mädchen die Spiele Englands spielten: die Mägdlein Tennis, die Burschen Kricket und Fußball.

Der Beamte gab willig Auskunft: »Das sind Schulkinder aus den Instituten, die um diesen Park herum liegen. Abwechselnd werden alle Klassen herausgeführt zu den athletischen Spielen, die wir in der Entwicklungszeit für ebenso wichtig halten wie das Lernen.«

»Das scheinen aber nur die Kinder wohlhabender Leute zu sein?« fragte Friedrich. »Alle sind gleich schmuck und reinlich gekleidet, wie ich sehe.«

»Nein, Herr!« erwiderte der Beamte. »Das sind die Kinder aller Leute. Es gibt in der Schule keinen Unterschied, weder in der Kleidung, noch in irgend etwas anderem — mit Ausnahme der Begabung und des Fleißes. In unserer neuen Gesellschaft sind wir durchaus nicht für die Gleichmacherei. Jedem nach seinen Werken. Den Wettbewerb haben wir nicht abgeschafft. Aber die Bedingungen sind für alle gleich, wie bei einem Preiskampf oder Wettlauf. Am Anfang müssen alle gleich sein, nicht am Ende. In der früheren Gesellschaft konnte es vorkommen, daß ein einziges gutes Geschäft eines Mannes seinen Kindern und Kindeskindern zu allen Wohltaten der höheren Erziehung verhalf und sie für immer sorglos machte. Auf der anderen Seite mußten wieder die Nachkommen nicht etwa nur für die Sünden, nein, sogar für die schlechten Geschäfte des Vaters büßen. Eine verarmte Familie geriet ins Proletariat, und es war Heldenkraft nötig, um sich daraus noch einmal zu erheben ... Bei uns aber werden die Kinder für die Geschäfte der Väter nicht belohnt und nicht bestraft. Für jede neue Generation stellen wir wieder den Anfang der Dinge her. Darum sind sämtliche Schulen, von der Elementarschule bis zur Zions-Universität unentgeltlich, und die Schüler müssen bis zur Reifeprüfung in der Mittelschule die gleiche einfache Kleidung tragen. Wir glauben nämlich nicht, daß es moralisch gut ist, wenn Rang oder Reichtum der Eltern die Kinder in der Schule unterscheidet. Das verdirbt alle. Die Kinder der Vornehmeren werden hochmütig und faul, die Kinder der anderen werden früh verbittert ... Aber Sie verzeihen, wenn ich Sie verlasse. Mich ruft meine Pflicht.« Und mit einem höflichen Gruße entfernte er sich.

Friedrich und Kingscourt sahen ergötzt noch eine Weile dem lustigen und geschickten Völkchen zu. Kingscourt, der noch aus früheren Tagen mit Kricket und Fußball wohl vertraut war, fühlte in sich die alte Passion für diese Spiele erwachen. Er feuerte die Kinder mit Zurufen an. Am liebsten hätte er mitgespielt.

Endlich zog ihn Friedrich am Arm fort: »Wir wollen auch sehen, wie es Fritzchen geht, Sie Rabenotto! Und vielleicht sind Nachrichten vom Präsidenten Eichenstamm da?«

Sie kehrten in das Hotel zurück. Fritzchen war schon frisch und munter und begrüßte seinen Freund mit einem Gesänge, den Kingscourt an dem i–a–i–a–i–i als sein eigenes Lied vom Rodensteiner zu erkennen glaubte. Der Alte und das Kind waren auch bald in ein sehr intimes, allen übrigen unverständliches Gespräch verwickelt.

Von Eichenstamm kamen aber keine guten Nachrichten. Steineck sandte an David Littwak eine kurze Meldung: »Hoffnungslos!« Und als es Abend wurde, kam der Professor zurück. An seinem Gesichtsausdruck erkannten die Freunde, was geschehen war.

»Er ist groß gestorben«, sagte Professor Steineck. »Ich war bei ihm bis zur letzten Minute. Er sprach über das Sterben. Er sagte, es sei schmerzlos, wenn man sich schon lange vorher beschäftigt habe. ›Ich fühle‹, sagte er, ›wie sich mein Bewußtsein allmählich verdunkelt. Ich höre mich noch sprechen, aber immer schwächer. Ich werde vielleicht noch denken, unter Schleiern, wenn ich nicht mehr reden kann. Ich habe von mir selbst schon Abschied genommen — wie schade, daß ich nicht auch von all den anderen Abschied nehmen kann, die mir im Leben gut waren.‹ Dann schwieg er lange, sein Blick war in eine Ferne gerichtet. Wieder kehrten seine Augen dann zu mir zurück. ›Ich hatte Freunde,‹ sagte er. ›Viele Freunde. Wo sind sie? Freunde sind der Reichtum des Lebens. Ich hatte viele, viele Freunde. Wo sind sie? ...‹ Es ging mit ihm zu Ende. Er murmelte dann noch, und mir schien, als sagte mir sein betrübter Blick: Du siehst, jetzt kann ich nicht mehr reden, aber noch denken. Und in einer letzten Anstrengung fand er sich wieder. Er sagte deutlich das Wort als letztes, das wir oft von ihm gehört haben: ›Der Fremde soll sich bei uns wohl fühlen!...‹ Dann wurden seine Augen starr. Ich drückte sie ihm zu.«

So starb Eichenstamm, der Präsident der neuen Gesellschaft.

Fünftes Kapitel

Auf den achten Tag nach Eichenstamms feierlichem Begräbnis war der Kongreß der neuen Gesellschaft zur Wahl eines Präsidenten einberufen.

Die Delegierten, an die vierhundert, Frauen und Männer, waren schon am Abend vorher fast vollzählig eingetroffen. In vielen Klubs und Gasthäusern fanden hitzige Besprechungen statt. Soviel sich an diesem Vorabend erkennen ließ, lag die Wahl zwischen Dr. Marcus, dem Präsidenten der Akademie, und Joseph Levy, dem Generaldirektor der neuen Gesellschaft. Die Aussichten der beiden waren ungefähr gleich. Wenn man nun annahm, daß mehrere weniger ernste Kandidaten einen Teil der Stimmen im ersten Wahlgange auf sich lenken würden, so durfte man vermuten, daß keiner die absolute Majorität erreichen und eine Stichwahl zwischen Marcus und Levy nötig sein wird.

Joseph Levy war übrigens von seiner Europareise noch gar nicht zurückgekehrt. Man erwartete ihn stündlich. Es gab Leute, die behaupteten, er wolle eine Wahl zum Präsidenten überhaupt nicht annehmen. Andere wieder sagten, dieses Gerücht werde nur von den Anhängern des Dr. Marcus ausgesprengt. Kurz, es entwickelte sich das Treiben, das man überall in der Welt um eine Wahl herum beobachten kann: Schliche der Parteigänger, Lärm, Zank, Scherz und Ernst. Kingscourt unterhielt sich dabei ausgezeichnet.

Aber am Morgen des Wahltages kam David mit bestürzter Miene in Friedrichs Zimmer: »Sie müssen ohne mich in das Kongreßhaus gehen, meine Herren. Ich habe eine Depesche erhalten, die mich nach Tiberias ruft. Meine Mutter...« Sein Blick verdunkelte sich und seine Stimme brach: »Der Zustand meiner Mutter hat sich verschlimmert. Ich reise mit Mirjam sogleich nach Tiberias. Meine Frau wird mit Fritzchen später nachkommen.«

»Sollen wir nicht mit Ihnen fahren, lieber Littwak?« fragte Friedrich teilnehmend.

»Ach, Sie können ja nicht helfen. Ich fürchte, da kann niemand mehr helfen... Bleiben Sie ruhig beim Kongreß — für Sie wird es immerhin ein Erlebnis sein. Was aber mich betrifft, mir ist das alles gleichgültig geworden. Mögen sie wählen, wen sie wollen.«

Kingscourt sagte: »Wir werden Ihre Frau und Fritzchen später nach Tiberias begleiten.«

»Danke!« erwiderte David. »Ich habe nur die eine Bitte, daß Sie niemand etwas von meiner Abreise sagen. Es gibt Momente, wo einem auch die Freunde zu viel sind. Man würde mich mit Erkundigungen bestürmen! Ich will allein sein ... Leben Sie wohl!«

»Ich wünsche Ihrer Mutter eine baldige Besserung!« sagte Friedrich.

David zuckte traurig die Achseln: »Ich weiß, wie die Besserung aussehen wird. Leben Sie wohl!«

Nach Davids und Mirjams Abreise fuhren die Freunde nach dem Kongreßhause. Blauweiße, wegen Eichenstamms Tod umflorte Fahnen wehten, und eine große Menschenmenge wogte um das monumentale Gebäude. Der Raum, in welchem die Wahl stattfinden sollte, war ein weiter, hoher, ernster Marmorsaal mit Oberlicht, das durch eine matte Glasdecke hereindrang. Die Bänke waren noch leer, denn die Delegierten hielten sich vor der Sitzung in den Vorsälen, Wandelgängen und Kommissionszimmern auf. Es ging heiß her, wie ab und zu einer auf die Galerien melden kam.

Die Galerien aber waren schon dicht gefüllt. In den Logen sah man mehr Damen als Herren. Gedämpfte Farben herrschten in der Frauentracht vor, denn es war noch die Trauerzeit für Eichenstamm. Nur in der Loge neben Kingscourt und Friedrich saßen einige Damen in sehr hellen Kleidern und mit schreiend bunten Hüten. Es waren die Damen Weinberger, Mutter und Tochter, die alte und die junge Laschner, Herr, Frau und Fräulein Schlesinger, und Dr. Walter, Schiffmann, auch Grün und Blau, die Humoristen, fehlten nicht. Am liebsten wäre Friedrich auf und davon in eine andere Loge gegangen, aber es gab nirgends mehr einen Platz. Auch wollte Kingscourt diese Nachbarschaft, die ihn höchlich amüsierte, nicht aufgeben. Sie hörten alles, was in der Nebenloge geredet wurde. Vorn an der Brüstung saßen die Damen und Herr Schlesinger, der Vertreter der Barone von Goldstein.

Der wortwitzige Herr Grün, der Mann mit den »uneingesäumten« Ohren, sagte: »Also das ist der Kongreß? Mir scheint, mehr Kohn als greß. Obwohl einem auch gräßlich zumut sein kann, wenn man ein Kandidat ist, was durchfallt.«

»Ich hab' gehört, Marcus wird durchfallen«, erklärte Herr Schiffmann.

»Woher wissen Sie das?« fragte der Vertreter der Barone von Goldstein. »Mir ist es, unter uns gesagt, ganz einerlei.«

Schiffmann lächelte geheimnisvoll: »Ich hab' meine Informationen. Alles soll man wissen, nix soll man brauchen.«

Blau bemerkte neidisch: »Schiffmann is imstand und spielt auch damit auf der Börse.«

»Das möchte ich wissen, wie sich diese Wahl in Hausse oder Baisse ausdrücken soll«, erkundigte sich Dr. Walter.

»Sehr einfach«, meinte Schiffmann, »Levy ist ein unternehmender Kopf, also gibt es unter ihm mehr Geschäfte, also Hausse. Hingegen ist Marcus mehr eine beschauliche Natur, also nix zu handeln, also Baisse.«

»Großartig!« höhnte Blau, »wenn ich einmal vierundzwanzig Stunden so wenig Verstand hätt', wie Sie, Herr Schiffmann, hätt' ich ausgesorgt für mein Leben.«

Schiffmann wehrte sich: »Es ist besser, daß Sie mehr Verstand haben wie ich, denn sonst könnten Sie nicht auf Hochzeiten Spaß machen gehen.«

»Wer sind denn die Leute, die dort beim Maler Isaaks sitzen?« fragte Ernestine Weinberger über die Logenwand hinweg Friedrich. »Ich sah vorhin, daß Sie sich grüßten.«

»Das ist Lord und Lady Sudbury.«

Frau Laschner mischte sich ein: »Man sieht auf Ehre, daß sie ist mindestens eine Lady. Auf Ehre! Den Hut hat sie sich gewiß in Paris gemacht.«

Dr. Walter wurde feierlich: »Die Anwesenheit solcher Personen beweist immerhin, daß unsere Einrichtungen das Interesse auch besserer Kreise erwecken.«

Friedrich neigte sich zu Kingscourts Ohr: »Wenn ich diese Leute höre, möchte ich wieder mit Ihnen auf unsere Insel zurückkehren.«

»Hohoh, ein Rückfall!... Da bin ich doch schon weiter. Ich weiß, daß es in jedem besseren Tiergarten auch einen Affenkäfig jeben muß. So auch im Menschengarten.«

Jetzt begann es unten im Saale lebhaft zu werden. Einzelne Delegierte suchten ihre Plätze auf. Auf den Stufen zwischen den im Halbkreise ansteigenden Bankreihen bildeten sich Gruppen.

Auf der Rechten, in einem Knäuel weiblicher Delegierten, sahen die Freunde Mrs. Gothland sitzen. Sie schien ihren Zuhörerinnen eine kleine Agitationsrede zu halten. Es war bekannt, daß Mrs. Gothland zu den Parteigängern des Dr. Marcus gehörte. Daß der Architekt Steineck für Joe Levy hitzig eintrat, konnte man leicht wahrnehmen, wenn man ihn jetzt am Fuße der Rednertribüne gestikulieren sah und aus dem wachsenden Stimmengebrause seine schrille Stimme heraushörte: »Tschoh! Tschoh!«

Reschid Bey kam zu Kingscourt und Friedrich. Er brachte das Neueste aus den Couloirs: die Wahl Joseph Levys sei nahezu gesichert. Er werde schon im ersten Wahlgange durchdringen. Er sei nämlich im ganzen Lande, dessen Aufblühen ja seiner Energie zu danken war, volkstümlich, und die Delegierten wollten in der Mehrzahl darauf Rücksicht nehmen. Marcus hingegen stehe doch nur den Höhergebildeten nahe. Joseph Levy sei übrigens heute morgen von der Reise zurückgekehrt und werde selbstverständlich in den Kongreß kommen.

»Den Mann müssen Sie mir schleunigst zeigen, wenn er kommt, je-liebtester Pascha«, sagte Kingscourt. »Scheint nach alledem ein schneidijer Kerl zu sein. Ich bin begierig, mit welcher Art Anstand er unter sein versammeltes Kriegsvolk tritt.«

Im »Affenkäfig«, wie Kingscourt gescherzt hatte, machte man indessen weiter Glossen und Witze. Je mächtiger das Bild der Versammlung wurde, um so schlechter wurde die Laune einzelner im Affenkäfig, als wäre dieser Zusammentritt befreiter, selbstbewußter Menschen für sie da oben eine persönliche Beleidigung.

Herr Schlesinger, der Vertreter der Barone von Goldstein, ließ sich vernehmen: »Na also! Jetzt sieht man doch, auf was es herausgegangen ist. Der eine hat die Stelle und der andere jene Stelle haben wollen. Jetzt haben sie sie. Jetzt ist die Judenfrage gelöst.«

Herr Dr. Walter hatte schon die ganze Zeit gierig in den Saal hinun-tergeblickt, in dem leider für ihn kein Platz war, und er entgegnete dem übrigens hochgeschätzten Goldstein'schen Vertreter: »Entschuldigen Sie, verehrter Herr Schlesinger, wenn ich da ein wenig widerspreche. In dem Erstreben eines Mandates von seinesgleichen kann ich an und für sich nichts Unschönes erblicken. Es kann ja im einzelnen Fall etwas Unschönes sein, gewiß haben Sie da recht. Und ich begreife, daß ein Mann wie Sie, der einige dreißig Jahre im Hause Goldstein tätig ist, strenge Anforderungen an die Menschen stellt. Aber schließlich: warum soll man sich nicht um ein Amt in der neuen Gesellschaft bemühen?«

»Wenn es etwas einträgt!« ergänzte der Spaßmacher Herr Blau, und er fügte, als er das ermunternde Lächeln Schlesingers bemerkte, hinzu: »Aber ich glaube, Herr Dr. Walter, da hätten Sie früher aufstehen müssen, wenn Sie hätten eines bekommen wollen.«

Dr. Walter wurde rot vor Zorn und brummte dem Spötter zu: »Sie haben, Herr Blau, schon lange keine fremde Hand im Gesicht gehabt.«

Aber Schiffmann stiftete Frieden, indem er die Empfindungen aller in die wehmütigen Worte zusammenfaßte: »Mir scheint, wir haben alle die Überfuhr versäumt. Wir stehn schon wieder alle und sehn beim Gitter heraus, wo die freien Menschen sein. Es is mir gegangen so seit meiner Jugend — wo ich immer bin hingekommen, hab' ich nur Schlesinger und Laschner, Grün und Blau getroffen. Es is ein Pech...«

Ein Glockenzeichen ertönte. Das kündigte das Erscheinen des Kongreß-präsidiums an. Die Galerien wurden mit einem Schlage still, und auch der Affenkäfig verstummte. Die Delegierten strömten zu allen Türen herein in den Saal. »Der dort ist Joe Levy«, sagte Reschid Bey und zeigte hinunter. »Der mit dem buschigen grauen Schnurrbart und der Glatze. Der jetzt dem Architekten Steineck die Hand gibt.«

Sie sahen ihn. Es war ein hagerer Mann von Mittelgröße, sehr gebräunt im Gesicht und an der Stirn bis an die Hutlinie, sehr rasch und energisch in seinen Bewegungen. Er drückte viele Hände, weil sich die Delegierten an ihn herandrängten, um den Heimgekehrten zu begrüßen. Den Ferneren nickte er lächelnd zu, winkte wohl auch mit erhobener Hand. Er sah unbefangen und gar nicht feierlich aus.

Ein zweites längeres Glockenzeichen. Alle nahmen ihre Plätze ein, hinter dem erhöhten Sitz des Präsidiums öffneten sich beide Flügel der vergoldeten Tür, und der Vorsitzende des Kongresses erschien mit seinem ganzen Bureau. Vor allen Dingen hielt er dem hingegangenen Präsidenten der neuen Gesellschaft einen schönen Nachruf, den alle stehend anhörten. Dann verkündigte er: »Wir haben uns heute versammelt, um einen neuen Präsidenten zu wählen.«

Da ertönte zum allgemeinen Erstaunen die Stimme Joseph Levys, der in der dritten Bank im Zentrum saß: »Ich bitte ums Wort!«

Der Vorsitzende sprach: »Herr Joseph Levy hat das Wort.«

Ein leichtes Brausen stieg aus dem Saal auf, während Joe Levy mit elastischem Schritt der Rednertribüne zustrebte. Was hatte er vor? Jetzt war er oben: »Geehrte Kongreßmitglieder! Ich habe nur eine kurze Erklärung abzugeben. In meiner Abwesenheit waren einige meiner Freunde so freundlich, meine Kandidatur aufzustellen. Sie haben mich vorher nicht befragt, ob es mir auch recht ist.«

Kleiner Lärm in den Reihen der Marcuspartei: »Hört, hört!«

Architekt Steineck schrie: »Ausreden lassen!«

Joe Levy wiederholte: »Ich habe nur eine ganz kurze Erklärung abzugeben. Es ist für mich eine hohe Ehre. Aber ich will dem Kongreß nicht die Mühe einer namentlichen Abstimmung machen. Nach unserer Wahlordnung für die Präsidentschaft muß bei Namensaufruf jeder Delegierte persönlich seinen Stimmzettel hier auf der Tribüne abgeben. Dieser Vorbeimarsch dauert vier Stunden. Dann wird das Skrutinium vorgenommen. Das dauert wieder zwei Stunden. Dann kommt es vielleicht erst noch zu einer Stichwahl. Diesen Zeitverlust kann ich nicht auf mein Gewissen nehmen. Schade um die Zeit. Denn ich bin fest entschlossen, die Wahl, wenn sie auf mich fiele, nicht anzunehmen.«

Jetzt lärmten wieder seine Anhänger: »Warum, warum?«

»Die Gründe, verehrter Kongreß, sind einfach. Ich fühle in mir noch die Kraft, zu arbeiten, und wenn Sie mit mir zufrieden sind, so lassen Sie mich weiterarbeiten. Wenn Sie mich wählen, schicken Sie mich eigentlich in Pension. Ich glaube, dazu bin ich trotz meiner grauen Haare noch zu jung. Im übrigen wird Ihnen Herr Dr. Marcus meine Meinung sagen. Ich habe ihn nämlich heute früh gleich nach meiner Ankunft aufgesucht, weil er, wie ich hörte, der Gegenkandidat ist. Wir haben uns verständigt. Wir sind nämlich nicht so weit auseinander wie unsere beiderseitigen Freunde...« (Heiterkeit.) »Herr Dr. Marcus wird Ihnen seine und meine Ansicht sagen — besser, als ich es kann. Was mich anbelangt, bei meinem Entschluß bleibt es. Meine lieben Freunde, ich danke euch für die Absicht! Geehrte Kongreßmitglieder, wählen Sie mich nicht!«

Es entstand nun eine allgemeine Unruhe im Saal. Rufe des Unwillens, der Überraschung, der Enttäuschung rauschten auf. Levy, der die Tribüne verließ, wurde von seinen Anhängern umringt und mit Fragen bestürmt. Er lächelte und zuckte die Achseln.

»Der Mann jefällt mir«, sagte oben Kingscourt. »Reden kann er nicht, aber ein nobler Kerl scheint er zu sein.«

Anders wurde der Vorfall im Affenkäfig kommentiert.

»Die Trauben werden ihm zu sauer gewesen sein«, vermutete Blau.

»Seine Nation is de Resignation«, bemerkte Grün witzig.

Schiffmann aber sagte: »Nu, Herr Schlesinger? Da is gleich einer, der kein Amt schnappen will. Was sagen Sie jetzt?«

»Wie heißt, was ich sag'? Weiß ich denn, was ihm seine jetzige Stellung einträgt? Wahrscheinlich kann er bestehen. Ein praktischer Mensch is er ja. Wer weiß, was er abgemacht hat mit Marcus? Das müßte man auch wissen.«

Friedrich hörte diese Bemerkungen und war empört, obwohl er dem Dr. Marcus erst einmal begegnet war und Mr. Joe Levy heute zum ersten Male sah. Er hatte nur den Wunsch, daß Kingscourt und Reschid Bey diese Abscheulichkeiten nicht ebenfalls hören mögen. Er schämte sich des Affenkäfigs. Zum Glück waren die beiden mit den Vorgängen im Saal beschäftigt. Der Vorsitzende läutete stark, um Ruhe zu schaffen für den Akademiepräsidenten Marcus, der das Wort erbeten hatte.

Dr. Marcus stieg nicht ohne Mühe die wenigen Stufen hinan, und er wartete, bis der Saal ganz ruhig war, sonst hätten sie seine schwache Stimme nicht vernommen. Jetzt war lautlose Stille eingetreten, und er sprach: »Geehrter Kongreß! Mein Freund Levy hat in seiner tüchtigen Weise vom Zeitsparen gesprochen. Ich glaube, wir werden mit der kostbaren Zeit der neuen Gesellschaft gut zu Rate gehen, wenn wir uns vor allem verstehen. Erst verstehen, dann entschließen! Wir sind hier nicht, um ein Staatsoberhaupt zu wählen, denn wir sind kein Staat. Wir sind eine Gemeinschaft, in neuen Formen zwar, aber zu einem Zwecke, der so alt ist, daß er schon im ersten Buche von den Königen vorkommt.

Dort heißt es, daß Juda und Israel sicher wohneten, ein jeglicher unter seinem Weinstock und unter seinem Feigenbaum, von Dan bis gen Beer-Seba. Wir sind einfach eine Genossenschaft, eine große Genossenschaft, innerhalb deren es wieder eine Anzahl kleinerer Zweckgenossenschaften gibt. Und dieser unser Kongreß ist im Grunde nichts als die Generalversammlung der Genossenschaft, welche die neue Gesellschaft genannt wird. Dennoch aber fühlen wir alle, daß es hier um mehr geht als um die rein materiellen Interessen einer Erwerbs- und Wirtschaftsgenossenschaft. Wir pflanzen Parks und Schulen, wir bekümmern uns über die gemeine Deutlichkeit und Nützlichkeit der Dinge hinweg auch um die Weisheit und Schönheit. Denn auch dies wird als ein Vorteil der Genossenschaft von uns verstanden.

Wir verstehen, daß für eine Gemeinschaft von Menschen das Ideal ein Nutzen, ein Vorteil — sagen wir es heraus: daß es unentbehrlich ist. Das Ideal zieht uns hinan. Auch diese Wahrnehmung haben wir nicht zuerst gemacht, sie ist alt wie die Welt. Was für den einzelnen Wasser und Brot ist, das ist für die Gesamtheit das Ideal. Und unser Zionismus, der uns hierherführte und höher hinaufführen soll in noch unbekannte Regionen der Gesittung, er ist nichts anderes als ein endloses, endloses Ideal.

Glaubt jemand, ich sei abgeschweift? Nein, Freunde, ich bin bei der Sache, bei unserer Wahl. Der, den wir an die Spitze unserer neuen Gesellschaft wählen sollen, der hat nur ein Pfleger des Ideals zu sein. Das Materielle geht ihn nichts an, um so mehr das Ideale. Er soll dabei ein ruhiger Mann, ein Gerechter und Bescheidener sein, entrückt dem Streite augenblicklicher Meinungen. Wir wählen ihn ja auf sieben Jahre. Freund Levy hat die Wahl abgelehnt, weil er in solchen sieben Jahren uns durch seine Arbeit mehr glaubt nützen zu können. Ich pflichte ihm bei. Aber auch ich lehne meine Wahl ab. Ich bin zu alt. Ich glaube nicht, daß ich die sieben Jahre noch leben werde. Zu häufige Wahlen sind aber nicht gut, sie reizen die Ehrbegierde in einer ungesunden Weise auf, sie führen zu persönlichen Parteiungen. Wählen Sie mich nicht, ich bin zu alt. Ich habe nicht mehr die Beweglichkeit des Körpers, vielleicht auch nicht mehr die des Geistes. Vielleicht verstehe ich die Ideale jüngerer Menschen nicht mehr. Denn auch das Ideal wird immer neugeboren, und es gibt Renaissancen, die unsereiner nicht mehr begreift.

Aber Levy und ich wollen nicht nur Nein sagen. Wir wollen Ihnen auch einen Vorschlag machen. Der Vorschlag ist von Levy, der sich auf die Auswahl von Menschen versteht, und das empfiehlt den Vorschlag; ich habe ihm nur von ganzem Herzen zugestimmt.

Der Mann, den wir Ihnen empfehlen wollen, ist noch jung, jünger als Levy, viel, viel jünger als ich. Er ist einer von den neuen Menschen, welche diese alte Erde wieder fruchtbar und schön machten. Er ist an der Seite seines Vaters hinter dem Pfluge gegangen, er hat aber auch hinter den Büchern gesessen. Er hat einen gesunden Sinn für das öffentliche Leben, ohne sich hervorzudrängen. Ich sehe ihn jetzt nicht im Saal. Wenn er aber hier ist, so ist er gewiß der Letzte, der meine Worte auf sich bezieht, so wahr ist seine Demut. Er ist auch tüchtig in seinen eigenen Angelegenheiten. Er hat sich aus den bescheidensten Verhältnissen ehrlich hinaufgearbeitet, ein Emporkömmling ist er nicht. Und gerade, daß er von ganz unten aufgestiegen ist, macht ihn uns wert. Wenn wir ihn wählen, so ehren wir nicht nur den wackeren Mann, der er ist, wir eifern auch eine ganze Jugend zu den edelsten Anstrengungen an, wir tun damit ein Werk von unermeßlicher Bedeutung für die Zukunft unserer neuen Gesellschaft. Jeder Sohn Venedigs konnte Doge werden. Jedes Mitglied der neuen Gesellschaft soll auf den höchsten Sitz gelangen können.«

Brausend erhob sich bei diesen Worten der Beifall im Hause. Viele riefen: »Den Namen, den Namen! Wer ist es?«

Dr. Marcus hob die Hand zum Zeichen, daß er noch etwas hinzufügen wolle. Da wurde es still, und er sagte: »Ich will den Namen unseres Kandidaten nicht von der Tribüne herab nennen, weil es nach unserer hergebrachten Übung nicht angeht, den Wahlkongreß zu einer Wahlbesprechung zu machen. Ich bitte den Herrn Vorsitzenden, die Sitzung zu unterbrechen.«

Dies geschah. In großer Bewegung verließen die Delegierten ihre Plätze. Marcus und Levy wurden umringt. Sie standen den stürmisch auf sie Eindringenden Rede. Sie nannten den Namen ihres Kandidaten. Die Näherstehenden schrien ihn den Ferneren zu, in immer stärkeren Zurufen schwirrte der Name durch den Saal, und nach wenigen Minuten kam er zu den Galerien hinaufgeflogen, der Name — David Littwak.

»Donner und Gloria!« schrie Kingscourt begeistert.

Friedrich drückte ihm bewegt die Hand: »Und er sitzt jetzt am Sterbebett seiner Mutter... Soll man es ihm telegraphieren?«

»Nee, mein Junge. Wir wollen was Jescheiteres tun. Der arme Kerl hat jetzt jenug Aufregung mit seiner Mutter. Wozu sollen wir ihn noch mit der Wahl quälen. Am Ende wird er jar nicht jewählt. Nehmen wir lieber den nächsten Zug nach Tiberias. Bis die hier mit der Wahl fertig sind, können wir dort sein. Dann treten wir ein und fragen einfach: Wohnt hier der Präsident der neuen Jesellschaft, Herr Littwak?«

Reschid Bey wurde ins Vertrauen gezogen. Er solle ihnen das Resultat der Wahl schleunigst nach Tiberias telegraphieren. Den Aufenthaltsort Davids möge er aber bis nach der Wahl geheimhalten.

Im Affenkäfig wurde die Kandidatur Davids mit gemischten Gefühlen aufgenommen. Grün und Blau machten schauerliche Witze.

Grün sagte: »Wer littwakt — gewinnt.«

Blau erklärte: »Wenn ich das nächstemal auf die Welt komm', werd' ich auch der Sohn von ä Hausierer.«

Herr Schlesinger, der Vertreter der Barone von Goldstein, meinte mißmutig: »Nu frag' ich Sie, kann man in eine solche Gesellschaft eintreten? Das nennt sich die neue Gesellschaft.«

»Und wissen Sie, was wir sind?« rief plötzlich Schiffmann, in dem eine Reue mächtig aufstieg. »Wir sind — eine schöne Gesellschaft.«

Sechstes Kapitel

Als Kingscourt und Friedrich in den Gasthof kamen, um Frau Sarah und Fritzchen auf die Reise abzuholen, waren diese schon fort. Frau Sarah war ihrem Gatten mit dem nächsten Zuge nachgeeilt. Es ging aber gleich wieder ein Express nach Tiberias, und diesen benützten die Freunde. Im Wagen der elektrischen Eisenbahn sitzend, schauten sie in die Landschaft hinaus, die vorüberflog, und sie hielten auch eine Rückschau über die bisher wahrgenommenen Einrichtungen von Altneuland.

Kingscourt war sehr überrascht, als Friedrich im Eifer dieses Gespräches plötzlich sagte: »Ich möchte nach Europa hinüber.«

»Was, Sie launenhafter Schlingel? Nun haben Sie das Land Ihrer hebräischen Ahnen schon wieder satt bekommen?«

»Nein, mein lieber Kingscourt. Ich bin zu froh, daß Sie hierbleiben wollen, und daß ich wenigstens noch versuchen kann, ein nützliches Mitglied der neuen Gesellschaft zu werden. Vielleicht kann ich meine juristischen Kenntnisse irgendwie verwerten? Vielleicht bekomme ich in irgendeinem Zweige der Verwaltung eine Arbeitsgelegenheit? Aber ich möchte dennoch für kurze Zeit nach Europa hinüber, um zu sehen, wie sich die Verhältnisse seither dort gestaltet haben. Ich kann mir nämlich gar nicht vorstellen, daß in den zwanzig Jahren unserer Abwesenheit nicht auch dort große Veränderungen eingetreten seien. Wenn ich bedenke, daß wir hier eigentlich nur die schon damals bekannten Materialien in einer neuen Ordnung wiedergefunden haben, so muß ich glauben, daß ähnliches wie hier auch dort existieren muß. Die Worte des Akademikers Marcus brachten mich auf diesen Gedanken. Er sagte: wir sind kein Staat, sondern eine große Genossenschaft...«

»Die Jenossenschaft mit dem endlosen Ideal!« schmunzelte Kingscourt.

»Ich frage mich nämlich«, fuhr Friedrich ernst fort, »ob wir da nicht bei einer Antwort auf manche Frage unserer vergangenen Zeit stehen. Damals sprach man viel vom Zukunftsstaate, qualmig taten es die einen, höhnisch die anderen, grimmig die dritten. Das Ausmalen künftiger Zustände war in den Augen der sogenannten praktischen Leute eine große Lächerlichkeit. Sie vergaßen, daß wir immer in künftigen Zuständen leben, denn das Heute ist die Zukunft von gestern. Man sah den unmöglichen Zukunftsstaat nur auf den unwahrscheinlichen Trümmern der bisherigen Einrichtungen. Also ein Weltuntergang, an den wirklich nur ein Hasenfuß glauben kann.

Zuerst ein Chaos, und dann irgend etwas, von dem es fraglich blieb, ob es besser wäre als das Frühere. Aber derselbe Marcus sprach neulich ein Wort, welches mir nachgeht: daß es eine Koexistenz aller Dinge gebe. Das Alte muß nicht mit einem Ruck untergehen, damit das Neue entstehe. Nicht jeder Sohn ist ein Posthumus, in der Regel leben die Eltern noch eine Zeitlang mit den Kindern fort, und eine alte Gesellschaft geht noch nicht unter, weil eine neue kommt.

Seit ich hier gesehen habe, wie man mit lauter alten Materialien eine neue Ordnung der Dinge errichtet, glaube ich weder an eine völlige Zerstörung, noch an eine völlige Erneuerung der Institutionen. Ich glaube — wie soll ich es nur sagen — an einen allmählichen Umbau der Gesellschaft. Ich glaube auch, daß ein solcher niemals planmäßig, sondern zufällig vor sich geht. Das Bedürfnis ist der Baumeister. Zur Auswechslung eines Fußbodens, einer Stiege, einer Mauer, eines Daches, einer Wasserleitung, einer Beleuchtungsform entschließt man sich erst, wenn die Not drängt oder eine Erfindung siegt. Das Haus bleibt als ganzes, was es war. So kann ich mir auch den Staat, den wir einst sahen, erhalten denken, auch wenn das Neue hinzukam. Und dies möchte ich in Europa suchen ...

Als wir damals von der Kulturwelt Abschied nahmen, sahen wir schon überall neue Lebensformen aufsprießen. Ich verstehe das Stockton-Darlington-Jubiläum. Damit hat alles angefangen. Es ist die Feier der Entstehung einer anderen Zeit. Wie lange war diese da, neben der früheren, sie durchdringend, von ihr durchdrungen — und die klugen praktischen Leute sahen davon noch gar nichts. Die Grenzen bestanden fort, aber die Menschen und Waren durchzogen die Welt. Und wo kam man mit den Maschinen und auf der Eisenbahn überall hin! In andere Verkehrs-, in andere Wirtschaftsverhältnisse. Das Alte lebte noch, und das Neue ˌwar schon da. Die Genossenschaft der Kleinen, das Kartell der Großen — die beiden Formen kannten wir schon. Warum sollten sich nicht auch die Genossenschaften kartellieren, wenn es die einzelnen Fabrikanten tun konnten? ...

Es kam schon früher vor, daß vernünftige Unternehmer die Fürsorge für ihre Arbeiter und deren Familien übernahmen. Jede große Fabrik hatte ihre Wohlfahrtseinrichtungen, je größer das Unternehmen, um so größer konnte die Wohlfahrt eingerichtet sein. Die Kartelle wieder konnten, wenn sie wollten, das Los ihrer Arbeiter freundlicher gestalten, weil sie mehr Mittel hatten als der einzelne Fabrikant und weil sie sturmfester organisiert waren. Das weiß ich aus Ihren eigenen Erzählungen, Mr. Kingscourt. Die amerikanischen Trusts haben ja Sie mich kennen gelehrt.«

»Janz richtig. Und wo wollen Sie raus?«

»Ich meine, daß es eine notwendige Entwicklung war, wenn die Produktivgenossenschaft sich gegenüber dem Einzelunternehmen bildete. Das Betriebskapital war ursprünglich die schwache Seite dieser Genossenschaft, aber die Möglichkeit, auch den Konsum zu organisieren, war ihre starke Seite. Und die Genossenschaften mußten wachsen mit der allgemeinen Bildung. Und ich meine endlich, daß die großen Trusts wohltätig wirken mußten, weil sie den Weg bahnten zur Organisierung der Arbeit. Die Genossenschaften konnten sich nach diesem Beispiel einmal kartellieren. Die neue Gesellschaft, die wir hier gesehen haben, ist in meinen Augen nichts als ein Kartell von Genossenschaften. Ein großes Kartell, das alle Geschäfte in sich macht, die gemeine Wohlfahrt im Auge hat und aus lauter Nützlichkeit auch das Ideal pflegt. Ich möchte nun sehen, ob dergleichen jetzt auch schon in Europa vorhanden ist.«

»Wollen Sie vielleicht jar sagen, daß so 'ne neue Jesellschaft auch anderswo möglich ist?«

»Ja, das will ich sagen. Diese neue Gesellschaft könnte überall existieren, in jedem Lande, ja, es kann in jedem Lande mehrere solcher Genossenschaftskartelle geben. Der Übergang zu dieser Form der Wirtschaft ist ja denkbar, wenn es Genossenschaften und Kartelle gibt. Dabei braucht der alte Staat keineswegs aufzuhören, er besteht vielmehr fort und schützt die Entwicklung der neuen Gesellschaft, die ihm ja zugute kommt, die ihn stärkt und erhält. Das ist die Koexistenz der Dinge, und daran glaube ich...«

Da waren sie in Tiberias angelangt.

Sie eilten vom Bahnhof nach der Villa des alten Littwak. Ein Diener, der sie an der Tür empfing, antwortete auf ihre Frage nach dem Befinden von Davids Mutter mit einem traurigen Kopfschütteln. Zugleich übergab er Kingscourt eine dringende Depesche, sie war soeben eingetroffen.

Kingscourt riß das Papier auf, indem er Friedrich bedeutsam anblickte. Und wirklich, da stand es zu lesen: »David Littwak ist vom Kongresse mit 363 von 395 abgegebenen Stimmen zum Präsidenten der neuen Gesellschaft gewählt worden. Reschid.«

Sie stiegen die Treppe hinan und kamen in den Salon, an den das Krankenzimmer grenzte. Im Salon saß der alte Littwak mit Frau Sarah. Die Tür stand offen, und sie konnten in die Leidensstube blicken. Sie sahen Davids Mutter im Bett liegen. Das Antlitz der Dulderin war schon so bleich wie das Kissen, von dem es sich abhob, doch sie lebte noch. Ihre sanften Augen waren mit einem unendlich liebreichen Ausdruck auf ihre Kinder gerichtet, die am Fußende des Bettes standen und leise mit ihr sprachen. Der Arzt saß an der Seite des Bettes und betrachtete sie aufmerksam.

Kingscourt gab wortlos die eben erhaltene Depesche dem alten Littwak. Dieser nahm das Papier teilnahmslos, starrte darauf, dann gab es ihm einen

Ruck. Er wischte sich die Augen mit dem Handrücken und las nochmals. Dann reichte er es seiner Schwiegertochter, seine Stimme zitterte: »Sarah, les' mir das vor!« Frau Sarah überflog das Telegramm mit den Blicken. Sie wurde blutrot, es schössen ihr die Tränen in den Augen, dann las sie es mit erstickter Stimme dem Alten vor. Dann sprang sie auf, schwang das Blatt hoch und winkte damit ihren Mann heran.

David kam auf den Fußspitzen heraus. Er sah Kingscourt und Friedrich im Hintergrunde stehen, da nickte er ihnen kurz und ernst zu. Er wandte sich an Sarah und sagte mit leisem Unwillen: »Was gibt es denn?«

Sein Vater war aufgestanden und ging mit schwankenden Schritten auf ihn zu: »David, mein Kind — David, mein Kind!«

Die Frau hatte ihm das Telegramm gereicht. Er las es ruhig und run-zelte die Stirn: »Nein, daß Reschid solche Scherze macht, hätte ich nicht geglaubt! Ich bin wahrlich dazu nicht aufgelegt.«

»Es ist kein Scherz!« erklärte Friedrich und berichtete den Hergang, soweit er dessen Zeuge gewesen war.

»Nein, nein!« sagte David. »Wie komme ich dazu? Es ist ja gar nicht möglich. Ich habe mich nicht beworben.«

»Eben darum!« bestätigte Kingscourt.

»Ich eigne mich nicht dazu. Hundert andere sind eher berufen als ich. Und ich nehme es auch nicht an. Bitte, telegraphieren Sie gleich an Marcus, daß ich es nicht annehme.«

Da sagte sein Vater stark: »Du wirst es annehmen, David! Du mußt es annehmen — wegen deiner Mutter. Es ist die letzte Freude, die du deiner Mutter machen kannst.«

David bedeckte sich die Augen.

Mirjam trat aus dem Krankenzimmer: »Was geht hier vor? Die Mutter ist unruhig; sie will wissen, was hier vorgeht.« Und sie gingen an das Lager der Sterbenden.

»Mutter!« sagte der alte Littwak, »der Herr Doktor Löwenberg hat uns etwas Gutes gebracht.«

»Ja?« hauchte die Dulderin, ihre Züge verklärten sich. »Wo ist er? Ich will ihn sehn. Man soll mich aufrichten.«

Der Arzt holte Friedrich aus dem Salon, während Mirjam und David ihre Mutter aufsetzten und ihren schmalen Rücken mit Kissen stützten. Nun stand auch Friedrich an dem Bett. Die Mutter blickte ihn so gut an.

Sie murmelte: »Ich — hab' — mir's — gleich gedacht — damals — wie ihr — am Balkon war's... Da draußen... Kinder!...« Sie tastete schwach in der Luft herum. »Mirjam hat mir — nichts gesagt... Aber — eine Mutter — sieht das ... Kinder!... Ihr sollt euch — die Hand geben... Meinen Segen — meinen Segen!«

Und so geschah es, daß Mirjam und Friedrich einander die Hände reichten. Aber sie taten es so zögernd und verlegen, daß es ihr auffiel. Da blickte sie mit Angst von einem zum anderen und flüsterte: »Oder — oder? ...«

»O ja!« sagte Friedrich warm und drückte die Hand des Mädchens fester.

»Ja«, sagte auch Mirjam leise.

So wahr ist es, daß eine Mutter, auch wenn sie schon ganz schwach und hilflos ist, noch immer die Kraft hat, ihres Kindes Glück zu schaffen. Sie lehnte nach dieser großen Anstrengung mit geschlossenen Augen in den Kissen und atmete kaum noch.

Da erschrak der Alte, daß sie entschlummern könnte, bevor er ihr die Größe ihres Sohnes gemeldet hätte. »Mutter!« schrie er laut. Sie öffnete noch einmal die Lider, und es war ein Bedauern in ihrem Blick, daß man sie in dem schönen Traum störe, den sie fein hinüberspinnen wollte — hinüber ... »Mutter!« rief der Alte. »Wir müssen dir sagen etwas Großes. Weißt du, wer geworden ist der Präsident von der neuen Gesellschaft? ... Unser David ist geworden der Präsident! Mutter, unser David!...«

Da lag David wie als Knabe auf den Knien vor seiner kranken Mutter und weinte bitterlich auf ihre wachsbleiche, erkaltende Hand. Sie aber zog die Hand hervor und streichelte ihm sanft das Haar, als ob sie ihn hätte im voraus trösten wollen.

»Mutter!« rief der Alte noch einmal angstvoll, »hast du gehört?«

»Ja!« hauchte sie, »mein — mein David...«

Und ihre Augen brachen.

Man begrub sie. Man sang die alten hebräischen Gesänge, und der gute Rabbi Samuel von Neudorf sprach die Gebete. Es wurde keine Grabrede gehalten. David hatte es nicht gewünscht.

Aber als er mit den Freunden vom Friedhofe kam und im Trauerzimmer niedersaß, da hielt er selbst ihr den Nachruf: »Sie war meine Mutter. Sie war für mich die Liebe und das Leiden. Die Liebe und das Leiden waren in ihr verkörpert, so daß mir die Augen übergingen, wenn ich sie nur sah. Ich werde sie nicht mehr sehen, und sie war meine Mutter. Sie war unser Haus und unsere Heimat, als wir nicht Haus noch Heimat hatten. Sie hielt uns aufrecht, als wir im Elend waren, denn sie war die Liebe. Sie lehrte uns Demut, als es uns besser ging, denn sie war das Leiden. Sie war in bösen und guten Tagen die Ehre, die Zierde unseres Hauses. Als wir so arm waren, daß wir auf Stroh lagen, da waren wir doch reich, weil wir sie hatten. Sie dachte immer an uns, und nie an sich. Unser Haus war nur eine kümmerliche Stube, und es barg einen Schatz. Mancher Palast hat keinen solchen Schatz. Das war sie, die Mutter. Sie war eine feine Dulderin. Das Leiden beugte sie nicht, es erhöhte sie. Da habe ich sie manchmal angeschaut als das Judentum in der Zeit der Leiden. In ihrer Gestalt sah ich es. Sie war meine Mutter — und ich werde sie nicht mehr sehen. Nie mehr, Freunde! Nie mehr. Und ich muß es tragen...«

Die Freunde hörten seinem Schmerze zu, und sie schwiegen. Allmählich kamen ihrer mehr herein in das Trauergemach. Es waren alle da, welche David Littwak und seinem Hause näherstanden. Dr. Marcus begann das Gespräch hierhin und dorthin zu führen. Es war erkennbar, daß er Davids Gedanken ablenken, ins Leben zurückgeleiten wollte. Die Reden hatten einen ernsten und hohen Zug. In dieser Stimmung warf Friedrich Löwenberg die Frage auf, die sie nacheinander beantworteten. Jeder tat es in seiner Weise.

Dies aber war die aufgestellte Frage: »Wir sehen hier eine neue, eine glücklichere Form des Zusammenlebens von Menschen — wer hat das nun geschaffen?«

Der alte Littwak sagte: »Die Not!«

Architekt Steineck sagte: »Das wiedervereinigte Volk!«

Kingscourt sagte: »Die neuen Verkehrsmittel!«

Dr. Marcus sagte: »Das Wissen!«

Joe Levy sagte: »Der Wille!«

Professor Steineck sagte: »Die Naturkräfte!«

Der englische Prediger Hopkins sagte: »Die gegenseitige Duldung!«

Reschid Bey sagte: »Das Selbstvertrauen!«

David Littwak sagte: »Die Liebe und das Leiden!«

Der alte Rabbi Samuel aber stand feierlich auf und sagte: »Gott!«

Ende.

Nachwort des Verfassers

... Wenn Ihr aber nicht wollt, so ist es und bleibt es ein Märchen, was ich Euch erzählt habe.

Ich gedachte, eine Lehrdichtung zu verfassen. Mehr Dichtung als Lehre! werden die einen sagen – mehr Lehre als Dichtung! die anderen.

Denn jetzt, nach drei Jahren der Arbeit, müssen wir uns trennen, und es beginnen deine Schmerzen, du mein liebes Buch. Durch Feindschaften und Entstellungen hindurch wirst du deinen Weg nehmen müssen, wie durch einen finsteren Wald.

Wenn du aber zu freundlichen Leuten kommst, so grüße sie von deinem Herrn Vater. Er meint: das Träumen sei immerhin auch eine Ausfüllung der Zeit, die wir auf der Erde verbringen. Traum ist von Tat nicht so verschieden, wie mancher glaubt. Alles Tun der Menschen war vorher Traum und wird später zum Traume.

Theodor Herzl auf dem Weg nach Palästina, wo er den deutschen Kaiser Wilhelm II. traf.
Foto: National Photo Collection of Israel, D131–021.